KB044203

토끼와 잠수함

박범신 중단편 전집 1

토끼와 잠수함

박범신 소설

문학동네

차례

—

시진읍

1

"어느 쪽으로 갈까요?"

운전대를 잡은 채 꺼벙이가 물었다. 차는 역전 사거리를 몇 미터 앞두고 기어가다시피 하고 있었다. 곧장 가면 낡고 음산한 법원, 가건물 같은 농업진흥공사를 지나면 곧 중학교 운동장을 둘러싼 키 큰 미루나무들이 보일 것이었다. 오른편으로 꺾으면 곧바로 버스터미널을 지나 강둑으로 곧게 이어진 길이고, 왼편으로 돌면 정거장이 보일 터였다.

"정거장 쪽으로 꺾어 잠깐 세워!"

왕도가 짧게 명령했다. 낡은 코로나가 사거리를 돌자 저만큼 푸른 페인트칠을 한 역사驛숨 지붕이 환히 내다보였다. 좌우엔 먼지가 잔뜩 낀 상가 건물들이 줄지어 서 있었다. 단층과 이층 건물이 잡다하게 섞여 있어 을씨년스러운 풍경이었다. 차가 멈추자 먼지가 역사 쪽을 향해 우우 밀려나갔다. 강에서 불어오는 바람이었다.

　―읍민 여러분!

　뒷좌석의 성일이가 마이크에 입을 대고 서두를 뽑았다.

　"더 악을 써, 이 새꺄!"

　왕도가 눈빛을 빛내며 씹어뱉었다. 확성기는 택시 지붕에 얼기설기 묶여 있었다. 잠깐 고개를 돌린 왕도의 살찬 눈빛과 마주친 성일이 목을 찔끔하고 나서 다시 목소리를 높여 소리치기 시작했다. 완연한 웅변조였다.

　―친애하는 시진읍민 여러분. 우리는 더이상 기다릴 수 없게 되었습니다. 김병호 번영회장님은 뭣 때문에 낯선 타관에서 객사하였습니까. 법원 이전 반대는 어느 개인을 위해서 필요한 게 아닙니다. 이만 오천 우리 읍민들의 사활이 걸려 있습니다. 한마음 한뜻으로 결사반대의 대열에 참가합시다. 뭉치면 살 것이고 헤어지면 죽습니다……

　차가 천천히 직진했다. 자전거를 타고 가던 중년 남자가 이쪽을 향해 손을 흔들고 지나갔다. 대동여관, 세탁소, 호수다방, 옥포집을 지나고 나자 중국음식점 중화각 간판이 다가왔다. 길을 가로막고 있는 정거장은 이제 지척이었다. 역 광장은 텅 비어 있었다.

"형님, 저기, 넙치 형 아녜요?"

꺼벙이가 한 손으로 운전대를 잡은 채 중화각을 가리켰다. 쪽 뽑아 입은 중년 신사를 앞세우고 청바지 차림의 넙치가 이제 막 중화각을 나서고 있었다. 비윗살 좋아 보이는 얼굴이었다. 이쪽 편을 보았을 텐데도 이쑤시개를 문 채 넙치는 짐짓 중년 신사에게 웃어 보이면서 딴청을 부렸다.

"넙치 형, 요즘 껀수도 없이 무슨 경기가 그렇게 좋죠? 어젯밤에도 금정에 가서 이만 원이나 깼다던데요."

"누구하고?"

"몽키하고 달중이, 떠버리, 뭐 그런 정돈가봐요. 섰다판에도 얼씬 안 한다는데 쌍놈의 쇳가루는 어디서 나오죠? 더구나 근래 강평으로 나들이가 잦다는 소문이 있어요."

꺼벙이가 힐끗 곁눈질을 보냈지만 왕도는 대답하지 않았다.

─읍민 여러분, 금요일 열두시엔 법원 부지 공터에서 읍민궐기대회가 열립니다. 한 사람도 빠짐없이 참가합시다. 이마에 수건을 동여매고 결사반대라고 써야 합니다. 곡괭이나 삽도 하나씩 지참합시다! 우리 시진읍의 기개를 보입시다! 번영회장님의

죽음을 헛되게 해서는 안 됩니다! 금요일 열두시, 법원 부지 공터에서 만납시다!

광장 오른편에 자리잡은 지서에서 정복 경찰 한 명이 밖을 내다보고 있었다. 꺼벙이가 손짓으로 알은체를 했다. 역사 너머 채운산 봉우리의 팔각정엔 암회색 구름이 무겁게 내려앉아 있었다. 택시가 역 광장을 천천히 돌았다.

"형님, 저기를 좀 보세요, 곰배팔이 아녜요?"

꺼벙이가 말했다. 역 광장을 벗어나 사거리 쪽으로 차가 되돌아나갈 때였다. 복집에 있다가 나온 것 같았다. 몇몇 청년들이 곰배팔이를 둘러싸고 있었다. 팔 한쪽이 없는 곰배팔이는 실성하여 읍내를 떠돌아다니는 거지였는데, 더럽기는 하지만 순한데다가 워낙 잘 웃고 다녀 읍내 사람이라면 누구나 끼니 거르지 않게 거두어 먹이고 하는 여자애였다. 곰배팔이를 둘러싼 청년들은 모두 처음 보는 얼굴이었다. 가죽잠바를 입은 땅딸한 청년이 제일 눈에 들어왔다.

"헤헤, 뭐 저런 걸 다 놀리고 있죠?"

"쟤들 누군지 알겠니?"

미간을 찌푸리며 왕도가 물었다.

"엇, 저 새끼들 우리한테 풀떡감잘 먹이고 있잖아!"

"아는 놈 있니?"

"아뇨. 전혀 못 보던 애들인데요. 제가 한 방 찍고 올까요?"

"차 세워라!"

왕도가 차에서 내리는 걸 보고 곰배팔이가 힘을 얻은 듯 앞을 가로막고 서 있던 가죽잠바를 힘껏 떠밀었다. 가죽잠바는 막 차에서 내리는 왕도 쪽을 돌아보던 중이었다. 방심해 있던 가죽잠바가 곰배팔이의 힘에 넉장거리했다. 다른 청년들이 히잇히잇 웃었고, 몸을 일으킨 가죽잠바가 곰배팔이에게 발길을 날렸다. 곰배팔이가 비명을 내지르며 얼어붙은 맨땅에 배를 움켜쥐고 나뒹굴었다. 다시 발길질을 하려는 가죽잠바의 어깨를 이번에는 왕도가 낚아챘다. 조용하고도 민첩한 몸놀림이었다.

"뭐야!"

가죽잠바가 획 돌아섰다. 짧은 시간, 침묵이 왔다. 눈꼬리에서 귀밑까지 쭉 곧게 칼자국이 그어진 왕도의 험상궂음 때문에 가죽잠바는 처음 압도되는 듯 보였다. 하지만 가죽잠바는 금방 여유를 되찾았다. 수적으로 훨씬 우세함을 깨달은 모양이었다.

"댁은 뉘셔? 이 곰배팔이의 기둥서방쯤 되시나?"

가죽잠바가 비아냥거렸지만 왕도는 어금니를 지그시 깨물고 잘 참아 넘겼다.

"우리 시진 사람이 아닌 것 같은데?"

"시진 사람이야, 모두 저런 병신들뿐인가보네."

가죽잠바 건너편에 섰던 말라깽이가 받아넘겼다.

"히히, 건 그래. 병신 동네에 법원이라. 갓 쓰고 양복 입는 거지 뭐야."

법원 얘기가 나오자 왕도의 눈빛이 반짝 타올랐다.

"형님, 강평 손님이 틀림없어요."

꺼벙이가 가죽장갑을 끼며 등뒤에서 속삭였다.

"정말 강평에서들 오셨소?"

"야, 이 새꺄. 어디서 왔음 어쩔 거야. 환영 파티라도 해줄래?"

소리치는 것과 함께 가죽잠바의 주먹이 왕도의 입으로 날아왔다. 왕도의 입에서 금방 피가 배어나왔다. 왕도의 발길질이 이번엔 가죽잠바의 턱으로 날아갔고 거의 동시에 말라깽이의 주먹이 꺼벙이를 덮쳤다. 거리는 순식간에 난장판이 되었다.

"성일아, 애들한테 알려!"

꺼벙이가 소리쳤고, 택시에 남아 있던 성일이가 총알같이 사거리 쪽으로 뛰어나갔다.

세 놈이 왕도에게 붙고 두 놈이 꺼벙이에게 붙었다. 왕도는 이리저리 피해 달리며 고군분투했지만 수적인 열세를 극복하기 쉽지 않았다. 꺼벙이도 마찬가지였다. 왕도의 주먹이 가죽잠바의 얼굴로 날아가는 순간 꺼벙이의 비명이 귀청을 찢었다. 얼핏 잭나이프의 번뜩이는 칼날을 본 것 같았다.

"야, 찍었다. 토껴!"

가죽잠바 패거리 중 하나가 소리쳤다. 그들은 곧 정거장 쪽으로 줄행랑을 놓았다. 여기저기 가게문이 열리고 사람들이 쏟아져나왔다. 꺼벙이가 풀썩 무릎을 꿇고 있었다. 때맞춰 역 구내로 들어서는 서울행 특급열차의 기적 소리가 길게 울렸다.

역전 사거리에서 강평 쪽으로 가다보면 노란 페인트칠을 한 은성극장이 나오고, 은성극장을 지나가면 역의 화물 창고로 빠지는 외진 길이 있었다. 빈 밭 가운데 농협이 관리하는 쌀 창고가 몇 동 서 있는 곳이었다. 밭의 한쪽은 읍내의 허리를 가르고 흐르는 개천과 닿아 있었고, 농협 창고와 개천 사이 중간쯤에는 엉성하게 블록만 쌓아올린 건물 한 채가 썰렁하게 서 있었다.

"그 새끼들 강평읍에서 온 게 틀림없다구요!"

허벅지를 온통 붕대로 둘러맨 꺼벙이가 군용 침대 위에 누워 말했다.

"맞습니다. 강평 놈들이 아니고선 그렇게 대담하게 나올 수 없어요."

꺼벙이 말에 맞장구를 치고 나온 것은 성일이었다. 바짝 마른 체구에 계집애처럼 해맑은 얼굴을 달고 있는 성일은 꺼벙이가 누운 침대 모서리에 앉아 있었다. 침대 옆으로 낡은 나무 책상 몇 개와 칠도 안 된 블록 벽에 덜렁 걸려 있는 태극기, 비닐 커버의 긴 의자, 그리고 불 꺼진 석유난로 하나가 까칠하고 썰렁한 실내에 제각기 버려진 것처럼 놓여 있었다.

"벌써 두번째잖아요! 우리도 당하고만 있을 순 없다고요."

꺼벙이가 비닐 커버의 의자에 다리를 뻗고 앉아 있는 왕도를 향해 볼멘소리로 말했다. 왕도는 힐끗 창가에 서 있는 백만씨를 바라보았다. 중년으로 접어든 백만씨의 등은 아직 탄탄해 보였으나 왕도는 쇠잔해가는 자의 고적한 느낌을 그 등에서 받았다.

"그 새끼들, 전에도 다 돼가던 우리 회관을 반도 더 조져놓고 토꼈잖아요!"

그건 그렇다. 누구의 도움도 없이 거의 맨몸뚱이의 오십여 회원이 이 청년봉사회관을 거의 다 지어놨을 때 놈들이 한밤중 몰려와서 쑥대밭처럼 밟아놓고 간 일이 있었다. 그때도 청년봉사회의 회장 백만씨는 핏발 선 눈으로 몰려가려던 회원들을 한사코 붙잡기만 했다. 경찰에 맡겨두자는 것이었다. 그러나 경찰은 결국, 증거 불충분 어쩌고 하면서, 단 한 놈도 잡아들이지 못했다.

백만씨는 꺼벙이의 말에 역시 미동도 하지 않았다.

젊은 시절의 대부분을 지칠 줄 모르고 다채롭게 살아온 사람이었다. 젊은 날엔 대적할 자 없었던 건달이었다고들 했다. 다섯 명과 싸움이 붙었는데도 삽시간에 다 쓰러뜨렸다는 전설 같은 이야기도 전해 내려오고 있었다. 먼 대처에서 떠돌이 노동자로 산 적도 있었다. 떠났다가 돌아오고 또 떠났다가 돌아오며 시진읍을 바람같이 드나들며 살았던 사람이었다. 그가 시진읍에 뿌리를 내린 것은 중년이 된 후 J일보 지국을 인수, 읍내 지국장이 되면서부터였다. 읍의 발전을 위해서라면 시간과 돈을 아끼지 않는 사람이었다. 차가운 결단, 과감한 추진에 불평하는 사람도 많았지만 그는 그런 것들에 일일이 신경쓰는 성질이 아니었다.

청년봉사회만 해도 그랬다.

그가 읍내의 젊은 건달들을 모아 읍 발전의 초석이 되도록 해보겠다고 나섰을 때도 사람들은 아무도 그의 진의를 곧이곧대로 믿지 못했다. 그렇지만 그는 해냈다. 청년들을 일일이 찾아다니며 설득했고 직장을 알선해주기도 했다. 툭하면 싸움질이나 일삼던 건달들을 묶어 가장 추진력 있는 단체로 만든 것은 전적으로 그의 정성과 노력 덕분이었다. 시진읍 청년봉사회였다. 그러나 그도 이제 별수없이 늙는 것인가. 오래 묵은 가구에서 칠이 벗겨져나오듯이 그의 결기에도 조금씩 세월의 그늘이 끼어들고 있다고 왕도는 생각했다.

"형님도 성질 다 죽었군요. 나이 먹으면 별수없다고들 하지만……"

왕도가 중얼거렸고, 바위처럼 서 있던 백만씨가 획 돌아섰다.

"성질 살았으면 어떡하겠니?"

"꺼벙이 말대로 우리도 한판 합시다. 우리 회원 트럭 두 대면 다 타잖아요. 곡괭이 하나씩 들고 강평으로 쳐들어가자 그 말이에요!"

"쳐들어가서?"

"때려 조지는 거죠. 본때를 봬주잔 말예요."

"본때? 그게 인마, 그 새끼들 함정에 말려드는 거야!"

백만씨가 탁 하고 책상을 쳤다. 이마에서 핏줄이 툭 불거져나왔다.

"그렇게만 돼봐라. 떠들썩하니 신문에 나고 하면 경찰도 별수 없이 너희를 싹 쓸어넣을 거란 말이야. 우리 청년회는 뿌리도 안 남아. 청년회가 거덜나면 누가 이 시진읍을 지킬 수 있다고 생각하니? 읍내 유지들로 짜인 번영회가? 아니면 와이셔츠에 개줄이나 묶고 다니는 소위 배웠다는 새끼들이? 어림도 없다. 그 친구들은 어느 때 체념하느냐, 그것만 잘 알아. 절차 따져서 진정서나 내고 중앙 관서나 뻔질나게 쫓아다니고. 그래 갖곤 달걀로 바위 치기야. 이건 전쟁과 다름없어. 강평은 군 소재지라는 걸 알아야 돼!"

백만씨의 이마에서 땀방울이 또르르 굴러떨어졌다.

"그렇다고 가만있어봐도 별 뾰족한 수가 없잖아요. 궐기대회는 뽀작뽀작 다가오는데 읍민들도 인제 불구경하듯 하고 있단 말이에요. 모두 지친 거예요."

"그건 그래. 지쳤어. 모두들 승산 없는 싸움이라고 생각하기 시작한 거야. 그게 문제야."

"그렇다고 포기할 순 없잖아요."

"물론이지, 포기하는 놈은 무조건 배반자다. 기름을 부어야 돼, 기름을……"

"기름을 붓다뇨?"

"지쳐 주저앉으려는 읍민들을 깨워야 된단 말이야. 지금 중요한 건 그거야. 강평 놈들 몇이 와서 깽판 놓는 건 아무것도 아니야. 우리가 이기려면 읍민들이 처음 그때처럼 일어서야 해. 마지막 한 사람까지도 이대로 지쳐 체념하게 둬선 안 돼. 그건 자멸이야!"

"하지만 방법이 없잖아요."

"그러니까 이 병신아. 어쩌 허벅다리 조금 찔리고 와?"

백만씨의 말소리가 쨍하고 천장에 울렸다.

"숫자가 부족해서 할 수 없었어요."

"차라리 왜 콱 찔려 골로 갔으면……"

"뭐라고요?"

"아니다. 하도 답답해서 해본 말이다……"

백만씨는 아까처럼 등을 보이고 돌아서서 한숨을 깊게 쉬었다.

왕도는 꿀꺽 침을 삼켰다. 눈앞에서 불꽃이 번쩍한 느낌이었다. 번영회장 김병호씨가 법원 이전 반대의 청원서를 대법원에 내고 돌아오다가 교통사고로 죽었던 지난여름 생각이 났다. 그때 읍민들은 온통 주먹을 불끈불끈 쥐면서 어떻게든 김병호씨의 죽음을 헛되게 하지 말자고 나섰던 것이다. 그것은 일종의 불길이었고 결사 항전의 단합된 힘이었다. 그때처럼 읍민 전체가 단합되어본 기억은 없다. 지금 필요한 건 바로 그렇게 이만 오천 읍민이 하나가 되어야 하는 그 단합 정신의 불꽃이라고 백만씨는 말하고 있었다. 보나마나 금요일 궐기대회엔 읍민들의 참여가 저조할 터였다. 달걀로 바위 치기라고, 공공연히 말하는 사람들도 많았다. 패배의식이 읍민들을 사로잡고 있는 한 절대로 이 싸움에서 이길 수는 없었다.

그렇다면?

왕도는 이윽고 무릎을 쳤다.

제2의 김병호씨가 나와야 한다!

"형님!"

다급하게 불렀으나 백만씨는 대답도 않고 방을 나가버렸다. 왕도는 벌떡 자리에서 일어서서 이리저리 서성거리기 시작했다.

농협 창고 뒤로 빠지는 열차의 기적 소리가 창을 타넘어왔다. 창밖엔 언제부턴지 눈이 내리고 있었다. 채운산은 이미 눈발 때문에 보이지 않았고 사거리 쪽의 이층 상가들도 지붕만이 둥둥 떠 있는 것 같았다.

시진읍은 거의 벌거숭이나 다름없었다.

북쪽으로 옥녀봉이 있고 남쪽으론 채운산, 서쪽 편에 돌산이 자리잡긴 했지만 그것들은 시진읍을 둘러싸고 있는 너른 벌판에 비하면 바람막이 정도도 못 되었다. 그래도 시진읍의 분위기가 아주 삭막하지만은 않은 것은 북쪽에서 급하게 빠져나와 완만하게 휘돌아나가는 금강이 읍의 허리를 싸고돌기 때문이었다. 아직도 조석 간만의 차이가 일 미터나 되는 이 강은 시진읍엔 젖줄 같은 구실을 했다. 많은 사람들이 강에 삶을 기대고 살았다.

본래의 시진읍은 오랜 시장 도시요, 하항河港 도시였다. 구한말엔 중국 소금이 대량으로 유입돼 삼남지방은 물론 기호지방까지 팔려나갔고 서해를 오가는 경강선들이 빠짐없이 시진읍에 들러 짐을 풀었다. 일제 때까지만 해도 아랫장터엔 근대식 운하와 함께 갑문이 설치돼 있어 가게 앞에서 직접 짐을 하역하는 배들을 볼 수 있었다. 파시波市가 열릴 때는 배가 십 리나 이어져 있었다고들 했다. 쌀만 해도 삼십만 석, 소금 팔만 가마가 소비됐을 정도였다. 불과 반세기 전의 일이다.

시진읍이 날로 주저앉은 근본적인 원인은 호남선 철도의 개통이었다. 철도가 개통되니 내륙항으로서의 시진읍은 그만큼 입지가 줄어들었다. 서쪽의 K항이 번창하는 대신 시진읍은 추위 잘타는 애들처럼 까칠까칠 말라붙기 시작했다. 운하는 메워졌고, 상선들은 들어오지 않았고, 돈 많은 사람들은 이삿짐을 쌌다. 해방이 되고 나서 그런 현상은 당연히 가속도를 탔다.

　거기에 비해 삼십여 리 성동벌판을 뛰어넘은 곳에 위치한 강평읍의 사정은 대조적이었다. 해방 전까지만 해도 큰 촌락에 불과했던 부근에 군 훈련소가 생기면서 강평읍은 단연 활기를 띠게 되었다. 군청이야 진즉 강평읍으로 옮겨앉았지만, 산림청도가고, 농산물검사소도 가고, 버스조합도 가고, 망둥이가 뛰듯 뭐든지 다 시진읍에서 강평읍으로 옮겨갔다. 옮겨가는 게 아니라강평읍이 빼앗아갔고 시진읍은 빼앗겼다. 그럴 때마다 시진 사람들은 발을 동동 굴렀지만 대세가 기우는 데야 어쩔 도리가 없었다. 몇 년 전 세무서가 마지막으로 옮겨갈 땐 모처럼 읍민들이총궐기하고 나섰으나 그것도 한밤중 삼백여 무장 헌병을 동원하여 강간하듯 빼앗아가버렸다.

　"시진읍엔 인물이 없단 말야."

　사람들은 그렇게 자조하였다. 국회의원도 강평 출신이었으며, 정계와 재계에서도 중앙의 실력자 중 시진읍 출신은 약으로 쓰려도 없다고들 했다. 어쨌든 시진읍은 그렇게 쇠퇴해왔다. 삼십 리 밖 강평읍이 날로 커지면서 흥청거릴 때마다 시진읍민들은 계속 빼앗기면서 견디어야 하는 쓰라린 기분 속에 살았다. 다만 한 가지, 지금까지 위안이 남아 있다면 강평군을 포함하여 세 개 군을 관할하는 지방법원의 지원支院이 아직 시진읍에 있다는 정도였다. 법원이 있으니 검찰지청도 딸렸고 검찰지청이 있으니 자연 경찰서도 남아 있었다. 그런데 작년 봄부터 돌연 법원이 강평읍으로 이전될 것이라는 소문이 떠돌기 시작했다. 일제 때 지은 현재의 낡은 건물을 철거하고 강평읍에 새 청사를 지어 이전한다는 것이었다.

시진읍민들은 단연 결사반대를 하고 나섰다.

거기엔 이제까지 강평읍에 비해 푸대접받아온 쓰리고 아픈 감정의 개입도 없지 않았지만, 그보다도 법원까지 빠져나간다면 시진읍은 그야말로 빈껍데기만 남는 거나 마찬가지임을 읍민들이 절실하게 받아들였기 때문이었다. 법원이 가면 검찰청, 경찰서도 갈 것이었다. 그리되면 이만 오천의 현재 읍민도 시시각각 줄 것이고, 종국엔 읍에서 시진면으로 내려앉을는지도 몰랐다. 읍민들에게 법원 이전은 사활이 걸려 있는 심각한 문제였다.

서둘러 읍민들이 성금을 거두어 경찰서 앞에 만여 평의 법원 부지를 마련했다. 새로 짓는 건물의 모든 공사비를 전적으로 읍민들이 부담할 테니 법원 이전 계획은 백지화하라고 관계 요로에 진정을 냈다. 강평읍에서도 이에 질세라 만 오천 평의 부지를 마련하고 나섰다. 밀고 당기는 싸움은 이렇게 해서 본격적으로 확대되었다. 이때만 해도 읍민들의 기세는 등등하였다. 번영회가 조직되었고 별도로 청년봉사회가 결성되었다. 읍민들은 자진하여 삽과 곡괭이를 메고 법원 부지 조성에 참여하였고, 덩달아 '새 시진 건설'의 의욕에 가득찬 새바람이 불었다.

그러나 양편에서 너무 팽팽하게 밀고 당기는 바람에 자연 중앙정부에서의 결정이 하루하루 뒤로 밀렸다. 세력이나 자금이나 뒷배에서도 시진읍이 유리한 점은 전혀 없었다. 명분도 그러했다. 바야흐로 세상은 큰 것이 작은 것을 합쳐 더 크게 만드는 것을 발전이라고 말하는 개발주의가 판치고 있었다. 중앙이 우선이었고 재벌이 우선이었고 가진 자들이 우선이었다. 약한 자를 배려하는 세상이 아니었다. 날이 갈수록 사태는 장기화될 조짐이 짙어졌다. 그 바람에 온갖 뜬소문만 꼬리에 꼬리를 물고 시진과 강평 사이의 벌판을 맴돌았다.

"이미 강평으로 옮겨가기로 결정은 돼 있다는 게야. 다만 시기를 기다린다 그거지."

"어쩔 수 없어. 아, 나라에서 한다는 일을 우리가 날뛴다고 어찌 막겠어?"

"세무서 옮겨갈 때도 안 그랬남. 총칼 든 헌병들이 수백 명이나 동원돼 옮겨가는 걸 어찌 막겠나. 더구나 군청이 강평에 있으니 칼자루는 거기서 쥐고 있는 셈이고."

"옮겨가면 우리 시진에 공장이 들어서게 해준다면서……"

차츰 읍민들 사이에 패배주의적인 나약한 생각들이 전염병처럼 돌기 시작했다. 이 년 동안 그들은 최선을 다하며 기다렸지만 희망을 붙잡을 수 없으니 자연 지칠 수밖에 없었다. 패배주의와 자조적인 분위기가 시진읍을 휩쓸었다. 법원을 붙잡아 주저앉히겠다면서 동분서주하며 헌신적으로 뛰던 번영회장이 뜻밖의 사고로 숨졌을 때 일시 불씨를 댕긴 듯 술렁거렸지만 그 불씨 역시 시간이 지나감에 따라 잦아들 수밖에 없었다.

하지만 해를 넘기면서 어떤 형태로든 결정되지 않을 수 없으리라는 게 안목 있는 사람들의 견해였다. 그 견해에 따른다면 지금이 가장 중요한 시기였다. 가장 중요한 시기에 읍민들은 손바닥을 툴툴 털고 돌아앉을 궁리들을 하고 있는 셈이었다. 이번 겨울중에 법원이 기습적으로 옮겨갈 거라는 소문이 돈 것도 벌써 한참 전부터였다. 요즘은 오십여 청년봉사회 회원들이 조별로 법원 주변에서 밤새 잠복근무까지 하고 있었다. 비상연락망까지 조직해놓았으나, 문제는 읍민들이었다. 기습적으로 옮겨간다는 연락을 받고도 읍민들이 단합해 나서지 않는다면 무슨 소용이겠는가.

거기다 이번주 금요일은 궐기대회 날이었다. 어떡하든지 읍민들의 단합된 결의를 보여 중앙에서의 행정적 결정에 보다 큰 영향을 주자는 게 번영회와 청봉회가 궐기대회를 준비한 속셈이었다. 그러나 날짜가 다가올수록 조짐은 좋지 않았다. 읍민들의 대다수가 도무지 관심을 보이지 않기 때문이었다. 이번 궐기대회가 흐지부지된다면 그것은 다 된 밥에 코를 빠뜨리는 거나 다름없는 일이었다. 실패하는 궐기대회는 안 하는 게 차라리 나을 터였다. 도대체 왜? 하고 왕도는 때때로 악을 쓰고 싶었다. 어느 개인을 위한 일이 아니었다. 시진읍이 살 수 있는 길을 찾자는 것이 아닌가. 여기서 살고 있는 우리를 위하고 우리의 후배와 자식들을 위한 전쟁이라고 왕도는 생각했다. 그런데 왜 체념하는가.

왕도는 이마를 짚었다.

경찰서 쪽으로 빠져 달아나는 자동차의 경적 소리가 들려왔다. 어느 틈엔지 거리는 하얗게 눈으로 덮여 있었다. 오래된 낡은 읍내라, 눈이 내리자 밤은 더 쓸쓸한 기색이 감돌았다. 오랜 역사 속의 영화는 온데간데없었다. 법원이 빠져나가고 말면 그나마 남은 사람들도 뿔뿔이 흩어져 떠날 가능성이 많았다.

"왕도 형, 나 집에 들어갈래요."

성일이가 축 처진 음색으로 말했다.

"저녁 먹고 일찍 나와라. 우리 조가 잠복근무니까⋯⋯"

"안 올 거예요, 나⋯⋯"

"뭐야?"

"형님도 편히 구들장이나 져요. 모두들 편히 쉬는데 우리만 밤새우며 무슨 지랄이에요."

"이 새끼. 말 다했어, 너?"

왕도의 눈꼬리가 위로 치켜올라갔다.

"성일이뿐이 아니라구요. 다른 애들도 슬슬 꽁무니를 빼고 있단 말예요. 어젯밤 잠복근무도 안 했다고요."

침대 위에서 꺼벙이가 말했다.

"어제 누구였는데?"

"달중이, 몽키, 명수요. 그런데 달중이와 몽킨 밤새 넙치한테 붙어 술만 펐다고요."

중화각을 나오던 넙치의 얼굴이 순간 환히 떠올랐다.

"넙치 형, 혹시 떡밥 아닌가 모르겠어요."

"닥쳐, 인마! 그래 봬도 의리 있는 놈이야."

"형님, 그러다가 믿는 도끼에 발등이나 찍히지 마쇼."

꺼벙이가 이죽거리는데, 술을 마셨는지 얼굴이 벌겋게 달아오른 넙치가 꽁무니에 달중이를 매달고 때마침 회관으로 들어섰다. 청바지에 정강이까지 올라오는 부츠를 반질반질 닦아 신은 차림새였다. 꺼벙이의 말대로 전보다 뭔가, 윤기가 확 도는 느낌이었다.

"경기 좋수다, 형."

꺼벙이가 밸이 뒤틀린 듯 가래침을 한입 빼물며 말했다.

"너 찔렸다면서?"

"관두쇼. 이 정도 찔렸다고 까딱할 꺼벙이가 아닙니다. 아까 성일한테 우리가 강평 놈들하고 붙었다는 연락 받고도 형은 기다림다방으로 샜다면서요?"

"짜식, 손님이 있어 별수없었어. 대신 애들이 갔었잖니."

"불 꺼진 담에 소방차 와봤자죠."

꺼벙이가 부득부득 따지고 들었지만 넙치는 슬쩍 말머리를 왕도에게 돌렸다.

"왕도 형, 좋지 않은 소식이 있는데……"

넙치는 서두를 떼고 잠시 뜸을 들였다.

"뭐냐?"

"강평에서도 금요일에 궐기대회를 한다는 거야. 그쪽에선 쉬쉬하면서 읍민들 동원 작전을 추진하는 모양이야. 우리하고 맞장뜨겠다는 건데, 쪽수에서 자신 있으니까 그러는 거 아니겠어?"

"틀림없니, 그거?"

"강평 사는 사촌형 얘기니까 틀림없을 거야. 쪽수에서 우리가 확 밀리면, 신문에도 나고 할 텐데, 중앙에서 어떻게 결정하겠어?"

"개새끼들!"

왕도가 주먹으로 책상을 힘껏 쳤다.

툭 힘줄이 불거져나온 이마에 파르르 경련이 지나가는 것 같았다. 그건 넙치 말이 백번 옳았다. 그들이 궐기대회 날짜를 같이 잡아놓았다면 자신만만하다는 뜻일 터, 그 결과는 보나마나 결정적인 영향을 미칠 것이었다. 인구만 해도 시진읍이 이만 오천인 데 비해 강평 인구는 삼만 오천이 넘었다. 거기다 시진읍민들이 한 발 한 발 물러앉을 채비로 바쁜 데 비해 강평에서는 승세를 타고 한껏 꼬리를 치고 있는 형편이지 않은가. 어디 그뿐인가. 눈에 보이지는 않지만 각종 행정관서까지 은근히 강평 쪽을 편들고 나서는 것이 요즘 강평읍의 분위기고 보면, 이번 궐기대회야말로 놈들이 시진읍 쪽에 치명적인 일격을 가할 속셈임에 틀림없었다.

"내 생각으론 우리 궐기대회 날짜를 좀 늦추는 게 좋을 것 같은데……"

넙치가 조심스럽게 왕도의 눈치를 살폈다.

"그건 안 돼!"

왕도가 다시 책상을 쾅 쳤다.

"놈들의 도전을 피할 순 없어!"

"그렇지만 형님, 오늘이 화요일 아닙니까? 궐기대회는 사흘 남았는데 보나마나 뻔한 일 아녜요?"

달중이가 끼어들었다

"뭐가 뻔해, 인마!"

"우리 쪽은 이삼천 동원도 어려울 거예요."

"이 새끼, 너 주둥아리 그렇게 나불댈 거야!"

왕도가 달중이의 멱살을 움켜잡고 벽에 몰아세웠다. 금방이라도 달중이의 안면이 박살날 것만 같았다. 넙치가 왕도의 팔에 매달렸다.

"해보지도 않고 이 새끼야, 네까짓 게 뭘 안다고 까불거려."

악을 쓰며 왕도가 달중이를 거칠게 내던졌다.

"넙치, 너 나가서 조장 애들 좀 불러모아. 옴팡집으로 오라고 해. 난 백만 형님한테 들렀다가 그쪽으로 갈 테니까."

왕도는 씨근덕거리며 소리치고 회관을 나갔다.

"씨팔, 자기 혼자 잘났어!"

달중이가 낮게 중얼거렸다.

이 무렵, 경찰서 앞을 지나친 곰배팔이가 어디서 얻었는지 옥수수 하나를 입에 물고 대흥교 다리 위를 지나 회관 쪽으로 오고 있었다. 떨어진 작업복 바지 위에 아직 반반한 털스웨터를 입고 있어서 곰배팔이는 얼핏 심심한 소년 같아 보였다. 다리를 다 지나온 곰배팔이가 잠시 멈춰 섰을 때 반대편에서 한 떼의 아이들이 나타났다.

"어이, 곰배팔이!"

아이들 중의 하나가 순식간에 눈덩이를 뭉쳐 그녀를 향해 던졌다. 눈덩이를 맞은 곰배팔이가 헤벌쭉 웃자 아이들이 일제히 손나팔을 만들고 구성진 가락으로 소리치기 시작했다.

헬죽벌죽 곰배팔이
찔뚝뻘뚝 곰배팔이
팔뚝 떼다 엿 사먹고
팔뚝 떼다 감 사먹고

곰배팔이의 흉내를 내며 신나게 돌아가던 아이들이 눈발 속으로 우르르 흩어졌다. 웃고 있던 그녀가 돌연 허적허적 쫓아왔기 때문이었다.

"병신아, 어디 쫓아와봐라."

쌩하면서 돌멩이가 날아와 곰배팔이의 이마를 깼다.

금방 피가 흘렀다. 그때 다리 끝에 잇대어 있는 낡은 판잣집 문이 열리며 곰보댁이 나타났다. 심하게 얽은 얼굴에 키가 작은 여자였다. 황산동의 옴팡댁과 자매간이고 또 쌍과부로 유명했다. 그녀는 때마침 타버린 연탄을 들고 나오다가 곰배팔이를 보았다.

"저런 나쁜 놈의 새껭이들……"

곰보댁은 우선 아이들을 참새떼 쫓듯 쫓아버리고 곰배팔이를 술청으로 잡아끌었다. 술청이라야 탁자 두 개에 다 부서진 나무 의자가 비좁게 놓인 서너 평도 안 되는 침침한 공간이다.

"쯔쯧, 철없는 것들 땜에 또 이마가 깨졌구나."

억지로 붙들어 앉히고 머큐로크롬을 바른 다음 곰보댁은 철사처럼 일어선 곰배팔이의 머리를 빗겼다.

"가만히 좀 못 있냐?"

머리가 뜯겼던지 곰배팔이가 요동을 치자 곰보댁은 철썩 엉덩이를 때려주곤 산발한 머리를 가지런히 해서 고무줄로 질끈 묶었다.

"멋 내고 돌아다닐 나인데 불쌍도 하지."

곰보댁이 중얼거렸지만 곰배팔이의 정확한 나이를 아는 사람은 아무도 없었다. 조금 실성한 곰배팔이가 시진읍에 떠돌아다니기 시작한 것은 그럭저럭 칠팔 년이 가까웠다. 얻어먹고 살지만 굳이 찾아다니며 손 벌릴 줄도 모르고, 정신이 좀 나간 듯해도 지랄 발광을 떠는 일은 없었다. 그저 벌쭉벌쭉 웃기나 잘하고 어두워지면 대흥교 밑의 거적 위에 찾아와 조용히 잤다.

차츰 곰배팔이는 읍내의 명물이 되었다. 아무도 그녀를 미워하거나 모질게 대하지 않았다. 오히려 언제부터라고 딱 집어 말할 수는 없지만 시진읍민들의 묘한 친밀감 속에 보호되어왔다고 해야 옳을 것이다. 시진읍을 오랫동안 떠나 있던 사람까지도 고향 사람들을 만나면 곰배팔이의 안부를 먼저 물을 정도였다.

"곰배팔이 지금도 잘 있지?"

"암, 여전하지."

"대흥동 다리 밑에서 살고?"

"그럼. 지난봄엔 그 다리 밑에다 동네 사람들이 움막까지 새로 지어줬다네."

이럴 때, 시진읍민들은 자기 고향에 대한 아늑한 그리움에 잠기게 마련이었다. 그것은 쇠잔해가는 이 소읍의 쓸쓸한 잔영 같은 것이 곰배팔이가 거느리고 다니는 분위기와 알맞게 구색이 맞춰졌기 때문인지 몰랐다. 어쨌든 읍민들은 대부분 곰배팔이를 만나면 농담이라도 한마디 건네주기가 일쑤였고, 아낙네들은 철 따라 헌옷, 헌신발이나마 챙겨 신기는 것을 잊지 않았다.

그 곰배팔이가 지난달부터 청년봉사회관의 사무실 옆방에서

잠을 자고 있었다. 회관은 원래 사무실과 태권도장으로 쓸 계획
으로 설계되었다. 도장에서의 수입으로 청년봉사회의 운영비를
충당하자는 생각에서였다. 그런데 강평에서 한번 습격을 해온
뒤엔 자금이 부족해서 태권도장 자리는 지붕도 제대로 해 올리
지 못하고 있었다. 그곳의 한 귀퉁이에 거적을 둘러치고 곰배팔
이가 밤마다 새우잠을 자게 되었다. 도시 미관을 해친다 하여 대
흥교 아래의 움막이 철거되면서부터였다.

　머리를 다 빗겨주고 나자 곰보댁은 저녁밥이라도 먹여 보낼
요량으로 김치 한 보시기를 꺼내놓았다. 그때 갑자기 곰배팔이
의 얼굴에 밝고 환한 웃음이 떠올랐다. 그러곤 이내 훌쩍 문지방
을 뛰어넘어 은성극장 쪽으로 내닫기 시작했다.

　"아니, 저 잡것이 왜 저러지?"

　곰보댁이 뒤따라 나와봤을 때 곰배팔이는 저만큼 눈발 속을
걸어가는 왕도의 꽁무니에 매달려 있었다.

　"먹어, 먹어……"

　먹다 만 옥수수를 왕도에게 내밀며 큰 소리로 외치는 곰배팔
이의 목소리는 완연히 기쁨에 들떠 있었다.

　"에이그, 병신이 그래도 사내는 알아가지고……"

　곰보댁의 얼굴에도 순박한 미소가 잠겨들었다.

2

수요일. 왕도가 눈을 비비며 옴팡집의 구석방에서 일어난 것은 정오가 다 돼서였다. 새벽까지 충혈된 눈을 깜박이며 앉아 있다가 창이 밝아질 무렵에야 잠이 들었던 모양이었다. 언제 일어나 나갔는지 성일이의 자리는 비어 있었다. 머리맡에 둔 자리끼를 한 모금 들이켜자 부르르 목덜미가 떨려왔다. 요 밑에 손을 넣어봤으나 만져지는 것은 싸늘한 냉기뿐이었다. 빌어먹을. 왕도는 입맛이 썼다. 사팔뜨기 옴팡댁이 새벽에 또 연탄을 빼간 것 같았다. 연탄을 빼가도 사실 큰소리칠 형편이 아니어서 왕도는 더욱 입맛이 쓴 기분이었다.

법원 주변에 잠복 감시까지 하기로 한 것은 본래 읍내 유지들로 구성된 번영회에서 요청해온 일이었다. 연탄값과 야식비 정도는 보조해줄 테니 젊은 사람들이 애 좀 쓰라는 것이었다. 연말쯤에 은근슬쩍 법원이 옮겨갈지도 모른다는 소문 때문이었다. 사람들은 몇 년 전, 읍민들을 감쪽같이 잠재워놓고 새벽 한시에 이전해 간 세무서 사건을 상기하지 않을 수가 없었다.

백만씨는 당장에 회원들을 열한 개조로 편성하였다. 그중 한 개조가 법원 감시조고 나머지 열 개조는 동별로 배치, 대기조로 만들었다. 자정이 넘은 시간이라도 법원 주변에 수상한 기미만 보이면 즉시 동별로 배치된 대기조에 알리고 대기조는 담당한 동의 주민들을 동원하게 되어 있었다. 수상한 낌새를 발견하고 부터 한 시간 이내에 수천 명의 읍민들을 동원하여 법원에서 강평으로 가는 읍내 한복판의 도로를 차단하자는 게 백만씨의 생각이었다.

그런데, 이 잠복 감시 역시 시작할 때에 비하면 요즘엔 제대로 지켜지지가 않았다. 번영회에서도 처음엔 라면이다 연탄이다 하면서 성의를 보였으나 날이 갈수록 청봉회는 관심 밖으로 밀려났다. 하긴 대법원이며 법무부며, 진정서 들고 중앙 관서에 쫓아다니는 것만도 신발이 닳을 정도니 번영회 사람들만 나무랄 처지도 못 되었다.

왕도는 기지개를 켜고 창가에 섰다. 손바닥만한 유리창 너머 사십 년도 더 묵은 법원 건물이 하얗게 눈 쌓인 지붕을 이고 을씨년스럽게 서 있었다. 어떤 형태로든 조만간 헐릴 수밖에 없는 건물이었다. 그러나 시진읍에겐 영광과 번영의 유일한 표상이며, 모두가 함락당한 전쟁터에서 사수해야 될 마지막 요새와도 같았다.

왕도는 입술을 지그시 물었다. 세무서가 옮겨가던 날, 텅 빈 세무서 건물을 혼자 쓸던 아버지의 모습이 잠깐 떠올랐다. 분토골 방앗간에서 피댓줄에 말려 손가락 두 개가 몽땅 잘려나간 그

병신 손에 잡힌 싸리비. 천성만 착했지 주변머리가 없어 날품팔이로만 떠돌던 아버지가 세무서 잡역부로 자리를 정한 지 불과 한 달 만의 일이었다. 세무서는 가도 아버지는 세무서 따라 옮겨 가지 않았다. 강평까지 하루에 몇 번 버스가 오가고 기차가 오갔지만 출근 시간에 맞춰서 오갈 수 있는 교통편은 없었다. 비포장 도로니 자전거로 왔다갔다하기에는 너무 먼 거리였다.

"나는 시진 떠나선 못 살아. 물고기도 놀아본 곳이 좋다던데 재주도 없는 내가 고향 등지고 무슨 재미로 살겠어."

아버지의 더듬거리는 말에 어머니는 당장에 뿔을 세우고 달려들었다.

"에이그, 지지리도 못나가지고 손가락질이나 받던 이놈의 잘난 고향, 이깐 놈의 게 무슨 고향이랍시고 진양조 가락으로 고향 타령이실까."

"그래도 그게 아닌 거여. 조상님네 뼈가 묻힌 곳인데."

"얼레. 또 그놈의 잘난 조상 쳐들고 있네. 아니 조상님네가 당신 밥 먹여줍디까?"

"아무리 그래도 난 못 가. 할아부지 생각을 하면……"

"할아버지, 할아버지! 쪽박 차듯 당신은 할아버지나 차고 지내슈. 에이구, 이놈의 팔자허군."

"도리 없는 일이여…… 난 못 가!"

평소엔 어머니의 한마디에도 물에 젖은 창호지 같던 아버지도 이 일에만은 완강하게 버텼다. 할아버지의 혼백을 버리고 가는 건 후손 된 도리도 아닐 뿐 아니라 뭐니뭐니해도 없는 살림일수록 편히 누울 자리는 고향밖에 없다는 것이었다.

왕도의 증조부는 고집이 센 유학자였다고 했다. 비록 번족한 집안은 아니었지만 외출할 때는 의관이 멀쩡하였고 당신의 가족 앞에서도 흐트러진 자세를 한 번도 보이지 않았다. 그 증조부가 딱 한 번 여러 사람 앞에 웃저고리를 벗어 보인 적이 있었다. 기미년 삼일운동 때였다.

"그게 바로 지금의 아랫장터 시장 거리였다더구먼. 사람들이 백설 치듯 몰려섰는데 할아버지가 글쎄, 한가운데로 나서더니 저고리를 확 벗더라는 거여……"

아버지는 항상 실눈을 뜨고 그때의 광경을 빤히 들여다보는 사람처럼 말했다.

"근데 말여. 홀랑 벗어제긴 맨가슴에 태극기가 새겨져 있더라는 거여. 그 뭐냐, 무…… 문신이라는 거 말여. 바늘로 콕콕 찔러서 그리는 그 문신이라는 거 말여……"

이 말을 할 때 아버지의 표정엔 요술처럼 살기 같은 게 차갑게 번득이곤 했다.

"할아버진 결국 지금의 그 경찰서 자리에서 순사들한테 맞아 죽었다더구먼. 아, 생전에 아버진 술만 먹으면 할아버지 얘기뿐이었어. 할아버지의 혼백이 아직도 시진 어느 구석엔가 남아 있을 거라고 말여. 돌아가실 때도 아버지는 말했었지. 시진을 떠나 살지 마라, 네 할아버지의 혼백이 외로우실 게다, 하고 말여."

주변머리가 그렇게 없던 지천꾸러기 아버지였지만, 할아버지 얘기를 하고 있을 때만은 아주 당당하고 기고만장해 보였다. 너무도 당당하여 아버지의 말을 듣는 사람들은 오히려 대개 웃고 넘겼다. 아버지의 말이 도무지 믿어지지 않았기 때문이었다. 또 믿는다면 어쩔 것인가. 케케묵은 기미년의 한 사건이 아버지의 잘린 두 손가락을 붙여줄 리도 만무하고, 더더구나 천대받는 가난의 굴레를 벗겨줄 리도 없었다. 어렸을 적의 왕도는 아버지가 그런 말을 하고 있을 때가 제일 미웠다.

"할아버지의 문신이 금 나와라 뚝딱 하는 방망이야, 뭐야?"

중학교에 입학하면서 왕도는 곧잘 그렇게 반발하였다.

"아니지…… 방망이는 아니라니까."

"그럼 관둬요! 순사한테 맞아 죽은 그놈의 얘기……"

아버지는 당장 풀이 죽었다. 그러나 나이를 먹을수록 아버지는 더욱 자주, 더욱 줄기차게 증조부 이야기만 이 세상에서 가장 존귀하고 자랑스러운 것으로 생각하는 눈치였다.

왕도는 어머니의 극성으로 입학한 시진상고를 1학년 때 도중

하차했다. 납부금 때문에 삼 개월의 청소를 명했던 안경잡이 담임의 턱주가리를 쥐어박고서였다. 아무도 그를 왕도라고 부르지 않았다. 손가락이 세 개인 아버지를 삼손이라 불렀듯 그는 그저 삼손이의 아들이었다. 삼손이의 아들 왕도는 그때부터 걸핏하면 주먹질이요 칼부림이었다. 백만씨를 빼곤 누구도 그의 행패를 말리지 못했다.

그런 왕도가 조금씩 달라진 것은 청년봉사회가 만들어지고 난 후부터였다. 삼손이 아들이라 불렸던 여관 주인을 칼로 찍고 이 년간의 유치장 생활을 끝낸 다음이었다. 처음, 백만씨가 자신의 뜻을 전해왔을 때만 해도 사실 왕도는 그저 밥값이나 생길 일이거니 했다. 그런데 차츰 그게 아니었다. 형체는 분명하지 않지만 아버지와 자신에게 쌓여온 한스러운 세월의 족적이 그대로 만져지는 기분이 들었다.

백만씨가 왕도에게 두꺼운 책 한 권을 선물한 적이 있었다.

"집에 갖다둬라."

"뭔데요, 이게?"

"글쎄, 갖다두라니까. 두고 보면 네겐 값진 책이다."

왕도는 영문을 모른 채 책장을 풀풀 넘겨보았다. 깨알 같은 한 자인데 단 한 줄도 제대로 읽기가 어려웠다.

"참 형님도, 형님이나 두고 읽으슈. 나 같은 놈은 책 읽어봐야

골치만 아파요."

그러자 백만씨는 책을 펴놓고 한 부분을 가리켰다.

"자, 여길 봐라. 네 증조부의 이름이 나와 있다!"

"뭐라고요?"

"이건 기미년 독립운동사에 관한 책이야. 다른 책엔 없었는데 이 책만은 네 증조부의 의로운 행동을 증언해주고 있어. 비록 이름뿐이지만……"

백만씨가 건네준 책을 받아다 놓고 그날 밤 왕도는 잠을 이루지 못했다. 단지 이름 석 자라고 하지만 검은 활자가 주는 감동은 밤이 깊을수록 차츰 커져서 새벽녘에는 왕도의 몸 전체에 꽉 찼다. 밤새워 바늘 끝으로 자신의 앞가슴을 찌르고 앉아 있었을 할아버지, 어둠은 길고 금강을 지나는 바람 소리는 참혹하고 한밤 내 깨어 있다는 그것만으로도 외로움에 숨가빠 했을 할아버지, 일본 놈 순사한테 맞아 죽어, 아직도 금강변이나 윗장터 아랫장터의 골목길이나 퇴적된 운하 위로 떠돌며 자신을 내려다보고 계실 할아버지의 혼백……

왕도는 창 너머로 가래침을 탁 뱉고 밖으로 나왔다.

"애인이 몇 번씩이나 다녀갔어."

동그란 나무의자에 앉아 한길을 내다보던 옴팡댁이 히죽이 웃으며 말을 붙여왔다. 애들 셋을 옴팡집 하나로 지탱하면서도 사팔뜨기 두 눈에 눈웃음 하나는 떠나지 않는 여자였다. 능청스럽고 성깔도 대단하지만 심덕은 곧고 발랐다.

"애인이라니?"

"히히, 곰배팔이 말야. 웬일인지 요 앞만 뱅뱅거리는 게 왕도를 찾는 눈치거든."

왕도는 웃지 않았다. 봉사회관 도장 자리에 거적을 깔아 잠자리를 마련해준데다 어제 정거장에서의 일이 곰배팔이에겐 특별한 감동을 준 모양이었다. 옥수수를 들고 사거리까지 따라오는 걸 눈 부릅떠 쫓아 보냈던 어젯밤의 일이 떠올랐다.

"그나저나 왕도, 요즘 허회장하고 지국장은 왜 그리 코빼기 보기가 힘들어?"

허회장이란 번영회장 허정술씨고 지국장은 바로 백만씨다. 이따금 들러 연탄값에 야식대라고 몇 푼씩 내놓고 가던 두 사람을 들먹이는 건 돈타령의 징조였다. 왕도야 빈털터리라는 게 뻔하니까 돈타령을 시작할 때 옴팡댁은 항상 이 두 사람을 붙들고 늘어졌다.

"다 바쁜 사람들이잖아. 아줌마한테 못할 짓 시킬 사람은 아니니까 제발 한밤중 연탄이나 좀 빼가지 말라구."

"오메, 거 무슨 섭섭한 소리여? 아무려면 이 옴팡댁이 연탄 한 장에 속 볼 사람여?"

금방 쌍심지를 켜고 나왔다. 왕도는 담뱃불만 붙여 물었다. 허회장이 연탄 삼백 장 떼주고 간 지가 벌써 한 달이 넘었다. 그동안 외상으로 먹은 라면값만 해도 수월찮을 테니 옴팡댁도 속은 상할 터였다.

번영회장 허정술씨는 아랫장터에서 목재소를 했다. 배운 건 변변치 않지만 읍내에선 손꼽는 알부자였다. 전임 김병호 회장에 비하면 어딘가 뒷심이 좀 약하고 신념이 없어 보이는 사람이었다. 선뜻, 자기 돈을 쓰지 않았다. 읍을 위하여 사재를 다 날리다시피 하고 횡사한 김병호씨와는 대조적이었다.

"법원 문젠 어떻게 돼간데?"

앙칼지게 내쏘았던 자신의 어조가 겸연쩍었던지 옴팡댁은 얼른 말머리를 돌렸다.

"소문이 안 좋던데?

"소문이라니?"

"저…… 엊그제 손님한테 들은 얘긴데, 법원이 강평으로 이미 가기로 결정이 났다던걸."

"어느 놈이 그 따위 주둥아릴 놀리고 다녀?"

"몰라, 정말 모르는 사람이라니까."

기가 죽은 옴팡댁이 주르르 부엌으로 들어가버렸다. 어느 놈인가, 이번 궐기대회를 방해하고 있다는 안 좋은 예감이 들었다. 생각 같아선 옴팡댁의 멱살이라도 붙잡아 끝까지 소문낸 장본인을 캐묻고 싶었으나 왕도는 참았다. 이때 호수다방 앞에서 '딱새'를 하는 상고머리 딸딸이가 한길을 건너 구르듯이 뛰어들어왔다.

"형님, 저기, 성일이 형이 다 죽어간대요."

"성일이가?"

"빨리 염천동 소금집으로 가봐요. 성일이 형이 넙치 형님한테 왕창 찍혔다는 거예요."

딸딸이의 말이 채 끝나기도 전에 왕도는 이미 한길을 건너뛰고 있었다. 또 눈이 오려는지 하늘은 여전히 무거운 암회색이었다.

시진읍은 크게 두 개의 구역으로 나뉘었다.

옥녀봉 아래의 배턱을 중심으로 한 아랫장터는 시진읍이 번영을 누리던 일제 때의 중심가였다. 시장 구석구석까지 운하가 파여 있던 그 시절엔 해주, 남포, 제물포, 목포, 부산, 그리고 멀리는 대마도나 시모노세키에서 건너온 상선들이 불야성을 이루었다. 그러나 해방되면서부터는 정거장 주변의 윗장터가 읍의 중심이 되었고 아랫장터는 자연 해수병 들린 늙은이 꼴이었다. 그 아랫장터의 입구에 새로 지은 아담한 이층집이 있었다. 바로 번영회장 허정술씨의 집이었다.

"자네를 오라고 한 건 말이야……"

정술씨는 청주 한 잔을 꼴깍 털어넣고 술잔을 백만씨에게 건네며 말했다. 자개농이 앙증스럽게 어우러진 안방에는 조촐한 술상을 놓고 백만씨와 정술씨만이 마주앉아 있었다.

"법원 문젤 정치적으로 해결하자는 제의가 들어와서."

"정치적이라뇨?"

술잔을 든 백만씨의 얼굴에 순간 그늘이 졌다.

"일테면 막후 협상이랄까, 뭐 그런 거지. 어제 서울에 올라갔었는데 고위층에서도 그걸 바라고 있네."

"강평측과 타협을 하자, 그 말씀인가요?"

"뭐 타협이라기보다도 이렇게 밀고 당겨봐야 피차 피 보기가 십상이라 이거야. 요즘엔 진서읍에서도 그 뭐냐, 어부지리를 얻을 배짱이라는데……"

"안 됩니다. 타협이라니, 그건 있을 수 없는 얘기예요!"

백만씨가 술잔을 탁 내려놓았다.

"허, 젊은 사람이 이렇게 앞뒤가 막혀서야……"

정술씨가 홀떡 벗겨진 맨머리를 뒤로 쓸며 끌끌 혀를 찼다.

"생각해보게. 이 년이 넘게 싸웠으나 뾰족한 수가 없었잖나? 내가 보기엔 우리 시진읍의 승산은 희박해. 그럴 바에야 실리를 취하자 그 말일세. 까딱하다간 닭 쫓던 개 지붕 쳐다보는 격으로 얻는 것 하나 없이 법원만 날리면 그게 무슨 꼴이겠나. 이런 일일수록 혈기는 금물이야."

"어떤 실리를 취하자는 얘깁니까?"

"응, 우선 모 재벌에서 세울 신발 공장을 우리 읍에 세우겠다는 거야. 종업원이 천 명이나 되는 큰 공장일세. 지금 강평에다 공장 부지까지 마련해놨는데 법원만 포기한다면 당장 시진읍에서 공사 착수하겠다고 했네. 그뿐이 아냐. 아주 고위층 사람이 내게 직접 전한 언질인데, 우리 읍을 뭣이냐, 지방공업단지로 조성할 복안을 가지고 있다는 거야. 그렇게만 되면 그까짓 법원에 비기겠나?"

"보장이 어디 있습니까?"

"이 사람, 이건 보통 높은 사람이 한 얘기가 아니야."

"그 높은 사람, 혹시 고향이 강평 아닙디까?"

"허허 참. 그렇게 사람을 못 믿나?"

"회장님이야말로 속지 마십시오. 세무서 옮겨갈 때도 뭐랬는 줄 아십니까? 금강을 막아 댐을 건설하겠다고 했어요. 나중에 알아보니까 시진읍에서의 댐 공사는 불가능하다는 얘기예요. 농지 개발도 최우선하겠다고 했었지만 꿩 구워먹은 소식 아니었습니까. 대신 강평읍에서 최우선적인 대우를 받고요. 회장님, 오늘 얘기는 없었던 것으로 합시다. 시진읍이 지금까지 왜 헐벗고 괄

시받는 줄 아십니까? 쉽게 포기했기 때문이에요. 쉽게 지쳤기 때문이다, 그 말입니다."

백만씨는 일어섰다. 그러자 정술씨가 획 돌아앉아 다리를 틀면서 나직하게, 그러나 완강하게 한마디 던졌다.

"난, 이미 결심이 섰네. 그러마고 약속도 했고……"

"뭐라고요?"

순간 이글이글 불타는 백만씨의 시선이 정술씨의 대머리에 칼날처럼 박혔다.

"우리 번영회 간부들도 대부분 내 의견이 옳다고 생각하고 있어. 자넨 그저 가만히 있으면 되는 거야."

"당신이 뭔데, 우리 시진읍을 통째로 팔아치울 수가 있습니까?"

"뭐, 뭐라고! 이런 고이얀……"

"곱게 충고해두겠는데 그러려거든 당장에 이 시진읍을 떠나는 게 좋을 거요. 당신 같은 추악한 변절자는 필요 없소!"

"뭐야, 이놈아! 아무리 네놈이 그래 봐도 이번 궐기대회 잘 안 될 거야!"

"천만에. 당신 같은 비겁자는 우리 시진읍에 하나도 없소!"

"아! 아니, 그래도 이놈이……"

정술씨가 벌겋게 달아오른 얼굴로 악을 썼으나 백만씨는 이미 휭하니 문턱을 넘어간 뒤였다.

옥녀봉으로 올라가는 길엔 강바람이 사시사철 살았다. 예전엔 봉화대가 있던 자리였고, 하늘에서 내려다볼 때 강의 경치가 그리 좋아서 옥황상제의 딸이 목욕하러 내려오곤 했다는 전설이 서린 옥녀봉이었다. 높지 않은 봉우리지만 사방이 탁 트인 벌판이라 바람이 끊이질 않는 모양이었다. 특히 겨울이 되면 바람은 바늘처럼 뾰족하게 갈아져서 아예 살갗을 뚫고 혈관에 찍히는 것 같았다. 여름철엔 사람들이 그치지 않는 이곳이지만, 겨울의 한동안은 그래서 사람의 발길이 거의 닿지 않았다.

거대한 암벽의 덩어리로 된 옥녀봉 꼭대기엔 늙은 느티나무가 있었다. 느티나무 끝에서 바람 소리가 윙윙 하고 났다. 왕도가 마침내 옥녀봉 꼭대기에 다다랐다. 뒤엔 성일이가, 또 몇 미터 뒤엔 넙치와 달중이, 몽키가 뒤따르고 있었지만 모두 무겁게 입을 다문 채였다. 다리를 절룩거리며 걷는 성일이의 얼굴은 온통 피멍이 져 있었다. 목에는 아예 붕대를 동여매었고 입술은 찢어진 상태였다.

왕도는 한참 동안 나무둥치처럼 움직이지 않았다.

봉우리 발치에 들이친 강물이 부드럽게 꺾이며 서쪽으로 흘러가고 있었다. 백제의 고토를 지나온 강물이었다. 강안엔 마른 갈대들이 잔뜩 우거져 있었다. 강평 쪽에서 내려온 샛강이 왕도가선 발치에서 금강 본류와 합쳐지고 있었는데 예전엔 배들이 짐을 하역하던 곳이었다. 바람 끝이 차가워서 왕도는 목덜미를 한번 부르르 떨었다.

"말해봐!"

왕도가 고개를 돌려 넙치 쪽을 바라보았다. 거역하기 힘든 울림이 있는 목소리였다.

"글쎄, 이 새끼가……"

넙치가 손가락으로 성일을 가리키며 더듬거렸으나 왕도는 차갑게 그의 말머리를 잘랐다.

"아니, 성일이 얘기보다 먼저 소금쟁이를 두들겨 팬 이유를 듣고 싶어!"

"다 말할 테니까 형, 쏘시개 있음 한 대 줘."

왕도는 담배를 꺼냈다. 넙치는 달중이와 몽키를 바람막이로 세워놓고 몇 번씩 꾸물거리면서 성냥을 켜 간신히 담배에 불을 붙였다.

"소금쟁이 그 씨팔놈, 말 많은 거 왕도 형도 알잖아?"

소금쟁이란 염천동 소금집의 주인이었다. 나이가 사십이 가까웠고 소금만 팔며 살아온 지가 이십 년이 넘었다. 배가 불쑥 나오고 재재거리는 게 꼭 두꺼비를 닮았다. 술을 좋아하고 말이 헤폈다. 아랫장터의 좋고 궂은 소문들은 대개 그의 입에서 비롯된 다는 거야 읍내에서 알 만한 사람들은 다 알았다. 그런 소금쟁이 에게 넙치가 발길질을 해댄 것이었다. 왕도가 달려갔을 땐 이미 소금집의 가게문이 반이나 부서져 있었고 새파랗게 질린 소금 쟁이가 배턱으로 내뺀 다음이었다. 성일이만 넙치와 달중이에게 곤죽이 되도록 두들겨 맞고 있었다. 내일 아침이면 온 읍내에 소 문이 쫙 퍼질 것은 명약관화했다. 궐기대회를 앞두고 일어나선 안 될 일이 일어난 셈이었다.

"엊저녁 조장들한테 형이 그랬잖아. 수단 방법을 가리지 말고 책임진 동의 주민들을 궐기대회에 동원시키라고……"

"그래서 팼니?"

"그게 아니고, 그래서, 아침부터 애들하고 염천동 호별 방문을 했었단 말야. 근데 소금쟁이 그 새끼가 속을 박박 긁어놓잖아."

"어떻게?"

"바쁘면 못 나가지 별수 있겠느냐고. 법원이야 가든 말든 내가 무슨 상관이냐, 이런 식이더란 말야."

"그게 아녜요, 형님."

성일이가 끼어들었다.

"새꺄, 넌 가만있어!"

"사실대로 얘길 하잔 말이야. 소금쟁이는 바쁘지 않으면 나가

50

겠다 그랬잖아. 그러니까 넙치 형이 뭐라고 했어?"

"이 자식, 이거 아직도 정신을 못 차렸어."

"씨팔, 나도 인제 그냥 찍히고만 있진 않을 거야."

성일이가 빠드득 이를 갈았다. 희끗희끗 싸락눈이 뿌리기 시작하였다. 강은 더욱 가라앉아 보이고 읍내는 가물가물 안개 속으로 숨는 듯했다.

"형님! 넙치 형은 첨부터 완전히 시비조였어요. 이보슈, 소금쟁이 아저씨, 그러니까 바쁘면 못 나오겠다는 거요? 이런 식으로 나왔는데 소금쟁이라고 가만히 있겠어요? 넙치 형의 저의가 의심스러워요. 계획적으로 궐기대회를 방해하겠다는 그런 의심을 살 만하잖아요. 낼모레가 궐기대흰데 우리 회원이 주민을 작살냈다고 해보세요. 지금까지 쌓아온 거 말짱 도루묵이라고요. 나까지 말린다고 이렇게 조져놨잖아요. 자전거 체인으로 목을 감고 죽이겠다고 했단 말예요."

붕대로 둘러싼 목을 감싸쥐며 성일이가 단숨에 쏟아놓았다. 왕도의 미간에 잔주름이 갔다. 화가 난 걸 참지 못할 때의 버릇이었다.

"이게, 정말······"

넙치가 성일이의 어깨를 움켜쥐고 마구 흔드는 바로 그때였다. 바람을 끊으며 왕도의 발길이 날아갔다. 너무도 강력하고 민

첨한 발길질이었다. 넙치가 비명을 내지르고 냉큼 주저앉았다.

"아니, 형! 사람 너무 우습게 보지 마! 선배 대접으로 참는 걸 알아줘야지. 누군 씨팔, 발길질 못하는 줄 알아!"

악이 오른 넙치가 엉거주춤 일어서며 말했다. 왕도의 발길질이 한번 더 날아갔고, 예상하고 있었다는 듯 넙치가 살짝 주저앉으며 그것을 피했다. 싸움이 벌어졌다. 몽키는 내빼고 달중이는 넙치 편을 들었다. 하지만 애당초 넙치는 왕도의 상대가 되지 못했다. 정강이를 차인 넙치가 주저앉는 것을 왕도가 구두 끝으로 턱을 올려치자 넙치는 단번에 뒤로 발랑 나가떨어졌다. 왕도는 달중이의 허리춤에서 빼낸 자전거 체인으로 나가떨어진 넙치의 가슴을 사정없이 내리쳤다.

"이 새끼, 너 떡밥이지?"

이를 와드득 갈며 왕도가 체인으로 넙치의 목을 감았다. 넙치는 벌겋게 핏기가 몰린 안색에 금방이라도 눈알이 튀어나올 것 같았다.

"말해!"

왕도의 목소리가 쨍하고 울렸으나 넙치는 그저 고개만 조금 흔들었다.

"강평의 어떤 새끼하고 붙었나 말하란 말야. 말해!"

자전거 체인을 쥔 왕도의 손에 힘이 더 들어갔다. 넙치의 얼굴에서 핏기가 조금씩 가시고 있었다. 성일이가 기를 쓰고 말리는 바람에 겨우 왕도가 체인을 놓았다. 그대로 두었으면 무슨 사고로 이어졌을는지 모를 일이었다. 껠껠거리며 잦은 가락으로 한참 동안 기침을 해대던 넙치가 털썩 주저앉은 왕도를 향해 이윽고 말했다.

"난 강평의 떡밥은 아니야. 그치만 법원 문젠 날 샜다는 걸 알아야 돼. 텄단 말야."

"배때지에서 창자가 흘러나오기 전에 꺼져!"

"꺼지지. 꺼지더라도 형에게 이건 분명히 해두고 싶어. 우리들만 시진 사람이 아니라고. 형이나 나나 씨팔, 시진에서 덕 본 게뭐야. 천덕꾸러기로 손가락질만 받으며 살아왔잖아. 어디 우리뿐이야? 꼰대들은 어땠어? 형네 꼰대는 열 번 재주를 넘고 둔갑을 해봐도 삼손이고, 우리집 꼰대는 다른 새끼들 자전거만 뜯어고쳐주고 삼십 년을 넘게 지냈어. 그래도 씨팔, 삐까삐까하는 싸이클 하나 나한테 사줘본 일 없었단 말이야. 시진, 시진 하면서 열 낼 거 하나도 없어. 다 실속 있게 사는 거야. 나도 말야, 배 좀 내밀고 깡깡거리고 살아야겠어. 난 다른 새끼들 자전거 기름 쳐주는 그런 일은 못해. 우리집 꼰대, 그 쓰레기 같은 아버지를 생각하면 이가 갈려. 시진이고 좆이고 난 상관없어. 끗발 한탕 잡으면 그것으로 여길 뜨면 그만이야."

넙치는 단숨에 말을 마치자 비칠비칠 옥녀봉 아래로 내려가버렸다. 왕도는 앉은자리에서 무릎을 세우고 다부지게 껴안았다. 넙치의 한 마디 한 마디가 왕도의 가슴을 찔렀다. 생각하면 넙치의 말은 구구절절 옳았다.

"형님, 춘데 어서 내려가요. 넙치 말에 신경쓸 거 없다고요."

성일이가 부르르 떨며 말했으나 왕도는 그저 묵묵부답이었다.

읍내는 옥녀봉 아래의 아랫장터 일부를 제외하곤 보이지 않았다. 눈바람이 세져서 고개를 숙이지 않으면 눈을 뜨기도 어려웠다. 강도, 개펄도, 그리고 조금씩 무너져가던 읍 거리도 바람과 눈 속에 잡아먹히고, 황폐한 벌판에 혼자 버려져 있는 듯한 느낌이 그를 사로잡았다. 증조부의 혼백은 어디 남았는가. 남아 있다면 그것은 삼손이인 아버지의 혈관 속에 섞여 흐를 터였다. 그러나 아버지는 겨우 삼손이, 손가락질 받으면서 참담하게만 견뎌온 아버지는 삼손이었다. 그 자신이 그랬듯이, 아버지 역시 아무에게도 존중받은 적 없이 살아온 사람이었다.

이윽고 왕도는 고개를 번쩍 들었다.

단숨에 옥녀봉을 달려내려왔다. 신문사 지국에서 백만씨는 보이지 않았다. 왕도는 다시 거리를 가로질러 청년봉사회관으로 갔다. 가슴에 불길이 막 타는 걸 왕도는 느꼈다. 텅 빈 실내에 백만씨 혼자 적막하게 앉아 있었다.

"형님!"

왕도는 거의 두 눈을 부릅뜨고 숨을 헐떡거리며 부르짖었다.

"만사 때려치웁시다. 아니, 형님이 때려치우지 않더라도 난 때려치우고 떠나겠어요!"

"떠나?"

"지금 당장요. 이 개뼈다귀 같은 동네에 다시는 안 돌아오겠어요. 법원이고 나발이고 난 끝난 거예요."

"왕도, 너까지……"

순간 백만씨의 주먹이 정통으로 왕도의 턱을 쳤다. 나이는 들었지만 한 시절을 바람처럼 살았던 백만씨였다. 왕도의 몸이 벽에 부딪치고 쓰러졌다. 적막이 왔다.

"가고 싶음 가라……"

이윽고 백만씨가 말했다.

왕도는 아무 대답도 하지 않았다. 바람 소리가 들렸다. 빈 들판을 단숨에 들이치고 온 바람이었다. 두 사람은 각각 떨어진 채 가만히 있었다. 책상을 짚고 고개를 떨어뜨린 백만씨, 나가떨어진 왕도나 황폐한 기분은 마찬가지였다. 먼저 움직인 건 백만씨였다. 백만씨가 왕도의 어깨를 잡아 일으켰다.

"나가자. 갈 땐 가더라도 지금은 좀 함께 있어다오."

그는 외로워 보였다. 왕도는 밖으로 나왔다. 은성극장은 문이 잠겨 있었다. 거리는 캄캄했다. 역전 사거리까지 오자 어디선지 곰배팔이가 나타났다. 백만씨는 사거리에서 소주 한 병과 오징 어를 샀다. 뒤따라오는 곰배팔이에게 건넸으나 그녀는 받지 않 았다.

"그럼 빵을 먹을래?"

곰배팔이는 왕도 쪽을 보고 풀썩 웃더니 도리질을 했다. 사거 리를 떠나 황산동 장터에 올 때까지도 곰배팔이는 여전히 딴 데 로 갈 기미를 보이지 않았다. 백만씨가 곰배팔이의 어깨를 붙잡 고 말했다.

"너 곰보댁 알지?"

곰배팔이가 머리를 끄덕거렸다.

"그럼 거기 가 있거라. 조금 이따가 왕도하고 곰보댁으로 갈 게. 어서!"

백만씨가 눈을 조금 부릅떠 보이자 그때서야 곰배팔이는 골목 쪽으로 물러났다. 바람은 아까보다 덜했으나 눈송이는 훨씬 커 져 있었다. 빈 장터를 지나자 곧 강둑이었다. 강둑으로 올라서자 눈바람이 얼굴을 때렸다. 백만씨는 그곳에서 왼쪽으로 꺾어 돌 았다. 한때는 쑥돌을 캐냈으나 지금은 암벽 절벽인 채 버려진 돌 산 쪽이었다. 강은 잘 보이지 않았다. 그 대신 시진에서 떠난 마 지막 발동선이 건너편 나루를 향해 강심을 지나고 있었다.

"올해는 아직 강이 완전히 얼지 않았구나."

어느새 평온해진 말씨로 백만씨가 말했다.

"우리 어렸을 땐 겨울이면 말 구루마가 저 강을 그냥 지나갔다. 요즘엔 얼음이 얼어도 위험하다고 못 가게 하지만 그때야 어디 그랬나. 강 건너 사는 장사꾼들은 목구멍에 거미줄 치지 않기 위해서 두께가 한 뼘도 안 되는 얼음장에 목숨을 걸 수밖에. 그땐 참 썰매도 신나게 탔지……"

백만씨의 목소리에 밝은 기운이 살짝 떠올랐다.

"그때의 썰매 탄약 상자 뚜껑이 젤이었어. 좀 좁지만 그걸 떼다가 반쪽씩만 발을 올려놓고 긴 막대에다 못을 박아 밀어대면 참말이지, 바람같이 빨랐다니까. 강 건너도 순식간이었지. 다른 애들은 겁이 나서 여간해 강을 건너가지 못했지만 나는 사실 강을 횡단하는 맛으로 탔다. 위험할 때도 많았지. 어떤 땐 썰매가 나가면서 얼음이 갈라지는 소리가 찍 하고 들리는 거야. 지나가고 나면 얼음이 내려앉지. 참, 얼음 구멍 아냐?"

왕도가 고개를 끄덕거렸다.

그들은 제방을 내려와서 강을 따라 하류 쪽으로 걷기 시작했다. 지붕이 낮은 목로주점 몇몇을 지나자 이내 휑 열린 강안이었다. 까마득히 높게 자란 미루나무가 우뚝우뚝 서 있었다. 백만씨가 멈춰 서서 미루나무 밑동을 손바닥으로 쓰다듬었다.

"그것참 신기하지, 강이 숨을 쉬다니."

그는 여전히 조금 들뜬 것 같은 목소리로 말을 이었다.

"아무리 두껍게 얼어도 얼지 않는 숨구멍은 남아 있거든. 썰매 타다가 숨구멍을 만나면 곧 죽음이지. 하지만 난 한 번 살아나온 일이 있어. 빠져내리는 그 짧은 순간에 팔을 폈단 말야. 얼음이 팔에 걸려 구멍 속으로 빠지질 않았던 거야. 여름엔 수영을 했지만 그보다도 옥녀봉이나 채운산으로 더 많이 놀러다녔어. 채운산 벼락바위에 가면 하루종일 전쟁놀이였지. 거기선 멀리 강평이나 진서까지 환히 바라보였으니까. 채운산뿐이 아니야. 우리 시진은 유독 놀기 좋은 데가 많지. 벌판 가운데라 휑한 게 삭막한 듯하지만 지내보면 그게 아니거든. 한창 젊을 땐 안 가본 데가 없었지만 다른 덴 역시 시진처럼 정이 붙질 않더라. 정말 정 붙어 눌러앉았더라면 한몫 단단히 잡을 수 있는 기회는 많았었지. 그래도 말이다, 한동안 지내다보면 여기, 시진 생각이 나. 못 견딜 정도로 그립고. 그럼 뭐 왕창 털고 결국 이곳으로 돌아오게 되더라고. 알다가도 모를 일이었지, 참!"

미루나무 아래까지 와서 백만씨는 소주병 마개를 입으로 땄다. 몇 모금 목구멍에 들이붓더니 왕도에게 건넸다.

"이런 데서의 소주란 이렇게 안주가 별거 없는 게 낫지. 추우니까 많이 마셔둬라."

발동선이 건너편 나루터에 완전히 닿자 깜박 엔진 소리가 꺼졌다. 이제 눈바람 소리뿐이었다. 어둠 속의 강은 희뿌연 것이 마치 닿을 데 없는 바다 같은 느낌이었다.

"내가 여길 온 것은 이놈을 보고 싶어서야."

백만씨가 거의 한아름이나 되는 미루나무를 부둥켜안았다.

"이놈을 고등학교 때 식목일에 내가 심었거든. 아니, 내가 심은 건 죽었을는지도 모르지만, 암튼 그때 우리들이 저 나루에서부터 쭉 심은 수백 그루 중에 그래도 여기 몇 그루가 살아남았단 말이야."

백만씨는 나무를 부둥켜안은 채 한참 동안 처연해진 낯빛이 됐다. 그런 백만씨의 모습은 처음이었다. 왕도는 한 번도 백만씨의 그런 모습을 보지 못했기 때문에 그저 소주병만 홀짝거리며 가만히 있었다. 미루나무 꼭대기에 목매다는 바람 소리가 아득했다.

"자유당 때 말이다."

백만씨가 말을 이었다.

"선거 바람에 휩쓸려서 한 놈을 찍었다가 감옥에서 일 년 반을 썩는 일이 있었어. 감방 안에 책받침만한 높은 창이 하나 있었는데 처음 들어가니까 거기 삐죽이 올라선 미루나무의 잔가지가 하나 보이더라고. 위치가 높아서 기껏 그것밖엔 아무것도 볼 수 없는 창이긴 했지만 갇혀 있으니 그나마도 위로가 되더라. 그런데 매일 봐도 도무지 변화가 있어야 말이지. 계절 따라 잎이 돋고 또 떨어지곤 했지만 하루하루 지내면서는 그게 변화로 느껴지지가 않거든. 빌어먹을, 바람이라도 좀 불어라. 난 그렇게 씹어뱉곤 했지. 이놈의 미루나무가 흔들림도 거의 없이 항상 그만한 키로 서 있으니 답답해 미치겠더란 말이야. 그런데 어느 날인가, 문득 한 가지 확실한 변화를 발견하지 않았겠니? 발견이라면 좀 우습지만, 암튼 첨에 삐죽이 올라서 있던 그 미루나무가 어느새 자라서 창 위로 치켜올라 끝이 안 뵈는 거야. 물론 갑자기 그렇게 된 건 아니지만 매일매일 그저 똑같으려니 하고 새삼 느껴보지를 못했던 거지. 내가 매일 똑같다고 생각할 때도 미루나무는 기실, 쑥쑥 자라고 있었던 거야. 그걸 깨닫고 났을 때 갑자기 여기, 나와 친구들이 심었던 이 미루나무 생각이 나지 뭐냐. 까마득히 잊었던 일인데. 그뒤 출옥할 때까진 창만 바라보면 이곳의 미루나무가 떠올랐어. 잘 자라고 있는지도 몰랐으면서 말이야. 이 미루나무들을 생각하면 웬일인지 마음이 편안해지는 것이었어. 덕분에 나머지 몇 달의 감옥 생활은 맘 편하게 보냈지. 출옥하자 그때 상당히 고위층이었던 어떤 사람이 붙잡더군. 자기 밑에서 함께 있으라는 거야. 뿌리쳤지. 이 미루나무가 아니었음 아마 눌러앉았을는지 몰라. 그렇게만 됐음 지금쯤 나도 꽤 떵

떵거리고 지냈을 거야. 와보니까 이놈들 몇 그루가 건강히 자라고 있더라. 그날 이후 속이 상하면 난 이리로 혼자 와. 이놈들이 나보고 그러는 거야. 봐라, 너희들이 심은 수백 개의 묘목들이 강물에 휩쓸리고 추위에 얼어 다 죽어갔어도 난 여기 살아남았다……"

백만씨처럼 왕도도 미루나무를 껴안아보았다.

그러자 갑자기 콧날이 빙 하고 우는 게 느껴졌다. 한밤 내 홀로 깨어 앉아 자신의 맨살에다 태극기를 그리고 있는 증조부의 단아한 모습이 돌연 또렷하게 떠올랐기 때문이었다. 아버지가 왜 사는 게 힘들수록 할아버지의 이야기를 하는지 알 것 같은 기분도 들었다. 한 번도 느끼지 못했던 특별한 감정이 아닐 수 없었다.

하류 쪽에서 강물을 거슬러온 반 톤짜리 고깃배 한 척이 느릿느릿 그들의 앞을 지나갔다. 눈 때문에 강의 끝자락은 보이지 않았다. 소주를 벌컥벌컥 털어넣고 빈병을 내던진 백만씨가 왕도를 향해 획 돌아선 건 그때였다. 안광만이 뜨겁게 살아 있는 눈이었다.

"그래, 왕도야!"

물어뜯는 듯한 목소리였다.

"네 말대로, 이곳은 내게도 개뼈다귀 같은 고향이다. 너도, 너의 아버지도, 그리고 시진 사람 대부분이 다 마찬가지야. 털고 일어서봤자 미련이라곤 없는 누더기 같은 사람들이거든. 그렇지만 말이다, 남한테 천대받고 버림받는 땅이라고 그냥 내던져도 되겠니? 천대받는 아버지라고, 천대받는 자신이라고 그냥 팽개쳐도 괜찮겠어? 나는, 나는 절대로 그럴 수 없다! 개뼈다귀 같은 곳, 개뼈다귀 같은 나, 너, 우리. 그래그래. 시진읍은 말이야, 곧 무시받는 우리 자신이기 때문에 물러날 수 없다 그 말이다……"

왕도는 부르르, 전신을 한 번 힘차게 떨었다.

주막이라야 단 두 평도 못 되는 술청에서 곰보댁은 곰배팔이에게 양말을 신겨주고 있었다. 미루나무들이 숲을 이룬 곳에서 멀지 않은 곳이었다. 배를 수선하는 가게와 싸구려 식당, 목로주점 몇이 옹기종기 이마를 맞대고 있는 곰보댁의 가게를 나오면 강안 끝에 작은 등대가 있었다. 지금은 기능을 상실한 버려진 등대였다. 곰보댁에게 붙잡힌 곰배팔이가 누구를 기다리는 듯 자꾸 등대 쪽을 내다보려고 안달을 하는 중이었다.

"에그 이년아, 다리 좀 올려."

머리를 쥐어박자 곰배팔이가 어깨를 흔들며 이통을 부렸다.

"이 지랄을 하고 다녀도 얼어터지지 않는 게 신기하지."

양말도 꿰지 않고 다니니 발이 말짱할 리가 없었다. 때에 전뒤꿈치가 갈라진 게 안쓰럽기 이를 데 없었다. 올겨울만 해도 벌써 네번째 신기는 양말이었다. 일껏 마련해서 신겨주면 답답한지 하루이틀도 지나지 않아 벗어던지는 버릇이 문제였다. 그래도 맨발인 걸 보면 곰보댁은 그냥 보아 넘길 수가 없었다.

양말을 다 신겨주고 난 후 곰보댁은 버릇처럼 빗질을 해주었다. 어제 빗어준 머린데 벌써 이 지경으로 산발한 꼴이니 한심했다. 때가 낄 대로 껴서 머리칼 속으로 빗이 제대로 들어가지도 않았다. 머리가 뜯겼는지 곰배팔이가 엉덩이를 빼면서 또 앙탈을 부렸다.

"내일은 머리 좀 감아야겠다. 아무리 실성을 했다지만 계집애가 이게 무슨 꼴이냐?"

곰배팔이가 눈을 허옇게 뜨고 강력하게 도리질을 했다. 얼굴도 씻겨주고 옷맵시도 내주고 싶은 맘이야 굴뚝같지만 물만 대려면 이렇게 펄쩍 뛰니 어쩔 도리가 없었다. 머리를 빗기고 양말을 신기는 것만 해도 매번 이렇게 힘이 들지 않는가.

"에그 미친년. 웬만만 해도 데리고 함께 살련만……"

곰보댁은 시집가서 이 년 만에 소박을 맞았다.

벅벅 얽은 얼굴에 이 년이나 견딘 것도 감지덕지로 여겼던 그녀는 남편이 딴 여자와 눈이 맞아 놀아나자 군소리 하나 없이 물러나왔다. 섣달그믐께 첫돌 지난 딸애를 등에 업고서였다. 그리고 지금까지 십몇 년, 강산이 변할 만한 세월인데 사내 욕심 돈 욕심 부릴 줄 모르고 늘 이렇게 살아왔다. 딸애는 여섯 살 되던 해 원인을 알 수 없는 열병으로 죽었다. 유독 비가 많이 와서 뒤집힌 금강 물이 제방 끝까지 핥고 가던 여름이었다. 강물에 풍덩 뛰어들고 싶기도 했으나 혈육이라곤 하나밖에 없는 언니, 옴팡댁의 가슴에 못질을 할 수는 없었다. 산목숨은 어쨌든 살아야 했다.

딸애가 죽어나간 다음해던가.

딸애만했던 곰배팔이가 읍내로 흘러들어왔다. 첨엔 무심히 넘겼는데 해가 갈수록 새록새록 정이 붙었다. 데려다 함께 살려고도 해봤지만 빌어먹을 성깔 때문에 뜻대로 되지 않았다. 데려와 씻기고 재워도 곰배팔이는 이틀을 못 넘기고 주르르 다리 밑으로 되돌아가곤 했기 때문이다. 워낙 떠돌며 살아왔는지라 붙박이로 살도록 하는 게 도무지 쉽지 않았다.

곰보댁은 코를 찍 풀어 앞치마에 닦고 곰배팔이 앞에 동태찌개와 밥그릇을 챙겨놓았다.

"뭐하고 있어, 어서 처먹잖고?"

연방 밖을 내다보던 곰배팔이가 마지못한 듯 숟갈을 들었다. 찌개는 손도 안 대고 아귀아귀 밥만 먹고 있었다. 곰보댁이 젓가락으로 동태 살점을 떼어내어 밥숟갈에 일일이 올려줘주었다.

"천천히 먹어라, 천천히……"

물그릇을 입에 대주기까지 했다. 딸애 생각이 자꾸 났다. 살았을 때의 딸애한테도 저녁상머리에 앉으면 늘 이렇게 반찬을 밥숟갈 위에 올려놔주곤 했던 일이 어제 일처럼 기억났다. 혹시 곰배팔이의 어딘가에 죽은 딸애의 혼백이 깃들인 것은 아닐까. 원통하게 죽으면 저승에도 못 간다는데. 곰보댁은 깨어져 신문지로 덕지덕지 바른 창 너머를 바라보았다. 눈이 내리고 있었다. 눈 내리는 한밤에 맨발로 읍내 거리를 뱅뱅거리고 돌아다니는 딸애의 혼백이 환히 보이는 것만 같았다. 불쌍한 년. 곰보댁은 중얼거렸다.

어둠이 깊었다. 오래된 읍내는 속수무책 어둠 속에서 잔뜩 가라앉아 있었다. 강도, 옥녀봉도, 퇴락한 법원 건물도 다 마찬가지였다. 읍을 동서로 가로지른 큰길가에 두 줄 가로등만이 겨우 살아남았다. 그곳에도 인적은 전혀 없었다. 번영회장 허정술씨 집으로 들어가는 후미진 어둠 속에 택시 한 대가 조용히 멎었다. 캄캄한 염천동 골목 안쪽이었다. 라이트가 꺼지고 엔진까지 죽자 바람 소리만 남았다. 어디선지 컹컹 개가 짖었다.

"빌어먹을, 이놈의 눈바람."

중얼거리는 건 백만씨다. 운전석엔 허벅지를 붕대로 동여맨 꺼벙이가 앉았고, 그 옆엔 성일이가 어둠 저쪽 허정술씨의 이층 불빛을 노려보고 있었다. 재작년인가, 새로 지은 이층 양옥이었다. 허정술씨는 원래 물려받은 재산도 많았지만 젓갈전문집을 내서 최근 몇 년 사이 돈을 많이 벌었다. 읍내에서 돈이라면 가장 윗길이라고들 했다.

"이쯤에서 형님은 빠지는 것이 좋겠어요."

치익, 성냥을 그어 담배에 불을 붙이는 순간, 백만씨 옆자리에 털모자를 눈썹까지 눌러쓴 왕도의 굳은 얼굴이 드러났다. 왕도의 눈빛이 성냥불빛과 만나 번쩍했다.

"해낼 수 있겠니?"

"식은 죽 먹기예요. 형님이 여기 있음 나중에 문제가 됐을 때 곤란해요. 형님까지 다치면 누가 뒷감당을 하겠어요. 그러니 형님은 빠지세요. 이건 어디까지나 내가 하는 일이에요. 걸려들어도 거기서 마무리해야 돼요."

"그래. 난 철수하마. 꺼벙이 너 괜찮겠니?"

"참을 만해요."

"불편한 널 불러내서 미안하다. 하지만 비밀을 지켜야 될 일이어서 어쩔 수 없었어. 믿을 놈이 있어야지. J읍으로 가는 길은 알지?"

"알지만 눈이 많이 와서 걱정인데요. 광산까진 J읍에서 육 킬로나 된다면서요?"

66

"길이 막혔어도 J읍에서 머물러선 안 된다. 광산까지 곧장 들어가야 돼. 그쪽으로 연락은 해뒀으니까 사람이 기다리고 있을 게다."

피우던 담배를 내던지며 백만씨가 말했다. 눈바람이 기를 쓰고 달려들었다.

"몇시예요, 형님?"

"아홉시 넘었다. 참 시계는 네가 차고 가거라."

백만씨가 손목시계를 풀어 왕도에게 건넸다.

"허회장이 속아줄까요?"

성일이가 초조한 듯 물었다.

"속아줄 게야. 김검사가 금정에서 모셔오랬다고만 해라. 그동안도 여러 차례 그곳에서 김검사와 은밀히 만났었다니까 따라나설 거라고 봐. 금정에도 이미 손을 써놨어. 전화를 걸어 확인해도 김검사 와 있다고 대답하도록 말을 맞춰놨으니까 넌 가만 있으면 돼."

"좋아요. 어서 내리세요."

"성일이가 조심해야 된다. 최소한 모레 궐기대회가 끝날 때까진 감쪽같이 붙잡아놔야 한다. 절대로 그 양반, 몸을 상하게 해선 안 돼. 정중히 예의를 다해 모셔라. 이쪽 일은 내가 맡을 테니까. 왕도하고 꺼벙인 오늘밤이래도 돌아오고……"

백만씨가 차에서 내렸다.

"절대로 거칠게 대하진 말아."

"걱정 마세요, 형님."

백만씨가 재빠르게 어둠 속으로 사라지자 저만큼 마차조합 쪽에서 가까워지는 사람들의 발소리가 들렸다. 염천동 목로주점에서 술을 마시고 나온 사람들 같았다. 아홉시라고 하지만 가로등조차 없는 염천동에서 보면 오밤중이나 다름없었다.

"머릴 낮춰!"

세 사람은 일제히 머리를 낮추고 그들이 지나기를 기다렸다.

"됐다. 성일이 가봐라!"

왕도가 말했다. 성일이가 차에서 내려 천천히 허정술씨 대문 앞으로 다가갔다. 초인종을 누르는 성일의 몸짓이 보이고, 잠시 후 문소리가 들렸다. 초조한 시간이 지나갔다. 허정술 회장이 속 아넘어가주느냐에 따라 성패가 달린 일이었다. 그가 은밀히 김검사와 내통해온 것이 확인됐으니 웬만하면 따라나서겠지만 알 수 없는 일이었다. 근처에서 또 개가 짖었다. 컹컹 크르릉 컹컹, 하는 것이 마치 어둠을 물어뜯는 것 같았다.

"나온다!"

정술씨 대문 앞에 불이 켜지며 성일과 검정 오버 차림의 허회장이 나타났다. 왕도는 이미 차를 나와 어둠 속에 은신하고 있었다. 차를 타면 된다고 성일이가 말하는 듯했다. 운전대를 잡은 꺼벙이는 시동을 건 채 그대로 앉아 있었다. 성일이가 택시 문을 열어주었고 허회장이 허리를 굽히고 엉덩이를 차 안으로 들이밀었다. 그 순간 왕도와 성일이가 회장의 좌우를 압박하면서 재빨리 차에 탔고 동시에 택시가 그곳을 떠났다. 차는 곧 염천동 사거리에서 우회전, 경찰서 앞을 피해 중앙동 쪽으로 빠져나갔다. 여자중고등학교와 상업고등학교 앞을 지나면 이내 어둠과 눈바람만 사는 황량한 벌판이었다.

"너 이놈, 왕도로구나!"

입을 막았던 손바닥을 떼자 정술씨가 백지장같이 질린 얼굴로 나직하게 외쳤다.

"날 어디로 끌고 가는 거냐!"

"J광산으로 갑니다."

"낼 아침엔 읍이 발칵 뒤집힐 게다!"

"다 손을 써놨어요. 회장님은 급한 일 생겨 서울 간 걸로 되어 있어요. 궐기대회 끝날 때까지만 거기 계시면 됩니다."

"백만이란 놈이 시킨 짓이지? 이러고도 네놈들이 무사할 줄 알아?"

"회장님이야말로 읍을 통째로 팔아치울 궁리에 바쁘시면서 무사할 줄 아셨습니까?"

"뭐야!"

"다 압니다. 대체 어떤 조건으로 파셨습니까? 법원 신축공사에 목재를 대기로 했나요, 아니면 현찰로 크게 한몫 받기로 했나요? 궐기대회를 무산시키려고 하신다는 거, 우리가 모르는 줄 아셨나요? 강평에서 같은 날 궐기대회 날짜를 잡게 한 것도 혹시 회장님 아이디어인가요?"

"네놈들이 발광을 해도 이젠 틀렸어. 궐기대회는 제대로 안 될 게야. 두고봐라……"

"아가리 닫고 있어. 늙은 새끼가 명 재촉하지 말고."

운전대를 잡은 꺼벙이가 악을 썼다. 차는 둔덕을 주르르 올라서더니 편편한 다리 위로 들어섰다. 강평으로 이어진 비포장도로였다. 벌써 눈이 꽤 쌓여 있었다. 눈발이 아까보다 더 거칠어졌다. 차는 거의 기어가다시피 하고 있었다.

"미안합니다, 회장님. 저애가 워낙 거칠어놔서……"

왕도가 꺼벙이를 윽박지르고 깍듯하게 사과를 했다.

"궐기대회까지야 이틀밖에 안 남았어요. 그때까지만 광산에 가 계십시오. 춥지 않게 자리도 잘 만들어놨어요. 성일이가 보살펴드릴 겁니다."

"글쎄, 법원 이전은 사필귀정이야. 이런다고 달라지는 것은 아닐세. 나라고 붙잡을 수 있는 걸 놓자 하겠나. 내 힘으론 어쩔 수 없었어. 이제 실리를 취하는 게 나아. 현실이 그래."

정술씨가 체념한 듯 눈을 감아버렸다.

멀리 벌판 너머로 강평읍의 불빛이 아득하게 보였다. 강평을 오른쪽으로 밀어내면서 가다보면 J읍이 나올 것이었다. 이틀 동안 허회장을 감금할 폐광은 거기에서도 산길로 육 킬로미터였다. 읍내 젓갈상회에서 젓갈 발효실로 그동안 이용해왔던 폐광이다.

그러나 같은 시간, 허회장 이층집의 응접실에서 허회장의 귀가를 눈이 빠지게 기다리고 있는 넙치와 달중이의 모습은 왕도에게도 성일에게도 보이지 않았다. 넙치와 달중이야말로 허회장의 감춰놓은 수족이었다. 왕도는 히죽거리면서 따라오던 곰배팔이가 떠올랐다. 백만씨가 초저녁에 곰보댁에 가 있으라고 했으니 지금쯤 곰배팔이는 곰보댁 술청에서 눈이 빠지게 자신을 기다리고 있을 터였다. 실성했다지만 자신을 유독 따르는 걸 보면 여자로서의 감정이 없는 건 아닌 모양이었다. 착한 계집애였다.

3

─읍민 여러분, 궐기대회가 내일로 박두했습니다. 우리의 결

사적인 결의를 보여줄 마지막 기회가 되는지 모릅니다. 뭉치면 살고 헤어지면 죽습니다……

확성기를 매단 택시가 은성극장, 역전 사거리를 그대로 통과하여 읍의 서쪽 끝을 향해 기어갔다. 목요일 아침이었다. 기다림 다방 앞에서 구두를 닦고 있던 딸딸이가 벌쭉벌쭉 웃으며 손을 흔들었다. 크로바제과점, 대서소, 도장집, 수잔약국, 대화유기점을 차례로 지나 택시는 법원 정문에서 잠시 멈춰 섰다.

—내일은 강평읍에서도 궐기대회가 열립니다. 이번 궐기대회에서 지는 것은 곧 법원 이전 싸움에 지는 거나 다름없습니다. 모든 상점은 내일 열두시 문을 닫읍시다. 아이나, 어른이나, 남자나, 여자나 모두 참가합시다! 우리 읍민의 기개를 보여줍시다!

목재를 실은 트럭 한 대가 택시 옆을 지나쳐갔다.

어느 틈엔지 조무래기들이 우르르 몰려와 택시를 에워쌌다. 눈바람은 그쳤으나 아직도 햇빛은 보이지 않았다. 길바닥은 딱딱하게 얼어붙었고 가로수는 동체를 뭉텅 잘린 채 연약한 눈꽃을 매달고 있었다. 차가 다시 떠났다. 조무래기들이 차체 꽁무니에 우르르 매달려 따라왔다. 법원의 담벼락을 다 지나가자 한약방, 목재소, 구멍가게, 그리고 이발소가 잇대어 있었다. 이발소 창을 열고 사람들이 표정 없는 얼굴로 내다보았다.

"어떻게 된 거야? 궐기대회 무기 연기한다는 소문을 들었는데……"

이발 가위를 든 사내가 고개를 갸우뚱했다.

"연기야 하든 말든 인제 차 지나고 손들기야. 강평으로 아주 결정됐다던데 뭐. 고분고분하게 손들고 공장이라도 하나 뺏어오는 게 낫지. 저기 중앙에서 높은 놈들이 쑥덕쑥덕 결정한 걸 우리가 무슨 수로 막겠누. 힘이 있어야 사람대접을 받지."

수건으로 머리의 물기를 털어낸 중년 사내가 가래침을 거리로 뱉어내며 말했다.

"될성부른 나무는 떡잎부터 알아본다고, 건들거리고 다니던 젊은것들이 지랄 발광을 칠 때부터 싹수가 노랬던 거야. 아, 아침에도 청년봉사회원인가 뭔가 하는 놈들이 몰려와서 내일 안 나오면 좋지 않다고 울근불근하더라니까."

"쳇, 좋지 않음 저희들이 뭘 어쩌겠다는 게야."

"어제 아랫장터 소금쟁이가 젊은것들한테 두들겨맞았대요. 법원 핑계하고 까딱수에 사람만 버리겠어. 공부 열심히 해서 육군사관학교 가는 놈은 없고."

"죽일 놈들. 아무려면 그 못된 버릇 개 주었겠어?"

이발소 앞에서 왼쪽으로 돌면 분토골이었다. 호남선 철로가 분토골 마을 입구를 가로막고 있었다. 때맞추어 상행하는 완행열차가 나타났다. 기차 소리에 놀란 듯 전신주 위에서 눈덩이가 후드득 떨어졌다. 채운산 발치였다. 일제 때 간장 공장을 하던 공장 굴뚝이 우뚝 서 있었다.

　─친애하는 시진읍민 여러분.

듣는 사람이 있거나 말거나 마이크는 계속 악을 썼다.

　─그동안에 우리 시진은 얼마나 많은 푸대접을 받았습니까. 우리 시진은 이제 강평읍의 발밑에 있게 됐습니다. 군청도 세무서도 갔습니다. 고속도로는 강평 코앞에서 돌아 빠졌고 농업진흥공사의 수로 사업도 강평에만 비위를 맞추고 끝났습니다. 우리 시진읍은 입지 조건이 월등하게 좋음에도 불구하고 흔한 공장 하나 차지하지 못했습니다. 고속버스를 타기 위해서도 우리 읍민은 강평으로 가야 하고 새마을호를 이용하려도 마찬가지의 설움을 견뎌야 합니다. 촌락에 불과하던 강평읍이 삼만 오천 인구의 번영된 도시로 발전할 때, 전국에서 시장 도시로 드날리던 우리 시진읍은 어떻게 됐습니까? 우리 도에서 가장 먼저 은행이 들어서고 가장 먼저 전깃불을 켜고 가장 먼저 노동조합이 생기고 가장 먼저 독립만세를 외쳤던 곳이 우리 시진입니다. 그러나 지금은 어떻습니까. 마지막으로 남은 법원이 이전하면 우리는 살길이 없습니다. 친애하는 시진읍민 여러분. 우리는 뭐든지 선 채로 빼앗겼고 저들은 뭐든지 편안히 앉아서 빼앗아갔습니다. 언제까지나 억울하게만 당하고 있겠습니까? 여러분, 법원을

지킵시다. 경찰서를 지킵시다. 시진읍을 지킵시다! 아니, 우리의 할아버지가 누렸던 시진읍의 영광을 되찾읍시다. 방관하는 건 죄악입니다. 참다운 권리란 주는 것을 기다리는 게 아니요, 일어서서 싸워 차지하는 것입니다. 읍민 여러분, 우리의 땅, 우리의 서러운 고향, 우리 조상들의 한 서린 혼백이 잠든 시진읍을 위해 궐기합시다! 우리 읍민들도 당연한 권리 앞에 결코 체념하지 않는다는 참된 정열을 보입시다. 내일 열두시 경찰서 앞 법원 부지로 모이십시오. 우리의 단합된 힘을 보여주는 궐기대회가 법원 부지에서 열립니다……

차츰, 감정의 진폭을 강하게 드러내며 확성기의 목소리가 채운산 아래의 눈 덮인 지붕 사이로 빠져나갔다.

옥녀봉에서 서편의 바위 둔덕을 타내려오면 강가에 초라한 선술집들이 죽 늘어서 있었다. 읍의 허리를 자르고 지나는 개천이 시작되는 곳이다. 개천 양편엔 여기저기 배를 매두던 콘크리트 기둥들이 남아 있고, 그 한쪽 끝에 형체만 남은 갑문閘門이 견고한 문주門柱에 비해 왜소하게 걸려 있었다. 이곳이 바로 시진읍이 시장 도시로, 어업 기지로 드날리던 영광된 한 시절, 거미줄처럼 연결된 운하의 관문이었다. 배를 들이는 갑실閘室이 있고 그 전후엔 물을 막을 수 있는 갑문비閘門扉가 있어 물과 함께 배를 운하로 밀어넣고 갑문비를 닫으면 높아진 수면을 타고 배가 자유롭게 운하 안을 운행했다고 한다.

그러나 지금은 모든 운하가 다 메워졌고 외줄기 대흥천마저 바닥을 드러냈으며, 갑문도 그 형체만 겨우 남아 있었다. 금강에서 잉어나 메기 따위를 낚아올리는 반 톤짜리 고깃배가 정박하는 배턱도 건너편 돌산 아래로 옮겨간 지가 이십여 년. 그래서 옹기종기 모여 있는 선술집의 대부분이 부서진 출입구를 닫아건 채 아무런 움직임도 없었다. 문을 열어놔봤자 저녁에 들르는 단골 노동자 이외에 이런 낮에 찾아들 뜨내기손님이란 거의 없기 때문이었다.

그 선술집 중의 하나, 침침한 구석방에서 섰다판이 한창 벌어지고 있었다. 넙치가 익숙한 솜씨로 패를 돌리는 중이었다. 상대편은 세 사람. 몽키와 턱밑에 밤톨만한 혹을 매단 혹부리와 안경잡이였다. 어두컴컴했지만 눈빛은 하나같이 빛나고 있었다. 바야흐로 돈이 주인인 세상이었다. 잘살아보세, 하는 새마을 노래가 어느 방향에선가, 멀리 들렸다.

"아도야!"

혹부리가 천 원짜리 넉 장을 내던지며 나직하게 말했다. 넙치의 입술에 보일 듯 말 듯한 미소가 지나갔다.

"까봐!"

넙치의 손가락 사이에서 화투장이 주르르 떨어졌다. 난초와 홍싸리, 그리고 명월이었다.

"오리발로 긋고……"

다음엔 매화 한 장이 휙 내던져졌다.

"매화가 만발이다, 씨팔."

이땡이었다. 나머지 매화 한 장을 소리나게 때려놓고 판돈을 긁어쥐는 넙치의 손목을 흑부리가 움켜잡았다. 흑부리의 얼굴에 득의만면, 웃음이 지나갔다.

"매자만 꽃인가, 국화도 꽃이지."

구땡이다. 흑부리가 넙치 앞의 돈을 재빨리 쓸어갔다.

"지미랄 것, 오늘 재수는 금갔다. 니네들이나 해라."

넙치가 벌렁 뒤로 누워버렸다.

"근데 달중이 새끼 왜 이렇게 안 돌아오지?"

끗수를 조이며 몽키가 말했다.

"병신 같은 새끼가 괜히 꼬리만 밟히는 거 아닌가 모르겠구나."

"허회장을 진짜 왕도 패가 납치해 갔을까?"

흑부리가 끼어들었다.

"읍내에는 없는 사람이야. 성일이가 꼬셔 달고 나갔다는데 뻔하지 뭐."

"아무리 그래도 허회장을 작살내고서야 즈네들도 끝내 성친 못할 텐데……"

"개네들이 그거 생각하게 됐니? 왕도의 눈 좀 봐. 미친개란 말이야, 지금."

"미친개래도 그렇지, 형도 그게 뭐야. 쑤시면 안 들어가는 배때지 없는 법이라고. 역도산은 뭐 쌈질할 줄 몰라 창사구 내놓고 뒈졌나?"

담배를 질겅질겅 씹으며 혹부리가 또 판돈을 긁어갔다.

"모르면 잠자코 있어, 이 새꺄!"

넙치가 어두운 낯빛이 되었다. 그때 술상이 들어왔다. 그래도 화투판은 끝나지 않았다. 술도 마시고 화투도 쳤다. 허정술 회장의 실종으로 그들은 갑자기 제 몫의 할 일을 잃은 셈이었다. 내일이면 궐기대회인데 허회장 행방은 여전히 오리무중이었다. 왕도 패거리가 보쌈해 간 것이 틀림없어 보였으나 그렇다고 무턱대고 그것을 신고할 수도 없었다.

"말만 뗐다 봐라 명월이다, 하면서 허회장 그치도 우릴 꽈먹는 건 아닐까?"

안경잡이가 말했다.

"설마……"

"설마가 호랑이도 잡는다잖아. 일 끝나고 이런저런 약속한 일

없다면서 오리발 내밀면 어쩌겠어?"

"나발 부는 거지. 저 죽고 나 죽고 하는 거야!"

잔술을 툭 털어넣고 나서 넙치가 말했다.

"궐기대횐 강행할 모양이던데?"

익숙한 솜씨로 화투를 깔아놓으며 혹부리가 토를 달았다. 눈이 작은 사내였다. 광대뼈가 툭 불거지고 턱은 뾰족했다. 뾰족한 턱밑에서 말할 때마다 밤톨만한 혹이 달싹달싹 리듬을 탔다. 그는 그 혹을 자주 만지는 버릇이 있었다. 끗발을 조일 때마다 꼭 엄지와 검지로 집게손가락을 해가지고 그것을 연이어 매만졌다.

"씨팔, 배는 떠나는데 사공이 없는 꼴이지 뭐. 허회장이 없으니 누가 그걸 막겠어?"

몽키가 말했다.

"궐기대회는 안 하기로 했다고 주민들한테 소문을 냈는데 말이야⋯⋯"

"관둬라!"

넙치가 피우던 담배를 필터까지 분질러 끄며 차갑게 말했다.

"관두다니? 교란 작전이라도 펴야 될 거 아냐!"

"버려둬. 궐기대회는 그냥 놔두라고. 허회장 없는데 우리가 뭘 어쩌겠냐. 괜히 정면으로 부딪칠 건 없어. 우린 그저 구경이나 하는 거야!"

"형도 뭐 찔리는 것 있어?"

"뭐야, 이 새꺄!"

넙치가 벌떡 일어나 앉았다.

"인마, 아무리 우리가 허회장한테 붙었어도 강평 놈들 편이 될수는 없어. 어차피 법원을 빼앗길 게 확실하다니 허회장한테 붙은 거지. 강평 놈들한테 붙는 놈은 나도 가만히 안 둬. 이왕에 이렇게 될 바에야 궐기대회로 우선 강평 놈들 기라도 꺾어놓게 놔두란 말이야!"

그때, 달중이가 들어왔다. 그는 우선 꾸물거리며 장갑을 벗었고 그다음엔 술잔부터 들었다. 왕도 쪽에서 움직이는 상황을 살피러 나갔다 왔는데도 달중이는 말이 없었다.

"새끼, 들와갖고 왜 말이 없어?"

혹부리가 이죽거렸고, 달중이는 넙치만을 향해 말했다.

"왕도가 납치해 간 건 사실인 거 같애. 성일이가 읍내에 안 보이거든. 그리고 엊저녁 꺼벙이 새끼가 차를 몰고 나가 열시가 다 돼 돌아왔다는 거야."

"어딜 갔었다든?"

"확실히는 몰라도 J읍 쪽이 아닐까 그러더군."

"J읍?"

넙치의 눈빛이 반짝 빛나는 듯했다.

"그런데 형, 내일 말이야. 높은 사람들이 내려온다는 게야."

"누가 그러든?"

"김검사가. 다방에서 만났는데 허회장을 원망하는 눈치였어. 이렇게 중요한 판에 도대체 어디로 가서 꿩 궈먹은 소식이냐 이 거야. 중앙에서 높은 사람들이 내려오는데 중요한 끄나풀이 사라졌으니 김검사도 똥줄이 타는 눈치야."

"납치당한 거 같다고 말했니?"

"아니……"

"잘했다. 니네들도 아직 아무 말 말고 있어. 그리고 달중이 넌 나하고 시내 좀 다녀오자!"

넙치가 달중이를 데리고 급하게 방을 나갔다.

"씨팔, 넙치 형도 배짱엔 금간 사람이야."

혹부리가 중얼거렸다.

"이러다가 우리 넙치 형만 끗발 세워주고 마는 거 아냐?"

안경잡이가 말했다

"좆같은 소리 마, 이 새꺄! 넙치고 좆이고 수틀리면 확 찍는 거야. 니네들도 나가면 왕도 패 잘 감시하라고. 넙치 형 말 들었지? 그 형만 믿어선 안 돼. 이 판에 씨팔, 시진이고 강평이고가 어디 있어. 요컨대 우린, 우리 꺼 챙기고 뜨면 돼. 이 바닥에서 살고 싶지도 않잖아, 너희들!"

"여차하면 우리가 직접 높은 사람하고 아다리를 붙지."

"가만있어봐. 넙치, 그치는 기껏 새로 세워질 공장의 큰 자리 하나 바라고 발광이지만 난 아냐. 난 현찰주의야."

"허회장도 현찰 애긴 없었는데. 현찰이 어디서?"

"다 생기는 구멍이 있어."

"혹시 형, 강평하고 벌써 줄 대고 있는 거 아냐?"

"이 새끼, 강평하고 줄 댔으면 어때."

"그렇지만 넙치 형이 알면……"

"까고 자빠졌네. 넙치고 좆이고 다 소용없는 거야. 그치는 시진을 통째로 배반할 수는 없다 그런 생각인 모양인데, 인마, 따지고 보면 그게 그거지 뭐야. 이왕이면 빳빳한 현찰 착착 건네주는 쪽이 젤이다 그 말이야. 조금만 기다려봐. 짜식, 찔찔대기는……"

혹부리가 씩 웃었다. 웃을 때 그의 작은 눈은 거의 감기다시피 했다.

청년봉사회관에서 한 패의 청년들이 우르르 몰려나가자 백만씨는 침통한 표정으로 언제나처럼 창변에 붙어 섰다. 서울에서 내려오는 특급열차가 시진상고의 느티나무 옆을 지나쳐 오고 있었다. 그리고 잠시 후 번질거리는 동체를 확연하게 드러내며 역구내로 빠져들더니 길게 두 번, 짧게 두 번, 기적이 울렸다.

"법원만 가봐라. 우선 특급열차부터 우리 시진읍을 건너뛸 게다. 기껏해야 우리 같은 사람의 나들이를 위해서 완행 정도가 잠시 머물게 되겠지……"

백만씨가 담뱃불을 붙여 물며 조용히 말했다. 열차가 시진역을 발차하는지 다시 기적 소리가 창을 넘어왔다.

"우리 같은 놈, 언제 한번 특급 타볼 새가 있어야지요."

군용 침대에 다리를 뻗고 비스듬히 기댄 채 꺼벙이가 껌을 쩍쩍 씹고 있었다. 그 옆의 의자에서 무릎을 세우고 앉아 있는 왕도는 아까부터 말이 없었다.

"관계 요로에 보낼 진정서는 번영회 부회장 덕상씨가 읽기로 했다. 결의문은 내가 읽을 테지만 왕도 넌 혈서를 써라."

백만씨가 왕도를 돌아보았다.

"싹수 노라면 서울에서 내려온다는 그 높은 양반들을 인질로 삼읍시다."

마침내 무릎을 내려놓으며 왕도가 말했다.

"그건 안 돼!"

"그럼 닭 쫓던 개 신세가 돼도 형님은 궐기대회에서 결의문이나 낭독하고 있을 작정이에요? 뭔가, 더 강력한 처방이 필요해요. 결의문 골백번 읽어도 힘센 놈들한텐 아무 소용도 없다고요!"

"옛날 인도에 간디라는 사람이 있었다더라……"

"간디는 영국에 맞서서 비폭력으로 싸웠다 그겁니까? 영국이야 말귀 알아듣는 신사의 나라지만, 우리의 상대는 그저 우격다짐이면 안 통하는 게 없다는 개떡 같은 자식들이라는 걸 생각해야죠. 저기 서울에서 감 놔라 배 놔라 하면서 제 몫 챙기느라 혈안이 된 잘난 놈들한테 무슨 비폭력입니까. 눈엔 눈이에요. 어차피 대화라는 건 텄단 말예요. 씨팔놈들, 골프채나 휘두르는 새끼들이 알긴 뭘 압니까?"

"끈기를 보이자. 우리도 결코 포기하지 않는다는……"

"뭘로요? 주민들부터 포기하고 주저앉는 판에 뭘로 끈기를 보여요?"

"하필이면……"

무슨 말인가를 하려다가 백만씨는 입을 다물어버렸다. 무겁고 적막한 기운이 감돌았다. 하필이면 어째서 강평과 시진의 궐기대회 날짜에 맞추어서 중앙의 고위층이 떴단 말인가. 궐기대회가 실패한다면 결과는 불을 보듯 환할 것이었다. 읍민들이 결의에 찬 단합된 모습을 보이지 않는다면 저들은 밀어붙일 게 확실했다.

"냄새가 나요……"

왕도가 말했다.

"강평 놈들이 자신만만하니까 쏘삭거려 궐기대회 현장을 보도록 고위층을 끌어내렸을 거예요."

"어쨌든 강평과 시진에서 동시에 열리는 내일 궐기대회가 승패를 좌우하게 될 마지막 일전이 될 게다."

"쌍놈의 것, 여차하면 내일 강평으로 쳐들어갑시다."

꺼벙이가 군용 침대 바닥을 탁 쳤다. 풀썩 먼지가 솟아올랐다.

"밤새도록이라도 호별 방문하여 사람들을 설득하도록 애들을 풀어놨으니까 너무 성급하게 생각하지 말자. 잘되겠지."

백만씨가 왕도의 등을 토닥거리고 밖으로 나갔다.

이번엔 왕도가 창가에 붙었다. 눈 쌓인 지붕마다 여전히 무겁게 구름장이 덮여 있었다. 대흥교 다리 위에 체인을 감은 강평행 버스가 지나갔다. 이제 곧 땅거미가 내릴 시간이었다. 내일 열두 시까진 겨우 열몇 시간이 남았을 뿐이었다. 그런데도 단 한 가지 좋은 징조가 없었다. 보이는 건 낮게 내려온 하늘뿐이고, 낡은 지붕뿐이고, 무관심한 눈眼뿐이었다. 왕도는 자꾸 낮은 끗발로 눈치껏 섰는데 판돈이 올라감에 따라 슬며시 기가 꺾이는 그런 기분 속에 잠겨들었다.

한때 서울에서 지낼 때가 있었다.

고향이 어디시던가, 만나는 사람마다 그렇게 묻곤 하였다. 모호한 말투로 그러나 탐색하는 눈을 빛내며 그들이 물을 때마다 왕도는 자학하는 기분을 느끼곤 했다. 특정 지역이 권력의 대부분을 차지하고 있는 세상이었다. 그들에겐 강평이냐 시진이냐 하는 건 근본적으로 관심조차 없었다. 아무렇게나 편의대로 다루어도 될 땅이었다.

"시진입니다."

"아, 하와이 가까운 데."

상대편은 필요 이상으로 고개를 크게 끄덕거리며 껄껄대고 웃었다.

"씨팔, 그게 뭐, 어쨌다는 거요!"

왕도의 얼굴에서 칼자국이 꿈틀 움직이는 듯하면, 그제야 상대편은 언제나 비굴하게 웃으면서 서둘러 자리에서 일어서곤 했다. 진골도 있고 성골도 있고 노비도 있었다. 출신 성분도 있었다. 고향 이야기를 할 때마다 오래 묵은 상처를 일없이 헤집는 것 같아 늘 가슴이 아팠다. 쓰라린 소외감이었다.

지금도 그런 기분이었다. 기를 써봐도, 이 마지막 일전은 패배로 끝장날 공산이 크다고 왕도는 생각했다. 이래서 더 무시받고 천대받는다는 것을 알거나 말하는 사람은 잡아 약으로 쓰려도 없는 판이었다. 자꾸 빼앗기고 자꾸 밀려나면 밀려날수록 더욱 뭉쳐야 할 일이나 현실은 그 반대였다. 빼앗길수록 패가 갈리고 제 손등을 물어뜯듯 서로 못 잡아먹어서 안달인 이 누추한 패배주의 의식을 어떻게 하면 넘어설 수 있겠는가.

"내일 가게 문 안 닫는 집은 사그리 작살을 냅시다."

꺼벙이가 눈에 쌍심지를 켜고 말했다.

"그래, 애들 데리고 네가 좀 알아서 하렴."

"도대체 백만 형님은 너무 뒤를 사린단 말예요."

꺼벙이가 다시 한번 침대 바닥을 내리쳤다. 다시 눈이 내리기 시작하고 있었다. 지긋지긋하게 내리는 눈이었다. 내일도 날씨가 이러면 그나마도 사람들이 나오지 않을 터였다. 바로 그때였다. 대흥교 다리 위에 홀연히 곰배팔이가 나타났다. 조무래기 몇 명이 곰배팔이의 꽁무니에 매달려 있었다.

헬죽벌죽 곰배팔이

찔뚝뻴뚝 곰배팔이

팔뚝 떼다 엿 사먹고

팔뚝 떼다 감 사먹고

조무래기들의 합창 소리가 개천을 따라와 왕도의 귓가에 매달렸다. 순간 왕도의 칼자국이 한 번 꿈틀했다. 곰배팔이를 바라보는 시선에 차가운 광채가 번쩍하는 걸 꺼벙이는 보았다. 결기에 가득찬 전의를 불태우는 눈빛이었다.

"꺼벙아!"

발작적으로 그가 꺼벙이를 불렀다.

"왜요?"

그러나, 한참 동안 왕도는 입을 열지 않았다.

"왜 불러놓고 말을 안 해요?"

"……"

"그렇게 대하면 꺼벙이 섭섭합니다. 난 사실 왕도 형만 믿고 있는데……"

"너 나가서 오늘밤 강평 패들이 습격해올는지 모른다고 소문을 좀 내라. 그리고 석유 한 통만 남몰래 구해놓고……"

"석유요?"

꺼벙이가 되물었으나 왕도는 이미 밖으로 나가고 있었다.

어디선가 새벽 한시를 알리는 괘종시계가 울렸다.

눈은 아직도 내리고 정거장의 서치라이트가 밝아졌다 곧 꺼져버렸다. 대흥교 건너 개천 변에 세워진 어느 집에선가 컹컹컹 개가 짖기 시작했다. 개 짖는 소리에 쫓기듯 검은 그림자가 얼어붙은 개천을 건너뛰어 청년봉사회관 추녀 밑으로 빨려들어갔다. 민첩한 몸짓이었다. 아무도 보는 사람은 없었다. 그리고 곧장 석유 냄새가 났다.

검은 그림자는 둘이었다.

그들은 청년봉사회관 바닥에 골고루 무엇인가를 뿌리고 옆방으로 넘어 들어갔다. 석유 냄새가 진동하는 걸 보면 그들은 석유를 뿌리고 있는 것 같았다. 옆방으로 들어간 그들은 잠시 멈칫하는 것 같았다. 다 해진 군용 담요를 덮은 검은 물체가 끙 하며 움직였다. 너무 어두워 얼굴은 보이지 않았다. 꿈이라도 꾸는지 쩝쩝, 입맛 다시는 소리가 났다.

"형님."

그림자 하나가 낮게 그러나 떨리는 목소리로 불렀다.

"뿌려."

그 방에도 곧 석유가 뿌려졌다. 개 짖는 소리가 계속 나고 있었다. 검은 그림자가 방을 벗어난 직후 곧 청년봉사회관에 불이 붙었다. 일시에 불길이 솟은 청년봉사회관은 눈 내리는 어둠 속에서 거대한 꽃봉오리처럼 타올랐다. 어떻게 해볼 새도 없는 강력한 불길이었다. 다른 개들도 악을 쓰고 짖어대기 시작했다. 컹컹컹 크르르르릉 컹컹컹……

4

궐기대회가 열리기로 한 금요일 아침이 왔다.

해가 떠올랐다. 순백의 눈으로 덮인 시진읍에 참으로 여러 날 만에 덩그렇게 아침해가 솟았다. 모든 것이 눈부시게 빛났다. 그러나 어찌된 일인지 시진읍은 아주 조용했다. 불온한 고요였다. 눈을 쓸러 나오는 사람도 없었다. 꺼벙이의 택시는 빈 채 네거리에 세워져 있었고 상가는 문을 여는 기미가 없었으며 기다림다방 앞의 딱새 딸딸이도 보이지 않았다. 체인을 두른 강평행 버스가 네거리를 건넜지만 버스 안은 거의 비어 있었다. 이따금 몇 사람씩 무리를 이룬 사람들이 침묵 속에서 네거리를 건너갔다. 법원 부지로 읍민들이 조성한 땅은 경찰서 바로 앞이었다. 그곳 눈밭에 사람들이 모여들고 있었다. 수건을 머리에 질끈 동여매고 곡괭이나 낫이나 쇠스랑을 든 사람들이었다. 섣불리 말하는 사람은 없었으나 어딘지 모르게 살기 등등, 피냄새가 나는 분위기였다. 개 한 쌍이 한쪽 눈밭에서 그 짓을 하고 있었는데도 깔깔대거나 손가락질하는 사람 하나 없었다.

태양이 점점 높이 떠올랐다.

청결한 햇빛이 차게 시진읍의 구석구석을 공평하게 비추고 있었다. 텅 빈 거리에는 하나둘 제복의 남자들이 서 있었다. 시간이 지나감에 따라 제복은 수가 불어나 나중엔 거리 양편에 거의 도열하는 것처럼 되어버렸다. 경찰이었다. 삼엄한 경비가 내려지고 있었다. 백차 한 대가 쏜살같이 달려와 역전 사거리에서 멎었다. 역전 사거리에 바리케이드를 치고 법원으로의 접근을 막을 요량이었다.

마침내 경찰서 쪽에서 날라리젓대 소리가 들려왔다.

태평소였는데, 고음이면서 동시에 아리아리 가슴을 할퀴고 드는 듯한 차갑고 피어린 가락이었다. 바리케이드를 친 경찰들의 시선이 읍의 동쪽 끝으로 달려갔다. 궐기대회를 끝내고 법원으로 행진해 오는 사람들이 대흥교 위로 나타났다. 경찰의 숫자가 계속 불어나 역전 사거리 방어벽은 아까보다 훨씬 두꺼워졌다. 강평에서 본 적이 없는 특별한 무장차도 경찰 바리케이드 너머에 대기하고 있었다. 삼엄한 경비였다.

맨 앞에 오는 중년 사내가 날라리젓대를 불고 있었다. 그 뒤로 삼베의 노란 색깔과 비단의 붉은 기운이 아침 햇빛에 선명히 드러났다. 공포功布와 명정銘旌이었다. 그것은 틀림없이 장례의 행렬이었다. 들려야 할 요령 소리는 들리지 않았다. 향두가香頭歌도 없었고 꽃상여도 없었다. 기이한 장례의 행렬이었다. 거적에 덮인 가마니로 만든 들것을 네 명의 청년이 어깨 위로 메고 있었는데, 참혹하게도 시신의 일부가 햇빛 속에 드러나 있었다. 불에 타죽은 시신이었다. 그 참혹한 것을 차마 정면으로 보지 못해 눈을 찔끔 감고 고개를 외로 꼬는 사람들도 있었다. 맨 앞에서 들

것을 둘러멘 사람은 왕도였다. 백만씨가 상주 격으로 뒤를 따라
가고 있었다.

사람들의 행렬은 끝이 없었다.

전임 번영회장의 장례 때보다도 더 많은 사람이 모여 있었다.
모두 수건으로 머리를 동이고 쇠스랑이나 낫 등을 든 사람들이
었다. 구호조차 없는 묵묵한 행진이었다. 앞으로 나올수록 행렬
의 꼬리가 길어지고 있었다. 여자들도 있고 노인도 있고 아이도
있었다. 경찰 바리케이드 앞에 오자 태평소 소리가 딱 끊겼다.
일순 정적이 왔다.

"비켜나시오."

누군가 들것 뒤에서 소리쳤다.

"안 비키면 밀고 들어가자고!"

"씨팔 것, 수틀리면 다 찍어버려……"

사람들은 살기등등했다. 겁에 질린 경찰들이 한 발짝 뒤로 물
러섰다. 일촉즉발의 상황이었다. 경찰서장인 듯한 자가 바리케
이드 앞으로 나왔다. 그는 손 마이크를 들고 있었다.

―이러시면 안 됩니다. 나도 시진이 고향인 사람이오……

서장은 침착하게 그렇게 소리쳤다.

―이런 식이라면 이건 폭동으로 간주할 수밖에 없게 됩니다.
사실은 조사가 끝날 때까지 그 시체도 우리가 가져가야 되지만

여러분의 심정을 십분 감안하여 궐기대회가 시작될 때까지 그냥 놔두는 겁니다. 이래가지곤 죽도 밥도 안 돼요. 우리 시진읍에 이 될 게 하나도 없다 그 말입니다. 법원으로 가는 건 절대 용납할 수 없습니다. 역 광장으로 가서 평화적으로 궐기대회를 한다면 허용하겠습니다. 더 큰 비극은 막아야 합니다. 왼쪽으론 길을 트겠습니다. 평화적인 집회를 해주세요. 우리 시진을 위해서 그래야 합니다!

서장의 말은 간곡하고 설득력이 있었다.

백만씨가 몇몇 번영회 간부들을 불러 숙의를 했다. 바리케이드 너머 경찰의 일부는 총까지 들고 있었다. 긴장된 순간이 지나갔다. 행렬은 꼼짝하지 않고 있었다. 백만씨가 이윽고 확성기를 들었다.

─여러분, 우리는 폭도가 아닙니다!

백만씨는 목이 잔뜩 쉬어 있었다.

─우리가 지키고 싶은 것은 법원입니다. 구태여 법원으로 들어갈 필요는 없습니다. 남은 궐기대회를 통해 우리의 뜻을 만천하에 알리면 됩니다. 흥분할 건 없어요. 서장님이 집회를 보장해주었으니 역 광장으로 갑시다!

행렬이 사거리에서 좌회전, 정거장 쪽으로 돌아섰다.

서장은 약속을 지켰다. 역 광장으로 가는 행렬은 아무런 제지도 받지 않았다. "이팔청춘 호시절에⋯⋯"하고, 태평소를 불던 사내가 이번엔 태평소 대신 상두 소리를 메겼다. 비로소 향두가가 읍내를 크게 울리기 시작했다. 상두꾼들이 후렴을 뽑고, 그 후렴 소리에 가로수에 쌓였던 눈덩이가 푸덕푸덕 떨어졌다.

이팔청춘 호시절에

어허이 어허이야

억울해서 어이 살꼬

어허이 어허이야

천대받고 무시받고

어허이 어허이야

찬밥 먹고 거적 덮고

어허이 어허이야

천하통일 진시황은

어허이 어허이야

아방궁만 높이 짓고

어허이 어허이야

호의호식 살았는데

어허이 어허이야

불쌍쿠나 곰배팔이

어허이 어허이야

시집 한번 못 가보고

어허이 어허이야

억울해서 어이 갈꼬

어허이 어허이야

……

　치맛자락을 눈으로 가져가는 여자들이 늘어났다. 행렬이 어느덧 역 광장 앞에 당도했다. 거의 모든 읍민들이 쏟아져나온 것 같은 형국이었다. 광장이 모자라 사람들의 일부는 역의 동쪽 창고 쪽까지 빈틈없이 들어차 있었다. 밭 너머로 타버린 청년봉사회관이 건너다보였다. 시커멓게 타버린 봉사회관의 골조는 참담하기 이를 데 없었다.

　"죽일 놈들!"

　후미 쪽에서 악을 쓰는 소리가 들렸다.

　"아무려면 그래, 곰배팔이도 사람인데 거기다 불을 질러!"

　"환장을 했지. 이렇게 더 가다간 우리가 사는 집까지 불을 질러댈 놈들이야."

　"어림없는 소리, 우리도 참을 만큼 참았어. 이제 더는 참을 수 없지. 암, 없고말고!"

맨발로 뛰쳐나온 곰보댁이 들것의 한쪽을 붙들고 늘어졌다.

"청천 하늘에 날벼락이지, 이게 웬일이냐. 아이고, 이년아 얼굴이나 좀 보자. 흐흐흑……"

여러 사람이 붙잡았으나 곰보댁은 몸부림을 쳤다. 기차가 지나고 있었다. 기차의 머리에서 햇빛이 번쩍하고 빛났다. 평화적인 행진과 궐기대회를 보장받았으나 사람들의 얼굴엔 여전히 살기등등한 기세가 꽉 차 있었다. 경찰들은 기세등등한 그들을 자극하지 않으려는 듯 멀리서 에워싸고 있었다. 단상은 이미 마련되어 있었다.

"형님, 시작합시다!"

곰배팔이의 시체를 임시로 단상 위에 내려놓고 왕도가 백만씨를 향해 말했다. 백만씨는 대답하지 않았다. 뭔가 생각하는 눈치였다. 그때 헐레벌떡, 번영회 부회장 덕상씨가 단상으로 올라왔다. 경찰서장을 따로 만나고 오는 길이었다.

"이봐, 백만이."

그는 단상 밑의 사람들을 흘끗 바라보며 말했다.

"서장 말은 끝까지 사고가 안 나야 한다는 게야. 무슨 일이 생기면 봉사회원과 번영회 간부들을 모조리 쓸어넣겠대. 강평 경찰만 동원된 게 아니래. J읍 경찰까지 동원돼 왔다고."

"괜찮을 거예요. 사람이 숯덩이처럼 타죽는 판에 감방 겁내서야 일 되겠습니까?"

백만씨가 완강하게 말했다.

"책임지겠나, 자네? 읍민들이 흥분하면 모든 게 끝장일세. 사람 하나 죽는 게 문제가 아니야. 열도 스물도 죽을 수 있어. 읍민들을 자극해선 안 되네. 혈서를 쓰는 일 같은 건 관두세."

"평화적으로 끝내야 한다는 건 동감입니다. 하지만 우리가 준비한 절차 중 어느 한 가지도 지금 뺄 수는 없습니다."

"잘못 나가면 우린 파멸이야. 궐기대횐 자네가 알아서 하게. 가겠네, 난……"

"그건 안 됩니다."

하얗게 질린 얼굴로 돌아서는 덕상씨 앞을 가로막고 나선 것은 왕도였다.

"비켜!"

덕상씨가 나직하게 외쳤다.

"못 비킵니다!"

목소리는 낮았지만 왕도의 눈빛은 야수와 같았다.

"이런 나쁜 놈 봤나. 감히 나한테 이러다니……"

"허회장님 대리 노릇을 할 분은 부회장님밖에 안 계십니다. 지금 서울에서 내려온 고위층 인사가 지켜보고 있어요. 단합된 모습을 보여야 합니다. 번영회 간부들이 참석 안 하면 죽도 밥도 아니에요. 어서 단상으로 올라가십시오."

"싫다!"

덕상씨가 뿌리치자 다른 청년들이 또 앞을 가로막았다.

"정 가시겠다면 마이크에 대고 부회장님의 배신을 광고하겠습니다. 사람들이 지켜보고 있어요. 여기서 떠나면 저 사람들 사이를 빠져나가기 전에 부회장님 맞아 죽을지도 몰라요."

덕상씨의 입술이 파르르 떨렸다. 사람들이 침묵 속에서 그들을 바라보고 있었다. 왕도의 말은 단순한 위협이 아니었다. 덕상씨는 할 수 없다는 듯 천천히 단상 위에 올라갔다.

궐기대회가 시작되었다.

덕상씨가 허회장을 대신해서 그동안의 경과보고를 하고 진정서를 낭독하고 나자 지난여름 죽은 김병호 회장과, 곰배팔이를 위해 묵념이 올려졌다. 구슬픈 날라리젓대 소리가 났다. 구슬프지만 저린 음률이었다. 사람들의 팔과 목덜미에 오스스 소름이 돋아났다.

묵념이 끝나자 백만씨가 단상으로 올라갔다.

─여러분!

갈라진 그의 목소리는 아주 비장하게 들렸다.

─우리는 이 년이 넘도록 싸웠습니다. 우리들의 권리와 우리들의 고향을 지키기 위해서 우리가 할 수 있는 일은 뭐든지 다 했습

니다. 아까 보셨지요. 법원 부지요. 유난히 물이 많이 차는 논이 아니었습니까. 우리는 그곳을 십시일반 읍민들의 정성으로 마련했습니다. 우리들의 흙을 퍼 날랐고, 돌을 져다 쌓았습니다. 어른 아이 할 것 없이 그 터를 밟아 다진 것도 다름아닌 우리였습니다. 법원 부지만 그렇게 마련한 게 아니고 법원 신축비까지도 가난한 호주머니를 털어 모금하고 있습니다. 우리의 권리 주장은 열 번 백 번 정당했고 투쟁 과정에선 성실하고 정직했습니다……

백만씨가 잠시 말을 멈췄다.

강평 쪽 들녘을 건너온 바람이 역 앞의 전신주에서 잉잉거리고 울었다. 읍민들을 둘러싼 경찰의 숫자가 시시각각 늘어나고 있었다. 말하는 사람은 아무도 없었다.

─우리는 오늘 슬픔 속에 서 있습니다.

백만씨의 연설이 그 대목에서 더 고조됐다.

─불쌍한 곰배팔이 말입니다. 여기 불타 죽은 곰배팔이의 시신이 있습니다. 누가 죽였습니까. 도대체 왜 우리가 이런 꼴을 당해야 합니까. 춥고 배고프게 살면서도 결코 시진을 떠나지 않았던, 어떻게 보면, 불쌍한 우리의 시진읍 신세와 비슷한 곰배팔이입니다. 이건 정말 너무도 잔인한 일입니다. 곰배팔이의 죽음은, 그렇습니다, 곧 우리의 죽음과 같습니다. 우리 시진읍의 죽음과도 같습니다. 보십시오!

돌연 백만씨가 곰배팔이 위에 덮었던 거적을 획 벗겨냈다. 곰배팔이는 한마디로 숯덩이였다. 시커멓게 타버린 시신 위에 창자가 비어져나와 눈뜨고는 못 볼 지경이었다. 사람들이 술렁거리기 시작했다.

―여러분!

백만씨가 다시 소리쳤다.

―흥분해선 안 됩니다. 이런 때일수록 냉철해야 합니다. 제가 외람되게 곰배팔이의 시체를 여러분에게 보인 것은 단 한마디의 말을 여러분에게 전하기 위해서입니다. 살아 있어야겠다는 것입니다. 이만 오천, 우리 읍민들이 꿈틀꿈틀 살아 있어야 하겠다 이겁니다. 법원 문제는 단순히 법원 한 가지 문제가 아닙니다. 법원을 뺏기는 날, 우리는 더 많은 우리의 권리를 포기하게 될 것입니다. 정당한 권리와 정직한 주장을 스스로 체념해버린다면 그것은 죽음입니다. 꿈틀꿈틀, 정말 살아 있는 사람들이 사는 내 고향 시진을 건설합시다!

누군가 "옳소!" 하고 외치자 당장에 박수와 함성이 일었다. 또 기차가 지나갔다. 백만씨는 기차의 소음 때문인지 한참 동안 단상에서 이마를 짚고 서 있었다. 이윽고 그는 결의문을 또박또박 읽어나갔다.

―일! 우리 이만 오천 시진읍민들은 지방법원 시진 지원支院의 강평 이전 계획을 결사반대한다.

　―일! 우리 읍민들은 우리의 목적이 관철될 때까지 무기한으로 모든 수단 방법을 동원하여 우리의 권리 주장을 위해 투쟁한다.

　―일! 우리는 한마음 한뜻으로 '새 시진 건설'의 기치를 높이 들고 시진읍의 번영과 영광을 위해 노력한다.

　결의문을 다 읽은 백만씨는 만세 삼창을 선창했다.

　만세 소리가 들판의 끝을 향해 달려나갔다. 그러나 마지막 세 번째의 만세 소리가 끝나기도 전에 단상에 뛰어오른 청년이 있었다. 왕도였다. 그는 뛰어오르자마자 새끼손가락을 입에 물고 질끈 깨물었다. 선혈이 줄줄 흘러나왔다. 다른 청년들이 현수막처럼 만들어진 광목을 받쳐들자 왕도는 힘차게 손가락으로 혈서를 썼다. "새 시진 건설! 법원 이전 결사반대!" 왕도가 혈서를 다 쓰기 전에 흥분한 군중 속에서 또다른 두 사람의 청년이 뛰어나왔다. 그들도 손가락을 깨물었다. 사람들이 다시 아우성을 쳤다. 도로에 가깝게 있던 사람들의 일부는 벌써 곡괭이나 쇠스랑을 둘러멘 채 시가 쪽으로 다시 밀려가기 시작했다. 경계망을 폈던 경찰들이 한 발짝 뒤로 물러났다.

　"강평까지 행진합시다!"

왕도가 땀을 뻘뻘 흘리며 피투성이 된 주먹을 휘둘렀다.

"곰배팔이의 시체를 메고 가자!"

삽시간에 뛰어든 사람들이 곰배팔이가 뉘어진 들것을 들고 나왔다.

"가자!"

"강평 놈들에게 곰배팔이의 원혼을 풀어주게 하자!"

백만씨가 왕도의 허리를 부둥켜안았으나 막무가내였다. 군중들은 이미 누구의 제지로도 멈추어질 수 없는 상태였다. 무장한 경찰들이 대오를 정비하는 게 보였다. 경찰이 사수하도록 명령을 받은 것은 법원 건물인 모양이었다. 법원을 중심으로 읍의 서쪽 지역을 경찰 포위망이 넓게 둘러싸고 있었다.

"왕도!"

"놓으세요, 형님."

"이 새끼, 이래가지고는 죽도 밥도 안 돼. 어서 사람들을 진정시켜!"

"진정시킬 수 없어요, 이제⋯⋯"

왕도가 백만씨의 손을 뿌리치며 사람들의 앞장을 섰다.

"이건 자멸이야!"

백만씨가 무릎을 꿇고 절망적으로 울부짖었다. 군중들의 눈에 핏발이 곤두섰다. 쇠스랑으로 땅을 찍어대는 사람도 있었다. "저

승길이 멀다 해도……" 누군가 확성기에 대고 향두가의 첫 소절을 메겼다. 흥분한 군중들이 거의 동시에 "어허이야" 하면서 후렴을 뽑았다. 다행히 강평 쪽은 법원과 반대 방향이었다. 말이야 강평으로 가자고들 나섰지만 강평은 삼십 리 들판 너머에 있었다. 경찰서장은 머리가 좋은 사람이었다. 법원만 막아낸다면 격앙된 그들을 서둘러 제압할 필요는 없었다. 곰배팔이의 시체를 앞세운 사람들이 사거리에서 우회전해 다시 경찰서와 법원 부지가 있는 쪽으로 돌아섰다. 읍의 한가운데를 꿰뚫는 중앙로였다. 거대한 행렬이었다.

    대문 밖이 저승이다
    어허이 어허이야
    서산 낙조 떨어져도
    어허이 어허이야
    내일 아침 돈건마는
    어허이 어허이야
    불쌍쿠나 곰배팔이
    어허이 어허이야
    원통해서 어이 갈꼬
    ……

곰보댁이 곰배팔이가 실린 들것에 매달렸다.

"뇌라! 이 불쌍한 걸…… 죽어서도 이게 웬말이여! 어서 내려놔, 이 미친 것들아! 어서 내려놔……"

곰보댁은 실성한 듯이 들것을 멘 사람들을 물어뜯으며 달려들었으나 중과부적이었다. 향두가가 계속해서 울려퍼졌다. 행렬의 앞부분이 경찰서 정문에 닿았다. 그곳에 다시 바리케이드가 쳐져 있었다. 서장은 경찰서 앞에서 승부를 볼 모양이었다. 무장을 끝낸 경찰차들이 경찰서에서 여고 정문 앞까지 들어차 있었다. 행렬이 역전 사거리와 경찰서 앞에 갇힌 꼴이었다.

총성이 울린 게 바로 그때였다.

사람들이 일제히 목을 움츠리고 총성이 울린 곳으로 시선을 모았다. 정복 차림의 경찰서장이 경찰차 위에서 총을 들고 서 있었다. 사람들은 조용해졌다. 바람 소리 하나 들리지 않는 고요였다. 팽개쳐진 곰배팔이의 시체를 향해 눈밭을 기어가는 곰보댁의 처절한 울부짖음만이 그 순간 사람들의 귓가로 날아들었다.

"사람은 안 뵈고 법원만 뵈지? 미친놈들아!"

곰보댁이 들것을 안았다.

"우리 불쌍한 곰배팔이, 야가 죽은 건 법원 땜여! 그려, 그런 거여! 그런데 이게 뭔 짓여. 죽은 아이를 데리고 할 짓이냐고, 이

놈들아!"

아무도 대꾸하는 사람은 없었다.

—여러분, 흥분을 가라앉히고 내 얘기를 들어보세요!

서장은 한 손엔 확성기를, 한 손엔 여전히 총을 들고 있었다.

—놀라지 마십시오! 곰배팔이는 강평 사람들이 죽인 게 아닙니다. 목격자가 경찰에 나와 이미 증언했습니다. 여러분 중에 이 가증스러운 사건의 범인이 있습니다. 다시 말합니다. 곰배팔이를 죽인 범인은 내가 책임지고 잡겠습니다. 방금 석유통을 발견했다는 연락도 받았습니다. 경찰에서 조사하여 곧 진실을 밝힐 것입니다. 만약 곰배팔이의 죽음이 강평 사람들 짓이라면 그때 궐기하여도 늦지 않습니다. 정말 강평 사람들이 곰배팔이를 죽였다면 나도 여러분의 행진을 막지 않겠습니다. 나를 믿어주십시오. 경찰 발표가 나올 때까지 돌아가 기다리십시오. 어서 흩어져 돌아가십시오. 더 혼란을 야기할 땐 가차 없이 체포하여 구속하겠습니다!

범인이 이중에 있다니, 충격적인 말이었다.

그 순간 백만씨와 왕도의 주변을 경찰들이 에워쌌다. 기습적이어서 사람들이 자기도 모르게 한 발씩 뒤로 물러났다. 모든 사람들의 표정에 당황스러운 기색이 역력해졌다. 왕도와 백만씨만 포위한 게 아니었다. 곰배팔이의 시신을 메고 온 청년봉사회의 회원들과 행렬을 앞서 이끌어온 번영회 간부들도 포위되었다. 사람들의 전의가 급속하게 잦아들었다. 설마 경찰서장이 이 많은 사람들 앞에서 거짓말을 하고 있다고 생각하는 사람은 별로 없었다. 행렬이 어정쩡하게 멈춰 선 사이 왕도와 백만씨가 경찰서의 정문으로 재빨리 끌려들어갔다. 단호하고 재빠른 작전이었다. 경찰서 정문을 들어선 다음에야 왕도와 백만씨의 시선이 잠깐 마주쳤다. 백만씨는 이미 모든 걸 깨달은 눈치였다. 왕도를 바라보는 그의 눈에 물기가 고여 번질번질하고 있었다.

"바보 같은 자식!"

백만씨가 고개를 돌리며 씹어뱉듯이 말했다.

"……내가 싸워온 건 여기를 사랑하기 때문이었다. 그런데 넌 사랑을 이해 못해. 건달에 불과해. 곰보댁을 봤니? 시진읍을 구할 사람은……"

거기까지 말했을 때 서울행 특급열차의 기적 소리가 들려왔다. 백만씨의 다음 말은 들리지 않았다. 경찰이 백만씨의 등을 거칠게 밀어붙였다. 돌아보는 백만씨의 눈가에 한줄기 눈물이 주르륵 흘렀다. 이때 그것을 경찰서의 이층 서장실 창가에서 조심스럽게 내려다보고 있는 눈이 있다는 걸 그들은 알지 못하고 있었다. 옥녀봉 아래 서편 주막에서 화투 끗발을 조이던 혹부리, 바로 그였다.

106

5

일주일 후 역시 정갈한 금요일 아침, 햇빛 속의 대흥교 위를 초췌한 백만씨가 지나가고 있었다. 그는 한쪽 발을 조금 절룩이면서, 그러나 똑바로 다리를 건넜다. 머리는 헝클어지고, 수염은 자라고, 안면은 검게 말라붙었으나, 눈빛만은 여전히 형형하게 빛났다. 그는 가로 일 미터 정도의 팻말을 들고 있었다. 팻말의 글씨는 산인山人의 피처럼 붉었다.

— 법원 이전 결사반대

힘차게 갈겨쓴 여덟 글자가 아침 햇빛 속에 비늘처럼 톡톡 살아났다. 사람들이 차가운 시선으로 그것을 바라보았다. 거리에서, 가게에서, 그리고 손가락만큼씩 뚫린 창호지의 문구멍을 통해 사람들은 그를 바라볼 뿐이었다. 박수 치고 나오는 사람은 물론 알은체하는 사람도 없었다.

그러나 그가 은성극장 앞을 지날 때 이변이 생겼다.

어디에선지 불쑥 나타난 넙치가 그의 뒤로 따라붙은 것이었다. 반질거리는 부츠 대신 낡은 털신을 신고 시선은 꾸지람 듣는 새댁처럼 어둡게 내리깐 채였다. 사거리에서 또 딱새 딸딸이가 구두통을 메고 따라오기 시작했다. 침묵 속에서 그들은 법원 앞을 지나 읍의 서편 끝까지 갔다. 그리고 돌아섰다. 다시 역전 사

거리에 왔을 때 이번에는 곰보댁과 옴팡댁이 팔짱을 끼고 나란
히 뒤로 붙었다.

백만씨 일행은 다섯 명이 되었다.

그들은 또다시 오던 길로 되돌아섰다. 아침의 태양은 점점 높
이 떠올랐다. 기적 소리가 정거장에서 들려왔다. 다시 사거리에
서 허름한 복색을 한 두 명의 중늙은이가 뒤에 따라붙었다. 일행
은 일곱 명이 되었다. 법원의 낡은 정문 앞까지 왔을 때 법원 안
의 키 큰 나뭇가지 끝에서 이름 모를 새 한 마리가 청명하게 울
었다. 강물이 풀리는가보지…… 하고, 백만씨는 잠깐 금강 생각
을 했다. 그 강변을 지키고 있을 씩씩한 미루나무떼가 환히 떠올
랐다. 백만씨는 빙그레 웃었다. 잠긴 듯했던 건너편 약국 문이
열리면서 약국 주인이 박카스 병들을 담은 비닐봉지를 들고 나
왔다. 정거장 쪽에서 기적 소리가 길게 울렸다.

여름의 잔해

1

버스가 지나는 도로변에서 육 킬로나 산속으로 떨어져 있는 재실齋室 속의 석진 오빠는 언제나 음울하게 가라앉아 있었다. 색바랜 작업복을 걸친 채 초저녁부터 이젤 앞에 서 있는 오빠를 나는 힐끗, 바라보았다. 무표정하지만 어딘지 모르게 적막한 표정이었다.

오늘만 그런 게 아니었다. 제멋대로 흘러내린 머리칼과 튀어나온 이마, 와락 쥐어잡으면 한줌밖에 안 될 다리를 목발로 지탱한 채 그는 언제나 그렇게 서 있었다. 소아마비로 인하여 바닥에서 떠 있게 된 가엾은 다리는 지금 오빠의 캔버스 속에서도 그려지고 있었다. 어둡게 칠해진 배경과 생동하는 발가락, 시든 발등과 뼈가 드러난 발목, 그것을 물어뜯는 벌레들을 나는 보았다. 그로테스크한 그림이었다. 그는 앞으로, 꿈틀거리는 더 많은 벌레들로 화폭을 채울 터였다.

오빠는 곧잘 유리병 속에 벌레들을 잡아 가두기를 즐겼다. 그는 늘, 날개가 뜯긴 파리나 두 발이 잘린 딱정벌레나 희끄무레하게 썩어가는 굼벵이들을 투명한 유리병 속에 담아 섬뜩하게 놓아두곤 했다. 그리고 그런 것들을 집요하게 화폭에 옮겨 담았다. 그의 그림들은 확실히 그가 좋아하는 뭉크의 작품보다 더 음산하고 괴기했으며, 자신이 그 음산한 분위기 속에서 사는 게 좋은 것 같았다.

오빠와 달리 언니는 글을 썼다.

오빠와 쌍둥이로 태어난 언니였다. 오빠가 언니보다 겨우 이십 분 먼저 태어났다고 들었다. 수진 언니는 항상 원고지를 펴둔 채 오빠의 이젤을 볼 수 있는 자리에 차갑게 앉아 있었다. 소설가라고는 했지만 몇 년 전 모 신문에 당선되었던 한 편의 소설을 제외하면 나는 한 번도 언니의 소설을 읽은 적이 없었다. 언니가 비유하기도 했듯, '함정처럼 깊은 원고지의 빈 공간'을 그녀는 매일 어떻게 감당하고 있는 것일까. 반듯한 콧날, 가는 테의 안경 너머 깊이 가라앉은 눈, 창백한 이마, 표정 없는 두 볼의 침잠

등, 자세히 볼 것 없이 석진 오빠와 아주 닮은 얼굴, 닮은 표정이었다. 그들은 그렇게 한 나무 위의 두 줄기 가지처럼 닮은 얼굴을 하고, 언제부터인가 우리집의 분위기 전체를 지배하고 있었다.

그해 여름, 무더위가 용트림을 하듯 장마가 왔다.

밤마다 바람은 천봉산 흔들바위를 물어뜯고 내려와 해묵은 재실의 침침한 추녀 끝에서 울었다. 깊고 깊은 산속이었다. 재실을 둘러싼 산은 하나같이 경사가 급해 마치 쏟아져내릴 것 같은 형상이었다. 숲에 깃든 어둠은 너무 깊어서 대낮에도 무서울 정도였다. 나무들이 바람을 이기지 못하고 꺾이고 찢어져나가는 소리도 자주 들렸다. 급류로 길이 막힌 게 벌써 여러 날째였다. 뇌성과 번개가 썩어가는 서까래, 습기 찬 내전內殿, 삐걱대는 마룻바닥을 우르릉 쾅, 때리고 지나갔다. 포악하게 뒤집혀 흐르는 계곡의 물소리도 뇌성 못지않았다. 사방에서 금방이라도 급류가 휩쓸고 내려올 것 같은 밤이었다.

산지기 털보 아저씨가 기거하는 오두막은 재실에서 저만큼 떨어져 있었다. 나는 보일 듯 말 듯한 털보 아저씨네 불빛을 오래 보고 있었다. 길이 뚫렸다면 오늘이라도 박차고 이 집을 나가고 싶었다. 빗소리가 점점 더 요란해졌다. 이게 뭐야, 도대체. 나는 입술을 뾰로통 내밀며 중얼거렸다. 석진 오빠는 여전히 이젤을 세워둔 채 낡은 군용 침대에 앉아 있었고, 언니는 책상 앞에 앉아 있었다. 계속 침묵이었다. 저들은 지금 무엇을 하고 있는 것일까. 침침한 오빠의 그림자와 언니의 투명한 안경알이 빚어내는 느낌은 낯선 이질감이었다. 천둥소리가 아주 가까이 들렸다. 나는 부르르 몸을 한차례 떨고 오빠와 언니를 다시 뒤돌아보았다. 그들은 미동도 하지 않았다.

한 달 전이었다.

오빠가 미술 도구를 챙겨들고 홀연히 이 재실을 향해 떠났을 때, 언니의 차갑고 단단했던 표정은 단번에 해살해살 풀어져버렸다. 수많은 날들을 미라처럼 굳은 표정으로 지내온 언니였기 때문에 이것만으로도 커다란 변화였다. 그녀는 서서히 원고지를 메우기 시작했다. 오빠가 있을 때는 전혀 글을 쓰지 않았던 언니였다. 오빠가 떠남으로써 찾아온 언니의 첫번째 변신이었다. 휴지통에서도 한 움큼씩 구겨 던진 파지가 발견되었다. 언제나 빈 원고지만을 펼쳐둘 뿐이었던 예전의 언니 모습을 생각하면 그건 분명히 경이적인 변화가 아닐 수 없었다. 언니는 자신이 유지해온 분위기를 확연히 바꾸게 될까? 그것은 어쨌든 매우 바람직한 변화였으므로 나는 언니의 그런 변화를 다치지 않게 하려고 최선을 다해 마음을 썼다.

그러나 그것은 헛된 기대였다.

내가 영문과 산악회 주최로 설악산 등반에 다녀왔을 때 언니는 거의 절망적인 얼굴이 되어 오빠가 가 있는 재실을 찾아가자고 제의했다. 반대를 해도 막무가내였다. 알 수 없는 그 무엇인가에 완연히 홀린 표정이었다. 할 수 없이 나는 언니와 함께 짐을 쌌고 이 재실로 찾아왔다. 오빠는 가방을 내려놓는 나와 언니를 보면서 한쪽 입술만 잡아당기며 묘하게 웃었다. 너희가 쫓아올 줄 알고 있었다는 표정이기도 했다.

다시 우울한 하루하루가 다가왔다. 언니는 예전처럼 오빠가 마주보이는 책상 앞에 앉아서 빈 원고지를 보고 있었고, 오빠는 짐짓 이편을 무시하고 자신의 작업에 몰두했다. 산 것도 아니고 죽은 것도 아닌 벌레나 동물들이 오빠의 모델이었다. 이곳 재실로 오기 전의 숨막히는 분위기로 되돌아간 것이었다. 나는 더 외롭고 심심했다. 그러면서 그들만 놔두고 이 외진 재실을 떠날 수 없었던 건 길이 막혔기 때문이기도 하지만, 그들 사이에 흐르고 있는 아주 이상하고 이상한, 불가사의한 교감交感의 실체가 계속 궁금했기 때문이었다. 대체 오빠와 언니 사이에 흐르는 기묘하고 팽팽한 긴장감의 정체가 무엇이란 말인가.

빗소리가 조금 잦아드는 듯했다. 나는 읽고 있던 카프카의 단편집을 덮고 창호지 문을 비지직 열었다. 습기 찬 돌풍이 방안을 가로질러와 램프의 그늘을 크게 흔들었다. 오빠와 언니가 거의 같은 순간에 고개를 들고 나를 바라보았다. 나는 메롱, 하고 입술을 빼물려다가 말았다. 뭐야, 이렇게 못박혀 앉아서 시간이나 갉아먹고, 그래서 어쩌자는 거야, 소리치고 싶기도 했으나 그들의 반응을 알고 있기 때문에 나는 어두운 숲 쪽으로 다시 고개를 돌렸다. 바로 그때였다. 비바람 소리를 뚫고 나지막하게 울려오는 이상한 소리가 내 귀에 걸려들었다. 분명히 문밖에서 나는 소리였고, 분명히 사람이 내는 신음 소리였다. 오빠와 언니도 그 소리를 들은 것 같았다.

우리는 거의 동시에 자리에서 일어났다.

이런 밤에 사람이 올 리가 없지만 신음 소리는 오히려 고조되고 있었다. 오빠가 회중전등을 찾아 들었다. 이 깊은 밤의 폭우를 뚫고 들려오는 음산한 신음의 주인은 누구란 말인가. 오빠와 언니의 뒤를 따라나서며 나는 으스스한 오한을 느꼈다. 회중전등의 동그란 불빛이 문 앞을 핥고 지나갔다. 어머! 그 여자야! 내가 비명처럼 소리쳤다. 이마에서 피가 흐르는 여자가 물에 빠진 생쥐 꼴로 앙상한 사지를 오그려붙인 채 재실 추녀 밑에서 떨고 있었다.

사팔뜨기의 그 여자였다.

삐죽이 올라간 어깨를 들썩이며 이따금 이 재실로 찾아오곤 하던 그 여자를 우리는 그저 '미친 여자'라고만 불렀다. 여자는 더러운 전신에 비해 애절할 만큼 머리만은 정성 들여 빗고 꼭꼭 재실 뒤뜰의 타버린 늙은 소나무 밑을 찾아왔었다. 산지기 털보 아저씨의 말에 의하면 여자의 남편이 6·25 때 그 소나무에 묶여 총살당했다는 것이었고, 일이 끝나고 나서야 스무 살도 안 된 어린 새댁이었던 그 여자가 나타났다고 했다. 시집온 지 두세 달이나 될까 했을 때였지요, 라고 털보 아저씨는 말했다.

여자는 며칠 동안이나 그 소나무 밑에서 움직이지 않았다고 했다. 시집오고 두세 달 만에 젊은 남편을 잃었으니 그 비통함과 절망감이야 충분히 상상할 수 있는 일이었다. 사람들이 타이르고 달랬으나 소용없었다. 비가 내려도 마찬가지였다. 그리고 얼마 후던가, 벼락이 아름드리 노송에 내리꽂혔다. 사람들은 여자가 까맣게 타 죽었을 거라고 생각했다. 그러나 노송은 거의 반토막이 났는데 신기하게도 여자는 상처 하나 입지 않았던가보았다. 사람들이 달려가 따뜻한 방안으로 데려다 눕히자 기절했던 여자가 비로소 깨어났다고 털보 아저씨는 설명했다. 살아나긴 했으나 그 대신 정신이 온전하지 않았다. 눈동자가 히뜩 번뜩 자꾸 옆으로 돌았고 눈이 마주치면 히죽거리며 웃었다.

얼마 후 여자는 마을에서 자취를 감추었다. 살아 있는지 죽었는지도 모를 몇 년이 지나갔다. 역시 비바람이 불던 어느 저녁 털보 아저씨는 소나무 밑에 거지 행색의 누가 앉아 있는 걸 보고 깜짝 놀랐다. 사라졌던 그 여자였다. 밥을 갖다주자 아귀아귀 먹었다. 벙어리가 됐는지 말은 하지 않았다. 그러나 아침에 보았더니 여자가 또 사라지고 없었다. 그후부터였어요. 여자는 천둥 번개 치고 비가 많이 오는 날이면 꼭 여기를 찾아온다고 털보 아저씨는 덧붙여 말했다. 마치 때가 되면 둥우리를 찾아오는 상한 새 같다고 했다. 폭설로 길이 막혔던 몇 년 전 겨울 한철을 빼면 비오는 날 여길 안 온 적 거의 없었습지요, 털보 아저씨는 그러면서 혀를 찼다.

언니와 내가 여자를 서둘러 안으로 옮겼다.

산지기 털보 아저씨의 오두막은 이미 불이 꺼져 있었다. 여자는 거의 죽어가는 형국이었다. 이마에서 계속 피가 나고 있었다. 징검다리까지 급류로 뒤덮여 길이 끊어져 있을 텐데 어떻게 이런 몸을 하고 여자가 여기까지 올 수 있었는지 알 수 없었다. 언니가 여자를 안아 빗물을 닦아내고 내가 소독약과 붕대를 찾아 가지고 나왔다. 거의 실신 상태인 여자에게선 썩어가는 듯 고약한 냄새가 나고 있었다. 그냥 두면 곧 죽어버릴 것 같았다.

재실 속의 공간은 여자의 출현으로 밀도 깊게 죄어들었다.

　언니와 오빠의 대결은 나와 언니가 여자의 상처를 대강 닦아 내고 붕대를 맨 뒤부터 시작되었다. 피가 좀 멎는 듯하자 여자는 무릎을 끌어당기는 몸짓으로 허우적거리기 시작했다. 고통스럽기 그지없는 몸짓이었다. 산발한 머리를 마룻바닥에 짓누르고 말라붙은 가슴을 끌어안으며 몸을 뒤트는 여자의 모습은 넝마보다 더럽고 죽어가는 벌레처럼 무참했다. 나는 도저히 그 참혹한 모습을 그냥 바라볼 수 없어 그만 고개를 돌려버렸다.

　허공에 뜬 다리를 건들건들 움직이며 여자를 내려다보고 있던 석진 오빠가 키드득, 웃은 것이 그때였다. 모멸과 알 수 없는 쾌감이 섞인 웃음소리였다. 수진 언니가 본능적으로 여자를 가로막으며 날카롭게 오빠를 쏘아보았다. 눈길이 마주쳤다. 오빠의 눈이 번뜩, 했다. 언니의 눈빛은 그와 달리 두려움에 가득차 있었다. 번득이는 오빠의 눈과 두려움이 깃든 언니의 눈이 허공에서 맞부딪치고 있었다.

　여자는 내 방에 둬!

　마침내 오빠는 선언하듯 말했다. 여자의 등을 받친 언니의 손끝이 파르르 떨리더니 서서히 고개를 모로 저었다. 굳게 다진 결의와 적의가 언니의 눈빛에 담겨 있었다. 긴장된 침묵이 왔다. 언니는 결코 오빠의 말을 들을 것 같지 않았다.

안 그러면 약품을 주지 않겠어!

오빠는 다시 키득키득 웃고는 구급약 상자를 목발로 내리짚었다. 탕 하고 소리가 나는 바람에 여자는 왈칵 놀라는 듯이 보였다. 언니의 검게 괜 동공에 금방 맑은 눈물이 비쳤다. 발작적으로 문을 열어젖히고 밖으로 나가는 언니의 가녀린 어깨가 오늘따라 터무니없이 솟아나 있었다. 그것은 깊은 분노, 아니면 가없는 절망감이었다.

나는 숨이 막혀왔다.

오빠는 언제나 할퀴듯이 웃고, 언니는 그 웃음소리에 맞서다가 결국은 고통스럽게 굴복하곤 하던 수많은 기억들이 떠올랐다. 어느 때던가, 석진 오빠는 맑게 들여다보이는 유리병 속의 꽃뱀 한 마리를 찍어 죽인 일이 있었다. 그것은 초여름의 햇살이 눈부신 정원의 등나무 밑에서였다. 처음 오빠는 꽃뱀이 담긴 유리병을 햇살 쪽으로 내밀며 히죽히죽 웃었다.

봐! 아름답잖아!

오빠는 말했다. 나는 징그러워 고개를 돌렸지만 지금 생각하면 사실 그 부드러운 빛 속에 꿈틀거리는 꽃뱀의 몸매는 눈이 부실 만큼 황홀했다. 햇빛을 받은 몸매가 형형색색 빛을 내쏘면서 반짝이는 것 같았다. 수진 언니는 고개를 반듯하게 들고 숨을 죽인 듯이 보였다. 뱀은 꼬리 쪽으로 고개를 대고 온몸을 가늘게 떨었다. 햇빛을 털어내는 듯한 꽃뱀의 섬세하고 눈부신 떨림을 어떻게 설명할 수 있을까. 오빠의 발작이 시작된 게 바로 그 순간이었다. 꽃뱀이 담긴 유리병은 주둥이가 비교적 넓었다. 오빠는 끝이 뾰족한 팔레트 나이프로 뱀의 머리통을 먼저 찍었다. 꽃뱀의 전신이 꿈틀꿈틀했다.

좋아!

오빠가 소리쳤다.

나는 꿈틀거림을 사랑해. 꿈틀거려! 꿈틀거려!

가쁘게 외치면서 오빠가 연신 꽃뱀을 나이프로 찍었다. 전신을 떨며 죽어가는 꽃뱀의 떨림을 나는 보고 있었다. 악마적인 광경이었다. 피비린내가 나고, 아울러 단발마의 비명이 유리병 안에서 솟구쳐나오는 것 같았다. 나는 현기증을 느꼈다.

수진 언니의 외마디소리가 정원 안의 해맑은 빛살을 산산이 부서뜨린 건 그다음이었다. 언니의 발작은 오빠의 그것보다 더 급진적이었다. 짐승처럼 울부짖으면서 피로 물든 꽃뱀을 나이프로 연방 찍어대는 오빠에게 달려든 언니가, 오빠의 넓적다리를 한순간 콱 물어뜯은 것이었다. 피가 배어나올 정도였다. 오빠가 비명을 지르면서 넘어진 뒤까지도 언니는 오빠를 놓아주지 않았다.

나는 그 순간 본 것 같았다. 오랫동안 우리집을 황폐하게 주저앉혀온 그 모든 것의 실체, 혹은 고가의 우리집을 통째로 주저앉

히고 말, 막을 수도 없고 비켜 지나갈 수도 없는 불가해한 힘의
내밀한 단서. 나는 주저앉은 채 부르르 전신을 떨었다. 눈의 흰자
가 하얗게 드러난 언니가 오빠에게서 막 몸을 일으키고 있었다.

2

재실의 뒤뜰에는 벼락으로 타버린 노송 한 그루가 언제 보아
도 짙은 그림자를 거느리고 서 있었다. 약간 경사진 뒤란의 중앙
에 칙칙하게 동체를 드러내고 있는 이 소나무는 가슴을 벌려 안
으면 손이 잡히지 않을 만큼 컸다. 털보 아저씨 말로는 재실을
짓기 훨씬 전부터 소나무는 그만큼의 크기로 거기 있었고, 나중
재실을 지을 때 집터의 가늠이 되었다고 했다.

아무튼 소나무는 삼사 미터의 높이에서 동강나 있으면서도 아
직 위풍당당 주위의 다른 수목들을 거느리고 있었다. 나무는 처
음 수직으로 치켜올라간 다음 묘하게 오른편으로 휘어졌다가 이
내 왼편으로 틀어서 곧장 위로 솟았다. 몸을 한 바퀴 꼰 형상이
었다. 비바람이 광란하던 밤에 내리친 벼락이 노송의 허리를 꺾
어놓은 곳은 몸을 꼰 부분에서 서너 자 위쪽이었다. 벼락을 맞아
꺾인 단면은 아직도 시커멓고 또 들쭉날쭉했다. 팔목만한 가지

하나가 사선으로 뻗어나온 곳 역시 새카만 빛깔이었다. 원래부터 있었던 가지인지 벼락 맞은 뒤에 새로 솟아난 가지인지는 알수 없었다. 신기한 일은 거의 죽어 있는 몸뚱이 상단에서 솟아난 그 가지가 눈부신 녹색의 솔잎으로 치장하고 있다는 사실이었다. 타버린 줄기의 어디를 통과해 눈부신 솔잎까지 수액을 운반해간단 말인가.

그것은 참으로 신비하고 또 은밀해 보였다. 검게 죽은 곳에서 빠져나와 생동하는 빛깔로 뻗친 생생한 솔잎들, 밤과 낮처럼 선명한 대조, 끝없는 죽음과 무궁한 생성의 극적 앙상블. 그것은 이를테면 죽음의 비밀과 삶의 비밀을 완벽히 공유하고 있는 듯 보였다. 타버린 노송의 죽은 동체에 아슬아슬 붙어 있으면서도 저 솔잎들은 어떻게 저처럼 고요히 푸를 수가 있단 말인가.

국민학교 3학년 때쯤 되었을까. 누구나 방학에 대한 기대와 흥분으로 들떠 있는 그런 여름이었다. 개울을 끼고 하교하게 되는 우리들은 늘 고무신을 벗어들고 미꾸라지나 붕어 새끼를 잡아넣곤 하였다. 그날도 언니와 나는 개울 속을 뒤지며 오후의 뜨거운 태양 아래 있었다. 몇 번이나 발견된 미꾸라지란 놈은 우리의 손가락에 미끈미끈한 여운만을 남기고 잘도 빠져나가 우리를 실망시켰다.

뒤늦게 나타난 오빠가 작은 유리병을 우리 앞에 자랑스럽게 내밀었을 때 언니와 나는 동시에 박수를 치고 환호성을 내질렀다. 변변하게 물고기 한 마리 잡지 못하고 쨍쨍한 햇빛을 견딘 언니와 나에게 오빠가 보여준 것은 그때까지의 실망과 지루함을 완전히 압도할 만큼 경이로웠다. 오빠가 든 유리병 속에는 한 마리의 작은 빨간색 붕어가 그림처럼 떠 있었다.

이렇게 예쁜 붕어가 있을 수 있을까.

지금 생각하면 흔한 한 마리의 금붕어에 지나지 않았으나 못생긴 미꾸라지 따위나 구경하며 지내던 그 무렵의 언니와 나에게 그 금붕어의 자태는 정말 아름다웠다. 흥분하여 말을 잊었을 정도였다. 금붕어의 빨간 지느러미가 유연하게 하늘거리면서 7월의 햇빛을 내쏘고 있었다. 숨이 막힐 정도였다. 오빠 역시 그런 붕어를 처음 보았는지 아주 상기된 표정이었다. 우리는 의기양양, 유리병에 든 금붕어를 앞세우고 집으로 돌아왔다. 퇴락한 고가의 담을 손질하고 계시던 아빠가 허리를 펴고 우리를 맞이했다.

이것 좀 봐, 아빠!

들뜬 목소리로 소리친 것은 나였고, 금붕어 병을 아빠의 턱밑으로 불쑥 치켜든 것은 오빠였다. 아빠는 그 무렵 미꾸라지며 붕어 새끼며 심지어는 개구리까지 잡아오곤 하던 우리의 줄기찬 개구쟁이 짓에 역정이 나 있었다. 햇빛 속에서 혼자 담벼락을 손보느라 짜증이 나 있었는지도 모르겠다. 또 뭘 잡아왔니? 신경질적으로 힐난하면서 금붕어가 담긴 유리병을 아빠가 내친 것은 그다음 순간이었다. 저만큼 자갈밭으로 나가떨어진 금붕어의 병이 쨍그랑하면서 산산조각이 났다. 우리는 정신없이 달려가 금붕어를 에워쌌다. 자갈밭 밑으로 물이 삽시간에 빨려들어가고 있었고, 물을 잃은 금붕어가 필사적으로 파닥거렸다.

그때 내가 먼저 느낀 것은 분명히 숨가쁜 아름다움 그 자체였어. 언젠가, 저물어가는 뜨락의 고목나무에 기대서서 수진 언니가 그때를 회상하며 이렇게 말한 일이 있었다. 오빠도 나도 그랬을 터였다. 7월의 태양이 금붕어의 흰 배에서 수은처럼 빛나고 있었다. 그것은 확실히 물에 떠 있을 때와는 다른 아름다움이었다. 지느러미의 붉은색과 배 부분의 흰색이 요지경처럼 경계 없이 뒤섞이는 느낌도 황홀했다. 금붕어는 마구마구 파들거리고 있었다. 굉장한 파동이었다. 그것은 죽음으로부터 살아 있는 세계로 비상해오려는 필사의 파동이라고 할 수도 있었다. 햇빛 때문에 수많은 작은 무지개가 금붕어를 감싼 것처럼 보이기도 했다. 긴장된 침묵이 흘렀다. 충격이기도 했고 황홀한 미감에 사로잡힌 침묵이기도 했다. 그러다가 문득 금붕어는 곧 죽을 것이라는 데 생각이 미쳤다.

그냥 놔두면 죽잖아, 오빠!

나는 마침내 좀 떨리는 소리로 말하며 오빠의 어깨를 흔들었다. 잡아서 우물가까지 뛰어간다면 금붕어를 살릴 수도 있었다. 그러나 내 기대와 달리, 오빠는 히잇, 하고 괜히 섬뜩해지는 묘한 웃음소리를 냈다.

재미있잖아, 바보들아.

오빠는 말했다.

저기…… 떨리는 지느러미 좀 봐. 멋지잖아. 예뻐!

지금까지도 도무지 이해할 수 없으나 오빠와 언니 사이를 설명하는 데 하나의 실마리가 될 수도 있는 잊을 수 없는 사건은 이때 일어났다. 웅크린 채 쪼그려앉아 있던 언니가 오빠를 왈칵 떼밀면서 파들거리는 금붕어를 사정없이 밟아버린 것이었다. 한 번만 밟은 것도 아니었다. 언니는 거의 미친 것처럼 금붕어를 밟고 짓이긴 뒤 그대로 주저앉아 큰 소리로 울음을 터뜨렸다. 공포에 찬 울음소리였다.

그때 왜 그랬어, 언니?

훗날 나는 언니에게 이렇게 물었다. 놀빛이 걸쳐진 고목나무를 안을 듯이 하고 언니는 오랫동안 대답이 없었다.

불쌍해서 그랬어?

나는 다시 물었다.

응. 네가, 금붕어 죽겠다고 오빠의 어깨를 흔들었을 때, 하고 언니가 비로소 말하기 시작했다. 언니의 느낌도 내가 느낀 것과 순차적으로는 대동소이했다. 처음엔 파들거리는 금붕어가 너무 황홀해 보였다고 언니는 말했다. 그다음은 연민이었다. 아주 순간적으로 금붕어의 몸에서 참혹한 고통의…… 어떤 비명 소리가 막 솟아나는 것 같았어. 언니가 덧붙였다. 죽어가는 금붕어에 대한, 그 고통에 대한 연민이었다. 그런데 불쌍하다는 생각이 말이야, 하고 언니는 말을 이었다. 처음엔 불쌍했는데, 갑자기, 어떤 순간부터 그것이 무서워졌어. 나도 잘 모르겠어. 불쌍해서, 무서워졌던 거 같아. 등골이 오싹해질 정도로.

언니는 눈을 감고 고개를 좌우로 흔들었다.

불쌍했으면 금붕어를 가지고 우물로 뛸 일이지 왜 밟아 죽여?

내가 반문했다.

몰라, 나도 잘. 그때 오빠가 웃었잖아. 그 웃음소리에 몸서리가 쳐진 건 사실이야. 갑자기 무서워졌던 것도 같고, 갑자기 오빠를 막 죽이고 싶었던 것도 같아.

언니는 이윽고 깊숙이 고개를 묻어버렸다.

나는 언니의 말을 제대로 이해할 수 없었기 때문에 더 묻고 싶었으나 그녀가 내 질문에 고통받는다는 걸 느끼곤 입을 다물었다. 물을 잃고 파닥이던 금붕어가 어떻게 하여 언니에게 참을 수 없는 연민, 아니 공포를 일으킬 수 있었을까. 연민과 공포 사이에 과연 무엇이 있는지 알 수 없었다.

어찌됐든 그날의 사건이 언니와 오빠를 분명히 나누어 생각하게 만든 건 사실이었다. 오빠는 금붕어가 죽어가는 걸 보면서 어떤 쾌감을 느꼈던 것 같았다. 그 웃음소리가 그랬다. 그러나 언니의 심리적 반응은 오빠와 너무도 판이했다. 언니는 그후부터 더욱더 알 수 없는 연민과 공포 사이에서 고통받는 것 같았다. 그 죽어가는 미친 여자가 돌연 우리들 속에 내던져졌을 때, 내가 본능적으로 느낀 두려움은 거기 있었다. 아니 두렵기만 한 것은 아니었다. 나는 아주 이상야릇한 흥미도 동시에 느꼈다. 그 여자는 어떤 방식으로든 언니와 오빠의 긴장 관계를 증폭시킬 것이라고 예감했기 때문이었다.

여자는 우리가 대부분의 시간을 함께 사용하는 마루방에서 다음날 즉각 다른 곳으로 옮겨져 수용되었다. 그곳은 털보 아저씨네의 오두막과 재실의 중간쯤에 있는 낡은 헛간이었다. 길이 막혔으니 여자를 데리고 나갈 수도 없었다. 이 정도면 춥지는 않을 거야! 오빠가 말했다. 오빠는 털보 아저씨에게 짚을 깔고 멍석을 펴게 함으로써 여자가 기거할 장소를 마련했다.

아침저녁으로 오빠의 입회 아래 털보 아저씨가 그녀에게 식사를 날랐다. 여자는 별로 식사를 하는 것 같지는 않았으나 이따금 성별의 구별이 힘든 얼굴을 들고 신음하듯 울곤 하였다. 낮았으나 불길한 날카로움이 여자의 울음소리에 담겨 있었다. 오빠는 그럴 때마다 몸을 비틀며 키킥, 하고 웃었다. 사육사의 눈빛이었다. 오빠는 분명 여자를 사육한다고 여기는 눈치였다.

언니와 나는 오빠의 경계를 받으며 아침마다 여자의 상처를 옥시풀로 닦아내고 새 붕대를 맸다. 여자는 대개 눈을 감고 있었으나 어쩌다 눈을 떠도 초점 잃은 시선이 허공의 한 점에서 움직이지 않았다. 그러나 어느 날 아침, 여자에게 새 붕대를 매준 언니가 그녀의 불결한 머리를 빗질해줄 때 우리는 놀랍게도 그녀의 눈 속에서 가득히 차오르는 눈물을 보았다. 참혹한 슬픔의 바닥을 본 느낌이었다. 잠깐 정신이 돌아온 듯했다. 일어서던 언니가 순간 비틀거리며 다시 주저앉았다. 내가 급히 부축하여 언니를 안아올렸을 때 여자처럼 언니도 울고 있었다. 눈물 속에 떠 있는 두려움도 나는 보았다. 언니는 혹시 물을 잃고 파닥이는 금붕어처럼, 유리병 속의 꽃뱀처럼, 그 여자가 무서웠을까. 아무튼 그 일 때문에 언니와 나는 여자가 이따금 잠깐씩 온전하게 정신이 돌아오기도 한다는 것을 알게 되었다.

시간이 느릿느릿 흘렀다.

장마는 계속되었으나 아우성치던 바람이 잦아들고 자주 궂은 비만 오락가락했다. 오빠와 언니는 전과 다름없이 오로지 침묵으로 맞서 있었다. 두 사람이 마주보고 대화를 나누는 일을 본 것이 까마득한 거 같았다. 여자의 상처는 그러면서도 날로 악화되었다. 여자는 잠들어 있기 일쑤였다. 아니 정확히 표현한다면 혼수상태나 마찬가지였다. 올이 굵은 멍석 위에서 더럽게 구겨진 육신을 오그려붙이고 잠든 여자를 보는 건 언제나 고통스러웠다. 수세미 같은 머리, 말라붙은 입술, 피멍이 든 팔과 다리, 누렇게 고름이 흐르는 상처가 아침마다 옥시풀을 찍어내는 언니와 나의 손길을 번번이 당황시켰다. 악취가 코를 찔렀다.

걷힐 듯하다가 비가 다시 내리기 시작한 저녁, 언니는 딱 한 번 여자를 병원까지 옮겨야 한다고 주장하고 나선 적이 있었다. 당장 병원으로 데려가야 해, 라고 언니는 말했고 옮길 방법이 없잖아, 오빠는 심드렁하게 대꾸했다. 버스가 닿는 곳까지 시오리 길이었다. 게다가 징검다리가 놓인 개울을 두 번이나 넘어가야 하는데 물이 불어 넘어갈 방도가 없었다. 털보 아저씨도 고개를 저었다. 여자를 업고 급류가 흘러가는 계곡을 넘어갈 수 없다는 것이었다. 오빠와 언니 사이에 순간적으로 타오르던 적개심을 그때 나는 보았다. 표면상으로는 조용한 침묵이 계속되고 있었으나 언니와 오빠 사이엔 분명 전보다 깊어진, 서로에 대한 긴장된 탐색과 알 수 없는 적개심이 타오르고 있었다.

3

햇살이 굽이치는 강변이었다. 언니와 오빠가 한데 어울려 맞붙어 있었다. 산발한 머리, 너풀대는 피 묻은 바지, 단말마의 울부짖음이 넘실대는 강변에서 비정하게 회오리쳤다. 아울러 돌연 강물이 꿈틀거리며 뒤집히기 시작했다. 허옇게 거품을 피우며 강물은 삽시간에 강둑을 넘어와 오빠와 언니를 향해 난폭하게 밀어닥쳤다. 아! 나는 외마디소리를 지르며 눈을 떴다. 온몸이 땀으로 젖어 있었다. 방안은 어두웠고, 빗소리가 들렸다.

꿈이었구나.

옆에 누워 있어야 될 언니가 안 보였다. 나는 괜히 불길한 예감을 느끼곤 자리에서 일어나 언니를 찾아 더듬더듬 문밖으로 나섰다. 저만큼 불이 켜져 있었다. 불빛은 그 여자가 갇힌 헛간의 작은 창에서 새어나오고 있었다. 아주 깊은 밤이었다. 이 깊은 밤에 누가 저기에 램프를 켜놨을까. 나는 조용히 뜰을 건너갔다. 헛간 안에서 무슨 소리가 나고 있었다. 신음 소리 같았다. 오빠야. 오빠가 저기 있어. 나는 본능적으로 중얼거렸다. 가슴이 두근두근해졌다. 헛간의 출구 곁으로 다가가던 내가 흠칫, 발걸음을 멈춘 것은 다음 순간이었다. 놀랍게도 언니가 거기 있었다. 비에 젖은 언니가 틈새로 헛간 안을 들여다보고 있다가 나를 발견하고 내 어깨를 붙잡아 재빨리 주저앉혔다. 불을 켜고 헛간 안에 있는 건 내 짐작대로 오빠가 틀림없었다. 무슨 일이냐고, 나는 눈빛으로 언니에게 물었다. 언니는 두려움이 가득찬 눈빛으로 고개만 저으면서 곧 나를 끌고 다시 재실로 돌아왔다. 괴기한 행색은 언니도 마찬가지였다. 젖은 머리, 창백한 얼굴, 깊어진 눈자위가 이 세상 사람이 아닌 것 같았다.

뭐야, 언니. 헛간에서 오빠는 뭐하고 있는 거야?

언니는 아무 대답도 하지 않았다. 더 다잡아 물어보면 언니가 쓰러질 것 같아 더 묻지 않고 언니에게 수건을 갖다주었다. 헛간 쪽에선 아무 소리도 나지 않았다. 빗소리가 한결 높아졌다. 밤새 비가 내릴 모양이었다.

너는 그냥 자.

언니가 속삭였다. 이상한 광채가 흐르는 눈빛이었다. 나는 할 수 없이 다시 자리에 누웠다. 언니는 계속 책상 앞에 앉아 있었다. 대체 무슨 일이 이 깊은 밤에 일어나고 있는가. 나는 아주 불안해져서 두 손을 가슴에 대고 내내 잠든 척했다. 새벽녘에야 오빠가 돌아오는 발소리가 들렸다.

다음날 아침이었다.

언니와 나는 썩어가는 여자의 상처를 소독하기 위해 헛간을 열다가 깜짝 놀랐다. 여자의 목에 헛간의 천장 가로막대에서 끊어진 새끼줄이 매달려 흔들리고 있었기 때문이다. 새끼줄은 여자의 목을 휘감아 매듭진 채여서 우리는 그것이 자살 미수였음을 금방 알아차릴 수 있었다. 새끼줄의 중간이 끊어지지 않았다면 여자는 죽었을 터였다.

새벽에 어쩌다 맑은 정신이 들었을 때 여자는 죽고 싶었던가 보았다. 저렇게 쇠잔한 몸으로 허우적거리며 죽음을 시도한 여자의 고통은 얼마만큼 깊었을까, 하고 나는 생각했다. 언니는 책상 위에 얼굴을 묻었고, 오빠는 죽음의 도구로 사용될 수 있는 다른 모든 것을 하나하나 치우고 있었다. 오빠는 그러나 아무렇지도 않은 표정이었다.

4

여름은 서서히 침몰했다. 밤마다 천봉산을 물어뜯고 계곡을 급류로 채우던 폭우도 자고 조금씩 하늘이 트여왔다. 그러다가 문득 해가 떴다. 장마가 마침내 끝난 모양이었다. 젖은 산들이 햇빛 아래 제 자태를 뽐내듯 드러내고 있었다. 그것은 높고 깊고 의연했다. 너무 높고 깊어서 외부 세계로 빠져나갈 길이 전혀 없을 것 같았다. 해가 닿는 곳은 한없이 밝았지만 그늘진 곳은 또 한없이 어두웠다. 비극적인 결말이 밀어닥친 것은 처음으로 해가 떠오른 바로 그날이었다.

언니와 나는 아침부터 닫혔던 재실의 문을 활짝 열어놓고 대대적으로 쓸고 닦았다. 햇빛이 워낙 좋았기 때문이다. 마루의 묵은 때들을 닦아내고 습기 가득찬 물건들은 뜰에 내다놓았다. 장마와 함께 여름도 끝나가고 있었다. 장마전선에 갇혀 있던 내내 나를 옥죄었던 알 수 없는 불안감도 어느 정도 가신 것 같았다. 이제 계곡의 물도 급격히 빠져나갈 것이고, 그럼 징검다리를 통해 세상으로 나가는 길이 활짝 열릴 터였다. 어서 이 음울한 골짜기에서 빠져나가고 싶었다. 오빠는 어디 있는지 눈에 띄지 않았다. 그 대신 오빠의 소지품만을 살피는 언니의 초조한 눈빛이 불현듯 시선에 잡혀들었다.

무얼 찾는 거야, 언니?

오빠가 쓰던 방 역시 습기로 가득차 있기는 마찬가지였다. 언니의 눈빛은 아주 초조하고 불안해 보였다. 오빠의 침대 밑을 살피고 난 언니가 이제 화구들이 담긴 상자 속을 샅샅이 뒤지는 중이었다. 이젤과 침대와 벌레들이 담긴 병들 이외에 별다른 가구도 없는 방이었다. 그런데도 무엇인가 찾아 헤매는 언니의 몸짓은 확실히 어떤 확신에 가득차 있었다. 오빠는 여자가 수감된 헛간에 가 있는 것 같았다.

그 무렵, 나와 언니는 며칠째 그 여자를 보지 못했다. 상처를 소독할 수 있는 약품과 붕대가 떨어지면서부터 오빠가 우리의 헛간 출입을 봉쇄해버렸기 때문이다. 약도 다 떨어졌는데 뭐하러 드나들어? 사람들 자꾸 드나들면 그 여자 정서만 더 불안정해지는 거야. 곧 장마가 그칠 테니 그때까지 너희는 출입 금지야. 오빠는 말했다. 어디서 구해왔는지 헛간에 자물쇠까지 채웠다. 하기야 소독할 약품도 떨어졌으니 헛간에 꼭 가야 할 이유가 없긴 했다. 오빠의 말과 눈빛도 워낙 단호해서 구태여 헛간에 간다고 고집 부릴 엄두도 나지 않았다.

수상한 건 오빠였다. 언니와 나를 출입 금지시킨 뒤 오빠는 더 많은 시간을 헛간에서 보내는 눈치였다. 깊은 밤 어쩌다 잠을 깨 문밖을 내다보면 헛간에 환히 불이 밝혀져 있었다. 오빠가 그곳에서 밤을 새우다시피 한다는 걸 그래서 나는 알았다. 언니는 언니대로 늘 책상 앞의 그 자리를 굳게 지키고 있었다. 말은 하지 않았지만 언니 또한 무언가를 준비하고 있는 사람처럼 보였다. 시간이 갈수록 불안감이 깊어졌지만 나로서는 어떻게 해볼 방도가 없었다.

다행인 것은 해가 뜬 그날 아침, 계곡의 수위가 낮아지면 여자를 군 보건소까지 옮겨가자는 내 제의를 오빠가 받아들였다는 사실이었다. 오케이! 오빠는 흔쾌하게 대답했다. 하루, 아니면 이틀 정도만 지나면 급류로 파묻힌 징검다리가 드러날 것이다. 산지기 털보 아저씨가 여자를 업어 버스가 닿는 곳까지 옮기기만 하면 될 일이었다. 언니는 가타부타 말을 하지 않음으로써 오빠와 나의 합의를 수긍했다. 보기 드문 훌륭한 합의였다. 이것으로 여름 내내 오빠와 언니 사이에 팽팽히 조성돼 있던 긴장과 불안도 다 해소될 거라고 나는 판단하고 있었다.

그러나 그건 참으로 헛된 기대였다.

화구 상자를 살피던 언니가 빨간 알약이 들어 있는 길쭉한 약병을 찾아들었을 때, 그 약병을 든 언니의 손에 파르르 하는 경련이 지나가는 걸 보았을 때, 나는 가슴이 철렁, 내려앉는 걸 느꼈다. 뭔가, 올 것이 왔다는 예감이 뒤통수를 치고 있었다. 백지장처럼 질려가는 얼굴, 경련하는 손, 광채를 뿜어내는 눈빛, 핏줄이 솟구쳐나온 언니의 목을 나는 보았다. 붙잡고 말고 할 사이도 없었다. 약병을 든 채 언니가 미친 듯 문을 박차고 나가 헛간 쪽으로 내닫기 시작했다. 햇빛이 뜰을 가로지르는 언니의 산발한 머리칼에서 번쩍번쩍 빛나고 있었다.

헛간을 열어젖힌 언니는 곧 뒤돌아섰다.

헛간이 비어 있었던가보았다. 언니는 잠시 방향을 잃고 뜰에서 갈팡질팡했다. 오빠와 여자를 눈으로 찾는 게 확실했다. 언니가 무엇을 발견한 것 같았다. 방향은 재실 뒤쪽이었다. 허둥거리면서 재실 뒤편으로 달려갈 때 나는 언니가 맨발이라는 걸 알았다. 아무도 막을 수 없는 미친 질주였다. 나는 걸레를 손에 든 채 언니를 쫓아갔다. 비극적인 파국이 우리를 기다리고 있다는 예감을 떨쳐버릴 수가 없었다.

그리고 나는 마침내 보았다.

벼락을 맞아 검게 탄 채 허리를 부러뜨리고 서 있는 노송이 그곳에 있었다. 허리를 부러뜨렸지만 그 노송은 여전히 근처의 모든 나무들을 다 지배하고 거느릴 만큼 충분히 도도했다. 아니 그 노송은 재실을 병풍처럼 둘러치고 있는 모든 산봉우리의 당당한 중심이라고 할 수 있었다. 검게 타버린 상단에서 솟아난 살아 있는 가지의 솔잎들 역시 꼿꼿했다. 그것은 어두운 제왕의 팔 같았다. 8월의 마지막 태양빛이 노송의 타버린 검은 곳은 더욱 검게, 가지의 솔잎들은 더욱 푸르게 클로즈업시키고 있었다. 제왕의 팔이 한 번 흔들릴 때마다 수많은 봉우리 봉우리들이 일제히 고개를 조아리는 것 같은 느낌이었다.

그리고 그 여자가 거기 있었다. 노송의 밑동에 기대 앉혀진 여자는 완전한 알몸이었다. 햇빛이 여자의 알몸 역시 낱낱이 비추고 있었다. 더럽게 말라붙은 듯 보였던 여자의 속살은 놀라울 정

도의 순백색이었다. 그것은 마치 한아름이나 되는 노송의 속살이
어둡고 두꺼운 제 껍질을 가르고 햇빛 속으로 비어져나와 있는
것 같은 느낌을 주었다. 너무도 눈이 부신 흰빛이어서 주위를 밝
힌 모든 빛이 여자에게서 나오는 듯한 착각까지 불러일으켰다.

오빠는 붓을 든 채 이젤 앞에 서 있었다.

화판 속 그림은 거의 완성된 것 같았다. 벌거벗은 여자가 벼락
맞은 소나무에 기대고 앉은 모습을 그린 그림이었다. 노송은 캄
캄했고 그림 속 여자는 빛의 덩어리였다. 세상의 모든 어둠, 세
상의 모든 빛을 그린 것이라고도 할 수 있었다. 여자가 팔을 뻗
어 캄캄한 노송에서 뻗어나온 가지의 푸른 솔잎들을 필사적으로
잡으려 하고 있었다. 여자의 표정은 고통 때문에 한껏 일그러져
있었다. 그렇게 고통스러운 표정은 처음 보는 것 같았다. 온몸에
붙어 여자의 속살을 왕성히 파먹고 있는 벌레들 때문이었다. 그
림 속 벌레들이 너무나 사실적이어서 나는 진저리를 치며 몸을
떨었다. 구더기도 있고 딱정벌레도 있고 장수하늘소도 있고 지
렁이도 있고 노래기도 있고 무당벌레도 있었다. 그것들이 여자
의 온몸에 붙어 왕성하게 여자를 먹어치우는 중이었다.

더욱 놀라운 것은 그림이 아니라 모델이 된 현실 속 여자에게
붙은 벌레들이었다. 여자가 실신해 있는 것인지 죽어 있는 것인
지는 확실하지 않았다. 아니 여자는 깊이 잠들어 있었다. 언니가

오빠의 화구 상자에서 찾아낸 알약이 수면제라는 걸 나는 비로소 깨달았다. 오빠는 여자를 실신 상태로 만들어 옷을 벗긴 다음 여자의 몸에 유리병 속 벌레들을 풀어놓은 모양이었다. 벌레들이 여자의 몸을 타고 오르거나 여자의 상처 자리에 엉겨붙어 있었다. 그것은 정말 끔찍한 광경이었다. 자갈밭에서 필사적으로 파들거리던 금붕어와 오빠의 나이프에 찍혀 꿈틀거리며 죽어가던 꽃뱀 따위가 두서없이 내 머릿속을 스쳐지나갔다.

언니가 들고 온 약병을 캔버스를 향해 내던졌다. 빨간 알약들이 화판에 부딪혔다가 흩어지면서 사방으로 햇빛을 튕겨내고 있었다. 그림을 그리기 위해서 오빠가 매일 여자에게 먹였을 알약들이었다. 나는 휘청 주저앉았다. 언니가 달려들어 완성 직전의 화폭을 미친듯이 찢어발기기 시작한 것과 오빠가 목발로 사정없이 언니를 내려친 것은 거의 동시였다. 우우, 하고 언니가 짐승처럼 비명을 지르면서 이번엔 오빠를 향해 달려들었다. 목발을 떨어뜨린 오빠와 허벅지를 물어뜯는 언니가 한덩어리가 되어 진흙 속으로 나뒹굴었다. 언니에게 물어뜯긴 오빠의 허벅지에서 흘러나오는 핏물이 보였다. 오빠의 주먹이 때맞추어 언니의 얼굴로 날아갔다. 입술이 찢어졌는지 언니의 얼굴이 금방 피투성이가 된 것도 나는 보았다.

여자는 여전히 꼼짝하지 않고 있었다. 태양은 점점 더 높이 떠올라 이글이글 불타고 있었으며, 노송의 팔은 하늘하늘 푸른 솔 잎들을 흔들었다. 모든 것을 그것이 지배하고 있다고 나는 느꼈다. 할퀴고 물어뜯고 마구 두들겨 패는 처절한 싸움이 계속되고 있었다. 승부도 없고 시작과 끝도 없으며, 그 무엇도 제지하거나 정돈할 수 없는 광포한 싸움이었다.

싸움은 털보 아저씨의 우악스러운 힘으로 제지되었으나 그것은 끝난 것이 아니었다. 오히려 새로 시작되는 듯했다. 우선 군 보건소로 여자를 옮겨가기로 한 결정을 오빠가 거부하고 나섰기 때문이다. 완성한 그림이 찢어발겨졌으므로 처음부터 다시 여자를 그리겠다는 악의에 찬 오빠의 선언이었다.

하지만 세상 모든 일이 대개 그렇듯이 이 괴기하고 불가사의한 싸움도 의외의 곳에서 너무도 싱겁게 끝났다. 다음날 아침, 헛간에서 여자는 피투성이가 된 채 죽어 있었다. 면도날이 왼쪽 손목의 동맥을 깊숙이 자르고 오른손 밑에 떨어져 있었다. 아마 새벽의 맑은 정신이 그녀를 깨웠을 때, 마지막 힘을 모아 자신의 푸르게 내비친 핏줄을 자른 모양이었다.

실성한 여자가 어쩌다 제정신으로 돌아왔을 때 자살할 가능성은 얼마든지 있었다. 전에도 새끼줄로 목을 맨 적이 있지 않았던가. 그러나 문제는 면도날이었다. 오빠가 사용하고 버린 면도날

140

이었다. 그렇다면 오빠가 면도날을 여자에게 주었단 말인가. 나는 고개를 저었다. 언니는 여전히 창백한 표정으로 책상 앞에 석상처럼 굳은 채 앉아 있었다. 나는 언니와 오빠를 번갈아 바라보았다. 과연 누가 헛간으로 면도날을 배달했단 말인가.

그러나 우리는 모두 그 점에 대해 입을 다물었다. 산지기 털보 아저씨 역시 아무 말 하지 않았다. 우리는 그렇게 완전한 침묵을 통해 공모자로 묶였다. 어차피 머지않아 죽을 여자였으니 상관없는 일이라고 생각하려고 나는 애썼다. 장례는 신속하게 이루어졌다. 털보 아저씨는 아주 신중하고 유능한 사람이었다. 연락을 받은 파출소에서 젊은 순경이 잠깐 얼굴을 내밀고 갔고, 그것으로 매장 절차는 끝난 셈이었다. 털보 아저씨가 여자를 짊어지고 나가 어느 상수리나무 밑에 평토로 다져 묻었다.

오빠는 이젤 앞에 있었고 언니는 여전히 책상 앞에 있었다. 그렇다고 그림을 그리거나 글을 쓰는 것도 아니었다. 거의 하루종일 그대로 있었는데, 놀라운 것은 말없이 앉아 있는 그들의 표정이 신기할 정도로 닮아 있다는 사실이었다. 이렇게 그들의 표정이 닮았다고 느낀 것은 처음이었다. 아니, 단순히 닮은 것이 아니라, 그들이 오히려 한통속이 되고, 나만 그들에게서 외따로 팅겨져나온 것 같은 소외감이 느껴졌을 정도였다.

그 다음날, 나는 재실 뒤꼍의 타버린 노송에서 뻗어나온 살아 있는 유일한 가지를 톱으로 싹둑 잘라버렸다. 노송에게 미안하진 않았다. 내가 심술을 부릴 수 있는 유일한 길은 그것뿐이었다. 자르고 나자 이번엔 크고 검은 소나무의 동체에서 하얗게 보이는 자른 자국이 마음에 걸렸다. 나는 털보 아저씨에게 부탁하여 이번엔 노송 전체를 잘라버렸다.

그리고 나는 자른 밑동을 보았다.

어떻게 하여 타버린 소나무가 살아 있는 진녹색의 솔잎을 매달 수 있었는지, 그 수수께끼가 풀리는 순간이었다. 절단된 소나무의 밑동도 죽음과 생성으로 양분되어 있는 것이 아닌가. 흑갈색으로 썩은 부분이 오분의 사쯤 되었고 그 나머지 속살은 싱싱한 흰빛으로 명백히 살아 있었다. 죽음과 생성이 하나의 껍질에 덩어리져 둘러싸여 있는 것이었다.

나는 소나무 그루터기에 쭈그려앉아 턱을 받치고 건너편 산마루를 조용히 바라보았다. 붉은 놀이 산등성이에서부터 진하게 깔려 거의 하늘의 중심까지 뻗쳐 있었다. 뭉게구름이 그 봉우리를 감싸며 호사스럽게 불타올랐다. 내일은 여길 떠나야지. 나는 단호하게 혼잣말을 했다.

여름이 급격히 침몰하고 있었다.

–

말뚝과 굴렁쇠

나는 시계를 보았다. 오후 네시를 조금 넘기고 있었다. 빌어먹을, 낯선 구멍가게에 앉아 두 시간 동안이라니. 나는 담배를 태워 물려다가 입안이 너무 깔깔하여 퉁명스럽게 소리쳤다.

　"아줌마, 여기 콜라 한 병 더 주세요."

　주인 여자는 대답 대신 늘어지게 하품부터 했다. 달달달, 소리를 내며 낡은 선풍기가 여자의 등뒤에서 돌아가고 있었다.

　"누굴 기다리세요?"

　콜라를 갖다놓으며 여자가 처음으로 물었다. 나는 병 주둥이를 그대로 입안에 들이밀고 고개만 끄덕거렸다.

　"백나미씨요?"

　젠장, 생긴 거랑 다르게 눈치 한번 빠르군. 나는 거의 본능적으로 시선을 돌려 가게에서 오른편으로 내다보이는 골목을 바라보았다. 골목은 백여 미터쯤 이삼층의 호화주택들을 거느리고 쭉 곧게 치켜오르다가 직각으로 꺾여나갔다. 바로 그 꺾인 부분에 영화배우 백나미가 사는 집의 대문이 자리잡고 있었다. 돌을 고여서 문설주를 만든 바로크풍의 고전적 대문이었다. 대문 너머 잘생긴 향나무가 보였다. 이층 양옥의 지붕이 향나무에 가려 용마루만 보이는 것은 아마 넓은 정원 뒤로 주택이 물러앉았기 때문일 것이다. 대문은 여전히 튼튼하게 닫혀 있고 골목도 빈 채였다.

"이따금 댁과 같은 사람이 있지만 소용없어요. 백나미씬 차 안에 앉은 채 대문 안으로 쑥 들어가면 그만인걸요. 날씨도 더운데……"

다시 선풍기 앞으로 가면서 여자가 약간 웃는 듯했다. 콜라를 여러 병째 팔아주는 건 좋지만 더운 날씨에 헛수고 말라는 얘기였다. 여배우 꽁무니나 촐랑거리며 따라다니는 놈팡이쯤으로 아는 눈치였다.

"백나미는 대개 몇시 정도에 돌아옵니까?"

"대중은 없지만 뭐 보통 열두시는 돼야 돌아오죠. 이렇게 대낮에 오는 일은 거의 없다니까 그러시네."

나는 가게 밖에 걸려 있는 공중전화로 가서 신문사에 전화를 걸었다. 때마침 백나미의 행방을 알아봐달라고 부탁한 김형구 기자가 나왔다.

"부탁한 거 어떻게 됐어?"

"거참, 내가 백나미 개인 비서야? 어디서 어떤 지랄을 하고 있는지 무슨 수로 알아보란 말이야?"

"맥주 산댔잖아."

"헛수고라니까 그러네. 좌우간 이형 고집도 알아줘야 돼. 영화사엔 오늘 몸이 불편해 촬영 못하겠다고 전화가 왔었대. 그리고 동양통상 오사장은 좀 전부터 회의중이고. 근데 말야. 회의 전에 백나미가 오사장을 만나고 갔다는 거야. 비서실에서 살짝 귀띔만 해주더군."

"알았어. 부장보고 그래. 어쩌면 이삼일 출근 못할는지 모르겠다고."

나는 얼른 전화를 끊었다. 김기자의 잔소리를 듣지 않기 위해서였다. 그때 날씬한 무스탕 한 대가 막 골목 쪽으로 꺾어들고 있었다. 낯익은 차였다. 얼핏 백나미의 정갈한 얼굴이 눈에 들어왔다. 나는 전화박스 속에 주저앉아 몸을 숨기며 무스탕을 그냥 지나 보냈다. 바로크풍의 대문이 열리자 무스탕은 빨려들듯 안으로 사라졌다. 나는 서둘러 택시를 잡았다.

"여기서 기다립시다."

"손님이 또 있으신가요?"

"아뇨. 대기료는 충분히 드릴 테니까 내가 시키는 대로만 하쇼."

무스탕이 곧 다시 나올 것이라고 나는 생각했다. 십오 분쯤 지나자 과연 대문이 열렸다. 운전석에 선글라스를 쓴 백나미가 앉아 있었다. 옷을 갈아입고 운전기사를 놔둔 채 직접 차를 몰고 나온 것이다.

"저 차를 따라가는 거요!"

나는 좌석에 깊숙이 내려앉으며 운전수를 향해 낮게 속삭였다. 차는 곧장 장충단공원을 돌아 빠져서 경부고속도로로 들어섰다. 태양은 서편으로 기울어졌으나 아직도 따가웠다. 차창으로 휘말려오는 바람까지 후텁지근한 게 영 불쾌한 날씨였다.

내가 백나미의 어머니를 만난 것은 여름이 시작되기 전이었다. 가출한 노인이 음독자살한 사건을 계기로 신문마다 한창 노인 문제를 특집 기사로 다루고 있을 때였다. 양로원의 실태를 알아보고자 지방에 내려갔던 사회부 기자 한 사람이 그런 소리를 했다.

"백나미 말야, 그 여자 어머니라고 자칭하는 노인이 T시 양로원에 있어. 나인 육십여 세밖에 안 됐는데 워낙 쇠약한데다 귀까지 잘 안 들려 제대로 취재를 해볼 순 없었지만 함께 있는 할머

148

니가 얼마나 백나미의 불효를 지탄하고 나오는지 긴가민가해지더군. 물론 아니겠지?"

아니겠지, 하는 순간 내 머릿속엔 오히려 그게 사실일는지도 모른다는 예감이 톡 살아났다. 근거가 있는 예감은 물론 아니었다.

백나미는 따지고 보면 데뷔한 지 삼 년도 안 된 풋내기였다. 하지만 그녀는 데뷔 때부터 인기가 폭발적이었다. 앳되고 청순한 얼굴에다가 몸은 볼륨이 있었다. 더구나 그녀의 연기는 거의 천성이라 할 만했다. 불과 이 년 만에 그녀는 각종 영화상을 휩쓸었고 대중의 우상이 되었다. 더구나 정숙한 여배우로 널리 소문이 나 있었다. 나도 여러 번 만나봤지만 조용한 말씨, 세련된 몸가짐, 이지적인 표정 등이 여느 여배우하곤 달랐다.

물론 스캔들이 전혀 없었던 것은 아니었다. 데뷔 작품을 맡았던 감독과 한동안 동거했었다는 소문이 파다하게 퍼졌었다. 그러나 그 감독은 애가 셋이나 딸린 사십대였다. 소문의 진부를 확인하기는 어려웠다. 그런 참에 지난겨울부터는 동양통상 오사장과 가깝게 지내기 시작하더니 봄에 약혼을 발표하기에 이르렀다. 동양통상이라면 국내에선 굴지의 재벌이었다. 방계회사만 이십여 개가 넘었고 총수였던 오인걸씨는 현직 국회의원이었다. 오인걸씨가 정계로 진출하면서부터 사업 관리는 자연 지금의 오사장한테 넘어왔다. 불과 스물아홉 살의 청년 사장이었다. 백나미 쪽에서 보면 오사장과의 결합이야말로 권력과 돈을 완전무결하게 획득하는 길이었다. 봄 한철을 나는 거의 백나미와 오사장에 대한 취재로 보내다시피 했다. 내가 속한 게 주간부였으므로 그보다 더 큰 기삿거리가 없었던 것이다.

그런데 언제나 한 가지가 의심스러웠다. 그것은 백나미의 가족 관계와 영화에 데뷔하기 전의 생활 환경에 관한 점이었다. 소속사에서 밝힌 겉으로 드러난 줄거리는 이랬다. 여고를 졸업하고 보조 간호사로 생활을 하다가 데뷔했으며, 가족들은 모두 그녀가 데뷔하기 직전 미국으로 이민을 갔다고 했다. 영화에 대한 꿈을 버리지 못해 국내에 혼자 남았다고 했지만 연예계 기자들은 아무도 그것을 믿지 않았다.

그렇다고 그녀의 출신 성분에 대해 뚜렷하게 아는 것도 없었다. 귀엣말로 떠돌기로는 데뷔 전 살롱 가에서 몇 달 동안 노래를 불렀다는 정도가 전부였다. 그녀 자신도 그녀의 가족 관계나 과거에 대한 질문에선 묘하게 꼬리를 사렸다. 그저 대중들에게 알려진 사항만을 앵무새처럼 되풀이하며 시치미를 뚝 뗐다. 나이에 비해 야무진 성격이었다.

그녀만큼 선전비를 많이, 효과적으로 투자하는 배우도 많지 않았다. 오사장과 관계를 맺으면서부터는 더욱 그랬다. 자신의 인기 관리에 남달리 섬세하고 영악한 여자였다. 연예계 기자들은 대부분 촌지나 두둑이 받아 쓰고 그녀 말에 따라 그렇고 그런 기사나 쓰면 그만이었다.

그렇지만 나는 달랐다.

무엇인가 감추고 있다는 느낌이 나를 사로잡고 있었다. 백나미는 과연 하늘에서 별똥처럼 홀연히 뛰어내린 천사란 말인가. 그녀에게도 어딘가 늙으신 부모가 있고 형제가 있고 고향집이 있을 터였다. 더구나 세련된 몸가짐에 조심스러운 말씨를 앞세워도 그녀의 분위기에선 어딘지 모르게 가난뱅이나 상처 입은 사람의 서툰 자기과시가 엿보였다. 그것은 분명 그녀의 과거로부터 비롯됐을 것이었다.

나는 사회부 기자의 말을 듣고 난 다음날 당장 출장을 신청하여 T시로 내려갔다. 양로원은 바다가 내다보이는 공원의 한 자락에 을씨년스럽게 자리잡고 있었다. 백나미의 어머니라는 노파는 한눈에 봐도 병색이 완연했다. 거의 말을 못했고 듣지도 못했다. 실망이 앞서는 걸 어쩔 수 없었다. 아무리 의혹이 있다고 하더라고 도무지 어느 한 가지도 아름다운 백나미와 어울려 보이는 게 없는 노인이었다. 건조하게 말라붙은 얼굴, 수세미처럼 빳빳이 일어선 머리, 초점 없는 눈망울. 그리고 중풍으로 끊임없이 경련하는 한쪽 팔을 나는 망연히 바라보았다.

"신문사에서 왔어."

함께 기거하는 할머니가 악을 쓰자 비로소 노파의 표정에 변화가 왔다. 금방 표정이 딱딱하게 굳었다. 노파가 새삼 나의 흥미를 끈 것은 그 표정의 변화 때문이었다.

　"나미 땜에 왔다우. 아, 거기 딸 말여. 딸!"

　그러자 노파는 경계심이 가득한 눈초리로 나를 한번 훑어보고는 이내 강력하게 도리질을 했다. 정신이 없는 줄 알았는데 그렇지 않은 것 같았다.

　"에그, 그것도 딸이라고 감싸려고만 드니 원……"

　그때였다. 떨리던 손까지 좌우로 흔들며 돌아눕는 노파의 눈꼬리에 순간 눈물 한 방울이 또르르 흘러내렸다. 하나의 확신이 나를 사로잡았다. 노파가 백나미의 어머니임에 틀림이 없다는 확신이었다. 눈물보다 더 뚜렷한 증거가 어디 있겠는가. 그러나 눈물 한 방울로 기사를 쓸 수는 없었다. 실증적인 증거가 필요했다.

　"우리도 첨엔 몰랐었다우."

　룸메이트 할머니가 말했다.

　"작년 추석 때 시에서 활동사진을 뵈준다기에 함께 갔었지. 그때만 해도 저 안심댁이 저런 지경은 아니었거든. 귀는 좀 안 들렸지만 말도 잘하고 거동하는 데 큰 불편도 없었거든. 아, 그런데 활동사진을 보다가 벌떡 일어서며 안심댁이 그러는 게야. 내 딸을 찾았다고! 저애가 바로 내 딸이라고!"

백나미가 주연한 영화였다.

환희를 이기지 못해 울부짖듯 말했기 때문에 거기 온 모든 사람들이 노파의 말을 들었다고 했다. 양로원에선 모두 백나미의 어머니를 안심댁이라 불렀다. 노파의 고향은 연무읍 안심동이었다. 안심댁이 말하는 딸의 이름이 백나미는 아니라고 룸메이트 할머니는 설명해주었다. 백나미가 예명이라면 당연히 다른 본명이 있을 테니 그건 중요한 문제가 아니었다.

백나미의 아버진 나미가 일곱 살 때 연무대 사격장에서 유탄에 맞아 죽었다고 했다. 그때만 해도 울타리 하나 변변히 없었던 사격장 주변엔 탄피나 탄알을 주워 팔아 생계를 유지하는 사람이 한둘이 아니었다. 때로는 총알이 머리 위로 쑥쑥 지나가는 잔솔 밑에 숨어 있어야 되는 위험한 직업이었다. 유탄에 맞아 산토끼처럼 죽어가는 사람이 심심치 않게 생겼다. 한번 죽으면 그것으로 그만이었다. 보상받을 길도 없었고 하소연해볼 데도 없었다. 가족이 끌어다가 가마니쪽에 둘둘 말아 리어카에 실어내면 모든 게 끝나버렸다.

백나미의 아버지도 바로 그런 경우였다. 안심댁은 남편을 공동묘지에 묻고 나서 연무읍을 떠났다. 원래가 혈혈단신이나 다름없던 안심댁이었다. 남편 또한 마찬가지였다. 수용연대 철조망 가로 안심댁이 김밥을 팔러 다니다가 훈련병이었던 남편과 눈이 맞았던가보았다. 남편은 제대하고는 그대로 연무읍에 남아 안심댁과 살림을 차렸으며, 그것이 고단했던 결혼생활의 시작이었다. 고향이 강원도 어디라 했지만 함께 살던 팔 년 동안 남편은 한 번도 고향 얘기를 하지 않았다. 고향이 있으나마나 하기로는 안심댁도 남편과 다를 것이 없었다. 새삼 돌아가야 될 고향도 없었지만 먹고살기에도 너무 바쁜 삶이었다.

남편이 죽고 안심댁은 곧 연무읍을 떠났다. 아무데든 일손이 필요한 집에선 몇 개월씩 밥을 얻어먹으며 머물렀고, 때로는 행상, 때로는 거지 신세였다. 유혹하는 남자가 없었던 것은 아니었지만 항상 나미가 말썽이었다. 어린것이 딸려 있으니 기회가 와도 팔자를 고칠 엄두가 나지 않았다.

어느 해던가, 유난히 흉년이 들어 배가 고프던 겨울이었다. 나미가 열네 살이었으니 연무대를 떠나서 칠 년 만의 일이었다. 장성까지 가는 기차 속에서 우연히 한 남자를 만났다. 연무대에서 이웃에 살던 홀아비였는데 강경 읍내에서 소쿠리를 떼다가 마을마다 행상을 한다고 했다.

"눈이 뒤집혔던 거지유."

룸메이트 할머니가 계속 말했다.

"왜 안 그러겠수? 젊은 나이에 칠 년여를 떠돌아다니며 혼자 살았으니 사내 품도 그립겠다, 배도 곯았겠다, 안심댁은 사내가 꾀는 대로 잠든 딸년을 기차 속에 팽개치고 정읍인가 어디서 내렸다는 게여. 한때 눈깔이 뒤집혔다고는 하지만 제 자식 버린 년 잘될 리 없지. 나중에 보니까 그 홀아비라는 작자 서슬 퍼렇게 마누라가 있었다는구려. 일 년도 못 돼 또 혼자가 됐지. 그때부터 이 양로원에 오기까지 안심댁은 삼천리 방방곡곡 안 가본 데가 없었다는 게여. 딸을 찾아야지, 하는 맘으로다 천릿길 멀다 하지 않고 흘러다닌 모양인데, 잔솔밭에서 바늘 찾기지 어디서 버린 딸을 다시 찾겠수. 잠깐 동안 뭔가에 홀려 딸을 버린 년인데 아, 그 후회는 또 얼마나 깊었을꼬. 안심댁 나이가 이제 예순이유. 좋게 살았으면 아직도 펄펄할 텐데 저 꼬라지 좀 보시우, 팔순 노인네보다 몸이 더 밭았지 않소. 딸년 버린 죄책감으로 제 몸을 제가 버린 거여. 죽고 싶어도 딸년 만나서 잘못했다 빌기 전엔 죽을 수도 없는 거, 왜 모를까. 부모 맘이란 너나없이 똑같은 것이니 몸은 저래도 저 안심댁, 아, 버린 딸을 보지 않고선 쉽게 눈도 못 감을 게유."

할머니가 들려준 안심댁의 사연은 대충 그러했다. 나는 원장을 만났다.

"시에서 보냈어요. 행려병자라고 이 양로원에 데려왔을 땐 곧 죽을 줄 알았죠. 근데 제대로 먹고 그러니까 아직 나이가 있는 탓인지 어느 정도 회복이 됩디다."

원장은 서류철을 뒤적거리며 사무적인 말투로 말했다.

"물론 처음엔 아무도 믿지 않았어요. 그러나 하루이틀 사연을 듣다보니 그게 아니다 싶더란 말입니다. 그래서 내가 백나미씨에게 연락을 취해보려 했지요."

"그래서 연락을 해봤습니까?"

"못했지요. 안심댁이 한사코 자기가 직접 찾아가봐야 한다는 거예요. 죄 많은 에미가 돼갖고 이제야 바쁜 애를 이 먼 데로 찾아오게 할 수 없다는 거였지요. 그래 지난겨울 안심댁이 서울엘 올라갔었습니다."

"혼자서요?"

"누굴 딸려 보낼까 해봤지만 안심댁이 부득부득 혼자 가겠다고 고집을 부렸어요. 그때만 해도 건강이 괜찮았고요. 그리곤 나흘 만인가 돌아왔죠. 새벽에 보니까 저쪽 공원 입구에 쓰러져 있었어요. 그 나흘 동안 무슨 고생을 했는지 폭삭 늙은 꼴이었어요. 여기 들어와 어느 정도 회복된 몸이었는데 글쎄, 나흘 만에 행려병자로 여기 처음 올 때보다 몸이 더 못쓰게 돼 돌아왔다니까요. 그뒤부터 저렇게 중풍기가 오고 말을 안 해요. 달래기도 해봤지만 허사였어요. 백나미의 말만 나오면 눈물만 흘리는 게 버릇이 됐지요."

"그뒤부턴 저대로 놔뒀습니까?"

"아니죠. 내가 볼일이 있어 상경하는 길에 백나미씨를 한번 만났었어요. 여러 차례 찾아가서 간신히 만났는데 뭐 본전도 못 뽑았죠. 자신의 가족은 미국에 가 있다는 거예요. 뭐 우리들 같은 사람이 이따금 나타나는데 노인들이 외롭다보면 그런 거짓말을 할 수도 있는 게 아니냐고 아주 여유만만이었어요. 아무리 그래도 뜬소문이 번지면 자신의 인기에도 영향이 있으니까 나보고 선처를 해달라고 합디다. 안심댁을 위하여 써달라고 몇 푼 쥐어줍디다만 안 받았어요. 웬일인지 기분이 좋지 않았거든요."

　나는 실망하지 않았다. 이 정도면 일단 기사로 취급해도 되지 않을까 생각했다. 거기다가 안심댁 노인이 늘 품고 다닌다는 사진 한 장을 룸메이트 할머니의 도움을 받아 입수하고는 더욱 확신이 굳어졌다. 안심댁과 불과 열 살도 채 안 됐을 백나미가 나란히 서 있는 사진이었다. 배경에 비해 인물이 너무 작고 누렇게 변색해 있어서 결정적인 증거랄 수는 없었으나 백나미의 예쁜 잔재는 충분히 느낄 수 있었다.

　나는 서울로 돌아와 기사를 썼다. 기사는 주간지뿐만 아니라 일간지 사회면까지 나가게 되었고 장안의 어디서나 신데렐라 같은 젊은 여배우의 드라마적인 성장기에 화제가 집중됐다. 생각보다 기사의 파장이 큰 것에 대해 나까지 놀랄 지경이었다. 노파와 함께 찍은 낡은 사진도 물론 함께 실렸다.

그런데 사태는 고약하게 급전환하기 시작했다. 백나미가 나와 신문사를 상대로 무고와 명예훼손으로 고발을 했기 때문이었다. 백나미의 뒤에는 동양통상 오사장이 가진 금력과 권력이 도사리고 있었다. 풋내기 기자가 객기와 영웅적 심리만 앞세워서 근거 없는 소문에 살을 붙여 엉뚱한 추측 기사를 써서 백나미의 명예를 심대하게 손상시켰다는 이야기였다. 나는 물론 보다 더 명백한 증언을 확보하려고 재빨리 T시 양로원으로 내려갔다. 그런데 안심댁은 이미 그곳에 남아 있지 않았다.

"닷새 전이었어요. 서울서 온 분이 조카뻘 된다면서 데려갔습죠."

원장은 웬일인지 꼬리를 사려붙이는 말투였다.

"그 조카뻘 된다는 사람이 누굽니까?"

"그건 모르겠어요. 다만 서울에서 산다는 말만 들었지……"

"신원도 확인 안 하고 병든 노인을 데려가게 했다는 얘깁니까?"

"그땐 내가 양로원을 비우고 있을 때였어요. 좀 봐주십시오. 내 사정도 이만저만 복잡한 게 아닙니다."

원장은 차갑게 나를 따돌렸다. 백나미 쪽의 손길이 이미 T시의 양로원 구석까지 질기게 와 닿고 있음을 나는 뼈저리게 느꼈다. 낡은 사진 한 장을 들고 연무읍까지 내려가 수소문을 해봤지만 안심댁이나 백나미를 기억하고 있는 사람은 한 명도 없었다. 하긴 일곱 살 때 떠난 고향이 아닌가. 사진 속의 얼굴조차 워낙 희미해서 백나미를 조금 닮았다고 느껴질 뿐이지 백나미라는 명백한 증거가 될 수는 없었다.

꼼짝없이 당할 수밖에 없는 처지가 됐다.

재판의 결과는 보나마나 할 정도가 되었다. 문제는 거기에서 끝난 것도 아니었다. 우선 동양통상과 그 방계회사의 광고가 일체 끊기고 있었다. 식품, 화장품, 과자류까지 주로 대중 소비 제품을 많이 생산하고 있는 동양통상 계열회사가 의뢰해오는 광고비는 신문, 라디오, 텔레비전에 한 달 수억대를 훨씬 웃돌았다. 신문사의 입장에서 볼 땐 상당한 타격이 아닐 수 없었다. 오사장의 부친인 오인걸 회장의 입김 또한 무시할 수 없었다. 아직 신문사에 압력을 넣는 구체적 징후는 보이지 않았으나 정계 재계에서 차지하는 오인걸의 영향력은 대단한 것으로 소문이 나 있었다. 사내에 신문사의 사장이 오인걸 회장과 저녁을 함께했다는 소문까지 돌고 있었다.

신문사 쪽에선 결국 사과 기사를 내기로 했다. 내가 항변해봐도 아무 소용없는 일이었다. 나는 당연히 자체 징계 대상으로 올랐고, 내가 징계위원회에 회부된 날 백나미는 비로소 고소를 취하했다. 사람들은 내가 아예 파면 처분을 받지 않은 것만 해도 다행이라고 말했다.

"저쪽에서 요구가 강력하니 할 수 없네. 자네 목을 치라 하지 않은 것만도 다행이지."

이 사건에 대한 더이상의 취재나 기사를 작성하지 않겠다는 각서를 상무에게 써주던 날, 나는 어머니가 돌아가신 후 처음으로 혼자 술에 취해 울었다. 어두운 골목에서 어린애처럼 훌쩍거리며 맞닥뜨린 것은 휴지처럼 내가 버려졌다는 소외와 좌절뿐이었다. 분명한 진실이 있는데도 불구하고 그것이 힘에 의해 덮일 수밖에 없는 현실에 대해 나는 심각한 무력감을 느꼈다.

기자로서 앞으로 무엇을 믿고 살아갈 것인가.

나는 본래 법학도였다. 오 년이나 고시 준비를 하면서 내가 만난 것은 법이라는 게 우리들이 가진 삶의 진실을 옹호하는 데 별로 도움이 안 된다는 허망한 자각뿐이었다. '유전무죄 무전유죄'의 실제는 도처에서 만날 수 있었다. 삶은 실체고 진실이며 법은 형식이고 굴레였다. 어렸을 때 나는 말뚝을 향해 굴렁쇠를 던져 넣는 게임을 곧잘 하며 자랐다. 나는 언제나 패배했다. 아무리 겨냥을 하고 던져도 굴렁쇠는 말뚝에 미치지 못하거나 넘어버렸기 때문이었다. 법이란 바로 굴렁쇠 게임이나 다름없었다. 아니 법이 아닌 다른 것도 다 그러했다. 권력도 돈도 마찬가지 아닌가. 힘있는 사람은 언제나 원하는 대로 말뚝을 굴렁쇠로 붙잡아매거나 말뚝 자체를 뽑아버릴 수도 있었다. 그들에겐 룰 자체가 필요 없기 때문이었다. 룰 자체를 넘어서는 사람들에게 법은 아무런 힘도 못 썼다. 더구나 세상은 굴렁쇠를 가진 사람과 굴렁쇠를 가지지 못한 사람으로 양분되어 있었다.

나는 결국 고시 공부를 때려치웠다.

내가 소중히 하고 싶은 그 누구에게 굴렁쇠를 끼워넣는 일은 하고 싶지 않았다. 가진 거 없는 사람에게 굴렁쇠를 던져넣은 일보다는 기자가 나을 것 같았다. 물론 언론이 말 그대로 '정론직필'의 길만을 가지 않는다는 건 나도 알고 있었다. 언론 역시 세상의 일부분이었다. 그러나 최소한 법복을 입고 진실을 외면하는 것보다는 나을 것이라고 나는 생각했다. 경우에 따라선 진실을 지켜갈 수도 있지 않겠는가. 그러나 역시 결과는 참담했다. 언론에서조차 진실보다 실제적 힘이 세다는 걸 확인받는 일은 정말 쓰디쓴 경험이 아닐 수 없었다. 그래서 나는 울었다.

울고 나자 그나마 마음속이 가라앉았다.

포기하고 싶지는 않았다. 백나미에 대한 기사를 쓰지 않겠다는 각서를 썼지만 그런 건 중요하지 않았다. 포기할 수는 없어. 술에 취해 어느 집 담벼락에 울면서 토하고 난 뒤 나는 중얼거렸다. 진실은 묻힐 뿐이지 어디로 사라지는 건 아니었다. 사라지지 않는다면 더 끈질기게 캐내면 될 것 아닌가. 나는 전의가 불타오르는 걸 느꼈다. 신문사에서 목이 잘릴망정 체념하고 물러설 마음은 나지 않았다. 다시 시작하는 거야. 나는 소리내어 말했다. 그게 불과 얼마 전이었다.

"별장 지대로 올라가는데요?"

운전수가 말했다. 경부고속도로를 벗어난 백나미의 무스탕이 작은 호수를 끼고 미끄러지듯 언덕길을 올라가고 있었다. 좌우엔 소나무숲이 정갈했다. 띄엄띄엄, 그림엽서에서나 보았음직한 예쁜 별장들이 소나무숲 사이에 섬세하게 배치되어 있는 고급 별장 지대였다.

"됐습니다. 세워주세요."

나는 택시를 버렸다. 무스탕을 택시로 더 쫓는다는 것은 이쪽 편을 노출시키기 십상이었다. 더구나 이곳의 백나미 별장은 나도 한 번 와본 일이 있었다. 봄에, 새로 지은 별장이라면서 백나미가 연예계 기자들을 초청했을 때였다. 넓은 이층 건물은 별장이라기보다는 호화로운 궁전 같았다. 안이 환히 들여다보이는 철문을 지나고도 백여 미터나 곧게 들어가야 현관이 닿는 규모였다. 현관은 대리석으로 되어 있었다. 거실에 앉으면 넓게 깔린 잔디와 그 너머 보트를 댈 수 있는 호수의 맑은 물빛이 한눈에 들어왔다.

"약혼 선물입니다. 허허……"

그때 함께 동석했던 동양통상의 오사장이 이렇게 설명했었다. 하긴 아무리 인기 절정이라 하지만 백나미로선 이런 별장을 마련할 수 없을 터였다. 백나미는 시종일관 미소만 짓고 있었다. 오사장의 지시에 따라 준비된 요트에 올라 저녁을 먹었던 기억도 생생했다. 백나미의 무스탕이 들어간 별장이 바로 그곳이었다.

나는 택시를 돌려보내고 지름길을 택해 백나미의 별장 입구까지 단숨에 뛰어올라갔다. 다행히 철문 어귀는 다복솔이 빽빽하게 들어차 있어서 숨은 상태로 관찰하기 쉬웠다. 현관에 도착한 무스탕에서 백나미가 막 내려서고 있었다. 호수 쪽에서 낯익은 별장 관리인이 절뚝절뚝 한쪽 다리를 절면서 뛰어올라왔다. 선글라스를 쓴 백나미가 차의 트렁크 쪽을 가리키며 관리인에게 뭐라고 말하는 게 보였다. 가슴이 두근두근하기 시작했다. 여러 날 백나미의 집을 감시하면서 얻은 정보를 종합하면, 오늘쯤 그녀의 집에 숨겼던 안심댁을 다른 곳으로 옮길 것이라고 나는 예측하고 있었다. 그런데 백나미는 관리인에게 트렁크를 가리키고 있었다. 아무리 원망이 깊다고 해도 죽어가는 어머니를 설마 트렁크에 실어 왔을까. 내가 예상을 잘못한 것 같았다.

이윽고 차의 트렁크가 열렸다.

관리인이 허리를 굽히고 트렁크 안에서 무엇인가를 안아 들었다. 가슴이 다시 급하게 뛰기 시작했다. 멀어서 명백히 보이진 않았으나 관리인이 담뿍 안아 든 것은 물건이 아니라 사람이었다. 오오, 하고 나는 쾌재를 부르면서 숨을 죽였다. 사람이라면 안심댁일 가능성이 높았다. 안심댁이 아니라면 어떻게 백나미가 트렁크에 사람을 싣고 오겠는가.

나는 망원렌즈가 달린 카메라의 셔터를 연거푸 눌렀다. 노파의 확실한 얼굴이 잡혔으면 좋겠는데 너무 먼데다가 노파는 담요로 싸여 있었다. 기척이 없는 걸 보면 노파는 잠이 든 눈치였다. 카메라를 여러 번 조작했으나 파인더에 잡히는 그림은 담요뿐이었다. 백나미가 앞장서고 담요에 싸인 사람을 안은 관리인이 뒤를 따랐다. 곧 현관문이 다시 닫혔다.

백나미 일행이 현관 안으로 사라지자 단아하게 가꿔진 정원의 잔디 위엔 저물어가는 햇살만 남았다. 짜증나는 무더위는 더이상 느낄 수 없었다. 호수의 물빛이 그랬고, 너른 잔디가 그랬고, 군데군데 자연수 그대로를 살린 소나무가 그랬고, 별장 건물의 그림처럼 아름다운 겉모양이 그랬다. 나는 잠시 너무 깨끗하고 너무 완벽하게 짜인 그 아름다운 정경에 감동했다. 저렇게 멋진 환경 속에서도 사람은 밥 먹고 잠자고 살 수 있는 것이구나. 내 집의 먼지 앉은 형광등, 이 빠진 사기그릇, 덜덜거리는 선풍기, 싸구려 벽지 따위가 한꺼번에 떠올랐다. 그러자 맹랑하게도 내 집의 그 모든 게 오히려 동화 속의 풍경처럼 생각되기 시작했다. 어느 것이 더 동화 속의 풍경에 어울리는가. 아내는 지난봄, 벽을 새로 바르기 위해 벽지를 사면서 세 번이나 시장을 다녀왔다. 그러고도 결정을 못해서 나중엔 손바닥만큼씩 서너 장 벽지를 잘라다가 내게 보여주었다.

"어떤 게 좋아 보여요?"

"응, 이게 괜찮은데……"

"에그, 당신도 눈은 살아서. 그게 근데, 요쪽 거보다 한 마끼에 팔십 원이나 비싸단 말예요. 이쪽 건 어때요?"

"그것도 뭐 괜찮은 거 같군."

"괜찮겠죠? 이거보단 못하지만 그래도 팔십 원씩 싸게 산다는 걸 생각하면 이게 낫죠?"

결국 아내가 정말 갖고 싶은 건 좋은 쪽의 물건과 팔십 원 모두였다. 그중에 하나를 골라낼 수밖에 없다는 현실이 아내의 선택을 손쉽게 하지 않았던 것이었다. 그런데 몇 푼짜리 벽지 선택에도 고민하며 사는 생활에 익숙한 내가 백나미의 별장 쪽이 아니라, 그 순간 내 집이 오히려 동화처럼 느껴지니 신기했다.

나는 다복솔 속에 누워서 조금씩 부끄러워졌다.

사람은 이렇게 간단하게 자신의 내부에 배반을 키울 수 있는 것이구나. 오사장이 우리의 생활을 보는 시선, 백나미가 자신의 과거를 보는 눈도 보는 눈에 따라선 이렇게 동화 같을 수도 있다는 생각이 들었다. 저쪽 편에서 보면 이쪽이 동화 속 풍경에 지나지 않을 터였다.

그때였다.

무스탕이 다시 소리 없이 철문 쪽으로 굴러나왔다. 역시 백나미가 직접 운전을 하고 있었다. 나는 다복솔 밑에 누운 채 머리를 쥐어짰다. 이 정도에서 섣불리 백나미를 건드렸다간 그야말로 밥줄 떼이는 게 문제가 아니라 곧 내 인생의 내리막길이 될는지도 모른다. 좀더 결정적인 증거 수집을 위해선 뭣보다 우선 안심댁 노인을 직접 만나봐야 했다. 어머니와 헤어진 뒤부터 삼류 가수로 발돋움해서 영화계에 발탁되기까지 백나미의 행적은 문제도 되지 않았다. 그것은 이미 연예계 기자들한텐 공공연하게 알려진 눈물겨운 스토리였다. 문제는 백나미에겐 아직도 회한으로 가슴 쥐어짜며 죽어가고 있는 어머니가 살아 있다는 것이고, 만났다는 사실이다. 백나미와 오사장의 비정한 자기방어술을 단숨에 까발리려면 그 사실의 명백한 증거가 더 필요했다.

나는 아무런 결정도 못하고 그저 막연히 어두워지기를 기다렸다. 그러나 황혼이 차츰 암갈색으로 별장 지대를 내려덮었을 때 나는 그만 절망했다. 난데없이 개 짖는 소리가 별장 뒤쪽에서 들리더니, 곧이어 송아지만한 도사견 두 마리가 호수 쪽을 향해 일직선으로 달려나가는 게 똑바로 보였다. 숨어 들어갈 수 있는 방법은 전혀 없었다. 어째서 그 생각을 못했을까. 으르렁대며 이빨을 갈던 도사견 한 마리는 봄에 백나미의 초대를 받아 왔을 때도 뒤꼍 관리인 집의 마당 앞에 묶여 있었다. 투박한 주둥이에 거품을 달고 똑바로 우리를 향하던 놈의 시선 속엔 소름끼치는 살기까지 풍겨나왔다.

"이런 정도면 백만 원을 훨씬 웃돌죠."

오사장은 그때 시뻘건 토끼 고기를 툭툭 던져주면서 자랑스럽게 말했다. 그런데 지금은 한 마리가 더 보태져 있었다. 백나미는 며칠 전부터 노파를 이곳으로 옮겨다놓기 위해 세심한 배려를 했던가보았다. 더구나 어두워지면 두 마리를 모두 풀어두는 모양이었다. 하긴 풀어놨자 호수에 면하지 않은 곳은 담장이 견고하고 또 방문객도 없을 테니, 별장 관리엔 그만인 셈이었다. 나는 아예 벗어놓았던 구두를 다시 꿰고 후적후적 산을 내려왔다.

일단 서울로 돌아올 수밖에 없었다.

그런데 별장 지대 입구까지 거의 내려왔을 때 큰길 쪽에서 올라오는 백나미의 무스탕이 또 한번 보였다. 나는 스쳐지나가는 헤드라이트의 불빛을 피해 나무 뒤로 주저앉았다. 무스탕의 뒷좌석엔 안경 낀 중년 남자와 흰 가운을 입은 간호사가 앉아 있었다. 분명히 간호사 복장이었다. 의사를 데리러 갔던 모양이었다.

주간부엔 아직 김형구 기자가 퇴근하지 않고 있었다.

"황소고집 오는군."

"그래. 김형한테 술 사러……"

"성과가 있다는 표정인데?"

"물론!"

나는 김기자와 함께 조용한 왜식집으로 갔다.

"이형, 거 몸조심해야겠어. 도사견한테 물려 죽기 십상인걸."

대강 설명을 듣고 난 김기자가 너스레를 떨었다. 김기자는 원래 나보다 대학 이 년 후배였다. 고향도 비슷하고 생각하는 방향도 공통점이 많아 학교 때부터 유달리 친근한 사이였다. 그러나 신문사 입사만은 나보다도 이 년이 빨랐기 때문에 오히려 내 쪽에서 도움을 많이 받았다. 자연 말투도 형님에서 이형쯤으로 내려앉았다.

"김형한테 부탁한 거 어찌됐어?"

"뭐? 백나미 개인 비서 노릇? 참, 이러다간 흥신소 차리기 딱 알맞겠군. 내일은 백나미가 촬영 스케줄에 응했대. 저녁 여섯시까지……"

"어디서?"

"어딘 어디야, 이형 말대로 백나미 집에서지."

"그렇군."

나는 고개를 끄덕거렸다. 며칠 동안 백나미의 집 골목에서 진을 치고 기다렸던 것은 촬영 스케줄에 대한 정보 때문이었다. 지금 찍고 있는 영화의 다음 스케줄은 백나미의 집을 세트로 사용해야 한다고 했다. 그런데 백나미는 미리 약속이 되어 있음에도 불구하고 자기 집에서의 촬영을 차일피일 미루고 있다고, 우연히 만난 감독은 불만이 대단했다. 나는 무릎을 쳤다. 촬영 기피는 틀림없이 자신의 집에 안심댁 노파를 숨겨놓았기 때문이라고 짐작됐다. 그렇다면 조만간 노파를 다른 장소로 옮기지 않으면 안 되는 게 백나미의 입장이었고, 나는 그래서 끈질기게 기다리고 있었다. 백나미가 마침내 안심댁 노파를 별장으로 옮긴 것도 그 때문이었다.

"부장이 눈치를 챈 거 같애. 괜히 이형 때문에 자기 목까지 날아가지 않을까 전전긍긍하는 눈치던걸."

"국민학교 때 내 옆자리 애가 교실 뒷벽에 잘 그렸다고 붙여놓았던 애들의 그림을 모두 찢어발긴 적이 있었어. 방과후였는데 우연히 나 혼자 그걸 봤지. 그애가 나보고 그러더군. 일러바치면 네 점심은 없다!"

아버지는 그애네 땅을 부쳐먹었다. 말하자면 소작인이었는데 이웃에 살면서 아버지가 그애네 집의 잔일을 도맡아 했다. 소작도 소작이려니와 밥을 빌기 위해서였다. 우리 형제는 쫄랑쫄랑

아버지의 꽁무니에 매달려 가서 그 집의 밥을 얻어먹었다. 더구나 그즈음의 그애 할머니는 내가 점심을 굶는 게 딱하다면서 아예 도시락을 두 개씩 싸 보내고 있었다.

"선생님이 노발대발 범인을 잡기 위해 악을 썼지만 난 입을 다물었지. 결국 그앤 무사했어. 뒷벽에 자기 그림이 안 붙은 것은 그애뿐만이 아니었으니까. 그앤 내 침묵에 감사하는 뜻으로 오리쌀을 두 주먹이나 주더군. 오리쌀을 먹으며 난 생각했지. 나는 죄가 없다, 그저 본 것을 말하지 않았을 뿐이니까……"

"……"

"그런데 나중에 난 깨달았어. 그런 때의 침묵이란 좋거나 말거나 그애와의 공모자가 될 뿐이라는 것을. 침묵은 죄악이야!"

김기자는 벌겋게 달아오른 얼굴로 묵묵히 술잔만 입으로 가져갔다. 나는 외로웠다.

다음날 나는 몇 가지 작업을 서둘러 끝마쳤다. 우선 자가용을 한 대 빌려놓았고 흰 가운을 구해 입었다. 카메라엔 질 좋은 필름을 담아서 거리를 이 미터쯤으로 아주 맞춰놓았다. 만일의 경우를 생각해서 플래시까지 일일이 검사해두는 것을 잊지 않았다.

별장을 향해 서울을 떠난 것은 그럭저럭 세시가 다 돼서였다. 별장까진 약 오십 분 거리지만 백나미의 촬영은 여섯시까지라니까 아직 서둘 필요는 없었다. 나는 흰 가운에 청진기를 든 젊은 레지던트로 변장했다. 내가 얻은 결론은 정면으로 부딪쳐 빨리 결판을 내는 것이 훨씬 유리하다는 사실이었다. 어제 의사와 간호사를 데려간 걸 보면 안심댁의 상태가 아주 좋지 않은 눈치였다. 하루이틀 늦어지다보면 백나미 쪽에서 눈치를 챌지도 모르고 안심댁 노파가 죽을지도 몰랐다. 나는 결국 서툰 탐정의 흉내를 내기로 한 것이었다. 안심댁이 백나미의 별장에서 죽어가고 있는 현장을 확인하면 단숨에 승세를 굳힐 수 있으리라는 게 내 생각이었다.

철문 앞으로 차가 굴러가자 관리인이 뛰어나왔다. 턱수염이 수북이 나 있는 이 중년의 사내는 한쪽 다리를 저는 것만 빼곤 건장해 보였다.

"병원에서 보내서 왔어요. 박사님께선 회의가 있으셔서 내가 경과를 체크만 하는 거요. 환자는 어디 있죠?"

나는 당당히 말했다. 다행히 관리인 이외에 다른 사람은 없는 모양이었다. 관리인은 내 말을 듣고 나서야 가로막고 섰던 대문을 열어주며 별장의 이층 쪽을 가리켰다. 노파는 이층의 두 방 중에서 북향의 작은 방 속에 뉘어진 채였다.

"어머! 어서 오세요."

노파의 머리맡에 앉아 있던 중년 여자가 자리에서 일어서며 말했다. 관리인의 아내인 것 같았다. 노파는 그동안에 훨씬 더 쇠잔한 듯 보였다. 백지장처럼 얇아진 피부에 검은 반점들이 독버섯같이 번져 있었다. 안으면 그대로 한줌 재로 변해 부스러져 버릴 것 같았다.

"잠들었나보군요."

"저렇게 누워 있다가도 금방 또 버르적거리고 그래요."

"버르적거려요?"

"그럼요. 어디서 그런 힘이 솟아나는지 어떤 때 아주 안고 뒹굴 때도 있어요. 어젯밤은 아씨가 주고 가신 수면제를 먹여 내내 재웠었지만 아침엔 약도 떨어져갖고……"

"말도 합니까?"

건성으로 청진기를 대면서 내가 물었다.

"뭐라고 악은 쓰시지만 알아들을 수가 있어야죠. 무조건 밖으로 뛰쳐나가려고만 해요. 뭐 양로원인가 어디로 간다는 거 같았어요."

"걸을 수는 있습니까?"

"걷기는요. 그냥 무릎으로 허우적거리며 기는 거죠."

노파의 목에선 규칙적으로 가래 끓는 소리가 났다. 눈두덩까지 푹 꺼진 게 하루이틀도 제대로 넘길 것 같지가 않아 보였다.

"수면젠 몇 알이나 먹였습니까?"

"다섯 개요. 아씨가 그러는데 그만큼이나 먹여야 효과가 있다는 거예요."

다섯 개! 나는 순간 백나미에 대한 맹렬한 증오로 부르르 전신을 떨었다. 백나미는 노파를 데려오고부터 거의 매일을 수면제로 잠재워왔음에 틀림이 없었다. 두 알에서 세 알로, 세 알에서 네 알로 투여량을 늘려온 게 확실했다. 그것은 조금씩 노파를 죽이는 거나 마찬가지 아닌가.

"아주머니, 나가서 물 좀 떠오세요."

"물은 여기 있어요."

"아니, 이 약은 뜨거운 물로 먹여야 됩니다."

여자가 주전자를 들고 나갔다. 나는 가방에서 카메라를 꺼내 여러 장 노파를 찍었다. 그런 다음 흔들어 깨워봤으나 이미 말을 붙여볼 수 없는 상태였다. 그저 짐승처럼 웅얼거리며 밖으로 기어나가려고만 했다.

"아이고, 이를 또 어쩐대. 선생님, 수면제를 좀 주고 가세요."

물을 떠 들고 올라온 여자가 통사정을 했다.

"수면제는 안 됩니다. 그냥 놔두고 잘 지키십시오."

"잘 지키고말고요. 눈도 떼지 말라고 아씨가 얼마나 신신당부를 했는데요."

나는 가방을 챙겨들고 별장을 나왔다. 컹컹 뒤꼍에서 짖어대는 도사견의 살기 띤 울부짖음이 들렸다. 나는 한차례 더 목덜미를 부르르 떨고 차에 올랐다. 철문을 나서며 뒤돌아봤을 때 관리인은 이미 안으로 들어가고 보이지 않았다.

회사로 돌아오자 김형구 기자가 기다리고 있었다는 듯 은밀하게 나를 불러냈다.

"거기서 오는 거야, 이형?"

내가 고개를 끄덕거리자,

"무슨 기미 없었어?"

"기미라니?"

"좀 전에 백나미 집에 전화를 걸어서 마침 촬영 땜에 와 있던 황감독하고 통화를 했거든. 사태가 심상치 않아 보여서……"

"왜?"

"백나미가 촬영중 전화 받고 갑자기 뛰쳐나갔다는 거야. 무슨 전화였냐니까 모르긴 해도 누가 죽어가는 모양이더라 그러잖아. 혹 그 노파에게 사고가 생긴 건 아닐까?"

나는 곧장 회사를 뛰쳐나와 택시를 탔다. 그래, 노파는 오늘밤 당장 죽을지도 모른다. 아니 벌써 죽었을는지도 알 수 없다. 만약 노파가 죽어 아무도 모르게 시체가 처리된다면 내가 갖고 있는 카메라의 필름 정도는 쓸모없게 될 수도 있었다. 나는 초조해졌다. 노파가 설령 죽지 않는다 하더라도 카메라의 필름은 아무

소용도 없는 게 아닐까 하는 데 생각이 미쳤다. 필름을 공개한다고 치자, 그게 무슨 증거가 될 수 있을까. 백나미는 오사장의 강력한 엄호를 받으며 당장 노파를 옮겨놓고 시치미 뚝 떼면 그만이다. 노파의 사진만 가지곤 백나미의 어머니라는 걸, 백나미의 비정한 음모에 죽어가고 있다는 걸 명백히 확인시킬 수 없는 노릇이었다.

나는 머리를 흔들었다. 너무 그 일에만 몰두한 나머지 어린애 같은 짓만 연출해서 괜히 백나미의 경계심만 돋웠을 뿐이다. 내가 다녀간 걸 알고 백나미가 오늘 당장 노파를 다른 장소로 옮겨갈는지 알 수 없다.

택시가 별장 입구에 나를 떨궈놓자 나는 철문이 빤히 바라다보이는 예의 다복솔 밑에 자리를 잡았다. 별장 안은 어제와 다름없는 정적뿐이었다. 무스탕이 현관 앞에 단정하게 세워져 있었다. 차츰 황혼이 암갈색으로 잦아들기 시작했다. 어둠이 왔다. 별장 뒤로부터 도사견 두 마리가 쏜살같이 뛰어나왔다. 현관 앞의 너른 잔디밭은 수은등 불빛 아래 정밀한 고요만으로 가득찬 채였다. 도사견이 수은등 꼭대기를 쳐다보곤 두어 번 컹컹 짖었다. 놈들은 밤새 저렇게 울타리 안을 맴돌 터였다.

나는 하룻밤을 거기서 묵기로 작정했다.

어차피 서울까지 가기엔 너무 시간이 늦었고, 젊은 의사로 위장한 누가 다녀간 걸 알면 백나미가 반드시 노파를 옮겨갈 것이라 믿었기 때문이었다. 여름의 밤이라곤 하지만 호수가 가까운 산속이어서 오한이 났다. 게다가 모기의 극성이 대단했다. 나는 숲속을 서성거리기도 하고, 웅크리고 앉아 있기도 하면서, 어서 백나미가 노파를 안고 나와주길 기다렸다. 그렇지만 닫힌 현관문은 내내 조용했다. 자정이 지나면서부터 나는 소나무에 기대앉은 채 꾸벅꾸벅 졸기 시작했다.

그러다가 문득 발작적으로 짖어대는 개 울음소리 때문에 벌떡 깨어 일어났다. 언뜻 눈에 띄는 것은 현관 밖에서 꼬물꼬물 움직이는 하얀 물체였다. 송아지만한 도사견 두 마리가 악을 쓰면서 그 하얀 물체를 향해 재빠르게 달려들어 왈칵 물었다. 그러곤 잔디밭 쪽으로 질질질 끌고 갔다. 현관으로 백나미와 관리인 부부가 뛰어나온 것과, 하얀 물체가 안심댁 노파임을 내가 깨닫게 된 것은 거의 동시였다. 노파가 기진해 잠들어 있다고 생각해 백나미와 관리인 부부가 잠깐 방심해 있던 사이에, 노파는 혼신의 힘을 다해 현관 밖으로까지 기어나왔던가보았다. 현관 앞을 서성거리던 도사견은 노파가 현관문을 벗어나 쓰러지는 순간 훈련받은 대로 잽싸게 달려든 게 틀림없었다.

나는 본능적으로 망원렌즈로 조정된 카메라의 셔터를 연거푸 눌러댔다.

열흘 후 백나미와 오사장은 예정대로 성대한 결혼식을 올렸다. 눈부신 웨딩드레스에 담긴 백나미는 꽃보다 더 아름다웠다. 신문에 보도된 것은 백나미의 결혼식에 관한 기사뿐이었다. 그래서 노파는 영원히 실종자가 되었다.

"그 노파가 백나미의 어머니라고 해도, 따져보면 다 그들의 집안일이야. 안 그런가. 누가 실해했다면 모를까, 부주의로 개한테 노파가 물려 죽은 걸 구태여 기사로 다룰 필요가 뭐 있나. 내 말대로 자네, 당분간 방송 파트의 편성부로 가 있게."

국장과 나를 불러 앉혀놓고 전무는 딱딱하게 말했다. 허옇게 거품을 입에 문 도사견, 갈기갈기 찢긴 채 젖은 솜뭉치처럼 도사견에 물려 있는 안심댁 노파, 경악하는 백나미, 그런 살벌한 광경이 흐릿하게 담긴 사진들이 여러 장 전무 앞에 놓여 있었다. 내가 찍은 사진들이었지만, 너무 다급하게 셔터를 누른 거라 사진은 상태가 다 좋지 않았다. 개한테 물린 것이 사람인지 다른 무엇인지조차 확인하기 쉽지 않은 사진들이었다. 설령 공개한다고 해도 백나미 쪽에서 얼마든지 역습해올 만큼 부실한 증거라는 데는 나도 동의할 만했다.

"이 사진들은 내가 맡아두지."

전무는 무표정한 얼굴로 말했다.

"요즘의 기자는, 현실을 적절하게 편성해 볼 줄 알아야 돼, 알아듣겠나?"

나는 유구무언이었다. 문득 아내 생각이 났다. 생일 아침에 불쑥 적금통장을 내보이며 아내는 자랑스러운 표정으로 말했다.

"당신 몰랐죠? 생일날 선물할 셈치고 숨겨왔는데요. 사실은 두 달만 있음 이 적금 탄다고요. 오십만 원짜리!"

그 박봉으로 살림을 살면서 남편 몰래 오십만 원짜리 적금을 부어온 아내가 현실을 알맞게 편성하는 재주에서 나보다 앞서 있다는 것을 나는 아프게 깨달았다. 전무는 현실을 편성하는 재주야말로 현실에서 살아남는 가장 좋은 지혜라고 덧붙여 말하고 싶은 눈치였다. 그러나 나는 탁자 위의 사진들을 주섬주섬 챙겨 안주머니에 넣었다. 전무와 국장이 뚱한 표정으로 나를 바라보고 있었다.

"사진을 좀 배워야 할까봐요."

내가 웃으면서 말했다. 뜨거운 것이 목젖을 치고 올라왔다.

–

우리들의 장례식

"막걸리 한 되만……"

주전자를 내밀며 봉추는 말끝을 사렸다. 문구멍에 눈알만 내놓고 바라보던 주인 여자는 미닫이를 열고 한 발만 술청에 내려놓은 채 손을 뻗쳐 주전자를 받았다. 세 평쯤이나 될까, 좁은 술청은 전구 하나만 천장에 매달려 있을 뿐 썰렁하였다. 여자는 방 안과 술청에 한 발씩 벌려 세운 자세로 미닫이 옆에 놓인 술독에서 막걸리를 퍼 담았다. 머리가 헝클어진 여자의 얼굴은 늙고 메말라 보였다. 되질도 하지 않고 주전자 목까지 막걸리를 채운 그녀는 허리를 펴며 주전자의 몸통을 손바닥으로 훔치고 뚜껑을 닫았다. 딸가당, 뚜껑이 닫히는 소리가 텅 빈 술청에 차갑게 울렸다.

"여기 있수다. 돈!"

여자는 돈과 주전자를 맞바꾸고 말없이 술청에 내디뎠던 한
발을 끌어올린 뒤 거칠게 문을 닫았다.

'지미랄, 되게 말없는 예펜네구먼.'

봉추는 곧 그곳을 떠났다. 종점으로 통하는 다리 앞에서 직각
으로 꺾어 돌자 어두운 골목이 나왔다. 개천과 나란히 뚫린 골
목을 그는 떠걱떠걱 목발 소리와 함께 걸었다. 땅이 얼어 있어서
목발 소리는 유난히 크고 음산하게 골목의 어둠 속에 파묻혀갔
다. 한 손에는 목발을 짚고 한 손에는 주전자를 든 자세여서 더
욱 손등이 시렸다. 골목의 저편에서부터 매운 1월의 바람이 불
고, 바람은 끝없이 늘어서 있는 판잣집들의 유지油紙로 된 추녀
끝에서 징징거렸다.

다른 지대에 비하면 이곳의 판잣집들은 그나마 질서가 있었
다. 특별히 재료가 좋다든가 구조가 훌륭한 것은 아니었으나 배
열된 형태만은 무질서하지 않았다. 마치 아파트의 긴 복도에 똑
같은 출입구가 질서 있게 배열된 모습과 비슷하였다. 골목을 따
라 부엌, 방, 부엌, 방 하는 식으로 이어져 있고 부엌엔 똑같은 베
니어판의 출입구가, 방엔 직사각형의 작은 창이 밖에서 바라보
였다.

사람들은 대부분 새벽 일찍 나가고 밤늦게 귀가하는 지게꾼,

미장이, 칠장이, 아니면 행상들이어서 초저녁의 골목은 늘 조용한 편이었다. 그래도 골목 쪽으로 열린, 안에는 신문지가 발리고 밖엔 비를 막기 위하여 비닐로 둘러친 밀폐된 창문에 발그레하게 저녁 불빛이 비쳐서 시골 마을의 고즈넉함을 연상시켰다. 환하게 떠오르는 창호지, 어른거리는 그림자, 어느 집 아이일까, 청아하게 읽어내려가는 달 달 무슨 달, 쟁반같이 둥근 달……

봉추는 문득 하늘을 올려다보았다.

큰길에서 내뻗치는 차량의 불빛뿐, 하늘엔 별 하나 떠 있지 않았다. 눈이 올랑가. 시커멓게 막아서는 고압 철주 앞에서 그는 중얼거렸다. 육중한 고압 철주가 골목의 한가운데 도도히 막아서서 개천 건너편으로 수만 볼트의 전류를 송전시키고 있었다. 자전거도 그렇지만 특히 골목을 꽉 메우며 간신히 지나가야 되는 리어카꾼들은 아침저녁 이곳을 통과하기 위해 리어카를 비스듬히 세워 들고 넘어가야 되는 고역을 치르지 않으면 안 되었다. 빌어먹을 고압 철주! 사람들은 누구나 그 고역을 치른 다음엔 이렇게 중얼거리고 침을 탁 뱉었다. 그뿐이었다. 고압 철주 아래 태연히 산다는 게 얼마나 위험한 것인지 모두 모르는 것은 아니었지만 그렇다고 위험을 실감할 만한 여유 있는 생활은 아니었던 것이다.

철주를 건너자 저만큼 개천 쪽으로 붙은 봉추의 집이 보였다.

문이 열려 있어서 부엌에서 새어나오는 불빛이 골목의 어둠을 자르고 앞집 창 밑까지 비쳐 있었다.

"눈이 올랑게비여!"

열린 문에 기대고 목발을 문턱에 걸쳐놓으며 그는 불쑥 한마디했다. 아내인 고산댁은 그의 손에 들린 주전자를 받으며 의아한 표정을 지었다.

"눈 말여, 눈!"

하늘을 손가락질하며 봉추는 다시 한번 악을 쓰듯 소리쳤다. 고산댁은 그제야 알아듣고 고개를 끄덕이며 입술을 잘게 씹었다. 한쪽 끝을 잡아당겨 입술을 씹는 것은 기분이 우울할 때, 그녀의 버릇이었다. 눈꼬리에 잔주름이 많고 좀 수척하여 창백해 보였으나 아직 앳되고 고운 티가 남은 얼굴이었다. 전등을 등지고 있어선지 그녀의 표정은 한결 어둡게 보였다. 그녀는 부엌에서 방으로 올라가는 한 단계의 디딤돌 위에 저녁 밥상을 차려놓고 쭈그려앉았다가 막 일어선 참이었다. 부엌은 한길과 방보다 훨씬 낮았기 때문에 방과 부엌의 출입구 밑엔 블록 두 개를 나란히 잇댄 한 단계의 디딤돌이 마련되어 있었다. 출입구를 열면 곧장 부엌이고 부엌 안에서 바른편으로 방이 들여져 두 군데의 디딤돌은 직각으로 거의 맞붙은 형상이었다. 따라서 봉추가 안으로 들어서 출입구의 디딤돌에 주저앉자 방문의 디딤돌에 놓인 밥상과의 거리는 딱 알맞았다.

"사발 하나 줘."

봉추가 술을 마시는 시늉을 하자 고산댁은 양재기를 꺼내놓고 막걸리를 가득 따랐다.

"칠성이 자나?"

고산댁도 부엌 바닥에 쭈그려앉아 숟갈을 들며 그의 질문엔 눈으로 대답하였다. 잠시, 그들은 김치 한 종지와 콩나물국이 놓인 초라한 저녁상을 사이에 두고 술과 밥을 들었다. 앞집에서 잡음이 심하게 긴 라디오 소리가 들려왔다.

—내일 아침 서울 지방은 최저 영하 12도까지 내려가겠다고 중앙관상대는 말했습니다.

아나운서의 탄력 있는 저음을 자르며 해묵은 유행가 가락이 골목을 넘어왔다. 라디오의 다이얼을 돌려버린 모양이었다.

이때, 소리 없이 한 늙은 사나이가 열린 출입구에 나타났다. 아주 남루한 차림의 사내였다. 사내는 한참 동안 침묵 속에 행해지는 이 부부의 이상한 저녁식사를 부러운 듯이 바라보았다.

"거, 술 한잔 주시구려……"

라디오의 유행가 가락이 끝나자 사내는 마침내 가래가 끓는 쉰 목소리로 봉추의 등을 두드렸다. 봉추와 고산댁은 김치 쪽을 젓갈에 끼워 든 채 작은 시차時差로 뒤를 돌아보았다.

"배가 고파서요……"

좁고 색 바랜 오버의 칼라를 턱밑까지 여미며 사내가 조용하게 시선을 떨구었다.

"들어오슈, 춘다……"

엉덩이를 비비적거리며 봉추가 디딤돌의 한쪽 끝으로 옮겨 앉자 사내는 힘겨운 동작으로 문턱을 넘어 곁에 앉았다.

"자, 술부터 한잔하슈."

"고맙소이다. 원 이거……"

술잔을 내미는 앙상하고 때묻은 사내의 손이 가늘게 경련하였다. 주전자를 들며 봉추는 비로소 사내의 얼굴을 살폈다. 예순 살은 못 됐어도 오십은 넘긴 얼굴이다. 건조하게 말라 선 머리, 불거진 광대뼈와 깊이 팬 눈, 넝마 같은 오버 속에 삐죽이 드러난 목뼈, 한마디로 유령 같은 몰골이었으나 봉추는 다음 순간, 사내가 거느리고 있는 뜻 모를 분위기에 압도되었다. 남루하지만 어쩐지 막된 거지 같지는 않았다. 구겨진 그의 이마에 떠도는 정갈함이 그렇고 미안해하는 맑은 눈빛이 그랬다. 까칠하게 말라붙은 얼굴에 넝마 같은 차림이면서도, 사내의 전신에서 느껴지는 것은 이 판자촌과는 어울리지 않는, 어떤 단아한 적막감이었다.

"워디서 오시유?"

"그저 떠돌아다닙지요."

"저런! 자식도 없으시고?"

말없이 도리질을 하던 사내가 돌연 기침을 하기 시작했다. 기침 소리는 툭 터져나오는 것이 아니라 오히려 폐부 깊숙이 잠겨드는 음울한 빛깔로 차가운 부엌 공간에 자지러들었다.

"몸이 성치 않으시구면유?"

숨이 가빠 어깨를 들썩이며 사내는 고개를 끄덕였다. 까르르, 앞집 라디오가 요란한 박수 소리에 잠겼다. 웃음과 박수가 뒤범벅된 라디오 소리는 이번엔 꽝 하는 금관악기의 저돌적인 음률로 골목의 어둠 속에 울렸다.

"저놈의 라디오 좀 쬐깐하게 틀면 워뗘!"

부엌 출입구를 신경질적으로 닫으며 봉추는 앞집을 흘겼다. 내내 낯선 사내를 연민에 찬 눈으로 살피던 고산댁이 콩나물국을 떠서 봉추에게 내밀었다.

"그렇지 참. 이 국 좀 쬐매 떠보슈."

국그릇을 사내에게 내밀자 고산댁은 다시 봉추를 향해 눈짓을 하였다. 밥도 한술 떠주라는 뜻이었다.

"그려, 밥 한술 말어유, 춥쥬?"

"춥지만 오래 떨며 지내 이젠 잘 못 느끼지요……"

"고향은 워디유?"

"고향, 고향 말이오?"

순간, 사내의 얼굴에 짙은 그늘이 졌다. 말소리가 사뭇 떨려 나왔다. 그는 잠시 부엌에 매달린 전구를 지그시 노려보다가 절망적인 표정이 되어 고개를 흔들었다.

"없수, 그런 건……"

말이 끝나기도 전에 사내는 다시 기침으로 자지러졌다. 쿨룩 쿨룩 쿨룩쿨룩, 상기된 마른 목에 검붉은 핏줄이 솟아올랐다. 너무 힘겹고 질긴 기침이어서 사내의 이마엔 송글송글 땀방울까지 맺혔다. 고산댁이 발작적으로 울음을 터뜨리며 방안으로 뛰쳐들어간 것은 바로 이때였다. 그녀의 몸짓은 마치 상처 입은 짐승과 같았다.

"미안하외다, 아주머닌……"

겨우 기침을 진정한 사내가 이마의 땀을 훔치며 의문에 찬 목소리로 말했다. 지하실을 울려나오는 것처럼 칙칙하게 쏟아지는 고산댁의 오열이 너무 갑작스러워 사내는 완전히 풀이 죽은 꼴이었다.

"괜찮유! 마누란 벙어린게로……"

봉추는 사내의 의문을 묵살하며 막걸리 사발을 단숨에 비우고 퉁명스럽게 대답했다. 그의 말투에는 속이 상한 것을 드러내지 않으려는 의지 같은 게 묻어 있었다.

"열 살 땐가 무신 병에 걸려서 조렇게 됐다는게비유. 맘 착헌
거 믿고 그냥 사는 거지유."

"그런데 왜 저러십니까, 혹 나 때문에?"

"허 참, 괜찮당게 별걸 다 물어쌓고 그러네!"

화난 듯이 소리치고 봉추는 빈 잔에 남겨진 찌꺼기를 개천으
로 뚫린 쪽문을 향해 왈칵 내던졌다. 한동안 침묵이 왔다. 어디
선지 컹컹 개가 짖었다. 종점 쪽의 까마득한 소음에 섞여 개 짖
는 소리가 차츰 날카로워져서 그들의 침묵을 더욱 불안하게 하
였다.

"장모님이 죽었지유!"

마침내 고개를 숙이며 봉추는 선언하듯 말했다.

"해수병으로 밤낮 콜록거리다 죽었는디 형씨가 콜록콜록 혀싸
니까 저 병신, 어매 생각나서 저러는 거유……"

사내가 눈을 크게 뜨고 빼꼼히 열린 방문으로 시선을 돌렸다.
방안은 어두웠지만 희끄무레하게 놓인 홑이불의 일부가 보였다.

"우리 장모님 참 지독헌 여자였쥬!"

말씨는 또박또박 떨어져 분명했으나 그 속엔 처연한 가락이
담겨 비장하게 들렸다.

"아까 즘심때만 해도 돌아가실 건 생각지도 못혔유. 보리밥이
지만 우리는 그나마 굶는 즘심인디 아 쌀밥에 괴기 반찬 안 혀준

다고 길길이 뛰시는디…… 단칸방에 애새끼허고 입에 풀칠허기 바쁜디 노인네지만 너무헌다 싶습디다. 그려도 말 안 혔유, 생각 허면 불쌍허게 한시상 사셨웅게……"

따르릉, 골목길에서 달달거리며 지나가는 자전거 소리가 들려왔다. 자전거 소리는 고압 철주 앞에서 멈추는가 싶더니, 빌어먹을 고압 철주, 하는 남자의 목소리가 날아왔다. 봉추는 주먹을 쥐고 눈물을 닦았다. 늙은 사내의 속눈썹도 전등 불빛에 반드레하게 젖어 있었다.

"워쪘든 죽은 사람만 안됐지유, 기침을 정신없이 하더니 두어 번 까무러치데유. 그러곤 싱겁게 가셨쥬. 후딱 잘 가셨지만 마지막까지 괴깃국 한 그릇 못 혀드링 게 원통혀서 눈물이 다 나네유. 수저 꼽아도 안 자빠지게 괴깃국 한 그릇 먹고 싶다고 그렇게 말혀싸셨는디…… 에라, 그놈의 괴기는 다 워디로 처박혔는지 원!"

멀리서 또 그놈의 개가 짖었다. 이번엔 한 마리가 아니라 여러 마리였다. 켕켕, 케엥케엥. 소음이 뜸하고 골목길의 발소리가 적막한 걸 보면 밤이 꽤 깊어지는 모양이었다. 방안은 잠잠하였다. 봉추와 홀연히 나타난 이 낯선 사내는 어깨를 웅크리고 쭈그려 앉아 그 카랑카랑 달려드는 개울음을 듣고 있었다. 치익치익, 골목의 저쪽 '빌어먹을' 고압 철주 쪽에서 슬리퍼 끄는 소리가 들

190

려왔다. 그것은 점점 가까워지더니 이윽고 봉추의 등뒤에서 딱 멈추고 문이 열렸다.

"워매! 왜 부엌 바닥에서 그러고들 있어유?"

수건을 둘러쓰고 호들갑을 떠는 게 세도댁이었다. 고향이 가깝다 해서 조금 왕래가 있는 터였다. 석 달 전, 마장동 판잣집이 불타버리자 세간 하나 건지지 못하고 이곳에 이사를 왔을 때, 그녀는 봉추의 말투를 듣고 당장에 아랫녘 사람이 아니냐고 반색을 했던 것이었다.

"인자 막 들어옹게 애들이 그러잖어유. 이 집 아줌마가 저녁때 울어쌓드라고. 대체 무신 일이 있었유?"

봉추는 말없이 방안으로 턱짓만 했다.

"오메! 할머니가 돌아가셨유, 잉?"

세도댁은 입을 딱 벌렸다. 그녀는 남편 김씨와 함께 상을 고쳐주는 행상으로 살았다.

"상 고칩니다! 밥상, 자개상, 도래상, 뭐든지 고칩니다아!"

주택가를 돌며 남편이 이렇게 소리치면 세도댁은 덩달아 악을 썼다.

"칠, 칠혀유! 밥상 칠혀유! 자개상, 도래상 칠혀유……"

그래도 여섯 식구 먹고사는 것이 괜찮은 벌이다 싶어 요즘 일거리도 없는 철에 봉추는 상 고치는 기술이나 배워둘까 하고 몇 번 쫓아다녔다.

"이거 쉬운 거 같지만요. 상 고치라고 소리지르는 것만도 일 년은 해봐야 이가 납니다. 구성지게 넘겨야 하거든요……"

엊그제 아침, 행상을 나서며 웃던 김씨의 말에 속이 상해 봉추는 이틀 동안 그녀를 만나지 않았었다. 일부러 찾아가지를 않았던 것이다. 그녀는 한참이나 고산댁과 봉추를 위로하고 눈물까지 찔끔거리다가 봉추의 재촉에 부엌을 나섰다.

"그려도 초상집에 사람이 이렇게 없어서야 원. 동네 사람이래도 좀 불러와야지, 쯔쯧……"

"글쎄 괜찮대도 그려쌓네! 낼 새벽 일찌감치 화장터로 낼 텅게 지발 좀 가서 주무슈."

"화장터로 내도 삼베옷에 관 하나는 준비혀두어야지……"

"아따, 빨리 가유. 그리고 김씨헌티는 말 마슈, 문 딱 걸어잠글 팅게……"

"허, 워지간하네. 누가 술이나 먹자고 오능 거랴?"

뾰로통해진 세도댁이 돌아서려다가 힐끗 고개를 무릎까지 떨군 사내를 내려다보았다. 그녀가 들어오면서부터 사내는 줄곧 그렇게 앉아 있었던 것이다.

"이 양반 누구랴?"

발길을 돌린 자세로 세도댁은 기어코 은근하게 토를 달았다.

"워따매, 빨리 가랑게 참!"

세도댁의 말은 그러나 봉추의 외침에 거의 잘려져나갔다. 그녀는 눈을 흘기고 다시 한번 사내를 살핀 후에 그곳을 떠났다. 슬리퍼 소리가 고압 철주 쪽으로 사라지자 이번엔 사내가 부스스 일어섰다.

"왜 일어서시유?"

"어차피 가야지요……"

"워디로 가시게?"

그는 대답하지 못했다. 어깨를 들썩거릴 만큼 끈질기게 터져나오는 기침 때문이었다. 몸서리를 치며, 전신을 울리고 터지는 기침은 그에게 도저히 감당하기 힘든 참혹한 데가 있어 보였다. 기침이 끝나고도 그는 오랫동안 부엌문에 의지하여 가쁜 호흡을 가라앉히고자 애를 썼다. 컹컹 또 개가 짖었다.

"저놈의 개새끼들이 기분 나쁘군요."

사내는 이윽고 꺼져가는 목소리로 중얼거리며 문지방을 넘어섰다. 함박눈이 내리고 있었다. 부엌에서 내비친 불빛과 만나며 눈송이들은 고기비늘처럼 반짝였다.

"괜찮겠어유?"

늙은 사내는 오버의 칼라를 여미며 고개를 끄덕거렸다.

그는 잠시 눈이 내리는 하늘을 쳐다보다가 봉추에게 인사를 건네고 골목을 걸어나갔다. 느린 그의 발소리가 멀어져갔다. 봉추는 엉거주춤 선 채 그 발소리가 주는 불안하고 어두운 느낌을 떨쳐버리려고 애를 썼다. 방에서 팔을 벌려 고산댁이 그를 잡아당길 때 봉추는 비로소 그의 불안이 사내를 추위 속으로 내몬 그것 때문만이 아니라는 사실을 깨달았다. 윗목에 홑이불로 감싼 시신이 누워 있고 그 옆에 다섯 살짜리 칠성이가 잠들어 있었다. 그는 칠성이의 잠든 얼굴을 고즈넉이 내려다보았다. 할머니가 죽었어? 하던 얼굴, 그럼 할머니 어디다 묻어? 하던 얼굴……하지만 장모의 시신을 처리하기 위해 봉추는 이미 모든 걸 예비해놓았다. 삽과 괭이도 얻어다 두고 고산댁에게 설명하는 일도 끝냈다. 봉추의 설명에 그녀는 한차례 발광하듯 울어댔지만 결국은 조용히 순종하였다. 애당초 사리를 정확하게 분별할 줄 아는 그녀도 아니었다. 저녁 무렵, 그는 장모의 장례를 위해 종점의 썰렁한 장의사에 들렀었다.

"공동묘지라야 벽제 방면의 용미리뿐이지요."

중년의 장의사집 사내는 이렇게 서두를 떼어놓으며 봉추의 남루한 차림부터 세세히 곁눈질하는 것이었다.

"아무리 싸도 관 하나 육칠천 원은 주셔야 되고 수의는 다 안 해도 염보 하나는 맨드셔야죠. 그게 삼베가 두 필 반. 장의차가만 오천 원 정도고…… 화장火葬을 하신대도 그렇지요, 최소 삼

194

만 원 정도 챙기셔야……"

　더 묻지 않고 절망적인 심정으로 봉추는 장의사를 나왔다. 마장동 집이 불타지만 않았어도 그깟 삼만 원이야 쉽게 마련할 수 있었을 것이다. 그런데 불편한 몸으로 과일 행상을 하는 주제에 솥단지 하나 못 건졌으니 삼 개월 동안 굶어죽지 않은 것만도 다행이었다. 어디서 삼만 원을 마련한단 말인가. 집으로 오는 다리 난간에서 그는 깊은 절망으로 겨울나무처럼 서 있었다. 바라보이는 개천은 대부분 바닥이 드러난 채였고 한가운데 좁은 폭의 물줄기도 얼음으로 가려 있었다. 어디서 왔는지 검정개 한 마리가 드러난 개천 바닥에서 껑충껑충 뛰었다. 그때, 봉추는 장모의 장례를 치를 수 있는 한 가지 방법을 생각해낸 것이었다.

　'그렇지! 그럭 허면 되겠어.'

　그는 곧장 돌아와 초저녁에 이미 모든 준비를 끝내두었다. 그런데도 막상 밤이 깊어지자 봉추는 더욱더 불안해졌다. 그는 불안한 심정을 잊기 위해 잠든 칠성이의 얼굴을 쓸어보았다. 까칠하고 차가운 감촉이 느껴졌다. 불쑥 까닭 모를 서러움이 복받쳐 올라왔으나 그는 이를 사리물고 참았다.

　생각하면 참담하게만 살아온 그였다.

　열세 살까지 부모도 모르고 거지로 떠돌다가 다음 십 년은 머슴을 살았다. 그리고 머슴살이 십 년 만에 주인마님 주선으로 십 년 새경을 들이고 색시를 맞았다. 마나님이 십 년이 채워지자 새경을 조건으로 장가들도록 그에게 성화를 부렸기 때문이었다.

"글씨 이놈아, 니놈 십 년 새경이야 쌀 쉰 가마밖에 안 되여. 그걸로 마흔 가마 줘서 색시 사오고, 남는 건 집칸이나 장만혀준다는디 뭘 삐친 꼬라지여? 다 니 생각혀서 그러는디 은공도 모르고, 그저 종자는 워찌헐 수 없는 겨……"

자세한 뜻은 몰라도 봉추는 왠지 그 종자라는 말이 마음에 걸렸다. 그래서 맞은 색시는 반편 비슷했는데 육 개월도 못 가서 눈 까뒤집고 지랄병을 하다가 죽었다. 알고 보니 색시집 마흔 가마 줬다는 마나님의 말은 순 거짓말이었고 오두막집은 쌀 세 가마짜리도 안 되었다. 봉추는 그때 십 년 만에 처음으로 마나님에게 고개를 들고 따져들었다. 마나님은 노기등등하여 서슬이 퍼렇게 날뛰었다.

"저런 후랴들놈, 배은망덕도 유분수지, 십 년을 멕여살리고 장가들여놓게 각시 잡아 처먹고 인자 내게까징 악담을 혀? 시상이 변했다고 혀도 저런 놈을 가만히 둬? 아이고 분혀, 분혀 못 살겠어!"

봉추는 마을 사람들에게 물매를 맞고 세 가마짜리 오두막집마저 뺏긴 채 마을을 쫓겨나왔다. 강경에 나와 날품팔이로 십오 년을 지냈지만 사는 것은 항상 매한가지였다. 원체 주변머리가 없고 천성이 착한 탓이었다. 아무데고 누우면 잠자리고, 보리밥, 김치 한 종지에 막걸리 몇 잔 보태지면 금상첨화였다. 그러나 이젠 그 시절의 봉추가 아니었다. 주변도 늘고 억척스럽기도 하고 결단도 내릴 줄 알게 되었다. 그것은 강경에서 다리 한쪽만 잘리고 서울에 올라왔던 칠 년 전, 고산댁을 만나면서부터였다. 말은 못해도 성격이 모나지 않고 유달리 순한 고산댁과 생활하며 조건반사처럼 오는 책임 의식 때문일 것이다.

처음 고산댁을 만났을 땐 장모와, 씨도 모르고 나서 기른 열 살짜리 일성이가 있었다. 지금이야 일성이도 공장 기숙사에 머물면서 제 밥벌이를 하지만 그때만 해도 사탕값이나 조르던 어린애였다. 더구나 장모는 이제 사위를 맞았으니 좀 편히 얻어먹겠다는 배짱으로 척 들어앉아 끼니때마다 봉추 내외를 들볶았다. 하지만 그는 열심히 일했다. 재미도 있었다. 무엇보다 일성이가 잘 따라주는 것이 대견스러웠고 고산댁의 고분고분함이 가슴에 찼다. 더구나 칠성이를 낳고부터는 더욱 일에 보람을 느꼈다. 나이 사십이 다 되어 처음 낳은 아들이었다. 어떻게 해서든지 칠성이가 더 자라기 전에 판잣집이나마 좀 나은 것으로 장만해야겠다고 봉추는 이를 갈았다. 리어카에 과일을 사 담고 봉추 내외는 변두리 주택가를 종일 누비고 다녔다. 삼 년을 꼬박 천장에 던져넣은 돈이 오십만 원을 넘어섰다. 은행을 몰라 천장에 구멍을 내고 버는 대로 거기에 모아둔 게 죄라면 죄였다. 그 정성이 하룻밤 불난리로 잿더미 속에 묻혀버린 것이었다.

불과 석 달 전의 일이었다.

그때 생각이 나자 너무 허망하여 봉추는 부르르 전신을 떨었다. 새빨갛게 날름거리던 불, 아우성, 미친 듯한 바람…… 도시 저쪽은 까맣게 어둠이 몰려 있고 불은 그 어둠을 통째로 삼킬 듯 휘몰아쳤었다.

다 내 운수소관이지.

봉추는 허망한 가슴을 여미며 고개를 들었다. 미약하지만 앞집 라디오에서 자정을 알리는 금속성이 들렸다. 칠성이가 두어 번 팔을 허우적거리더니 시신 쪽으로 돌아누웠다. 결심한 듯이 봉추는 일어섰다. 자정을 넘겼으니 이제 서서히 준비를 해둬야 했다. 고산댁의 불안한 시선이 그를 따라왔다. 그는 그녀의 시선을 의식적으로 무시하며 홑이불로 감싸진 시신을 삼등분하여 묶기 시작했다. 빨랫줄로 쓰는 나일론 줄이어서 매듭이 잘 되지 않았다. 칠성이가 또다시 뒤채었으므로 그는 고산댁에게 손짓으로 일러 안고 있게 하였다. 할머니 어디다 묻어? 하던 녀석의 천진한 표정이 떠올랐다.

산에 묻지, 앞이 툭 터지고 양지바른 산에 묻을 거여.

이렇게 대답하지 못했던 자신의 불안한 몸짓. 그는 오히려 녀석을 밀어뜨리며 신경질을 부렸었다. 워디 묻으면 니가 워쩔 거여, 쬐깐한 게 별걸 다 물어쌓네! 하면서.

마지막으로 발목의 매듭을 매고 있던 봉추는 돌연 손길을 멈추고 화석처럼 굳었다. 부엌 쪽에서 무슨 소리가 들렸던 것 같았다. 과연 누군가 부엌의 출입구를 두드리고 있었다. 톡톡톡, 작지만 명확하게 떨어져 울리는 소리. 봉추는 가슴이 두근거려 잠시 동안 정물처럼 고정된 채 움직이지 않았다. 칠성이를 안고 있던 고산댁도 불안해진 눈알을 크게 굴렸다.

세도댁일까, 하고 봉추는 생각했다. 하지만 그 여자라면 문을 두드리는 소리가 저렇게 조심스럽지 않을 것이다. 문소리는 간헐적으로 계속되었다. 심야의 방문객이 누구든 간에 봉추는 문을 열지 않을 수가 없게 되었다. 그는 부엌 바닥에 한 발만 내디디고 출입구를 열었다. 검은 그림자 하나가 문 앞에 조용히 서 있었다. 부엌의 전등을 꺼두었기 때문에 그림자는 윤곽만이 잡힐 뿐 또렷하게 보이지 않았다.

"누구유?"

"저, 갈 데가 없어서요……"

찰칵, 전등을 비틀자 하얗게 눈을 뒤집어쓴 늙은 사내의 모습이 드러났다. 아까 떠났던 낯선 나그네였다.

"혹, 도와드릴 일이 없는가 하고, 하룻밤 신세를 좀……"

사내는 어깨를 떨며 더듬거렸다. 골목은 그동안 내린 눈으로 덮여 있고 바람이 판잣집들의 낮은 추녀를 할퀴고 지나왔다. 봉추는 잠시 망설였다. 그때, 사내는 부엌문을 붙잡고 기침을 시작하였다.

"좌우간 들어와보슈."

봉추는 이윽고 단안을 내렸다. 기침 소리는 천성이 착한 그의 가슴을 예리하게 누볐고, 결국 그는 그 사내를 자정이 넘은 차가운 거리로 차마 쫓아낼 수가 없었다. 눈을 털고 사내까지 들어와 앉으니까 방안은 꽉 찬 것처럼 보였다. 봉추는 말없이 돌아서서 시신을 홑이불로 싸고 발목을 견고하게 묶었다. 마지막 매듭을 만들고 나서 슬그머니 돌아앉자 사내와 시선이 마주쳤다.

"없는 살림이라 별수 있간디유……"

먼저 봉추가 시선을 돌리며 변명하듯이 말했다.

"이렇게라도 장례를 치를 수밖에요."

"아, 네에, 그, 그렇습죠……"

순간 사내는 모든 사태를 깨달은 모양이었다. 당황해하며 머리를 끄덕였다. 서로 겸연쩍고 불안한 침묵이 왔다. 개천을 지나는 바람 소리가 들렸다.

"눈이 많이 오능게비유?"

불쑥, 그 어색한 침묵을 깨뜨리며 봉추가 물었다.

"아뇨, 지금은 그쳤어요."

"근디 친척도 없으슈?"

"……왜요, 있었을 테지요."

"그라믄?"

이번엔 사내가 봉추의 시선을 피했다. 파랗게 얼어붙은 사내의 입술이 파르르 경련하였다.

"그러니까, 십여 년 됐을 거요……"

마침내 사내는 더듬거리며 이렇게 서두를 떼었다.

"사고를 당했습죠. 교통사고였던 것 같은데 깨어났을 땐 깊은 산중이었어요."

"저런, 죽일 놈들! 뺑소니를 쳐버렸구먼유?"

"그랬던가봐요. 아무튼 터질 듯이 아픈 머리를 싸쥐고 산속을 헤매다 그냥 쓰러졌어요……"

가쁜 호흡을 진정하기 위하여 사내는 말을 멈추었다.

가래가 끓는 게 초저녁보다도 훨씬 심해 보였다. 수건으로 사내의 이마에 솟아난 식은땀을 닦아주며 봉추는 문득 불길한 예감이 들었다. 이러다가 이 사람 금방 죽는 거 아닐까, 하는 예감. 그러나 사내는 봉추의 손에서 수건을 뺏어들며 쉰 소리로 말을 이었다.

"그다음은 모르겠어요. 한 오 년 정신이상이었던가봅디다. 아무엇도 기억에 없으니까……"

"쯔쯧, 뇌를 다쳤능게비유?"

"네에, 조금씩 바른 정신이 돌아왔을 땐, 그곳이 속초였어요. 바닷가지요. 몸이 지금처럼 망가지기 전엔 배를 탔어요. 오징어 배였습죠. 밤새 낚시 물레를 돌리고 있으면 문득문득 고향엘 가 보고 싶어져요. 그런데, 그런데, 아무것도 기억나지 않는 거예요. 어디서 살았었던가, 아내도 있었던가, 무슨 일을 했었던가, 그 수많은 의문에 나는 하나도 대답할 수가 없었어요. 사고 전의 과거는 온통 캄캄한 어둠뿐……"

"얼레! 그런 일이 다 있다니, 그래 아무것도 생각 안 나유?"

"그저 어렴풋하게 징검다리와 큰 기와지붕, 곧은 미루나무들, 그런 것들이 떠오르기도 하지만……"

사내는 절망적으로 고개를 숙였다.

"별일도 참! 그렇게 살던 곳이 시골이었던게비유?"

"글쎄요, 사람들은 그럽디다. 사고의 경위나 내 말씨로 봐서 고향이 서울일 게라고. 그래서 이 몸을 해가지고 엊그제야 서울로 왔습죠……"

사내의 말꼬리를 자르며 삐르르르, 하고 개천 건너편에서 방범대원들의 호루라기 소리가 날아왔다. 갑자기 봉추는 불안해지기 시작했다. 희부옇게 묶여 누운 장모의 시신 앞에 칠성이를 안은 고산댁이 졸고 있었다. 그는 시각을 어림잡아보았다. 한시쯤이나 됐을까. 호루라기 소리는 계속하여 개천을 건너뛰고, 어둠 속으로 잠겨들었다. 삐르르 삐르르 삐르르 삐르르……

봉추는 조심스럽게 개천으로 난 창을 열고 밖을 살폈다. 차가운 바람이 휘몰아쳐왔다. 호루라기 소리가 차츰 멀어지자 허옇게 눈이 쌓인 개천 바닥이 어둠 속에 둥 떠 보였다. 지금이야, 라고 그는 속으로 생각했다. 그는 재빨리 움직였다. 고산댁을 일으켜세워 시신의 다리를 들게 하고 방문을 열었다. 개천으로 옮겨내기 위해선 부엌에서 쓰레기나 버릴 수 있게 뚫린 쪽문을 이용하는 수밖에 없었다.

"내가 좀 도와드리리다……"

사내가 일어서서 시신의 한쪽을 받치고 나섰다.

"아뉴, 형씨는 거기 주무슈."

"그래도 사람이 어찌 혼자 잘 수가 있소. 더구나 다리도 불편하신데……"

"허 참! 괜찮당게유. 몸도 성찮은 양반이……"

그러나 사내는 봉추보다 먼저 부엌으로 나가 전등을 켰다. 부엌이 너무 좁아서 모서리를 겨냥했으나 시신의 다리가 방문턱을 넘어서기 전에 쪽문에 닿았다. 봉추는 팔꿈치로 쪽문을 탁 쳤다. 바람이 몰려들자 시신을 싼 홑이불이 맹렬하게 떨렸다. 고산댁의 눈초리가 불안과 공포로 흔들리는 걸 짐짓 피하며 봉추는 문 밖을 보았다. 쪽문에서부터 개천 바닥까진 경사진 비탈이다. 한 쪽 발이 잘려나간 불구의 그에게 시신을 옮겨내는 일이 사내의 도움 없인 생각만큼 쉽지는 않았다. 봉추는 사내의 도움을 받아 들였다. 침묵 속에 그들은 작업을 서둘렀다. 개천 바닥은 딱딱하 게 얼어 있었다. 봉추는 낮에 구해둔 연장 중에서 삽보다 괭이를 주로 썼다. 쿠웅쿵, 괭이로 언 땅을 찍을 때마다 음산한 울림이 허공에 메아리치며 개천 양편의 판잣집 사이사이로 기어들었다. 성을 쌓아놓은 것처럼 죽 이어져 있는 판잣집들의 낮은 지붕과 어두운 벽, 똑같은 구조로 뚫린 네모진 창…… 많은 창에 불이 꺼져 있었으나, 띄엄띄엄 아직 불이 꺼지지 않은 창도 있어 개천 이 완전히 어둡진 않았다.

"거 뭐야?"

돌연, 날카로운 외침과 함께 회중전등의 광채가 번득 허공을 갈랐다. 그들은 소스라치게 놀라 그 광채의 방향으로 고개를 돌 렸다. 개천 위쪽, 다리 난간에 서너 개의 검은 그림자가 버티고 서 있었다. 종점으로 이어지는 그 다리 위의 한편, 가로등이 반만 켜진 상태에서 방범대원들의 모습은 잘린 전신주같이 어두웠다. 봉추는 가슴이 철렁 내려앉았으나 너무 멀어 회중전등의 불빛이 이곳까지 미치지 못함을 깨닫고 비로소 공손히 소리질렀다.

"쓰레기 묻어유."

"지금 몇신데 쓰레기야?"

"미안혀유, 일 나갔다 와서 늦었시유."

"빨랑 해치우쇼. 벌써 한시가 지났어."

방범대원들은 더이상 묻지 않고 다리를 건너갔다. 자정이 넘어서도 쓰레기를 처리하는 사람들이 종종 있었기 때문에 베풀어지는 관용이었다. 트럭 한 대가 다리를 쏜살같이 건너가고 나서 봉추는 이마의 땀을 닦았다. 끈끈하게 전신이 땀에 뱄으나 손끝은 얼어서 괭이자루 쥐는 게 불편하였다. 언 땅이 제쳐지자 물렁물렁한 진흙이 찍혀 나왔다.

"삽 인 주고 형씬 들어가슈."

삽에 지탱하며 떨며 서 있던 사내를 향해 봉추는 나직이 소근거렸다. 어둠 속이지만 한결 가빠진 사내의 숨소리가 마음에 걸렸다. 그러나 사내는 대답하지 않았다. 오히려 바닥에 쭈그려앉더니 숨넘어가는 가래 끓는 소리로 기침을 해대었다.

"들어가랑게 그러네!"

"……아니오. 함께하겠소."

"허 참! 이 열 좀 봐유. 고집 부리지 마슈, 지발……"

봉추는 삽질을 멈추고 사내의 손을 잡아끌었다. 앙상히 마른 손마디가 후끈하게 달아 있었다. 그래도 사내는 막무가내였다.

희끗희끗, 그쳤던 눈이 다시 내리기 시작했다. 차츰 눈송이가 굵어지는가 싶더니 봉추가 구덩이를 대강 파냈을 땐 탐스러운 함박눈이 되었다. 봉추는 고산댁과 시신을 마주들어 다소곳이 구덩이에 내려놓았다. 희부옇게 구덩이를 메운 시신을 내려다보자 왈칵 목이 메어왔다.

수저 꼽아도 안 자빠지게 고깃국 한 그릇 먹여다오.

시신이 누운 채 말하는 것 같았다. 고기가 많이 들어 숟가락을 꽂아놔도 옆으로 넘어지지 않을 고깃국 한 그릇 먹고 싶다던 장모의 말이 귀에 선연했다. 수저 꼽아도 안 자빠지게, 수저 꼽아도 안 자빠지게……

"에라, 빌어먹을!"

봉추는 진흙 한 삽을 시신 위에 밀어넣으며 참담히 중얼거렸다. 순간 고산댁이 흐드득 흐느껴 울더니 구덩이 앞에 넙죽 엎드러졌다.

"울지 말어, 이 병신아! 이렇게 가깝게 뫼시능 게 월매나 존 일여? 나중 돈 벌면 읭겨드리지……"

봉추는 화가 잔뜩 난 사람처럼 거친 삽질로 진흙을 떠서 구덩이를 메워나갔다. 시신이 완전히 검은 흙으로 가리어지자 그는 고개를 모로 돌리고 코를 패앵 풀었다. 눈은 계속하여 내렸다. 저만큼 다리 난간의 가로등 아래는 쏟아지는 눈송이가 여름 저

녘 몰려든 나방이떼 같았다.

봉추가 십오 년 정든 강경을 떠나던 저녁도 이렇게 사무치게 눈이 내렸었다. 그는 방앗간집 주인 남자와 싸늘한 대합실 창을 통하여 역 광장에 내리는 눈을 보고 있었다. 광장의 복판에 수은 등이 빛나고 그 불빛 아래의 공간은 온통 눈송이 천지였다. 서울 행 막차는 삼십 분이나 연착하였다. 그는 보퉁이 하나를 한 손에 들고 다른 손에 목발을 짚은 채 하마터면 울 뻔하였다. 고향과 다름없는 곳이었다. 금강 변에 자리잡은 이 소읍은 항상 조용하 고 변동이 없었다. 그는 어린 시절을 그곳의 고아원에서 보냈고, 머슴살이를 집어치우고도 또 십오 년을 더 그곳에서 살았다. 집 한 칸 없이 혼자 살던 세월이었지만 그는 한 번도 그곳을 떠나리 라 생각하지 않았다. 그런데 이제 덜렁 다리를 잘리고 생소한 목 발을 짚은 채 그곳에서 쫓겨나고 있는 것이었다.

그해 겨울도 그는 염천동 방앗간에서 먹고 자고 날일을 거들 었다. 올챙이 같은 배를 내민 주인 이주사는 그에게 품삯으로 담 뱃값 정도밖에 주지 않았지만, 겨울은 항상 잠잘 데가 마땅치 않 아서 그것도 감지덕지하였다. 다리가 피댓줄에 감기던 날은 유 독 날씨가 추웠다. 그는 벙거지를 하나 눌러쓰고 그날 저녁도 여 느 때와 같이 쌀가마니를 한길의 소달구지까지 등에 져 날랐다. 피댓줄 옆의 좁은 통로는 어두웠다. 더구나 쌀을 지고 허리를 굽

혔기 때문에 앞은 잘 보이지 않았다. 맹렬히 돌아가고 있는 피댓줄에만 신경을 쓰며 힘겹게 발을 떼어놓는데 술 취한 주인 아들 철구와 정통으로 맞부딪쳤다. 쌀가마니가 피댓줄 쪽으로 쏠렸다. 그는 엉겁결에 그것을 반대편으로 당겼다. 그러나 이미 몸의 중심을 잃었던 상태였으므로 모든 게 마음대로 되지 않았다. 쌀가마니가 반대편으로 굴러떨어지며 그 무게의 반동으로 그는 한 발을 피댓줄 사이에 내짚은 것이었다.

순식간에 일어난 일이었다.

그는 한 달이 넘도록 병원에 누워 한쪽 다리의 정강이를 잘라내었다. 본래 노름꾼으로 망나니 같았던 철구는 그날 밤 술에 취해 있지 않았다고 딱 잡아뗐다. 오히려 넘어지려는 봉추를 붙잡아주려 했다가 자기도 피댓줄에 감길 뻔했다는 주장이었다. 모든 과실이 봉추에게 떨어졌다. 파출소에서도 처음엔 봉추의 말을 신임하는 눈치더니, 어쩐 일인지 날이 갈수록 철구의 진술만을 존중히 여겼다.

"쥑일 놈들! 다 그 올챙이배 이주사가 파출소장헌티 뇌물 바쳐서 그렁 겨. 뻔하지 뭐. 봉추 자네가 만만헌게로 이놈으 새깽이덜이 서로 짜갖고 쓱삭해버리자는 거여. 더 높은 디로 진정을 혀봐라, 잉?"

함께 날일을 다니던 몇 사람이 비분강개했으나 높은 데로 진정을 할 배짱도 없었고, 해봐야 이미 결과는 빤해 보였다. 퇴원을 하자 올챙이배 이주사는 그에게 읍내를 떠나도록 강권하였다.

"그래, 이주사 말대로 해요. 이주사 당숙이 스텐 공장을 허는 모양인데 거기 연락해뒀다니까 말야. 아, 여기서 뭘 하고 살 것여? 등짐을 질 수도 없을 테고……"

파출소장까지 그에게 이렇게 권유하고 나섰다.

결국 봉추는 그 말을 들었다. 다리병신이 되어 강경 바닥에 있고 싶지도 않았고 또 남아 있어봐도 살길이 막연했던 것이다. 봉추는 올챙이배 이주사가 쥐여주는 삼만 원을 받아들고 눈이 내리는 강경 읍내를 떠났다. 그리고 이주사가 적어준 주소로 그의 당숙을 찾아가 꼭 육 개월 동안 스텐 그릇을 만드는 공장 일을 도왔다. 그나마 공장이 문을 닫은 건 육 개월 후의 일이었다.

돌연, 개천 건너편, 어느 골목에선가 날카로운 호루라기 소리가 삽질을 멈추고 서 있던 봉추를 일깨웠다. 다시, 그는 조급하게 구덩이를 메웠다. 호루라기 소리는 점점 개천 쪽으로 가까워지고 있었다. 숨가쁘게 뛰어가는 발소리도 들려왔다. 봉추는 가슴이 두근거렸다. 엎드려 있던 고산댁도 놀라 일어서며 부르르 몸서리를 쳤다. 컹컹 어디선가 개가 짖어대기 시작했다. 한 마리가 짖으니까 순식간에 수많은 개들이 합세하여 울부짖었다. 케엥케엥 컹컹컹……

"또 저놈의 개들이 짖는군요……"

웅크리고 앉아 있던 늙은 사내가 일어서며 나직하게 중얼거렸다. 사내에게선 너무 떨어 이가 맞부딪는 소리가 달달달, 하고 났다.

"그렇게 말여유, 육시럴 놈의 개새깽이덜!"

마침내 호루라기 소리가 딱 멈추더니, 다리 반대편의 개천에 뛰어온 사람들의 모습이 보였다. 그곳은 징검다리였다. 다리로 돌아 개천을 건너가려면 너무 멀어서 판자촌 안쪽에 사는 사람들은 곧잘 그 징검다리를 이용하였다. 봉추는 고산댁과 사내에게 눈짓을 하고 재빨리 주저앉았다. 온몸이 긴장으로 막대기처럼 굳어버리는 것 같았다. 도망쳐 온 듯이 보이는 그림자 하나가 징검다리를 반도 건너뛰기 전에, 두 명의 방범대원이 그림자의 덜미를 붙들었다.

"이 새끼, 이거 조그마한 애잖아?"

방범대원 중의 한 사람이 씨근덕거리며 소리쳤다. 회중전등의 동그란 불빛 속에 드러난 것은 과연 상고머리의 아주 어린 소년이었다.

"라디오를 훔쳤구나! 쬐꼬만 놈이 속을 썩여? 또 도망가봐라, 이 쌍놈의 새끼야!"

회중전등이 어지럽게 번득이더니 철퍼덩 하고 소년이 개울 안에 떨어지며 비틀거렸다. 목을 후려친 모양이었다.

"왜 때려!"

소년의 외침이 쨍하고 어둠을 찢었다. 맑고 비정하게 울리는 쇳소리였다.

"어럽쇼, 이거 악종이네!"

다시 방범대원의 발길이 날았다. 소년의 몸이 기우뚱하더니, 물속에 퍽 하고 주저앉았다. 얼음이 깨지는 소리가 요란하고 예리하게 튕겼다. 잠시 후 방범대원들은 소년의 목덜미를 움켜쥐고 거의 끌다시피 하며 골목으로 사라져갔다.

"그럼 어떡하란 말야, 춥고 배고픈데…… 에이, 씨팔……"

소년의 울부짖는 쇳소리가 눈 내리는 허공의 어둠을 물어뜯었다. 봉추는 으스스 몸을 떨었다. 갑자기 전신을 헤집듯이 조여오는 칼날 같은 추위가 느껴져왔다. 춥다. 추워 죽겠다. 그는 속으로 중얼거리며 나머지 삽질을 했다. 마지막으로 괭이질해 파냈던 언 흙덩이를 올려놓자 개천 바닥보다 조금 높게 시신을 묻은 곳이 마무리되었다. 그는 물가에서 농구공만한 돌덩이를 찾아내 그 위에 옮겨놓고, 비로소 쓰러져 있는 사내를 발견하였다. 낯선 사내는 언 땅 위에 옆으로 누운 채 기침조차 하지 못하고 가쁜 숨을 간신히 내쉬고 있었다.

"그렇게 내 뭐래유? 들어가랑게 괜히 고집 부리더니……"

봉추는 고산댁에게 손짓하여 사내를 일으켜세웠다.

"괜찮아요……"

사내는 알아듣기 힘든 소리로 말하며 손을 내저었다.

"기침이 심해 정신이 아뜩해지는 바람에 그만…… 올라가십
시다. 혼자도…… 올라갈 수 있어요."

"증말 괜찮겠시유?"

사내는 머리를 끄덕였다. 눈은 그쳐 있었다. 다리 위로 트럭
한 대가 쏜살같이 지나가자 반만 켜진 가로등이 한결 적막해 보
였다. 경사진 둔덕을 오르던 사내가 문득 멈추어 섰다.

"저 아래……"

사내는 징검다리 그 너머를 가리켰다. 개천을 향해 도열하듯
이어져나간 끝없는 판잣집들의 어두운 벽, 눈 덮인 지붕, 네모난
창. 그 너머로 괴물처럼 시커멓게 솟아 있는 아파트의 모습이 을
씨년스러웠다.

"커다란 부채바위…… 없었던가요?"

추위 때문일까, 사내의 말이 거칠고 숨가쁘게 들렸다.

"바위유?…… 있지유, 저어기, 새로 지은 아파트 아래가 온통
큰 바위지유."

"그럼 이 그루터기…… 미, 미루나무가 틀림없죠?"

사내는 둔덕에 삐죽이 솟아 있는, 잘린 나무의 그루터기를 잡

으며 더듬거리며 물었다.

"그래유. 미루나무가 이 개천가에 쭉 있었는디 다 베어냈다고 그러대유. 근디 형씨가 어떻게 그걸?"

순간 부르르 전신을 떨며 사내가 비틀거렸다. 대답 대신 기침이 터져나왔다. 너무 잦아들어 쉰 소리만 나는 기침은 한동안 그치지 않고 계속되었다. 어느 집에선지 가위에 눌린 듯 강그라지는 어린애의 울음소리가 어둠 속에서 날아왔다.

"칠성이란 놈은 잘도 자는구먼……"

상체를 흔들며 꺼억거리는 사내의 등을 두드리면서 방으로 들어온 봉추는 나직이 중얼거렸다.

새벽에 고산댁이 거칠게 흔드는 바람에 봉추는 퍼뜩 눈을 떴다. 동그랗게 놀란 눈을 하고 고산댁은 방 한구석을 손가락질하며 워워워, 비명 소리를 냈다. 늙은 사내가 무릎을 올려세우고 거기 고개를 떨군 채 잠들어 있었다.

"왜 그려? 잠들었구먼."

무심코 그는 돌아누우려 했으나 허둥대는 고산댁의 흐트러진 몸짓이 심상치 않아 부스스 일어나 앉았다. 그리고 비로소 소스라쳤다. 사내의 무릎과 두 발 사이 방바닥에 끈끈하게 얼룩진 검붉은 핏자국이 보이지 않는가.

"아니, 여보슈, 여보슈!"

봉추가 무릎걸음으로 다가가 어깨를 흔들자 사내의 몸이 털썩 모로 쓰러졌다. 하얗게 얼어붙은 안색, 푹 꺼진 눈자위, 그리고 입술에서 턱 언저리까지 온통 얼룩진 피. 사내는 죽어 있었다. 쇠망치로 뒤통수를 얻어맞은 것처럼 멍해져서 봉추는 그대로 굳어버렸다.

이때였다. 요란하게 문을 두드리는 세도댁의 카랑카랑한 목소리가 들려왔다. 엉겁결에 봉추는 이불을 끌어다가 사내를 둘러 씌웠다.

"아따, 뭐허고 있디야, 빨랑 문 좀 열지 않고……"

문고리를 벗기는 봉추의 손이 후들후들 떨렸다. 수건을 머리까지 쓴 세도댁의 등뒤에 정갈한 나무 관을 메고 한 남자가 서 있었다.

"여기 내려놓아유."

세도댁의 명령으로 나무 관이 눈 쌓인 골목에 길게 놓였다.

"하도 보기 딱해서유. 통장님 졸라갖고 새벽같이 돌아댕기며 동네 분들헌티 호소를 좀 했시유. 저쪽 이층집 동네에선 옆집의 사람이 죽어나가도 모른 체한다지만 세상인심이 그려서야 쓰겄유? 걷힌 게 사천 원인디 내가 이천 원 보탰구먼유. 워떻게 물가가 비싼지 원. 참, 내 정신 좀 봐, 애들헌티 밥허라구 혀놓고 이러

214

고 섰네. 쬐끔 있으면 통장님이랑 사람들이 올 거유. 나도 후딱 댕겨올 팅게 자세한 얘긴 이따 혀유."

숨 돌릴 사이도 없이 쏟아놓고 세도댁은 고압 철주 쪽을 향하여 종종걸음을 쳤다. 위잉, 철주의 꼭대기에서 싸늘한 바람이 메아리쳤다.

봉추는 관을 방으로 끌어들여놓고 벌써 빳빳하게 굳기 시작한 사내를 관 속에 눕혔다. 뚜껑에 못질을 하면서도 그는 제정신이 아니었다. 자꾸만 장도리가 옆으로 떨어지며 나무 관을 쳤다. 고산댁은 공포에 질린 채 칠성이만 끌어안고 방구석에 돌아앉아 오돌오돌 떨고 있었다.

뚜껑에 못질을 끝내자 달걀 꾸러미를 든 통장을 비롯하여 여러 사람들이 몰려들었다. 앞집, 미장이 하는 허씨가 막걸리를 한 통 들여오고 안주는 가겟집에서 마른 북어를 보내왔다. 열어젖힌 출입구로 아침의 햇빛이 눈부셨다. 밤새 어둡던 하늘이 거짓말처럼 말짱히 개어 눈 쌓인 허씨네의 낮은 지붕에 걸려 있었다.

"얼레, 일성이 아녀!"

출입구에 서성거리던 세도댁이 소리쳤다. 과연, 깔끔하게 머리를 갈라붙인 일성이가 문지방을 건너뛰고 잠시 망연히 서 있더니, 이윽고 관 앞으로 무너지듯 주저앉았다. 신문지로 말아진 것이 툭 하고 봉추의 발 앞에 떨어졌다. 신문지 사이로 삐죽이 드러난 것은 돼지고기였다.

"할머니! <u>으흐흐</u>……, 오늘 노는 날이라 할머니 보고 싶어 왔는데……"

관을 부둥켜안고 일성이는 비통하게 어깨를 들먹거렸다. 세도댁이 눈자위를 닦아내며 혀를 끌끌 찼다. 줄곧 넋 나간 사람처럼 부들부들 떨고만 있던 고산댁이 기성을 지르며 방안을 뛰쳐나간 것은 바로 이때였다. 그네는 세도댁을 밀어붙이고 짐승처럼 울부짖으며 개천을 향해 열린 쪽문을 타넘었다. 경사진 둔덕에 주르르 미끄러지다가 개천 바닥까지 데굴데굴 굴러내리는 그녀는 흡사 미친개였다. 어디선지 또 그놈의 개가 짖었다. 컹컹컹……

—

역신疫神의 축제

1

　정지하 전도사가 우리 마을에 온 것은 빤히 건너다뵈는 저수
지 수면 위에 암회색 구름이 무겁게 내리덮인 초여름 저녁 무렵
이었다. 저수지 물빛조차 짙은 암회색으로 가라앉아 있어서 멀
리 고내곡재 아래는 하늘과 수면이 한덩어리였다. 침침한 제방
이, 마을에서 오륙백 미터 텃논을 건너뛴 자리에, 쪽 곧게 저수
지의 수면을 자르고, 동구 앞의 삐죽이 올라선 수문에 닿고 있었
다. 제방 위엔 아무것도 보이지 않았다. 저수지도 마찬가지였다.
건너편 마을에서 솟아오르는 저녁연기를 빼면 움직임이라곤 전
혀 없는 한 폭의 담채화였다. 마을 어귀의 공터에선 그 모든 적

막한 풍경이 한눈에 보였다. 나는 언제나처럼 짚더미에 등을 기대고 앉은 채 한동안 그것을 바라보고 있었다. 비가 오려는지 날씨는 후텁지근했지만 땀은 나지 않았다. 뒤쪽에서 동무 애들이 고샅을 빠져나오며 질러대는 함성이 들렸다.

그때였다.

마치 함성에 불려오듯 불쑥 머리 하나가 제방 위로 솟아올랐다. 다음엔 가슴이, 허리가, 다리가 이내 모습을 나타냈다. 멀어서 얼굴은 윤곽조차 보이지 않았지만 키가 작은 남자였다. 나는 본능적으로 그가 우리 마을의 사람이 아니라는 사실을 알아차렸다. 어딘가 모르게 낯설고 신비한 냄새가 나는 듯했다. 나는 자리에서 일어서려다가 그대로 다시 주저앉았다. 남자는 마을의 진입로에서 잠시 움직이지 않았다. 하나의 초가지붕, 하나의 미루나무 맵시까지 세세하게 살펴보고 거기서 시작되는 모든 통한을 지그시 눌러 참는 그런 표정이리라고, 나는 멋대로 단정해버렸다. 애들의 함성이 바로 등뒤에서 일어났다.

뭐하고 있니?

애들을 잔뜩 거느리고 온 강진사네 손자 형철이가 긴 나뭇가지로 내 옆구리를 쿡쿡 찔렀다. 나는 말없이 제방 쪽을 손가락질했다.

저건 인마, 철중이 작은형이야.

실눈을 하면서 형철이가 말했다.

아냐!

아님 누구니?

몰라. 굉장히 아픈 사람인가봐.

뚱딴지같은 소리가 내 입에서 튀어나왔다. 웃기고 있네. 형철인 웃었다. 얼굴도 안 뵈는데 아픈 사람인 줄 네가 어떻게 알아?

모, 몰라.

짜식, 철중이 작은형이 면에 갔다 오는 거야, 인마. 나는 슬쩍 형철이 뒤에 선 철중이를 바라보았다. 무심코 철중이가 도리질을 했다. 아니란 말야? 형철이의 목소리가 한 옥타브쯤 탁 튕겨 올라섰다.

그, 글쎄……

글쎄가 뭐야, 새꺄. 기면 기고 아니면 아니지. 형철이의 나뭇가지가 이번엔 어김없이 철중이의 배를 세게 찔렀다.

그, 그래. 우리 형인가봐.

내 시선을 피하며 철중이가 우물우물 대답했다.

거봐. 의기양양해져서 형철이가 소리쳤다. 철중이도 자기 형이라는데 왜 성재 너 혼자 우기니, 니 눈이 망원경이니? 아이들이 와 하고 웃었다. 남자는 아직도 제방 위에 마른나무처럼 서 있었다.

말타기 놀이가 시작됐다. 한 사람이 짚더미에 기대서서 양다리를 벌리고 다른 애들이 고개를 처박고 엎드리면, 형철이를 대장으로 하는 강씨네 애들이 뒤로부터 달려와 뜀틀을 구르듯 잔등 위에 척 올라타는 놀이였다. 한 판이 끝날 때마다 가위바위보로 기수를 정했지만, 그것은 하나마나였다.

이번엔 가위를 내야겠는데……

침을 손바닥에 튀튀 뱉으며 형철인 번번이 이렇게 암시했고 우리들은 눈치껏 보를 내밀어서 형철이의 비위를 맞췄다. 어쩌다 말을 제대로 못 듣고 가위에 주먹이라도 내면 형철인 당장에 생트집을 잡아 나뭇가지를 날렸다. 새끼, 내가 가위 내는 걸 다 보고 나서 주먹을 내는 게 어딨어? 형철인 정해놓고 기수가 되었다. 형철이와 같은 진주 강씨 애들은 덩달아 말을 탔고 나머지 아이들은 마부를 빼곤 언제나 엎드리게 마련이었다. 강씨가 아닌 게 자나 깨나 한이었다.

아버지, 우리도 성 좀 갈 수 없어?

성을 갈다니?

진주 강씨 하잔 말야. 강진사 어른한테 사정 좀 해봐.

성은 가는 게 아니다.

강진사 어른만 승낙하면 갈아도 되지 뭘 안 돼. 이제 말 노릇도 지긋지긋하단 말야. 말 노릇도 지긋지긋했지만 아이들은 기수가 못 돼보는 걸 과히 섭섭하게 여기지는 않았다. 형철이와 같은 진주 강씨가 되는 일은 불가능했으므로. 강씨가 아닌 우리들의 목표는 양다리를 벌리고 서는 마부였다. 마부를 정하는 가위바위보에선 뭐를 내놔도 상관없었다. 가위에 주먹이 이기고 주먹엔 보가 이기고, 이긴 사람은 형철이를 위해서 마부가 됐다.

오늘은 철중이 너도 내 편에 붙어.

형철이가 말했다. 특별한 선심에 철중이의 입이 함박만큼 벌어졌다. 철중인 나와 같은 청주 한씨였다. 나머지 우리들은 형철이의 마부가 되기 위해서 열심히 가위바위보를 했다. 두번째엔 내가 마부였다. 형철이를 선두로 강씨네 애들이, 엎드린 말잔등에 척척 타올랐다.

난 보를 내고 싶은데……

형철이가 내 눈을 빤히 들여다보며 중얼거렸다. 그건 나보고 주먹을 내밀라는 신호와 같았다. 나는 주먹을 내밀었다. 아니 그건 생각뿐이었다. 나가고 보니 주먹이 아니라 가위였다. 인마!

실수를 깨달았을 땐 이미 형철이의 나뭇가지가 내 이마 위로 철썩 떨어지고 난 뒤였다. 얼음이 갈라지듯 예리한 통증이 왔다. 똑같이 내야지 왜 나보다 늦게 내? 이 자식이 아까부터 자꾸 약올리고 있어. 또 나뭇가지가 세차게 날아왔다. 나는 본능적으로 고개를 숙였다. 그때, 아주 착 가라앉은 목소리가 들려왔다. 습기 찬 동굴을 울려나오는 것처럼 우렁우렁하는 목소리였다.

이앤 정당했다. 너보다도 늦게 내민 게 아니야!

낯선 남자가 내 이마로 떨어지는 나뭇가지를 대신 손바닥으로 받아내고 있었다. 키가 유난히 작은 남자였다. 우리보다도 기껏 한 뼘쯤이나 더 솟은 난쟁이에다 해질 대로 해진 검정 가방을 들고 있었다. 이마는 창백하게 튀어나오고 검은 눈빛은 반짝반짝했다.

놔요!

붙잡힌 나뭇가지를 잡아당기며 형철이가 쇳소리를 냈다.

이번엔 네가 말이 될 차례야.

놓으란 말예요.

네가 말이 돼서 엎드리면 놔주지.

우지끈, 하면서 나뭇가지가 부러져나갔다. 형철이가 엉덩방아를 찧으며 주저앉았다.

이리 와.

키 작은 남자는 말했다.

싫어요!

그럼 강제라도 시킬 테야.

난쟁이! 고샅으로 줄행랑을 놓으며 형철이가 마침내 악을 썼다. 씨발놈의 난쟁이 자식!

닮았군. 남자가 중얼거렸다.

강진사 성미하고 똑 닮았다니까……

잠시 그와 나는 눈싸움하듯 마주서 있었다. 애들이 몰려가버리고 나자 마을은 쥐죽은듯이 조용했다. 고내곡재는 윤곽뿐이지, 보이지 않았다. 어둠이 산비탈을 타고 슬금슬금 내려오다 저수지 한쪽을 냉큼 잡아먹었다.

아저씬 누구예요?

전도사다. 그는 짧게 대답했다.

전도사라구요?

그래, 난 전도사야!

자기 말을 증명이라도 하듯이 그는 공터 한쪽에 있는 예배당을 향해 걸어가기 시작했다. 꽁무니를 따라가며 나는 침을 꼴깍 삼켰다. 지난 몇 년 동안 예배당은 거의 버려져 있었다. 초가에다가 이엉을 해 얹은 지가 오래돼서 여기저기 푹푹 꺼진 지붕 위엔 잡초만 자랐다. 흙벽은 푸실푸실 떨어지고, 문을 열면 열 평쯤 돼 보이는 실내에서 쾨쾨한 냄새가 났다. 바닥엔 가마니가 깔려 있었다. 판자로 엉성하게 짜놓은 제단 위엔 먼지가 층층이 쌓여 있고 타다 만 초 토막이 옆으로 넘어진 채였다.

예배는 보지 않니?

황량한 예배당을 한 바퀴 돌아나오며 그가 물었다.

사람이 있어야지요. 나는 코를 찍 풀었다.

봐봤자예요. 열 명도 안 되는걸요.

몇 년 전, 그 일이 있기 전까지는 읍내 본교회에서 전도사가 주일마다 내려와 예배를 인도하곤 했었다. 교인도 꽤 많았고 크리스마스가 되면 광목 휘장을 두르고 연극도 했다. 그러나 그 일이 있고부턴 아무도 예배당에 발을 들여놓지 못했다. 강진사가 출입구에 못질을 해놨기 때문이었다. 이제 출입구는 열렸으나 사람 없기는 그때와 매한가지였다. 기껏 주일이면 배집사네 가족이 모인다. 어쩌다가 어머니와 누나가 낄 때도 있다. 찬송가도 부르지 않고 다만 웅얼웅얼 기도하는 게 고작이다. 동네 조무래기들이 몰려와 돌팔매질을 해도 배집사는 눈 한번 부릅뜨지 못했다.

종탑이에요.

잡초가 무성하게 자란 뒤뜰로 나오며 내가 알은체를 했다. 이게 쓰러질 땐 굉장했었어요. 그 일만 없었음 지금도 아침저녁 종이 울릴 텐데…… 가로세로 쓰러진 통나무 사이에 종탑의 지붕이었던 삭은 함석 잔해가 을씨년스럽게 쑤셔박혀 있었다.

그 일이라니?

무서운 일이 있었어요. 강진사가 재판을 했거든요. 재판은 공터에서 벌어졌다. 강씨네 청년들이 횃불을 들고 공터 주변에 죽

둘러서 있었다.

명석말이를 시키고 마을에서 내쫓아라.

도포 자락이 차갑게 한 번 올라갔다 내려왔다. 청년들이 우르르 끓어 엎드린 치수 형을 명석에 말았다.

쳐라!

강진사의 목소린 찌렁찌렁했다. 치수 형의 어머니가 하얗게 질린 얼굴로 실신하며 주저앉았다. 홍두깨와 몽둥이가 수없이 명석 위에 떨어졌다. 피가 흘러나왔다.

어째서?

조급해진 음색으로 그가 물었다.

연애를 했대요. 예배당에서 치수 형은 조무래기들한테도 인기가 좋았다. 찬송가를 특히 잘하고 여자애처럼 얼굴이 예뻤다. 둘씩이나 데리고 연애를 했대요. 그러나 소문뿐이었다. 우리들은 거의 진종일 예배당에서 지냈지만 치수 형이 둘씩이나 붙어먹는 걸 한 번도 보지 못했다.

새꺄. 누가 예배당에서 했대?

아이들은 말했다.

그럼?

강진사네 밀밭 있잖아. 거기서 했대. 밀대가 한쪽으로 온통 넘어져 있다는걸.

정말?

정말이잖고.

가보자!

우리들은 곧잘 밀밭으로 우르르 몰려갔다. 밀은 건강하게 자라고 있었다. 소리만 들릴 뿐, 앞서 들어간 아이들의 옷자락은 보이지 않았다. 강씨네 처녀 하나가 저수지에 몸을 던진 것은 밀을 다 베어내고서였다. 이틀이나 무당이 넋을 건지기 위해서 애를 썼지만, 쌀 주발 속에서 머리카락은 나오지 않았다. 예배당에 발을 들여놓은 사람은 무릎뼈를 분질러놓을 터인즉…… 청년들이 종탑을 무너뜨리자 강진사는 빳빳한 수염을 바르르 떨면서 말했다. 피 칠을 한 치수 형은 그 밤 안으로 마을을 떠났다. 아래 재빼기 분이가 보퉁이를 안고 뒤를 따라갔다. 강씨네 청년들이 종을 향해 도끼를 내려치면 둔탁한 울림이 저수지의 어둠 사이로 날아갔고, 수면은 깜짝깜짝 놀라며 음산하게 돌아누웠다.

종은 어디 있니?

그가 엎드려 함석 한쪽을 잡아당겼다.

배집사네 집에요. 나는 대답했다. 배집사네 윗방엔 종이 있었다. 가운데가 쫙 갈라진 종이었다. 배집사는 예배당의 잡초는 그냥 놔두면서도 깨어진 종은 정성을 다해 닦았다. 종은 항상 윤기가 반지르르 났다.

예배당은 연애당이랬어요. 그치만 그 종은 깨어졌어도 피 한 방울 안 나요. 멋지게 생겼걸랑요.

　종이란…… 그가 어두워지고 있는 저수지를 건너다보며 말라붙은 입술을 혀로 핥았다. 소리가 나야 멋진 거란다. 낼부터는 소리가 날 거야.

　어떻게요?

　종탑을 다시 세울 참이거든.

　그건 안 돼요! 나는 단정을 내렸다.

　강진사가 못 세우게 할 거예요.

　종을 치는 건 자유다.

　어림없다니까요. 우리 동네에선 강진사가 자유를 정하는 거랬어요. 말 안 들음, 아저씨도 치수 형처럼 쫓겨날 거예요.

　나는 쫓겨나지 않아. 여전히 자신만만하게 그가 말했다.

　참 나! 나는 안타까워서 발을 동동 굴렀다. 강진사는 이대통령 할아버지하고도 친구래요. 아무도 그분의 말을 거역 못한단 말예요. 그가 잠깐 나를 바라보았다. 거역할 수 없는 것은 하나님 말씀뿐이야!

　눈빛이 차갑게 반뜩 타올랐다.

2

누나.

왜?

참 이상해.

뭐가?

종소리.

종소리가 들렸다. 깨진 종이어서 울림은 거의 없었지만 소리만은 요란했다. 쩔그랑 쩔그랑, 새벽에도 울고, 쩔그랑 쩔그랑, 저녁에도 울었다.

종소리가 왜?

강진사가 왜 가만히 있을까?

전도사님은…… 수틀을 옆으로 놓으며 누나는 정색을 했다.

보통 분이 아니셔. 성령이 깃들인 분이거든.

성령이 뭔데?

하나님.

전도사님이 하나님이란 말야?

하나님은 아니지만 하나님과 같대도.

쳇, 기면 기고 아니면 아니지 같은 건 또 뭐야.

강진사도 암말 안 하시잖니?

글쎄 말야. 나도 그게 이상해. 아버지도 그렇고……

아버진 노름쟁이였다. 집에 있는 날보다도 나가서 있을 때가 더 많았다. 어머니와 누나가 예배당 가는 것을 좋아하지 않았다. 지게 작대기로 어머니를 두들겨 팰 때도 있었다. 취해 잠들면 밤새 이를 닥닥 갈았다. 쩍 벌어진 앞니가 유난히 노랗게 솟아올랐다.

니네 아버진 독종이래. 때때로 철중이가 말했었다. 니네 아버지, 왜 앞니가 앞으로 뻐드러졌는지 알아?

몰라.

전에 구장區長 하던 용칠이 아버지 있지? 용칠이 아버진 힘이 장사였다. 쌀 두 가마니를 가볍게 져 날랐다. 용칠이 아버지가 노름판을 없애려다가 니네 아버지하고 쌈이 붙었었대. 쌈은 붙으나마나였다. 아버진 전도사보다도 조금 더 큰 키에 바싹 말랐다. 어디에고 힘쓸 것 같지 않은 왜소한 체구였다.

니네 아버지가 용칠이 아버지의 넓적다릴 꽉 물었다더라. 몽둥이로 두들겨도 놔주지 않았대. 용칠이 아버지 살점이 이만큼 떨어지고…… 철중이는 손바닥을 반쯤 싸쥐곤 쑥 내밀었다. 우리들은 용칠이 아버지의 넓적다리를 보기 위해 졸졸 따라다녔다. 사루마다를 입었을 때 보니까 흉터 한쪽 끝이 살짝 보였다.

그런 독종인 아버지도 전도사와 안방에서 한 시간쯤 얘길 하고 나오더니 태도가 싹 달라졌다. 예배당을 가도 좋다고 했다. 뿐만 아니라 건너편 골방을 치우고 전도사를 머물게 하라는 것이었다. 전도사는 골방에서 자고 밥은 혼자 먹었다. 누나가 정성껏 밥상을 챙겨들고 갔다. 상을 물리면 전도사는 곧장 호별 방문을 나섰다. 강씨네 집만 빼곤 어느 집이든지 쑥쑥 들어가 앉았다.

애들은 밖에 나가 놀아라.

전도사는 애들에겐 빳빳한 십 원짜리 돈을 들려 내몰곤 했다.

전도사는 돈이 많대. 철중이가 말했다.

봤니?

울 아버지가 그러더라. 지전 뭉치를 허리에다 차고 다니던 걸. 전도사가 들어간 방에는 어김없이 탁 문이 닫혔다. 말소린 너무 작아서 밖에까지 들리지 않았다.

꼭 한 번뿐이지만 강진사네를 찾아간 적도 있었다.

마을에 오고 다음날이었다. 높다란 강진사네 대문 앞을 서성거리며 나는 내내 조바심을 쳤다. 금방이라도 피투성이 된 전도사가 쫓겨나올 것 같았다. 그러나 전도사는 멀쩡했다. 보름이 지나지 않아 예배당엔 사람들이 모이기 시작했다. 강단에서 예배를 인도하고 있는 전도사의 눈빛은 살쾡이였다. 카랑카랑한 목소리로 전도사는 성서를 읽어내려갔다. 요셉과 그 모든 형제와 그 시대 사람들은 다 죽었고 이스라엘 자손은 생육이 중다하고 번식하고 창성하고 심히 강대하여 온 땅에 가득하게 되었더라.

요셉을 알지 못하는 새 왕이 나서 애굽을 다스리더니……

전도사는 결코 강씨네 집엘 들르지 않았다.

누나!

응.

왜 강씨네 집엔 안 가지?

그들은 죄인이래.

어째서?

몰라. 전도사님이 배집사한테 그러시더라.

마을에 강씨는 오십여 호나 되었다. 전체의 삼분의 일이 채 안 되는 숫자였지만 세력에 있어서 다른 성씨를 완전히 압도했다. 강진사를 중심으로 단합이 잘됐고 또한 잘살았다. 진주 강씨가 아닌 사람으로 제 논을 가진 집은 반도 되지 못했다. 대부분 강진사네와 다른 강씨집에 소작을 부쳐먹었다. 소작료는 지주와의 비례가 오 할이었다.

맨날 땀 흘려 지어봐야 강씨네 머슴살이나 마찬가지여.

제에미랄 것, 다른 동네에선 삼 할만 바치는 데도 있다는데 진사님도 해도 너무한다니까.

말소릴 낮춰. 진주 강씨는 뭣보다 귀가 밝다니까.

밝아봤자지 뭐. 아무려면 이만 못 살까.

그래도 강진사님 덕 보는 거 많지 뭘 그래? 돈 급하면 장리쌀

주지, 철철이 풍물 돌려 앵기지, 쌈 나면 재판해주지. 아, 개간 사업만 해도 그렇지, 품삯이야 쌀 됫박이라고 하지만 일 없을 때 놀면 그거나마 어디서 생기겠어? 그것만 해도 강진사는 한사코 다른 동네 사람은 시킬 생각도 안 하시잖아?

다 사탕발림이지, 그놈의 꿍꿍이속을 우리가 어찌 알겠노!

개간 사업은 작년 봄부터 시작됐다. 저수지를 끼고 고내곡재 쪽으로 가다보면 잔솔이 듬성듬성 자라고 있는 야산이 많았다. 그 야산을 갈아엎어 밭으로 만드는 작업엔 남녀노소 누구든 참가했다. 품삯은 일의 성과에 따라서였다.

그 땅을 샀다지?

아무렴. 안 사고야 그런 큰 개간 사업을 하는 데 면이나 군에서 놔두겠남?

얼마에?

그거야 모르지. 국유지였다니까 금새야 빤한 거지.

다 개간하면 만여 평 될걸.

만 평이 뭐야, 지금까지 개간된 것만도 그리된다는데……

작업감독은 강진사의 외아들 진만씨였다. 진만씨는 형철이가 학교에 입학할 때만 해도 동네보다 타처에 나가 있는 일이 많았다. 속을 못 차린다고 했다. 뭐가 부러워서, 라고 어머니는 말했었다. 뭐가 부러워서 맨날 술타령에 계집질로 나돌까. 조강지처

234

도 그만하면 내놓을 만한 인물인데…… 아버진 대뜸 소리부터 질렀다.

모르면 면장질 말아! 부러운 게 없으니까 그 짓도 하고 돌아다니지. 계집이란 그저 새 맛이라.

동네에서야 그만하면 행실 바른데, 괜히 소문만 떠도는 게 아닐지 몰라.

행실이 바를지 어쩔지는 두고봐야지.

아, 그런 일이야 강진사가 보통 엄한 분여? 아무리 외아들이지만 계집질 들켰다가는 무릎뼈 성하지 못할걸. 유달리 강진사는 연애질에 엄했다. 과부나 색시가 애를 배면 어김없이 치수 형처럼 멍석말이로 쫓겨났다. 강씨 씨족이든 타성바지든 그것만은 눈감아 넘기지 못하는 성미였다.

누나!

응.

전도사님은 어째서 개간하는 덴 나가실까?

그거야 교인들을 위해서지. 예배당 일 때문에 교인들이 일 안 나가봐라. 품삯 못 받으니까 손해잖아.

그래서 전도사님이 앞장서시는 거구나.

전도사님은…… 누나는 조용히 미소 지었다.

우리 마을을 위해서 하나님이 특별히 보내신 분이란다.

하루종일 자갈을 골라내고 땅을 일구며 흙먼지를 뒤집어썼지만 누나의 미소는 꽃보다 아름다웠다. 누나는 괭이의 날을 닦았다. 마을 사람들과 똑같이 직접 개간 일을 나가서 괭이질을 하는 전도사를 이해하긴 쉽지 않았다. 전도사가 강진사네 개간 일을 다니는 것엔 미상불 무슨 꿍꿍이속이 있을 것만 같았다. 전도사는 키가 작았으나 괭이질만은 아주 잘했다. 전도사님의 괭이는 새것이었고, 누나의 괭이는 하얗게 깎인 게 칼날 같았다.

이쁘다!

뭐가, 괭이가?

아니, 누나 말야.

애는…… 눈을 흘기며 돌아서는 누나의 두 볼은 잘 익은 능금이었다. 능금을 실컷 먹어봤음……이라고, 전도사 앞에서 말한 적이 있었다. 전도사는 언제나 그렇듯 표정도 변화시키지 않고 단단하고 고요하게 말했다.

먹으면 되지.

어떻게요?

돈 주고 사오면 돼.

돈이 없는걸요.

이제 곧 잘살게 된다. 전도사님은 내일 아침엔 해가 뜬다, 라고 말하는 것처럼 태평한 얼굴이었다. 정말이라니까. 능금 같은 건 얼마든지 사먹을 수 있게 될 거야.

우리도요?

마을 사람 모두가.

거짓말!

예배당만 열심히 다녀라. 하나님께선 결코 거짓말을 안 하신
다. 하나씩 둘씩 아이들이 예배당 안으로 모여들었다. 전도사는
노래를 아주 잘했다. 아이들은 찬송가를 군가처럼 씩씩하게 불
렀다. 양지바른 뒤뜰에 앉으면 옛날얘기도 했다. 전도사의 얘기
솜씬 일품이었다. 끝날 때까지 우리들은 대개 오줌도 참았다. 강
씨네 애들은 오지 않았다. 강씨네 어른들도 오지 않았다. 어른들
이 예배당 옆을 지나칠 때 헛기침을 날리고 곁눈질을 보내는 것
처럼, 형철이 패거린 멀리서 팔매질이나 주먹감자만 먹였다. 돌
멩이는 예배당 담장에도 이르지 못했다.

난쟁이!

돌팔매보다는 소리가 먼저 왔다.

난쟁이! 형철이의 손나팔 속엔 언제나 난쟁이만 준비되어 있
었다. 쟤들은, 하고 전도사는 차갑게 한 번 웃었다. 너희가 부러
운 거야. 그치만 함께 놀아줄 필요 없다.

어째서요, 전도사님?

그럼 말이다. 형철이 말 되는 게 재미있니?

아뇨. 우리들은 사실 기수가 되고 싶어요! 이구동성으로 아이들의 입에선 생각도 못했던 말들이 잘도 터져나왔다. 기수가 되고 싶다니까요! 전도사는 우리들의 말에 따뜻이 미소 지으며 고개를 끄덕였다. 조금만 기다리면 형철이가 너희한테 말이 돼주겠다고 할 거야.

정말이세요?

정말이지.

우리들은 놀라서 입을 다물었다. 예배당 안에서만은 내가 대장이었다. 전도사는 나한테만 특별히 잘했다. 뿔필통도 사다주고 동화책까지 사다주었다.

애들을 몰고 가서 형철일 한번 두들겨줄래?

자, 자신 없어요.

형철인 너보다 기운이 센 게 아니야. 언제든 용기가 나거든 해보렴. 그럼 읍내로 중학교까지 보내줄게.

읍내 중학교는 우리들에겐 꿈의 전부였다. 그러나 나는 용기를 내지 못했다. 감히 형철이한테…… 나는 오금이 저렸다. 형철이와 따로따로 노는 것조차 겁이 났다.

누나!

응.

전도사님이 셀까, 강진사가 셀까?

얘도 참!

내가 셀까, 형철이가 셀까?

얘도 참……

누나는 차츰 전도사 말만 나오면 살짝살짝 낯을 붉혔다. 장마
철이 왔다.

3

밤이면 밤마다 비가 내렸다. 바람 한번 불면 미루나무 잔가지
들이 찢겨져나가고, 뇌성 한번 치면 오래 묵은 지붕들이 한 치씩
내려앉았다. 어둠은 속 깊은 수렁과 마찬가지였다. 마을은 수렁
속에 한없이 가라앉았다.

비 오는 밤이면 여우가 내려와 무덤을 파먹는 거래.

누나의 수틀 속엔 둥시렇게 달이 떠올랐다.

달을 다 끝내면 뭘 놓을 거야?

파먹힌 무덤에선 원한 서린 귀신이 네발로 걸어나온대.

소나무를 놓을 거야, 학 먼저 할 거야?

귀신은 울면서 자기가 살던 마을로 내려온대.

안 무서워! 나는 탁 하고 방문을 열며 소리쳤다. 아무리 그래봐

도 난 하나 안 무섭단 말야! 여우 울음은 들리지 않았다. 빗소리
가 여우 울음이 되었다. 안 무서워, 안 무서워. 그러면서 나는 잠
들었다. 마루 건너 전도사 방에는 여간해서 불이 꺼지지 않았다.

언제든 용기가 나면 해보렴. 읍내로 중학교를 보내줄게.

용기는 나지 않았다. 특히 잠자다 변이라도 마려우면 지랄이
었다. 냄새 잘 맡는 누나가 꼭꼭 요강을 마루 밑으로 내려놓고
잠들기 때문이었다.

누나. 요강 좀 들여놓고 자.

안 돼.

무섭단 말야.

마루까지가 뭘 무섭니, 남자애가 용기도 없이……

이래저래 용기가 없어서 나는 풀이 죽었다. 잠에서 깼을 땐 어
둠이 제일 먼저 달려들었다. 문을 열자 바람이 마중나오고 마루
로 내려섰을 때 비로소 빗소리가 들렸다. 나는 더듬더듬 요강을
찾았다. 무슨 소리가 마당 쪽에서 났다. 요강을 거머쥐고 고꾸라
질 듯 방안으로 들어왔다. 오줌 줄기를 뽑아내다보니까 어라, 누
나가 보이지 않았다. 방문을 다시 살짝 열었다. 웅얼웅얼하는 소
리가 전도사 방에서 들리더니 반짝 창호지가 밝아졌다. 나는 얼
른 이불 속으로 들어와 눈을 감았다. 누나의 발소리가 가까워졌
다. 죽일 대로 다 죽인 아주 낮은 소리였다.

누나. 전도사님은 한밤중에도 밥을 먹나.

아침에 나는 물었다.

아니.

정말?

정말.

나는 입을 다물었다. 별일이구나. 밥상을 들고 누나는 여전히 전도사 방으로 들어갔다. 한참씩 나오지 않을 때도 있었다.

전도사님은 하나님을 직접 보셨단다.

언제?

우리 동네 오기 직전에.

시선은 수틀에 가 있지만 누나가 실상 아무것도 보고 있지 않다는 것을 단박에 알았다. 밤새 꿇어앉아 기도를 드리셨더니 새벽에 그리스도가 오셨다지 뭐니. 걷지도 않는데 가깝게 와졌다는 거야. 그러곤 전도사님 머리에 손을 얹으며 그러시더래.

뭐라고?

이제 곧 우리 마을을 향해 떠나라고.

쳇, 누가 그걸 몰라! 그런 이야긴 동네 사람이면 이미 다 알고 있었다. 내게는 단지 용기만이 문제였다.

철중아!

응.

우리…… 우리 말야. 나는 침을 한번 꼴깍 삼켰다. 우리 뭐? 저기 말이지, 우리…… 형철이하고 한번 붙을까? 고갯마루에 척 올라서는 기분으로 말을 쏟아놓고 나니까 이상하게 용기가 생겨 났다. 그래 형철이 한번 패주자! 그, 그건…… 전도사님이 있잖 아, 이 새꺄. 우리 누나도 있고……

니네 누나 있음 뭘해?

짜아식. 몰라, 인마!

나는 주먹을 불끈 쥐었다.

붙고 보니 싱거웠다. 고개를 숙이고 기차처럼 달려가니까 형 철인 단숨에 발랑 뒤집혔다. 나는 나뭇가지를 낚아챘다. 노랗게 질린 형철이가 두어 발짝 뒷걸음질하더니 잽싸게 돌아서서 뛰기 시작했다. 저만큼 뒤에 서서 눈치만 살피던 칠중이가 대뜸 돌멩 이 하나를 날려보냈다.

맞았다!

찔긋 시선을 내리깔며 칠중이는 소곤거렸다.

어떡하지?

뭘?

강진사가 가만있지 않을 거야.

그러게 형철이 아버지도……

형철이 아버진 자식아, 여기 없잖아!

장마철이 되면서부터 형철이 아버지 진만씨는 아예 개간지에서 살다시피 했다. 움막을 하나 지어놓고 먹고 자고 한다는 것이었다. 작년 개간한 곳에 과일나무도 심은데다가 앞으로 한두 달 후면 나머지 개간도 완전히 끝날 거라고 소문이 돌았다.

그래도 머슴이 매일 밥을 날라다 준다더라.

건 그래.

형철이 자식, 거기까지 쫓아갈는지도 몰라.

가보자.

싫어.

새끼, 누가 형철이 아버지한테 간댔어? 개간지를 가야 전도사님을 만날 거 아냐?

그래 참, 전도사님!

전도사님은 비가 오는 날도 꼭꼭 개간지에 가서 일했다. 아버지들은 대개 들로 빠졌고, 어머니와 누나들은 전도사를 따라갔다. 어찌된 노릇인지 전도사가 오고부터 강진사는 거의 고샅에 모습을 나타내지 않았다. 날이 갈수록 교인들이 늘어가고 쩔그랑, 쩔그랑 깨진 종은 아침저녁으로 울고, 전도사가 이 고샅 저 고샅 쉴새없이 드나들어도 강진사는 도무지 가타부타 의중을 나타내지 않았다. 이따금 강씨네 사람들 중에 애꿎은 시비를 걸어오는 사람도 있었다. 그러나 그것조차 가벼운 말다툼 이상으론 확대되지 않았다.

조홧속여. 어째 강씨 씨족들이 슬슬 눈치만 보고 있대.

앞뒤 살펴보고 있는 게지. 직접적인 시비를 피하는 거야. 강진
사가 가만히 있으니까 그런 거 아니겠어?

시비를 못하게 진사 어른이 단도리를 해놨대.

세상 오래 살고 볼 일여. 강씨네가 이렇게 기가 죽어 눈치만
보고 있기도 생전 첨일걸.

암. 조용하니까 더 불안하구먼.

그건 그래. 살얼음판이지 뭐야. 끝내 그냥저냥 내버려둘 강진
사 성미도 아니겠고. 터지면 크게 터질 거야.

터져봤자지 뭐. 예배당 나온 것밖에 무슨 죄가 있남?

마을은 말없는 가운데 세 패로 나뉘었다. 강씨네와, 교인과,
숨죽이고 돼가는 꼴만 보자는 관망자가 그거였다. 강씨네한테서
그나마 소작을 부쳐먹고 사는 많은 사람들은 마음이야 어디에
있든 관망자로 물러앉지 않을 수 없었다. 개간지에선 세 패가 모
두 모여 일했다. 때때로 강진사가 개간지에 나올 때도 예전하곤
사뭇 달랐다. 멀찍이 서서 한동안 바라보다가 말없이 돌아서는
게 보통이었다.

강진사님도 인제 늙었어.

어머니는 끌끌 혀부터 찼다. 글쎄, 지팡이 짚고 돌아서는 그

양반 뒷모습을 보니까 웬일인지 쓸쓸해 뵈는 게⋯⋯ 아버진 그러나 공연히 강진사에게 이를 갈았다. 뒈질 때가 오면 다 그런 거지. 아버지가 드러내놓고 강진사를 그렇게 욕하는 건 전에 없던 일이었다.

무슨 말솜씨가 그래?

솜씨 같은 소리 하고 자빠졌네. 진사고 나발이고 다 소용없단 말이야.

그래도 그게 아냐. 예배당에서도 다 말들 하더라고. 우리 동네에서야 뭐니뭐니해도 진사 어른이지. 움막에서 살다시피 한다는 진만씨는 언제나 유들유들 잘 웃었다. 전도사가 왔든, 예배당 종이 울리든, 나하곤 아무 상관도 없다는 태도였다.

아버님께서 엄히 일러 별수없이 예서 잠까지 자지만.

밭두렁에 앉아 막걸리 사발만 비워내며 진만씨는 곧잘 그렇게 말했다. 동네가 어떻게 돌아가든지 그거야 아버님 일이지 난 모른다니까. 진만씨는 여자들 속에 섞여 음흉한 농을 잘했다.

서천댁, 일로 와서 술 한잔 하지.

못해요. 과부인 서천댁은 말은 못해요. 했지만 곧잘 넙죽넙죽 받아먹었다. 육자배기 한가락 뽑아보지. 육자배긴 용칠이 어머니가 잘 뽑았다. 개간지에선 그래도 심심찮게 뽑아올리는 육자배기 가락에, 강씨네와 교인들 사이의 서먹서먹한 분위기가 많이 녹아들었다.

성순아. 너는 우째 그리 곱냐.

아따, 나이가 몇인데 색시 눈독들여요?

취한 서천댁이 받았다. 진만씨는 실눈을 뜨고 풀썩 웃었다.

눈독이라니?

진사 양반한테 다리뼈 분질러져요.

허허 참.

성순이는 누나 이름이었다. 황혼이 되면 제방 위에는 괭이나 삽을 든 무리들이 두 패로 나뉘어 걸어왔다. 전도사를 중심으로 한 교인들이 앞장을 섰고, 강씨 씨족들이 뒤를 따라왔다. 그도 저도 아닌 사람들은 삼삼오오 뿔뿔이 흩어져 돌아왔다. 저수지 수면은 황혼의 잔영을 받고 한결 높아 보이고, 고내곡재는 그들의 머리 위에 아득히 멀었다.

성순아. 너 아까 진만씨한테 술 따랐나?

전도사님이 자꾸 괜찮다고 밀어붙이는데 어쩔 수가 있어야지. 어머니도 봤었잖아?

그래. 별일이다. 가만히 보면, 전도사님은 틈만 나면 너를 진만씨 있는 데로 데려가고 하는 눈치니, 무슨 꿍꿍이속인지, 알다가도 모르겠다.

글쎄 말야, 어머니.

처녀 총각 사이라면 붙여줄 생각인가보다 하겠지만……

망측스러운 소리.

뭔가, 전도사님은 딴 맘이 있는 게지. 보통 분이 아니시니까. 누나는 살짝 고개를 숙였다. 어머니는 귓불이 발갛게 달아오른 누나의 옆모습을 곁눈질했다. 하긴, 세상에 전도사님 같은 분은 없을 거라.

건 그래, 어머니.

전도사님 시키시는 건 뭐든지 들어야 한다. 알겠지? 누나는 고개만 끄덕끄덕했다. 우리들은 곧잘 수문 있는 데까지 마중을 나갔다.

누나!

응.

팼다!

패다니?

형철이 말야.

얘는……

돌멩이도 던졌다!

그럼 못써요.

전도사님이 하랬어.

전도사님이?

누나의 얼굴에 그늘이 졌다.

괜찮을까?

낼 아침 진사님댁 머슴들이 너를 잡으러 올 거야.

아침에 강씨네 사람들이 잡으러 온 건 내가 아니라 전도사였다. 나는 윗방에 숨어 문구멍에 눈알만 내밀었다. 갑시다! 강씨네 청년들 중의 하나가 말했다. 전도사는 순순히 따라나갔다. 예배당에 사람들이 하나둘 모여들었다. 개간지에도 가지 않고 전도사를 기다렸다.

이러지 말고 우리도 갑시다!

아녜요. 좀 기다립시다. 전도사님이 무슨 일 때문에 불려가신지도 모르잖아요?

전도사는 점심때가 거의 다 돼서 왔다. 역시 멀쩡했다.

교우님들!

전도사는 말했다.

오늘 나는 한 가지 중대한 사실을 발표하겠습니다. 그동안 이년간이나 여러분은 개간지에서 땀흘려 일했습니다. 일한 대가로 여러분이 받은 것은 쌀 몇 말이 전부였습니다. 낮았지만 전도사의 말씨는 또박또박 떨어지며 절실하게 울려나왔다. 그 땅은 국유집니다. 우리가 땀흘려 개간한 땅을 강진사는 혼자 가질 배짱을 하고 있습니다. 세상에 이보다 부당한 일이 또 어딨습니까.

그동안 나는 여러 가지로 면밀하게 알아본 결과 그 땅이 아직도 국유지라는 확실한 확인을 했습니다. 강진사는 우선 군에다 뇌물을 써놓고 일을 착수했던 겁니다. 이제 개간이 다 끝나가니까, 불하를 정식으로 받으려고 서류를 꾸며냈지만 쉽게 성사되진 않을 겁니다. 모든 일은 제게 맡겨놓으시면 됩니다. 여러분은 그저 서명만 하십시오. 우리 마을 공동의 땅이 되도록 하기 위해서 서명만 하십시오……

전도사님 말씀이 무슨 뜻이니?

칠용이가 물었다.

강진사네 땅을 뺏자는 얘기니?

아냐, 이 병신아! 나는 대답했다.

아직 강진사네 땅이 안 됐다잖아.

국유지가 뭐니?

몰라.

우리 땅으로 뺏을 수 있을까?

뺏는 게 아니라니까 그러네.

그럼?

몰라. 아무튼 전도사님 말씀은 하나님 말과 똑같댔어. 강진사네하고 쌈해야 되겠구나.

그래. 저런 것 보고 선전포고라 한댔어.

그때 전도사가 강단을 탕 하고 치는 소리가 들려왔다.

뺏는 게 아닙니다. 우리 것을 찾자는 거지요. 그동안 이 일을 위해 도청만도 나는 다섯 번이나 갔다 왔습니다. 자, 보십시오, 이것이 그 땅의 등기사본이라는 겁니다……

등기사본이 뭐니?

칠용이가 또 물었다.

몰라. 하여튼 전도사님이 하시는 일은 하나님이 하시는 것과 마찬가지랬잖아.

누나의 얼굴에 유독 그늘이 짙게 드리우고 먼산을 바라보며 한숨 쉬는 버릇이 생긴 건 바로 그 무렵부터였다.

4

전도사가 개간한 땅을 마을 전체의 이름으로 불하받아야 된다고 선언한 뒤 마을의 분위기는 그야말로 차갑게 얼어붙었다. 개간지에서의 육자배기도 사라졌고, 유들유들 잘 웃던 진만씨도 침묵으로 작업을 시작했다. 고샅에서 강씨네와 교인 쪽이 마주치면 서로 얼굴을 돌리고 지나갔다.

전도사는 전보다 훨씬 외출이 잦아졌다.

도청에도 가고 군청에도 간다는 거였다. 강진사는 여전히 두문불출이었다. 몸져누워 있다고도 했지만 확인되지는 않았다. 교인들은 개간 사업에 하루도 빠지지 않았다. 강씨네 쪽에서도 마찬가지였다. 마치 작업량에 따라 승부가 결정되기라도 하듯이, 팽팽하게 당겨진 분위기 속에서 일의 진척은 훨씬 더 빨라지고 있었다. 온갖 소문들이 하루살이처럼 날아다녔다. 밤만 되면 어른들은 이 구석 저 구석에 수군거리고 다녔다.

전도사님 말야, 옛날엔 우리 동네에 살았었대.

어느 날 칠용이가 뛰어와서 속삭였다.

누가 그러대?

우리 엄마 아버지가 서로 얘기하는 걸 들었어.

짜식, 그럼 왜 진즉에 어른들이 몰라봤니?

너무 어렸을 적 마을을 떠났기 때문이라더라. 우리보다도 더 어려서 쫓겨났었대.

쫓겨나?

그렇다니까. 전도사님은 쫓겨난 거래.

왜 쫓겨나?

훔쳤다던데. 강진사네 헛간 있잖아? 거기서 감자를 훔쳐내다 들켰나봐. 전도사님 엄마가 죽지 않을 만큼 매맞고 쫓겨났었대.

전도사님 아버지는?

아버지는 없었고 엄마하고 둘이만 살았다더라. 공터엔 칠용이와 나뿐이었다. 저수지 제방 위엔 개간지에 갔던 어른들이 한 무더기씩 돌아오고 있었다.

누나, 전도사님이 우리 동네에서 쫓겨났다는 소문 사실이야?

어머머, 누가 그러든?

칠용이가.

그런 말 함 못써. 전도사님은 하나님 명령대로 동네에 온 거야. 누나도 그 외엔 아무것도 몰라. 너 그런 말 누구한테도 해선 안 된다.

전도사님 엄마는 쫓겨나던 날 저기, 제방 위에서 죽었대.

칠용이는 또 말했다.

강진사네 머슴들이 주워다가 독짝 구덩이에 묻었대. 어린 전도사님은 흔적 없이 사라지고 말야.

너 이 자식. 나는 괜히 칠용이를 향해 눈알을 부라렸다. 한 번만 더 그런 소릴 하면 죽여버릴 거야! 그래도 칠용이는 나만 보면 말을 못 참았다.

느네 누나, 전도사님하고 수문 뒤에 있드라.

언제?

어젯밤에. 혹시……

혹시 뭐야, 이 새꺄!

칠용이는 더이상 아무 말도 못했다. 전도사님은 군청이나 도청에 갈 땐 꼭꼭 아버지를 데리고 다녔다. 아버지는 거의 노름에 손을 끊었다. 예배당엘 열심히 나오는 것도 아닌데 술도 안 먹었다. 틈만 있으면 골방에 건너가 무슨 얘긴지 전도사님과 오래오래 속삭이곤 했다. 우리도 이제 떵떵거리고 살아봐야지. 아버지는 틈만 있으면 그런 말을 했다. 그럴 때 아버지의 눈에선 칼끝 같은 서늘함, 어쩌면 살기라고나 표현해야 알맞을 그런 느낌이 내 숨통을 죄어놓기 일쑤였다.

가을이 하루가 다르게 깊어졌다.

누나가 머리칼이 헝클어지고 치맛말기가 터진 채, 겁에 질린 표정으로 집에 돌아온 것은 가을 어느 날이었다. 벼 베기에 나갔던 식구들이 막 저녁식사를 끝낸 저녁이었다. 진만씨에게 그렇게 당했다는 거였다. 예배당의 깨진 종이 악을 쓰고 울어댔다. 갑시다, 가서 진만이 그 사람을 당장에 붙잡아다 멍석말이를 시킵시다! 칠용이 아버지가 흥분해서 소리쳤다. 참아야 합니다. 전도사는 아주 간절하게 말했다. 지금 강씨네와 이런 식으로 싸운다는 건 하나도 이 될 게 없습니다. 그동안 여러분과 내가 노력한 모든 일이 수포로 돌아가기 쉽습니다. 오른쪽 뺨을 때리면 왼쪽 뺨을 내주라고 주께서도 말씀하셨습니다. 부디 흥분을 가라앉히십시오. 조용히 있어야 진실로 우리가 이길 수 있습니다. 성순양은 십자가를 진 것입니다……

우리들은 들로 이삭을 주우러 다녔다.

돌아다니다보면 곧잘 형철이 패거리와 만나는 일이 많았다. 우리들은 멀찍이 떨어진 채 돌팔매질을 한참씩 하기가 일쑤였다.

난쟁이 전도사하고 느네 누나하고 연애질한다더라.

형철인 손나팔을 하고 소리질렀다.

형철이 느네 아버진 짐승이나 다름없다더라. 성재네 누나를 강제로 붙으려고 했대!

철중이가 맞받았다. 나는 속이 상해서 애꿎은 철중이의 엉덩이를 향해 발길을 날렸다. 한 번만 더 그런 소리 했단 봐라, 대갈통을 까놓을 테니까. 나는 형철이 아버지 욕하려고 그런 거지 느네 누나 욕하는 게 아냐.

그래도 이 새끼가 까불고 있어!

철중이는 발로 차인 뱃가죽을 움켜쥐고 논두렁에 주저앉았다. 누나는 개간지에 나가지 않았다. 어머니는 한숨만 쉬었다. 밥도 잘 먹지 않았다. 얼굴에 기미가 꼈다. 누나도 끼고 어머니도 꼈다. 살기 띤 눈빛으로 바쁘게 돌아다니는 것은 아버지뿐이었다.

군청 이주사의 목이 달아난다는구먼.

개간지 땜에?

물론이지. 아, 강진사한테 뇌물을 먹고 국유지 개간하는 걸 눈

감아줬다지 뭔가?

저런! 그걸 도에선 어떻게 알고?

전도사님이 도지사 앞에 놓고 낱낱이 따져 묻더래요. 도에선 개간지 일 땜에 시끌시끌하다는구먼. 뭔가, 곧 결정이 나긴 날 모양인데……

어떻게 결정이 날까?

그야 뻔하지 뭐. 전도사님이 어디 예삿분이어야 말이지. 한번 맘먹으면 못하시는 일이 없대. 더구나 강진사는 아파 누워 있고, 진만씨가 도청이다 군청이다 몇 번 나다니긴 한 모양인데 애당초 이치에 닿지 않으니 될 법이나 한 소린감?

전도사님 때문에 우리도 살게 되겠구먼.

암, 살게 되고말고.

교인들에게 전도사는 신이나 다름없었다. 전도사가 시키는 일이라면 뭐든지 했고, 전도사가 참으라면 뭐든지 참았다. 술 취한 강씨 청년들이 교인 한 명에게 물매를 내렸을 때도 모든 사람들은 전도사의 한마디에 고스란히 참았다. 나한테 맡겨놓으십시오. 여러분은 그저 가만히 계시면 됩니다. 때리는 일이 또 있거든 그냥 맞아두십시오. 때가 오면 분한 여러분의 마음은 다 풀리게 될 겁니다.

다음날 물매를 준 마을의 강씨 청년은 순사들한테 모조리 붙들려가게 되었다. 전도사님이 그렇게 되도록 만들었다는 거였다.

어쩜 그럴 수가!

잠이 깼을 때 나는 전도사 방에서 경악하는 어머니의 목소리를 들었다.

전도사님……

어머니는 말을 잇지 못하고 우시는 것 같았다.

주께선 기꺼이 십자가에 못박혀 돌아가셨습니다……

전도사의 말은 낮아서 그것밖에 들리지 않았다.

아, 가만있지 못해!

아버지가 빽 하고 소리질렀다.

성순이가 예수처럼 되면야 얼마나 좋은 일엿!

저녁에 나는 꿈을 꾸었다. 누나가 십자가에 못박히는 꿈이었다. 전도사님이 커다란 망치로 못을 박고 있었다. 아버지는 짝짝짝 박수를 치고 어머니는 허옇게 거품을 물며 까무러쳤다.

성재야. 넌 훌륭한 사람이 될 거야.

전도사는 곧잘 나를 흥분시켰다.

중학교, 고등학교, 대학까지 다니면 대통령도 될 수 있지.

그치만 우리 동네에서 대학 다닌 사람은 아무도 없는걸요.

내가 보내주지. 암, 보내주고말고.

나는 대학이라는 말 때문에 빈번히 잠을 이루지 못했다. 건넛 마을 대학생이 방학 때 제방 위를 지나서 자기 동네로 갈 때 보면 반질반질한 구두를 신고 있었다. 나도 대학생이 돼서 구두 한번 신어봤음……

대학생이 되면 무슨 소원이든지 다 이루어진단다.

전도사는 조용하게 웃으며 내 머리를 쓰다듬었다.

5

누나하고 형철이 아버지가 밤중에 밀밭에서 나오는 걸 봤니, 안 봤니?

전도사가 다시 한번 물었다.

저……

저는 빼고.

예. 봐, 봤습니다.

그렇게 더듬거리면 안 된다고 했잖아!

전도사가 미간을 찌푸렸다. 썰매를 타는 아이들이 저만큼 수문 쪽에서 손을 흔들었다. 성동 벌판을 숨 돌릴 사이 없이 달려온 바람이 전도사와 내가 쭈그려앉은 제방 위를 지나가고 있었다. 판자 쪽은 토시락토시락 잘도 탔다. 불꽃은 잘 보이지 않았으나 무릎과 손바닥은 열기 때문에 근질근질해왔다.

첨부터 다시 시작하자.

전도사는 불 속으로 판자 쪽을 하나 더 집어던지며 말했다.

거짓말을 한다고 생각하면 안 돼. 네가 봤다고 말하는 일은 실지 일어났었으니까. 그리고 중학교를 잊지 마라. 고등학교도 대학교도 잊지 마라. 잘만 하면 모든 것이 이루어진다. 누나에게도 결코 나쁜 일 아니야.

전도사의 눈은 반짝반짝 타오르는 듯했다.

나는 괜히 목을 움츠렸다. 유별나게 눈이 많이 내리는 겨울이었다. 고내곡재는 항상 눈이 쌓여 있고 저수지 물은 꽁꽁 얼어붙었다. 우리들은 밥숟갈만 놓으면 저수지로 달려나갔다. 전도사는 썰매를 잘 만들었다. 판자 두 쪽에 받침대를 하고 굵은 철사로 날을 세워 박기까지 반시간도 걸리지 않았다. 무릎을 이렇게 굴러야 잘 나가지. 제방 위까지 따라와서 전도사는 썰매 타는 법도 가르쳤다.

전도사는 뭐든지 잘하는구나.

칠용이는 언제나 감탄했다.

하나님이 썰매 타는 것도 가르쳐주셨다잖아.

우리도 하나님이 가르쳐줬으면……

자식, 전도사님한테 배우면 곧 하나님한테 배우는 거나 마찬가지랬잖아! 가을 이후 개간지 작업은 쉬고 있었다. 날씨가 추워져서가 아니라 군에서 나와 일을 못하게 했기 때문이었다. 금방 승부가 날 것 같으면서도 개간지 불하에 대한 관청의 결정은 하루하루 뒤로 미루어지고 있는 모양이었다. 어른들이 전도사의 눈치만 초조하게 살피는 게 역력했다. 이제 곧 섣달그믐이었다. 전도사는 달력의 섣달그믐 날짜에 색연필로 동그라미를 쳤다.

너는 반드시 중학교에 들어가게 된다. 하나님의 뜻이니까.

전도사가 다시 내 머리를 쓰다듬었다.

그럼 묻겠다. 가을에 네 누나를 진만씨가 끌고 밀밭으로 들어가는 걸 봤니, 안 봤니?

봐, 봤습니다.

봤니, 안 봤니?

봤습니다.

거짓말이지?

아녜요!

나는 거의 악을 썼다.

아니라니까요!

거짓말 같은데? 전도사나 아버지가 그렇게 말하라고 시키지 않았니? 거짓말이지?

아뇨. 정말이에요. 정말 봤어요.

몇 번?

두 번요.

언제?

밤에요. 가을에요. 진짜로 봤다니까요!

나는 정말 본 거 같은 생각이 들었다. 며칠 전부터 전도사는 이렇게 똑같은 질문을 나에게 수없이 반복시키고 있었다.

네 누나가 틀림없었지?

그래요.

진만씨가 억지로 끌고 갔지?

그렇다니까요.

하나님 앞에 맹세할 수도 있지?

맹세할 수 있어요!

좋아! 전도사는 활짝 웃으며 내 손을 잡았다. 아주 잘 대답했다. 너야말로 진실한 하나님의 종이야. 이제 머지않아 뭐든지 네 소원은 이루어질 것이다……

섣달그믐날 밤이 왔다.

이날따라 예배당 안엔 아이들이 들어가지 못하도록 되어 있었다. 어른들은 찬송가도 부르지 않고 오랫동안 기도만 하는 것 같았다. 전도사의 가라앉은 목소리도 들려왔다. 하늘엔 별 하나 뜨지 않고 그 대신 진눈깨비가 뿌려지고 있었다.

더이상 참을 수 없어요!

갑자기 아버지의 쨍하는 쇳소리가 들렸다.

옳소! 누군가 대답했다. 웅성거리는 소리가 났다. 전도사님은 우리 마을을 구제하러 오신 분이지만, 이번만은 뒤로 물러 계십시오. 자, 우리들끼리라도 갑시다! 예배당 문이 벌컥벌컥 열리며 어른들이 하얗게 쏟아져나왔다. 언제 준비했는지 손에 손에 횃불을 들고 있었다. 살기가 등등했다.

성재야.

칠용이 아버지가 나를 불렀다. 사람들이 내 앞을 빙 둘러쌌다. 나는 덜컥 겁이 나서 한 발 뒤로 물러났다. 물러날 것 없다. 너를 해칠 사람은 아무도 없으니까. 부드러운 전도사의 음성이 어디선가 내 귓전으로 날아왔다.

너, 진만씨가 니 누나를 밀밭으로 끌고 가는 걸 봤었다며?

사람들이 일제히 침묵 속에서 내 입만 바라보았다.

봤습니다.

정말 봤어?

정말이에요. 정말 봤어요! 나는 소리질렀다. 어른들은 더이상 아무것도 묻지 않았다. 어디서 붙잡아왔는지 아버지가 누나를 움켜쥐고 맨 앞에서 걸어갔다. 수많은 사람들이 횃불에 얼굴을 번뜩번뜩 드러내며 뒤를 따르고 있었다.

진만이놈 나와라!

강진사네 넓은 안마당에 이르자 아버지는 누나를 댓돌 쪽으로 우악스럽게 밀어붙이며 소리쳤다. 겁에 질린 누나가 엎드린 채 땅바닥에 이마를 대고 있었다. 진눈깨비는 줄기차게 내렸다. 한동안 진만씨 집안에선 잠잠했다. 사람들이 침묵 속에서 안방을 향해 한 발씩 다가들고 있었다. 강씨들은 감히 나서지 못했다. 담장 너머로 눈알을 내놓고 숨을 죽이고 있었다.

나오시오!

칠용이 아버지가 마루 끝을 몽둥이로 한 번 세게 내리쳤다. 어둠이 놀라서 흠칫 물러앉는 것 같았다. 이때였다. 안방 문이 소리 없이 열리며 마루에 모습을 나타낸 것은, 진만씨가 아니라 꼿꼿한 강진사였다.

하얗게 도포까지 떨쳐입은 단아한 차림새였다.

진만이를 내놓으십시오!

무슨 일들인가?

강진사의 수염 끝이 파르르 떨리는 것 같았다.

간음을 했습니다!

간음을…… 강진사의 시선이 누나한테 떨어지더니 이내 이마를 짚고 마루 기둥에 상체를 기댔다. 순간 건넌방 문이 벌컥 열

262

리며 백지장처럼 질린 진만씨가 모습을 나타냈다. 그는 털썩 강진사에 무릎을 꿇으며 주저앉았다.

이건 음모예요. 전 범하진 않았어요. 정말입니다. 아버님!

이런 찢어죽일 놈. 아버지가 쩡하고 쇳소리를 냈다. 봐라, 이년이 애를 뱄어. 이래도 네놈이…… 누나의 비명 소리가 솟아올랐다. 아버지가 달려들어 누나의 치마를 찢어 내렸던 것이다. 어른거리는 횃불 속에 누나의 아랫배가 잠시 동안 말쑥하게 드러났다. 사람들이 제자리에 선 채 목덜미를 한 번씩 부르르 떨었다. 나는 꼴깍 마른침을 삼키곤 눈을 크게 떴다. 누나의 아랫배는 맨살이 아니었다. 하얀 붕대가 친친 동여매져 있었다.

지, 진만이 이노옴……

명백한 증거를 확인한 강진사의 도포 자락이 한번 크게 움직였다. 그의 손은 똑바로 꿇어 엎드린 진만씨를 가리키고 있었다. 이놈을…… 멍석말이 시키고 동네에서…… 내쫓아라! 강진사가 신음하듯 한마디 뱉곤 이내 거품을 물며 나자빠졌다. 사람들이 짐승처럼 달려들어 진만씨를 마당으로 팽개쳤다. 눈바람이 악을 쓰며 불고 있었다. 온 동네에서 일제히 개가 짖기 시작했다.

6

멍석말이에 피투성이 되어 쫓겨간 진만씨는 다시 동네에 돌아
오지 않았다. 강진사는 섣달그믐에서 사흘을 넘기지 못하고 죽
었다. 상여도 못 타보고, 제방 위까지 온 트럭이 어디론가 강진
사의 시체를 신고 갔다. 썰매타기에 지치면 우리들은 마을 앞 공
터에서 말타기를 했다. 가위바위보로 기수와 말을 정했지만 그
것은 하나마나였다.

이번엔 보를 내고 싶은데,

침을 손바닥에 튀튀 뱉으며 나는 번번이 이렇게 암시했고, 강
씨네 애들은 눈치껏 주먹을 내밀어서 내 비위를 맞췄다. 어쩌다
말을 제대로 못 듣고 보에 가위라도 내면, 내가 들고 있는 나뭇
가지가 당장 날아들 걸 훤하게 알고 있기 때문이었다. 나는 정해
놓고 기수가 되었다. 강씨네 애들은 번번이 말 노릇을 했지만 기
수가 못 돼보는 걸 과히 섭섭하게 여기지는 않았다. 왜냐하면 강
씨네 애들은 아직 예배당에 나오지 못했으므로.

예배당 좀 가보면 안 되니?

형철인 곧잘 물었다.

안 돼, 이 새꺄.

강씨네 애들이 예배당에 다니고 못 다니는 것은 오직 나 혼자

정했다. 한 명 한 명 예배당에 다녀도 좋다고 허락을 해둔 다음엔 형철이만 남겨두리라고 나는 진작에 마음을 먹었었다.

전도사님은 강진사보다도 더 무섭대.

철중이가 소근거렸다.

뭐가?

하여튼 더 무섭다는데.

모르면 가만히 있어, 이 새꺄. 전도사님이 무서운 건 하나님의 아들이기 때문이랬어. 마을의 모든 일은 전도사가 결정했다. 아직 추운 겨울이었지만 어른들은 한 명도, 단 하루도 쉬지 않았다. 예배당을 새로 짓기 때문이다. 얼어터진 손으로 어른들은 매일매일 벽돌을 쌓아올렸다.

봄에 지을 일이지……

하나님께서 하명하셨다는구만.

뭐라고?

예배당을 봄이 되기 전에 지으라고.

정말 전도사님은 언제나 하나님을 만날 수 있을까? 난 도무지 믿어지지가 않는다니까.

쉬! 말 함부로 하는 게 아니야. 어서 벽돌이나 더 쌓아!

우리들의 말타기는 추위를 몰랐다. 빤히 건너다뵈는 저수지엔 여전히 암회색의 하늘이 내려와 있었다. 빈 제방 위에 하늘에서 떨어져 내려온 듯이 누나의 모습이 홀연히 나타난 것도 유난히 구름이 많이 낀 날의 저녁 무렵이었다. 누나는 한참 동안 제방 위에 선 채 움직이지 않았다. 멀어서 얼굴은 윤곽조차 보이지 않았지만, 어쩐지 떨고 있는 것처럼 생각되었다.

어딜 간다니, 느네 누나?

형철이가 중얼거리듯 말했다.

저건 우리 누나가 아냐, 이 새꺄. 우리 누나가 춘데 저수지엔 뭐하러 가니?

몰라. 그치만 아까 동네에서 나갈 땐 느네 누나 같았잖아?

기면 기고 아니면 아니지 같은 건 또 뭐야. 니가 인마, 나보다도 더 우리 누날 잘 아니, 네 눈이 뭐 망원경이니?

내 손에 들린 나뭇가지가 어김없이 형철이의 이마로 날아갔다. 그, 그래. 저건 네 누나가 아냐. 형철인 당장에 풀이 죽었다. 한동안 서 있던 누나가 수문 쪽을 향해 내려가기 시작했다. 처음엔 다리가, 그다음엔 허리가, 가슴이, 그리고 순식간에 머리까지 제방에 가려 보이지 않았다. 우리들은 침묵했다. 마을은 쥐 죽은 듯이 고요하고, 어둠이 고내곡재 허리를 타고 슬금슬금 내려오다 저수지 한쪽을 냉큼 잡아먹었다.

밥 먹으러 가자.

나는 말했다. 어쩐지 가슴이 두근두근해왔다.

저녁 먹고 또 모여야 되니?

형철이가 조심스럽게 물었다.

아냐. 오늘밤엔 모이지 마. 예배당에서 깨진 종소리가 들려오기 시작했다. 누나의 모습은 다시 보이지 않았다.

저수지가 잡아먹었대.

뭘?

느네 누나.

누나의 신발이 나란히 저수지 수문 위에 있었다. 봄이 돼서 얼음이 녹아야 누나의 시체가 떠오를 거라고들 했다. 우리들은 곧잘 말타기가 끝나면 저수지로 뛰어가는 게 버릇처럼 되었다.

없는데……

철중인 암회색의 저수지 수면을 한번 쓱 둘러보고 말했다.

얼음을 깨볼까?

관둬!

춥겠다, 느네 누나……

춥긴 새꺄. 에스키모 사람들, 얼음으로 집도 짓고 산다잖아?

참.

철중이는 씩 웃었다.

얼음집이라니 그거 근사한데……

우화 작법

기음機音이 단조롭다.

비행기는 수평 방향으로 얇은 진동을 깔며 구름을 지나고 있다. 창밖은 화선지에 떨어진 먹물처럼 진회색의 구름밭.

시계를 본다.

십칠시 삼십오분, 일몰까지는 아직 한 시간의 여유가 있지만, 나는 기수를 남동으로 잡는다. 동해안에 있는 별장의 격납고까지는 어림잡아 삼십여 분의 거리, 하지만 구름이 끝나지 않는 게 불안하다. 하늘도 땅도 보이지 않는다.

돌연, 폭음과 충격이 온다.

기체가 흔들린다. 충격에 비례해서 반사적으로 전신을 훑고 가는 공포감을 잊으려고 조종간을 힘껏 움켜잡는다. 계기반計器盤을 본다. 내 수족인 듯이 오밀조밀 모여 있는 고도계, 회전계, 마그네틱 컴퍼스, 상승강하 표시기, 라디오컴퍼스…… 모두 정연하다. 처음부터 고장난 상태였던 마그네틱 컴퍼스를 빼면 전혀 이상이 없다. 그렇다면 폭음과 충격은 기체의 외부와 부딪쳐 발생한 모양이다. 외부라면…… 그렇다, 아까보다 훨씬 어두워진 구름뿐이지 않은가?

아아, 구름!

나는 비로소 깨닫는다. 구름 속에선 기체의 폭음이 확산되지 못하고 반동과 충격으로 되돌아오게 된다. 다만 그 반동의 충격이 이번엔 좀 심했던 것 같다. 구름은 오만하고 배타적이다. 그는 자신의 속살을 뚫고 지나는 모든 물체에 좀처럼 양보의 미덕을 발휘할 줄 모른다. 알라딘의 등잔 속 같은 신비도 있고, 삼손의 머리를 자른 델릴라의 날카로운 칼날도 숨어 있다. 그래서 파일럿은 누구나 구름을 좋아하지 않는다.

─여러분, 구름은 마법의 서적이 된 여인의 마음을 가지고 있습니다. 그는 젊은 파일럿을 좋아합니다. 언제나 사랑의 윙크를 합니다.

스카보로 항공학교 시절이 생각난다.

에릭 교관의 이 멋진 비유에 젊은 생도들은 그때 와 하고 웃었다. 그러나, 두 달 후 생도들은 너나없이 구름 속에서 떨면서 목을 움츠리고 만다. 구름과 만나자, 자석에 끌려가지 않으려는 쇠붙이처럼 안간힘을 다해 버텨야 했고, 땀을 흘리고 전율하면서, 자신들에게 끔찍한 윙크를 보내는 그 마법의 유혹으로부터 오로지 도망쳐야 했던 것이었다.

또 한번 더 큰 충격과 폭음이 온다.

거대한 터빈이 도는 것 같다. 어디쯤에 이 비행기를 송두리째 잡아먹을 함정이 이빨을 갈며 도사리고 있는지 전혀 예측할 수가 없다. 구름이 점점 짙은 어둠으로 바뀌는 게 마음에 걸린다. 아침의 기상 통보에 의하면 약간의 구름에 바람은 없었다. 그런데 기체는 지금, 구름뿐 아니라 바람과도 만나고 있다.

등이 시려온다.

계기반을 점검한다. 프로펠러 회전수RPM 이천오백, 고도는 오천 피트. 비행 자세는 좌경이고 속도계의 바늘은 백십 마일의 눈금에 떨고 섰다. 완전하다. 아직 조금도 이상이 나타날 징후는 보이지 않는다. 나는 심호흡을 한다. 등을 펴고 시선을 똑바르게 고정시킨다. 정신을 차려야 해! 나는 나 자신에게 속삭인다. 조종사라면 누구든지 가끔 삶과 죽음의 분수령에 위태롭게 올라앉아 있는 기분 속에 빠지곤 한다. 계기반의 눈금들이 그들의 운명을 결정짓는다. 조종사는 그것들을 의도적으로 다스려야 한다. 그러나 어떤 결정적인 순간, 이를테면 시야가 완전히 막혔을 경우, 조종사는 눈이 가려진 운전사처럼 계기반을 다스릴 능력을 일시에 잃어버릴 수도 있다.

조종사에게 주어지는 자격은 두 가지다.

'계기비행IFR'과 '시야비행VFR' 자격 소지자가 그것이다. 계기비행사는 고도의 기술과 경험으로 무장된 직업적 조종사이므로 가벼운 구름 따위를 문제삼지 않는다. 그는 계기반만 정지되지 않는다면 시야가 차단되어도 목적지까지 훌륭하게 기체를 운반해갈 수 있다. 하지만 시야비행사는 다르다. 그는 안개만 껴도 장님이 된다. 그를 유도해갈 한 조각의 풍경도 없는 계기반은 이미 반절쯤 그 기능을 상실해버린다. 그는 초조하게 더듬거려야한다. 그의 계기를 다스릴 능력과 판단은 거의 기체 밖으로 나타나는 '시야의 관찰'로 이루어지기 때문이다.

'시야비행'의 자격인 나도 물론 예외일 수는 없다.

눈앞을 완전히 가로막는 구름이나 안개를 만나면 명철한 이성, 확고한 판단도 함께 가려버리고 만다. 나는 떤다. 나의 조작을 기다리는 계기반을 버려둔 채 나의 사고는 얼어붙는다. 그러나 회의에 잠길 한 치의 여유도 없다. 조종사가 머뭇거릴 때, 기체는 언제 어디에 곤두박질할는지 알 수 없는 상태가 된다. 한순간, 기체가 중심을 잃은 한 잎 낙엽처럼 되고 말 수도 있다. 정신을 놓아선 안 된다. 나는 눈앞의 계기반에게 강요당한다.

뭘 꾸물거려!

죽음의 공포는 끊임없이 나를 물어뜯으며 속삭인다.

어서 선택하란 말야. 어떻게 이 위기를 극복해갈는지, 네 계기반의 눈금들을 부려먹으라고. 시간이 없어. 한 치 앞엔 죽음뿐이야.

나는 등을 사린다.

전율하며 땀을 흘린다. 나의 판단을 도와줄 한 뼘의 산봉우리도 보이지 않지만 그 호령을 무시할 수는 없다. 이런 경우, 선택을 요구하는 자는 튼튼하고 교묘한 올가미를 숨겨 가지고 있게 마련이다. 지금도 그 올가미가 목을 조르고 있다. 나는 계기반을 본다. 계기반은 이놈의 구름떼를 벗어날 방법의 결단을 내게 재촉하고 있다. 더구나 이것은 제트엔진의 비행기도 아닌 세스나 150, 인간에 비하면 한길 하수도에 빠지고는 헤어나지 못하는 어린애와 같지 않은가.

나는 마침내 결론을 내린다.

고공보다는 저공이 안전할 것이다. 고도 오천 피트의 고공에는 이따금 늪지대의 함정이 기다린다. 그 늪지대의 적란운에 걸리면 끝장이다. 죽음의 미아가 돼버리기 때문이다.

고도를 낮춘다.

아직 폭음은 계속되고 있다. 몇 분쯤이나 하강하면 될까. 내가 택한 방향이 나의 삶의 통로가 되리라는 보장은 없다. 오히려 그 반대일 수도 있다. 다만 이것이 내가 처한 상황에서 가장 안전한 판단이라는 믿음뿐이다. 사천오백 피트, 사천, 삼천오백…… 그런데 갑자기 덜미를 잡아채는 듯한 충격이 온다. 구름 속에 떠 있는 얼음덩이에 기체가 부딪힌 모양이다. 나는 반사적으로 속도를 늦추고 방향을 튼다.

이곳은 어디쯤일까.

어느 곳에서 어느 방향으로 기체는 달려가고 있는 것일까.

나는 라디오컴퍼스의 사이클을 맞춘다. 주파수가 잘 맞지 않는다. 온통 잡음이다. 구름 때문에 전파가 방해받고 있는지 모른다. 그렇다면 곤란하다. 전파는 미지의 세계에서, 내가 날고 있는 방향의 친절한 안내자가 된다. 라디오컴퍼스가 바로 그 주역이다. 그것은 말하자면 라디오와 컴퍼스가 합해진 계기의 일종이다. 컴퍼스의 바늘은 항상 전파를 따라 움직인다. 가령, 동해안에서 서울로 비행할 때 나는 대개 출력이 좋은 중앙방송국KBS에 사이클을 맞춘다. 라디오컴퍼스의 바늘은 정확히 중앙방송국의 위치를 가리키게 된다. 구름 따위만 만나지 않는다면 나는 더듬거리지 않는다. 그 바늘이 지시하는 방향으로만 비행해가면 되기 때문이다.

나는 라디오 사이클을 다시 돌려세운다.

들린다. 앙칼지고 호전적인 여자의 목소리다. 여자 아나운서는 몸서리치는 적개심을 낯선 어조로 드러내고 있다. 딱딱한 소프라노의 억양, 전투적 음색이 픽 귀에 설다. 여자는 '남조선 인민'과 '수상 동지'를 반복하고 있다.

그렇구나. 저건 북쪽 여자다!

명백하다. 이 정도의 구름 속에서 잡음 하나 없다는 건 방송국의 위치가 가깝다는 걸 나타낸다. 나는 또다른 불안 속에 잠긴다. 동해안에서 북서쪽으로 기수를 잡았던 기억이 난다. 백십 마일의 평균속도로 북서쪽을 향해 날아왔다면, 하고 나는 속으로 시간을 계산하고 지도를 더듬어본다. 화천, 철원, 그리고 김화, 김화를 건너뛰면 바로 북한의 평강이다. 그렇다면 지금의 위치는 철원과 김화, 평강을 잇는 삼각형 속의 한 점이 될 것 같다. 어쨌든 중부전선은 바로 코앞이다. 나는 신음한다. 구름보다도 오히려 이 북쪽 여자의 칼날 같은 쇳소리에서 피신해야 할 참이다. 적은 그것뿐만이 아니다. 레이더망에라도 걸리게 되면 남쪽, 혹은 북쪽의 공격을 받을 수 있다. 하늘도 땅도 안전한 곳은 없다.

헬멧 속에서 땀이 굴러내린다.

갈증이 난다. 라디오컴퍼스의 방향은 기체의 좌측으로 서 있다. 그렇다면 기체는 휴전선과 나란히 하고 서쪽을 향해 날고 있는 셈이다. 나는 기수를 남쪽으로 바꾸며 라디오의 다이얼을 돌린다. 이번에는 귀에 익은 대중가요다. 약간 우울하고 선정적인 멜로디다. 나침반의 바늘도 우편으로 돌아서며 멜로디의 위치를 가리킨다. 어느 방송국인지는 아직 알 수 없지만 남쪽의 방송이다.

창밖으로 시선을 옮긴다.

바람은 끝나고 있으나 구름은 여전하다. 이 정도라면 구름의 두께는 적어도 이 킬로 이상이다. 가볍게 여길 상황이 아니다. 고도계는 삼천 피트. 더이상 하강한다는 건 위험할 뿐 아니라 무모하다. 구름에 가린 산봉우리에 충돌할 수도 있고, 적기로 오해한 대공포화, 또는 빗속에 빠져들는지도 알 수 없다. 더구나 하강할수록 구름은 더욱 진해지고 있지 않은가.

나는 다시 기체를 상승시킨다.

불안은 차츰 공포로 바뀌고 있다. 공포감이 바늘 끝이 되어 콕콕 심장에 박혀온다. 그만큼 선열鮮烈하다. 나는 조급해진다.

나를 떠나보내던 장張의 어두운 눈빛이 생각난다.

그의 만류가 아니라도 오늘은 사실 비행기를 타고 싶지 않았다. 날씨 탓만이 아니었다. 일주일 후면 나는 새로 창간될 신문사의 사장이 된다. 모든 게 아버지의 계획대로 되어가고 있지만 웬일인지 나는 자신이 없었다. 별장의 난간에 앉아 듣는 둥 마는 둥 모차르트를 듣고 있었던 것도 머릿속을 잠재우기 위해서였다. 그런데 돌연, 다영 아가씨가 이쪽으로 떠났다는데요, 하고 서울에서의 전화를 받고 난 장이 말했다. 독설가로 이름난 국회의원 서인철씨의 외동딸 다영은 실상 아버지의 미끼였지 내 맘에 드는 여자가 아니었다. 잘못된 쌍꺼풀 수술이 우선 마음에 안 들었다.

빌어먹을 년, 뭐하러 이 동해안까지 쫓아오는 거야.

나는 단번에 하늘로 도망칠 결심을 했다. 장은 일기예보가 좋지 않다고 만류했지만 내가 떠나온 동해안은 맑고 푸르렀다. 참전용사요 직업적인 계기비행사, 장은 나를 한낱 아마추어 비행사로 취급하려 들지만 장이야말로 겁쟁이라고 나는 쾌재를 올렸다. K신문사 항공부에서 근무하는 그를 아버지가 이 사포沙浦의 격납고까지 데려왔다. 비행뿐 아니라 훌륭한 정비 기술까지 겸비한 그를 창설될 신문사의 항공부장으로 써먹자는 속셈이다. 그가 항공부장이 될 때 아버지의 오랜 꿈도 아마 이루어지게 될 것이다. 아니, 그건 출발에 불과하다. 내가 신문사 사장으로 시작하여 막강한 정치가로 비상해가는 것이 아버지의 원대한 계획이다. 그의 계획은 언제나 앞뒤가 분명한 기하학적 선으로 표현된다. 망설일 필요도 없고 우회하지도 않는다. 산이 막혀 있으면 그것을 뚫으면 된다. 산을 뚫고 가는 것은 그의 지론에 의하면 재력과 투지다. 재력과 투지만 있으면 모든 것이 가능의 바퀴를 달고 계획된 레일로 굴러가게 된다는 것이다. 그래서 그는, 그가 지닌 재력에 합당할 만한 투지를 갖도록 오랫동안 나를 유도해왔다. 내가 겪었던 열여섯 살부터의 보디빌딩, 사격 훈련, 승마, 그리고 스카보로 항공학교…… 아버지는 숨가쁘게 나를 채찍질하고 나는 한 마리의 양순한 짐승처럼 견뎌왔다. 영국의 에든버러에서 국제정치학을 전공하던 삼 년 동안이 그나마 내겐 숨 돌릴 만한 시절이었다고나 할까. 나는 사실 이 땜내 나는 조그마한 땅덩어리인 고국에 돌아오고 싶지 않았다. 그저 아버지의 재산이나 좀 차지하고 갈색 머리에 유리알처럼 투명한 살색을 지닌 영국 여자와 로마나 베니스에서 부유하듯, 속절없이 살고 싶었다.

나는 본래 게으르고 소심한 편이었다.

아버지의 말처럼 투지만만 싸워나가는 그런 타입이 아니었다. 그러나 아버지는 나를 그렇게 놔두지 않았다. 나는 돌아왔다. 나의 선택이 아니라 아버지의 올가미에 끌려서. 언제나 그런 식이다. 아버지의 번득이는 눈초리 앞에 서면 속수무책이다. 곧 신문사 창간의 계획은 착수되었다. 운영난에 허덕이는 T일보를 사들였다. 낡은 윤전기를 새로 도입하고 사옥을 보수했다. 아버지의 재력과 서의원의 입김은 잘 맞아떨어졌다. 모든 준비는 일사불란하게 이루어졌다. 서둘러 다영에게 장가를 들어. 정계에서 서의원이 얼마나 막강한 줄 아니? 더구나 그의 집안은 대대로 권력층에 뿌리를 내린 사람이야. 아버지는 별로 탐탁히 여기지 않는 나를 다영에게 이렇게 떠밀었다. 거절할 수 없었다. 나는 신문사 사장으로서의 세련된 매너를 익히고, 서의원의 외동딸 다영과 마음에 없는 데이트를 하지 않으면 안 되었다. 서의원을 계속 묶어두자는 것과, 그 자신이 지닌 지적인 열등의식을 확고하게 보상받자는 게 아버지의 속셈이었다. 그는 여태껏 자신의 출신에 대한 깊은 혐오를 버리지 못했다.

본래 나의 조부는 화전민이었다.

철따라 옮겨다니며 산에 불을 지르고 살았다. 아버지는 일찍 산을 뛰쳐나왔지만, 지금까지 강냉이나 감자 쪽으로 주린 배를 채우며 천대받던 어린 시절에 대한 깊은 혐오가 때때로 발작처럼 나타나곤 했다. 이 등짝을 좀 봐라. 일제 때 산림계원에게 두들겨맞은 자리야. 그 자식, 살쾡이처럼 하고 소나무 가지로 나를 짐승처럼 두들겨댔지만 나는 울지 않았어. 이를 악물고 수없이 다짐했지. 두고봐라, 두고봐라 하고 말이지…… 내가 보디빌딩을 못하겠다고 했던 저녁에 아버지는 상처투성이의 등을 내보이며 악을 썼다.

어쨌든 그는 집념과 투지의 사내였다.

그가 본격적으로 사업을 시작한 것은 부산 피난 시절이었다. 군수품에 손을 대어 한몫 잡고 전쟁이 끝나자 통조림과 직물계로 직종을 바꿨다. 그의 사업은 굴러가는 눈덩이였다. 식품류, 광공업, 시멘트까지, 그는 돈을 벌 수 있다면 닥치는 대로 사업장을 벌이고, 항상 성공적인 결말을 몰고 왔다. 오늘날 굴지의 재벌로 성장한 뒤에는 말할 것도 없이 그의 남다른 집념과 수단을 문제삼지 않은 맹렬한 투지가 숨어 있었다. 이제 그의 관심은 재력에서부터 문화사업과 정치권력으로 비화하고 있는 중이었다. 자신이 화전민의 아들이었다는 출신에 대한 혐오감, 문화와 권력으로부터 소외돼온 지적 콤플렉스를 아버지는 나를 통해 보상받으려 하고 있었다. 나는 말하자면 아버지가 마련한 링 위에 올라서면 된다. 관중의 환호성에 여유 있고 세련된 몸짓으로 답례하며, 상대방을 단숨에 때려눕혀야 하는 것이 나의 일이다. 그러나 나는 알고 있다. 보디빌딩과 항공 훈련으로 단련되었으나 아직도 나는 소심하다. 나는 다만 겁쟁이라는 비난을 받지 않기 위하여 내 전신을 적당히 위장하고 있을 뿐이다.

아버지의 기대를 저버리고 싶은 생각은 없다.

오히려 나는 아버지의 소망을 충실히 좇고자 해왔다. 설정된 삶의 프로그램, 그것이 나의 의지로 골라잡은 카드가 아니라고 하더라도 나는 아버지가 그려놓은 카드 속에 화려하게 남을 수밖에 없었다. 존경받는 언론인, 재력과 능력을 겸비한 실력 있는 정치가, 멋진 제스처로 신문지상에 오르내릴 권위 있는 권력자,

이따금 외국으로 날아가 교포들의 환호에 답례하며 귀국하면 귀빈실에서의 기자회견…… 그것은 신기루가 아니다. 아버지가 그려놓은 카드 속의 보장받은 그림이다. 그런데도 어찌하여 나는 때때로 버릇처럼 머뭇거리게 되는 것일까. 아직까지는 잘되고 있다. 화려한 만찬의 주인공으로서 아버지가 주문한, 곡예비행의 경험담을 들려주는 나의 연기는 훌륭했다. 사람들은 나에게 격려와 선망의 박수를 잊지 않았고, 나는 가장 용기 있는 2세 재벌의 평판을 들었다. 그러나 아아, 나는, 저 동화 속의 페르난데스라는 투우가 되지 않을까.

불쌍한 페르난데스, 비겁한 페르난데스……

스페인의 투우 훈련장.

두 살 반짜리 페르난데스는 건강한 체구를 갖고 있었으나 형편없는 겁쟁이였다. 다른 소들이 투우사를 떠받는 훈련을 할 때 페르난데스는 혼자 빠져나와 숲속의 향내를 즐기는 게 일이었다. 쇠망치처럼 단련된 뿔을 세우고 돌진하는 다른 소들의 모습은 그에게 있어 불가능한 만용으로 보였다. 페르난데스는 자신의 연약한 턱과 윤기 나는 뿔을 사랑했다.

그러나 그뿐이었다. 그 뿔과 턱을 가지고 부딪치고 떠받아서 피투성이가 되는 것은 원하지 않았다. 피를 흘리며 눈을 부릅뜬 투우를 보면 페르난데스는 오금이 저리고 숨이 막혀왔다.

어느 날, 마드리드에서 투우용 소를 사려고 상인들이 찾아왔다. 훈련된 소들은 자신의 힘과 투지를 과시하기 위해 최선을 다했다. 과연, 어떤 소가 선택되어 마드리드의 화려한 투우장에 서게 될 것인가. 상인들은 한결같이 탐색하는 눈초리로 망설이고만 있었다. 마음에 드는 소가 없었던 것이었다.

이때, 페르난데스는 여전히 숲속에 혼자 있었다.

아무도 그를 불러들이지 않았다. 조련사나 동료들에게 그는 일찍부터 용기 없는 비겁자로 제외되었기 때문이었다. 하늘은 맑고 바람은 부드러웠다. 그는 그것을 차지하고 가장 편하게 누워 있었다. 햇빛이 눈부셔 눈을 감았다. 순간, 벌 한 마리가 들꽃을 떠나 페르난데스의 벌름거리는 콧구멍을 쏘았다. 비명을 지르는 페르난데스. 벌떡 일어서 숲속을 질주하는 페르난데스. 그 돌연한 벌의 습격에 놀란 페르난데스는 이미 뿔이나 사려붙이고 비실거리던 '용기 없는 비겁자'가 아니었다. 투우사의 붉은 망토도, 쪽 곧은 나무도, 돌진하는 페르난데스를 붙잡을 수는 없었다. 상인들은 탄성을 올렸다. 실상, 작은 한 마리의 꿀벌에 놀라 날뛰는 페르난데스였으나, 상인들의 시선에는 투지와 맹렬한 힘을 갖춘 훌륭한 투우로 보였다.

마침내 페르난데스는 용자勇者로 선택되었다.

그의 무대는 평화스러운 숲속이 아니라 흥분과 기대의 열기로 꽉 찬 마드리드의 투우장으로 옮겨졌다. 그를 대하는 수천의 시선 속에는 비정한 쾌감이 번득이고 있었다. 팡파르가 울리고 숙녀의 꽃다발이 던져지는 투우장에 붉은 망토의 사나이, 투우사들이 앞뒤로 나타났다.

페르난데스는 그러나 겁에 질린다.

투우장의 공간은 끝없이 넓지만 수많은 시선을 피할 한 개의 나무, 한 개의 언덕도 없다. 투우사의 붉은 휘장이 그의 시야에서 춤추며 돌아간다. 관중들의 아우성이 들린다. 페르난데스는 뒷걸음질친다. 그의 눈빛에는 오직 애소와 공포만 서려 있다.

덤벼! 용기 있어 선택된 페르난데스여!

투우사의 휘장이 붉고 검은 빛깔로 나부끼면서 페르난데스를 질타해온다. 그러나 페르난데스는 그저 앞발로 메마른 땅을 비비며 한 발 한 발 뒤로 물러설 뿐이다. 오오, 불쌍한 비겁자 페르난데스.

기체는 아직도 상승하고 있다.

이따금 폭음에 의한 충격이 온다. 고도계는 오천오백 피트. 나는 비로소 환상에서 깨어난다. 속도를 줄인다. 밖은 아직도 구름의 바다. 진해졌다가 엷어졌다가 하면서 구름과 기체는 숨바꼭질을 계속하고 있다.

빌어먹을, 꼭 찰거머리 같구나.

땀을 씻으며 나는 중얼거린다.

지금쯤, 별장의 난간에는 다영이 서 있으리라. 북서쪽의 하늘을 바라보면서 기상이 좋지 않은데 왜 떠나보냈느냐고 장을 질책할는지도 모른다. 장은 함께 초조해할 것이다. 시계를 들여다보며 서성거리겠지. 나의 안부에 대한 염려보다도 자신의 출세를 보장받기 위해서. 아니다, 약삭빠른 그는 벌써 아버지에게 변명할 말들을 생각해냈을는지도 모른다.

저는 말렸습니다. 그러나 막무가내였습니다. 어떻게 해볼 도리가 없었어요. 나의 불찰이 아닙니다. 그리고 또 장은 속으로 말할 것이다. 개자식, 왜 좀더 가만히 있어주질 않고 나를 이 꼴로 만드는 거야.

아아! 나는 갑자기 눈을 크게 뜬다.

조종석 앞으로부터 레몬색의 빛줄기가 뻗치고 있다. 저것은 광명이다. 광명은 구름의 포위에서 나를 끄집어낸다는 뜻이다. 레몬 빛깔의 띠는 차츰 명도를 높이며 확실해진다. 나는 안도의 숨을 내쉰다. 가슴을 가라앉히고 고개를 흔든다. 전방은 온통 붉은색이다. 황혼이다. 아름답게 불타는 구름의 끝자락을 뚫고 기체는 힘있게 솟아오른다. 한꺼번에 확산되는 폭음, 조종석은 순간 적막해진다. 얇게 깔리는 진동과 소음이 귀 밖에 멀다.

　고도계를 본다.

　칠천오백 피트. 일순, 새로운 불안이 나를 감싼다.

　너무 높다. 나는 아직도 고소공포증을 가지고 있다. 칠천 피트 이상 올라가면 현기증이 먼저 찾아오고 가슴이 뛰게 된다. 식은 땀을 흘리고 정신이 교란되어 심한 경우엔 이성을 잃을 수도 있다. 세계경비행대회에서 나를 기권하게 만든 장본인도 바로 이것이다. 그 비행대회의 토너먼트 코스에 고공 활강 비행이 들어 있었던 것이다. 쓰라린 패배의 기억이다. 아버지는 나의 기권을 두고두고 책망하여 몰아세웠으나 나는 고소공포증이 있다는 사실을 끝내 실토하지 않았다. 저명인사를 모아놓고 곡예비행의 마디마디를 들려주라는 아버지의 기대 앞에 어떻게 고소공포증 따위나 가진 시시한 겁쟁이임을 고백할 수 있단 말인가.

　나는 고도계를 낮춘다.

　칠천 피트. 다시 비행 자세를 평행으로 바꾼다. 더이상 하강한다는 건 현재로선 불가능하다. 발밑에 조금 전에 빠져나온 검은 구름이 도도하게 버티고 있기 때문이다. 끈질기게 나를 붙잡고 늘어지던 구름떼를 내려다본다. 아름답다. 노을에 잠긴 구름의 표면은 마치 현란한 비단 이불의 한 자락 같다. 제기랄, 저렇게 호사스러운 색조로 자신의 속살을 감추고 나를 괴롭혔단 말이지. 나는 입술을 문다. 구름 속에 잠겨드는 태양은 기체의 우측에 있다.

도대체 여기는 또 어디쯤일까.

나는 위치와 방향을 점검해본다. 구름 속을 헤쳐나오느라고 이리저리 방향을 바꿨던 생각이 난다. 라디오컴퍼스에 주파수를 맞춘다. 빌어먹을, 또 '북쪽 여자'다. 아까보다 더욱 선명하다. 여자는 '수상 동지'를 한없이 추어올리고 있다. 나는 당황한다. 기체는 아직도 중부전선 가까운 어느 지점을 맴돌고 있다.

다이얼을 돌린다.

매끄러운 아나운서의 목소리가 뉴스를 끝낸다. 곧이어 까불거리는 CM송이다. 그렇군, 저것은 춘천의 지방 방송이야. 나는 조종간을 힘차게 잡는다. 라디오컴퍼스의 바늘을 따라 기수를 바꾼다. 돌아가야지. 차라리 돌아가서 떳떳하게 다영을 만나야지.

나는 속도를 올린다.

백이십 마일, 삼십 마일, 사십 마일…… 바로 그때, 전방에 갑자기 번쩍하는 빛이 나타난다. 밤하늘에 터진 불꽃과 흡사하다. 나는 숨을 죽인다. 그러나 이 돌연한 불꽃은 더이상 되풀이되지 않는다. 목이 타온다. 순식간에 번쩍 빛났던 그것의 정체는 무엇일까. 만약 번개였다면 전방에 폭우를 동반한 적란운이 도사리고 있는 것으로 판단해야 한다.

불길한 징조는 거기서 끝나지 않는다.

기체를 또 희부연 안개가 감싸기 시작하고 있다. 안개는 차츰 진해져서 시야를 가린다. 고도를 조금 높인다. 여전하다. 그렇다고 지금의 위치에서 함부로 기수를 바꿀 수도 없다. 한 발이라도 더 남쪽으로 피신해야 한다. 더구나 지금은 일몰, 어둠이 멀지 않다. 제멋대로 기수를 바꾸다보면 어둠 속에서 자칫 미아가 될 터이다.

노련한 조종사도 때때로 계기에 속는 일이 있다.

계기만 믿고 있을 수는 없다. 마그네틱 컴퍼스와 라디오컴퍼스 따위가 언제 변덕을 부려 제 기능을 잃을지 모르기 때문이다. 그러나 적란운이 사나운 비를 몰고 전방에서 기다리고 있다면?

아냐, 그럴 리 없어.

나는 세차게 고개를 흔든다.

겁내지 말자. 침착하지 않으면 안 돼. 더구나 이곳은 고공 칠천 피트, 자칫하면 고소공포증이 먼저 나를 잡아먹을지 몰라. 겁쟁이가 돼선 안 돼. 정신 차려! 아버지가 바라는 투지만만한 나를 보여줘야 해.

안개는 짙어져서 이젠 구름이다.

빠져나오고 단 오 분도 못 돼서 달갑지 않은 이놈의 구름이 또 나를 포위하고 있다. 나는 이를 악문다. 전신을 억누르는 공포감에서 우선 해방되어야 한다. 공포감은 자칫 내가 가진 최소한의 판단력까지 무너뜨리기 때문이다.

장의 그늘진 얼굴이 떠오른다.

전쟁 때, 백여 회나 북진 출격의 경험을 가진 그에게도 묘한 터부가 있었다. 꿈자리만 사나워도 조종석에 오르려 하지 않는다는 것이다. 나는 그런 장을 향해 꿈이라는 게 얼마나 비과학적인 환상인가를 설명하며 당신은 비겁자라고 몰아세운 적이 있었다.

조종사에게 겁쟁이란 말처럼 모욕적인 언사는 없습니다.

그는 얼굴을 붉히며 말했다.

알다시피 나는 백여 회 적진 출격의 기록을 가졌습니다. 이십여 회의 공중전에 내 손으로 까부순 적기는 다섯 대입니다. 그는 이렇게 대답했다. 우리는 어두워가는 별장의 이층 난간에 나란히 서 있었다. 막 서울까지의 비행을 끝내고 돌아온 참이었다. 그날, 처음 시작된 우리의 화제는 겁쟁이에 대한 것이었고, 그래서 그의 '꿈자리'까지도 화제가 되었다. 나는 계속 심술을 부렸다. 그가 내세우는 과거의 전적에 대한 신경질적인 질투였는지도 모르지만, 나는 웃기부터 했다.

그까짓 '야크기' 정도 까부수는 거야……

그래요. 야크기 정도야 미그에 비하면 아무것도 아니지요.

장의 말소리는 낮았으나 팽팽한 울림이 있었다.

……하지만 야크기도 적이라면 달라집니다. 내가 탄 것도 제트기가 아닌 어중이 연습 전투기였으니까요. 아십니까? '미그21' 같은 거야 세이버를 탄 양키들이 조지게 되어 있지요.

그는 잠시 고개를 돌리고 담배에 불을 붙였다.

휴전 회담이 진행되던 지루한 때였지요. 선당불고지의 연대 G에서 지원 요청이 왔기 때문에 나까지 무스탕 네 대가 출격했었어요. 지시된 적의 기지에 포탄을 퍼붓고 돌아오는데 그놈의 야크기 두 대를 만났던 것입니다. 정찰중이던 놈들이었지요. 우리는 따라붙었죠. 놈들은 내빼더군요. 내빼는 한 놈의 옆구리에 붙어 기총을 갈겼어요. 공중전이라는 게 실상은 참 싱거운 겁니다. 순식간에 끝나버리니까요. 그날도 마찬가지였어요. 내 기총이 야크기의 연료통에 명중했던 모양이에요. 화염이 치솟으며 떨어지더군요. 그런데 말입니다. 그 순간 어떤 일이 일어난 줄 아십니까? 그 야크기의 조종사가 낙하산으로 떨어지고 있었던 거예요. 기가 차서 나는 웃었습니다. 정찰기를 타는 놈이 낙하산을 메고 있었다니 얼마나 겁쟁이입니까? 나는 그때 왜 그런지 화가 났어요. 더러운 겁쟁이 자식! 나는 그렇게 소리지르며 놈의 옆으로 가깝게 들이댔어요. 떨더군요. 살려줘, 제발 살려줘. 놈의 표정은 그렇게 애원하고 있었어요. 적이라도 그런 때는 우정을 보여주는 것이 우리 파일럿의 에티켓입니다. 그런데 나는 그 최소한의 에티켓을 거부했어요. 놈의 낙하산이 벌집처럼 되도록 기총을 갈겨버린 것입니다.

장은 고개를 숙였다.

어둡게 굽힌 그의 등이 외로워 보였다. 나는 구멍 뚫린 낙하산에 묶여 추락하는 한 적병의 환상이 끈질기게 그를 붙들고 있는 것을 보았다. 장은 잠시 후 갑자기 고개를 번쩍 들었다.

나는 그후부터 겁쟁이가 됐습니다!

그는 마치 부르짖듯 말했다.

……그 자식의 환상 때문에 말입니다. 제발 살려줘, 살려달란 말야. 그렇게 외치는 것 같은 놈의 표정. 조종석에 앉으면 기체 밖으로 놈의 표정이 선연히 떠오르는 것입니다. 나는 비행기를 타는 게 무서웠습니다. 그놈처럼 애원해서라도 살고 싶어졌던 것이죠.

그렇다. 죽음보다 삶을 의식하면 겁쟁이가 된다.

나는 장의 환상에서 깨어난다. 그리고 거의 동시에 기체는 어디엔가 충격적으로 부딪친다. 폭음이 요란해서 이명耳鳴이 된다. 다급하게 조종간을 움켜잡는다. 비행 자세를 평행으로 바꾼다. 이때, 또다시 꽝 하고 해머로 두들겨대는 폭음이 들린다. 기체는 가랑잎처럼 흔들리기 시작한다. 나는 시야를 살핀다. 새카맣다.

차단되어 있다. 거대한 장막이 나를 둘러싸고 있는 것 같다.

아아! 저것은……

나는 부르짖는다.

그렇게 두려워하던 적란운에 기어코 빠져든 모양이다. 죽음의 늪지대, 이건 완전히 수렁 속이다. 기체를 우측으로 꺾는다. 마찬가지다. 좌측으로 꺾어도 마찬가지다. 하강해본다. 마찬가지다. 마찬가지다…… 나는 황급히 관제탑을 부른다.

서울, 서울……

응답이 없다. 순간, 우레 같은 굉음이 기체를 덮쳐온다. 얼음덩어리의 공격이다. 적란운 속의 얼음덩이가 마구 날뛰고 있다.

─구름 속에서 얼음을 만나면 기체는 한 조각 종이처럼 되어버립니다. 얼음덩이에 부딪히는 대로 펑펑 구멍이 뚫리기도 하니까요.

에릭 교관의 설명이 생각난다.

나는 피가 배도록 입술을 깨문다.

정신을 잃어서는 안 된다. 조종간을 틀어쥔다. 눈을 부릅뜨고 시야를 살핀다. 아! 나는 다시 한번 전율한다. 비행기가 기능을 잃어가며 점점 북쪽으로 떠밀리고 있는 게 아닌가. 라디오컴퍼스의 바늘을 다시 본다. 분명하다. 기체는 구름 속의 센 와류에 휩쓸려 뒤로 밀리고 있다. 스피드 게이지도 말이 아니다. 더구나

고도에 따라서 연료와 공기를 섞는 압력계, 매니폴드 프레셔의 바늘도 이미 정상이 아니다. 나는 절망적으로 신음한다. 얼음덩이가 벌써 연료계통을 망쳐놓은 게 확실하다. 거기다 전기를 띤 구름 속이라 배터리 회로의 어딘가가 누전이 되고 있다. 기체가 순식간에 장애가 된 셈이고, 이 상태라면 곧 폭발할 가능성이 높다. 조종간도 이미 말을 듣지 않는다. 기수는 제멋대로다. 기체는 더욱 빠른 속도로 뒤로, 뒤로 밀려나고 있다. 북위 38도, 38도 2부, 3부…… 계기의 어디에도 없는 그런 숫자들이 순식간에 나의 머리를 때리며 몰려든다.

이제는 죽었구나.

어디선가 월북자로 오인한 병사들이 대공포화에 포탄을 재우고 있는지도 모른다. 아니, 이대로 떠밀려간다 해도 거기는 북쪽이다. 이리떼 같은 북쪽 병사들이 몰려들 게 뻔하다. 단속적인 폭음과 충격은 계속된다. 허리에 심한 통증이 온다. 기체가 금방이라도 폭발해버릴 것 같다.

문득, 낙하산에 생각이 미친다.

장이 떠오른다. 뭘 떨고 있어! 당신도 역시 겁쟁이였군. 장은 말한다. 아냐, 죽을 수 없어. 난 돌아가야 돼. 당당한 아버지의 후계자로 살아남아야 하는 거야. 나는 머리를 흔든다. 헬멧은 이미 벗겨지고 없다. 순간 둔중한 폭발음이 기체의 앞부분에서 일어난다. 엔진 쪽이다. 판단과 선택의 의지는 산산조각이 되어버린다. 전신이 걷잡을 수 없이 요동을 친다. 시야가 까맣게 오그라붙는다. 수많은 혈관이 일시에 역류하는 것 같다. 기체가 마침내 구름 속을 굴러내리고 있지 않은가.

나는 모든 것을 직감한다.

이제 돌이킬 수 없다. 머뭇거리다보면 죽음의 검은 수렁을 만날 뿐이다. 적란운 속의 기온과 얼음덩이가 전화電火되면서 맹타당한 만신창이의 기체. 단지 하나의 폐품처럼 되어 허공을 폴싹폴싹 굴러내리는 나를 싸안은 기체. 다이너마이트 퓨즈에 누군가 불을 붙이고 도망치고 있다. 그것은 혀를 날름거리는 음흉한 죽음의 신이다. 그런데도 나는 움직일 수가 없다. 조종간을 떠난 두 손으로 머리를 감싼다. 아무것도 보이지 않고, 들리지 않는다.

어떤 순간, 기체는 다시 강한 충격으로 뒤흔들린다.

나는 머리를 벽에 부딪는다. 비로소 전류에 감전된 것처럼 하나의 확연한 사실이 벼락같이 머리를 친다. 시간이 없다. 누군가 소리치고 있다. 기체를 탈출하라. 시간이 없다. 낙하산을 펴라. 낙하산을 펴라. 낙하산, 낙하산을…… 아버지 같기도 하고 장의 목소리 같기도 하다. 나는 비상구를 본능적으로 왈칵 열어젖힌다. 그리고 힘있게 비행기의 동체를 걷어찬다.

어둡다……

잠시 혼절했던가, 바람이 나를 깨운다. 시야가 차츰 또렷해진다. 발밑은 휑하니 뚫린 공간이다. 고개를 들어본다. 아아, 파라슈트! 귤빛의 낙하산이 바람을 안고 거대한 지붕처럼 떠 있다. 줄을 따라 시선을 내린다. 나의 전신을 끊임없이 위로 버텨주고 있는 낙하산 줄. 그것은 나의 생명을 대롱대롱 매단 채 쭉 곧다. 콧날이 찡 운다.

살아 있구나, 나는……

먼 곳에서 폭발음이 들려온다. 눈을 돌린다. 그렇게 어둡던 공간이 거짓말처럼 옅은 안개로 바뀌어 있다. 보인다. 왼편 발아래 주먹만한 불빛이다. 나는 눈을 감는다. 입술을 문다. 내 고뇌가 고스란히 담긴 나의 비행기다. 그것이 폭발하여 지금 활활 불타고 있는 것을 나는 본다. 숯덩이가 되어버릴 내 비행기의 잔해가 눈앞을 언뜻언뜻 스치고 지나간다.

그런데 이곳은 어딜까.

나는 시선을 모으고 발아래를 주시한다. 안개 속에 점점 윤곽이 잡혀오는 검은 산야가 보인다. 거대한 함정처럼 보이는 것은 숲이다. 혹시 DMZ? 기체가 한참 동안 북쪽으로 떠밀렸던 생각이 난다. 나는 전율한다. 소름이 끼친다. 저 아래는 어쩌면, 아버지와 만날 수 있는 내 땅이 아닐는지 모른다. 곳곳에 지뢰가 매설된 DMZ일 수도 있고, 아니면 낯선 공산당의 병사들이 주둔하는 북녘땅일 수도 있다. 수많은 북쪽 병사들이 나를 에워싸고 이리떼처럼 몰려들겠지. 달려드는 병사들, 냉혹하게 번득이는 총구, 그들은 혹시 인민들의 재판정에 나를 끌고 가는지도 모른다. 그들은 아우성치며 말할 것이다. 너는 착취 계급이야. 노동자를 갉아먹어 제 배때기를 채운 더러운 부르주아의 후예란 말야. 너 같은 놈은 총살도 안 돼. 더 잔인하게 처형해야 해! 시퍼렇게 날이 선 낫, 쇠스랑, 몽둥이를 든 사람들이, 한 발 한 발 다가드는 환영이 떠오른다.

나는 공포에 사로잡혀 머리를 끌어안는다.

죽여라! 그들은 냉혹하게 소리친다. 더러운 착취자의 자식! 네 손이 이걸 증명하고 있어. 노동을 한 번도 해보지 않은 손, 애비에게 붙어 인민의 피를 빨아온 손, 너의 손부터 재판해야지. 일하지 않고 살아온, 섬세하고 길고 부드러운 네 손가락부터 잘라낼 테다……

나는 낙하산을 붙든 손을 입에 문다.

피가 배도록 깨물어본다. 발밑의 산야는 점점 또렷한 모습으로 시야를 채워온다. 온통 숲의 바다다. 조국의 어디서나 만날 수 있는 그런 산자락이 거의 퇴색한 노을 속에 침잠되는 듯 보인다. 그러나 저곳은 처형의 땅이다, 라고 나는 상상한다. 살려면 남쪽으로 가야 한다. 나는 한 치라도 더 남쪽으로 떨어지기 위해 안간힘을 쓴다. 숲이 빠르게 다가들고 있다. 낯이 익어 보이는 풍경이다. 나는 곧 고개를 젓는다. 저곳이 북쪽 땅이라는 생각은 한낱 기우에 불과하다고 생각한다. 미리 겁낼 필요는 없다. 최소한 DMZ, 아니면 우리의 형제들이 지키는 내 아버지의 땅일 수 있다. 국군들이 몰려오겠지. 어, 당신, 하면서 손을 내밀어올지도 몰라. 아버지를 알아보는 사람이 있을 수도 있어. 아버지는 연말이면 언제나 일선에 위문품을 보내는 훌륭하신 반공주의자니까.

그러나 나는 다시 당황한다.

설령 저곳이 휴전선 아래의 남쪽 지역이라고 할지라도 안전을 장담할 수는 없다. 용맹한 병사가 북한 전투사로 오인해 사격을 해올 수도 있다. 이 땅은 철저히 반공을 지향하는 체제이다. 반공 앞에선 아버지의 재력도 힘을 발휘하지 못할 가능성이 얼마든지 있다. 월북 미수자로 차가운 법정에 서지 않는다는 보장은 없다. 간교하고 잔인한 반공지상주의자들은 내가 월북할 만한 이유를 얼마든지 만들어낼 수도 있다. 그렇다면 끝장이다. 신문에는 특종 기사로 올라앉을 것이고 아버지까지 권력자 서의원에게 외면당할 게 뻔하다. 아버지의 회사가 모두 수사선상에 오를 것이고, 신문사 창간은 당연히 수포로 돌아갈 터이다. 아니, 반공 앞에선 아버지의 모든 회사 역시 일시에 물거품처럼 주저앉을 수도 있다.

나는 남쪽으로 가려는 나의 필사적인 몸짓을 멈춘다.

손발이 저절로 굳어 움직일 수가 없다. 남인가, 북인가, 아니면 DMZ인가, 도대체 선택을 할 수가 없다. 어느 쪽으로 내려와도 안전을 보장받을 수 없다고 나는 생각한다. 북으로 떨어지면 첩자로 몰릴 것이고, 남으로 떨어지면 월북 미수자가 되기 십상이며, DMZ로 떨어지면 지뢰 파편, 혹은 남북의 총격을 동시에 받을 가능성이 많지 않겠는가. 어디로든 나 스스로 선택해 갈 수 없다면, 바람에게 나를 맡길 수밖에 없다. 울음 밑이 터져나오려고 한다. 왜, 어째서 나의 목숨을 바람에게 맡겨야 한단 말인가.

나는 눈을 감는다.

아버지가, 장의 건장한 이마가 바람개비처럼 맴돈다. 당신은 비겁자야. 장은 소리친다. 당신 자신을 좀 봐. 정찰기를 탔던 놈처럼 당신도 기껏 낙하산에 매달려 허둥대고 있군. 장이 손가락질하며 껄껄댄다. 아니야. 넌 나의 아들이야. 사람들이 주시하고 있어. 용기를 보여! 질타하는 아버지의 목소리가 들리고, 뭘 꾸물대고 있어! 다시 장이 소리친다. 남쪽이나 북쪽이나 DMZ나 지금의 당신에겐 별다른 구원이 못 돼. 정말로 당신이 비겁자가 아니라면 차라리 구급용 나이프를 찾아내서 당신의 생명을 대롱

대롱 매달고 있는 낙하산 줄을 끊어버리는 게 어때? 무섭잖아! 선택할 수 없잖아! 그러니 차라리 낙하산 줄을 끊어! 그럼 최소한 당신 자신이 비겁자가 아니라는 건 증명할 수 있을 테니!

나는 땀을 흘린다.

호흡이 가쁘다. 전신을 마구 흔들어본다. 나이프를 찾아야겠다고 순간적으로 생각하지만 어쩐 일인지 팔을 뻗칠 수조차 없다. 마치 쇠줄에 매어 있는 것처럼 온몸이 빳빳하게 굳어 있다. 그것도 못하는군. 장이 다시 조롱한다. 당신은 공포감에 가득찬 채 단지 살고 싶어 미치는 거야. 비겁한 겁쟁이. 당신 자신의 몰골을 좀 봐. 이런 상황에서도 당신의 아버지가 당신을 용기 있는 2세 재벌로 화려한 무대에 올려주기를 기대하나? 어림도 없어. 선택은 당신만이 하는 거야. 당신은 이렇게 변명하고 싶지? 어차피 우리 시대, 선택은 불가능한 거라고 말이야. 웃기지 마. 그런 변명은 당신을 더 비열하게 만들 뿐이야. 비열한 겁쟁이 같으니라고!

비열한 겁쟁이!

나는 신음한다.

아무리 훌륭한 제스처를 가졌어도 역시 한 마리 페르난데스에 불과하다는 걸 나는 아프게 깨닫는다. 광장은 넓고, 용기 있는 투우로 선택된 페르난데스에게 관중들은 열광의 환호를 보낸다.

꽃다발이 던져지고 숙녀들의 실크 모자가 허공을 난다. 하지만 불쌍한 페르난데스는 겁에 질려 두 무릎을 꿇는다. 관중들은 잘생긴 저 투우가 이제 싸움의 준비를 하는 것이라고 아우성친다.

자, 덤벼라. 덤벼들란 말이야.

붉은 휘장이 나부끼면서 투우사가 속삭인다. 페르난데스는 광장을 둘러본다. 수많은 시선을 피할 한 개의 나무, 한 개의 언덕도 없다. 페르난데스는 고개를 내려뜨린 채 뒷걸음질친다. 비겁자! 관중들의 고함 소리가 공간을 찢는다. 투우사는 초조하다. 붉은 휘장을 더욱 바싹 들이댄다. 어서 덤벼들어. 네가 덤벼줘야 나도 빛날 수 있는 거야. 투우사는 페르난데스의 뿔을 붙잡고 요동을 친다. 페르난데스는 눈을 감아버린다. 고함 소리가 칼끝이 되어 그의 가슴에 콕콕 박혀든다.

비겁자! 겁쟁이!

관중은 아우성치고 페르난데스는 절망한다. 그들을 향해, 나는 본래부터 투지만만한 투우가 아니라, 풀과 나무와 꽃을 사랑할 뿐인 한 마리의 소심한 소였을 뿐이라는 사실을 설명할 길은 없다. 이 투우장에 온 것이 나의 자의적 용기로 선택한 결과가 아니라는 사실을 오직 피를 요구하며 아우성치는 관객들에게 어떻게 설명할 수 있을 것인가.

자, 덤벼! 제발 덤벼들란 말이야!

투우사가 안타깝게 재촉하고 있다. 아니다. 재촉하고 질타해 오는 것은 아버지, 바로 당신이다. 아버지는 현란한 휘장을 수없이 휘두르면서 숨가쁘게 나를 질타하고 있다. 뭘 해? 넌 용기 있는 나의 아들이야! 사람들이 주시하고 있어. 실망시켜선 안 돼! 멋지게 해치우란 말야! 그러나 바람을 따라 흐르는 낙하산 줄에 매달린 채 나는 손끝 하나 움직일 수 없다.

"나보고 어쩌라는 거예요?"

나는 마침내 처절하게 울부짖는다.

"여긴 지뢰밭의 DMZ인데…… 보세요, 아버지!"

저 아래, 저물어가는 산자락을 이름 모를 새떼들이 남북으로 가로지르며 내닫는 것이 신기루처럼 내려다보인다. 눈물겨울 만큼 아름다운 풍경이다.

—

겨울 아이

그해 겨울, 고향으로 가는 강변에서의 저녁 무렵에 나는 그 아이를 만났다. 그때 나는 퇴색한 가죽가방 하나 덜렁 들고 이미 강 건너편에 가닿고 있는 발동선의 환한 불빛을 바라보고 있었다. 건너편 나루터에서 갈대밭을 가르고 하얗게 뻗어 있을 고향 길은 어둠에 가려 보이지 않았다.

　나는 담배를 피워 물고 나목처럼 선 채 강심을 핥고 가는 바람 소리를 들었다. 고향에 올 때면 언제나 그랬던 것처럼, 가슴 한 자리가 차갑게 비어오는 느낌이 들었다. 흔들리는 수면, 어두운 개펄과 키 큰 미루나무, 수런거리는 갈대밭, 그리고 두런두런 사라지는 사람들의 발소리, 멀고 가까운 저녁 불빛…… 그 모든 침잠된 풍광과 적막한 불빛 때문에, 귀향할 때의 나는 매번 조금 서러워져서, 도시에서의 질기고 때묻은 껍질들을 바람 센 강변에 홀가분하게 벗어놓는 듯한 기분이 되곤 했다.

그날도 예외는 아니어서 담배 한 개비가 완전히 탈 때까지 나는 움직이지 않았다. 강과 강안의 갈대밭을 막은 제방 위였다. 강 건너편 하상에 닿은 발동선의 불이 꺼지고, 둑 아래에서 개 짖는 소리가 들려왔다. 나는 목덜미를 한 번 부르르 떨고 비로소 춥다는 생각을 했다.

바로 그때, 흡사 개 짖는 소리에 불려온 듯이 그 아이가 홀연히 내게 나타났다. 무릎이 불쑥 나온 검정 바지, 낡은 털 셔츠, 허리가 드러난 다우다 잠바를 걸치고, 빵모자를 눈썹까지 뒤집어쓴 위에 토끼털의 귀마개까지 하고 있어서, 아이는 처음, 먼 데서 온 이상한 차림새의 거지 왕자처럼 내게는 자못 환상적으로 보였다.

"건널 꺼유?"

거짓말같이 투명한 목소리로, 아이가 내게 말을 붙여왔다.

"그래, 고향이 강 건너다."

"늦었슈, 인자 나룻밴 저쪽서 밤새울 팅게."

바지 주머니에 엄지손가락만 나오게 두 손을 쑤셔넣고 휙휙 휘파람을 불면서 아이는 발장단까지 치고 있었다. 부여 쪽에서 강을 따라 올라온 매운바람이 나루터 뒤편의 우뚝 솟은 돌산에

306

곤두박질을 쳤다. 파먹을 대로 파먹어서 정상보다도 허리 쪽이 더 파인 돌산이었다. 한때는 쑥돌을 캐는 채석장이었으나 주위에 난립한 주택들 때문에 이제 방치해놓을 수밖에 없게 된 채석장의 가파른 벼랑이 유난히 어둡고 음산해 보였다.

"춥쥬, 아저씨?"

"강바람이라 차구나."

"쐬주 한 병 딱 차구유, 구들장이나 지러 가쥬. 야끼모처럼 딱 신딱신한 방 있응게로!"

아이가 씩 웃었다. 나는 비로소 뜨내기 길손을 낚으러 나온 아이의 정체를 알았다.

"짜아식, 그래 너희 여관 어디니? 읍내니?"

"지미랄 것, 읍낸 오살나게 비싸기만 헌 거 모르슈? 읍내보다 훨씬 낫어유. 저기, 저기유."

아이가 손가락질을 했다. 아이와 내가 서 있는 제방은 돌산에서부터 읍내 북쪽 허리를 감싸고 흘러 오래된 갑문과 만났다. 내륙항으로 이름을 날리던 시절에 축조한 갑문은 이미 부서진 채 방치되어 있었다. 갑문 너머로 불쑥 솟아난 봉우리는 옥녀봉이었다. 옥녀봉에서 갑문을 지나 돌산까지 이어진 제방 안쪽의 너른 강안엔 무성한 갈대밭이 자리잡고 있었다. 아이가 갈대밭의 한끝을 가리켰다. 갈대밭 끝으로 불빛 한 점이 보였다.

"저기 불빛 하나 뵈쥬?"

"그래 뵌다."

"고게 우리집인디, 읍내 워디보담도 기찬 여관이다 이거유, 방 따끈허게 불 놓고 나왔응게 안 갈라면 마슈. 꽁갈 아녀유!"

화가 난 듯이 거의 씨근거리며 아이가 소리쳤다.

이 년 전만 해도 아이가 가리키는 그곳은 강 건너 송산군민들이 K읍으로 드나들던 유일한 관문이었다. 오밀조밀 가게와 주점들이 모여 있었고, 사공이 노를 젓는 낡은 나룻배가 하루에도 수십 번 도시로 가는 사람들을 그곳에 부렸다. 그러던 것이 강안에 토사가 쌓이고 배를 대기 어려워지자, 나루를 관리하던 송산군청과 K읍은 강 건너 쪽 나루와 직선거리인 현재의 돌산 밑으로 나루터를 옮기고, 배도 발동선으로 바꿔 신장개업을 했다. 그곳에 있던 가게와 주점들은 물론 하루아침에 생계의 유일한 수단을 잃어버렸다. 한 달도 못 돼 하나둘, 새 나루터로 옮겨앉거나 읍내로 떠나서 본래의 나루터는 황폐한 갈대밭이 되었다.

남아 있는 건 딱 한 집뿐이었다. 버려진 그곳에 외롭게 남아 있는 그 집은 새로 옮긴 나루에서도 한눈에 바라보였다. 고향에 오갈 때마다 고집스럽게 버티고 선 그 집은 언제나 맹랑한 호기심을 불러일으켰다. 아이가 가리킨 집이 바로 그 집이었다. 더구나 지난여름엔 그 집 앞의 공터, 다른 가게들이 있었던 자리에,

네모반듯하게 토치카처럼 지어놓은 시멘트 건물이 생겨난 것을 보았다. 강을 건너기도 전에 나는 그 건물이 K읍의 분뇨 탱크임을 알았고, 이젠 저 집도 별수없이 쫓겨 떠나리라는 생각으로 까닭 없이 섭섭한 기분에 사로잡혔던 적이 있었는데, 아이가 가리키는 손가락 끝에서 그 집이 여전히 그 자리에 그대로 남아 있는 걸 확인하고 나는 놀랐다.

"참 내! 갈 참유, 안 갈 참유?"

빵모자 속에서 아이가 마침내 짜증을 냈다.

"가자, 인마!"

섰던 자리에서 빙글 한 바퀴 돈 아이는 휘파람을 찍 갈기고 쪼르르, 제방을 내려가기 시작했다. 나는 잠시 고개를 돌려 등뒤의 K읍의 불빛들을 바라보았다. K읍의 정거장에서 서울행 열차의 목쉰 기적이 들려왔다. 일제 때만 해도 한꺼번에 수백 척의 상선들이 입항할 수 있었던 번다한 항구도시였으나 지금은 낡은 단층짜리 집과 상가들이 버려진 것처럼 추녀를 맞대고 있을 뿐인 작은 소읍에 불과했다. 그 옛날 역 앞 사거리엔 즐비하게 요릿집이 들어차 있고, 황산동 명월관 앞엔 꽃 같은 기생을 실어나르는 인력거가 진을 쳤었다고들 했다. 그러나 그게 무슨 소용이란 말인가. 개발의 바람은 한결같이 K읍을 비켜났고, 이제 상선은 고사하고 붙박이 고깃배 몇 척이 겨우 잉어나 낚아올릴 뿐인 쇠락

해가는 소읍이었다. 제방을 다 내려간 아이는 벌써 갈대밭 사이로 접어들고 있었다.

"요리 가야 혀유."

아이가 갈대밭 어구에서 고개를 돌리고 말했다.

"길이 아직도 있긴 있는 거냐."

"씨팔, 나루터가 윙겨가기 전엔 증말 기분 째졌었는데……"

아이가 동문서답을 했다.

"째져?"

"우리집에서 술집 혔거등유, 강에서 잡은 메기, 뱀장어가, 손님이 하도 많아 안주로 맨날 모자랄 정도였다 그 말유."

부스스, 마른 갈대가 길 양편에서 몸을 떨었다.

옥녀봉 쪽에서 개새끼들아, 하고 누군가 악을 쓰는 소리가 들려왔다. 습기 찬 동굴을 울려나오는 것처럼, 그 소리는 주위의 갈대들을 날카롭게 할퀴고 강바람에 파묻혀갔다. 강은 갈대밭에 가려 보이지 않았고, 옥녀봉과 이쪽 갈대밭은 섬뜩할 정도로 캄캄했다.

문득, 구치소의 투박한 마룻바닥이 생각났다.

그해 가을, 교문 앞에서 돌이나 몇 개 집어던지고 비실비실 웃으며 도망치는 데모 따위에 나는 조금도 끼어들고 싶지 않았다. 그보다도 졸업 논문에 쓸 불란서 상징주의 작가들에 대한 자료

수집이 급했기 때문이었다. 해를 넘기면 졸업반이 아닌가. 송산군 수리조합장인 아버지는 애당초 내가 법관이 되기를 원했다. 내 고집대로 불문과에 입학했을 때, 맹꽁이처럼 나온 배를 뒤뚱거리며 벗겨진 대머리가 빨갛게 되도록 혈압이 올라 방안을 서성거리던 아버지의 모습은 그야말로 가관이었다. 그렇지만 나는 꾀죄죄해도 좋다, 교수가 되자 하고 두 눈을 내리깐 채 오로지 침묵으로 아버지와 맞섰다. 아, 하지만 대학 삼 년, 수많은 데모와 반복되는 휴교령 때문에 귀한 시간만 잡아먹고 만 나는 말라르메, 발레리의 시 정신조차 제대로 이해 못하는, 겉멋만 든 불문학도가 되었다. 졸업이 가까워질수록 하릴없이 대학 시절을 보냈다는 자책으로 부끄러워졌다. 그 가을에, 졸업 논문이라도 알차게 쓰고 싶었던 것은 그 자책과 자의식 때문이었다. 그런데 그 빌어먹을 놈의 학회장 녀석이 어느 날 명동 지하 술집에까지 나를 유인해놓고, 불쑥 그놈의 선언문인가 뭔가의 초안을 내 앞에 내놨던 것이었다.

"공부하겠다는 널 데모에 끌어넣고 싶지는 않아. 다만 이 선언문의 문장을 좀 손봐달라는 거야. 나야 문장 실력은 먹통이라서 뼈대만 적었을 뿐인데…… 이 정도도 발뺌한다면, 네놈 두개골에선 쉬고 썩은 냄새가 난다고 소문낼 거야!"

학회장이 나를 이렇게 협박했다.

나는 이미 낙지볶음에 특주까지 얻어 마신 후였으므로, 그걸 탁자 위에 올려놓고 녀석의 말대로 손을 봤다. 그게 화근이었다. 겨울이 막 시작되던 어느 저녁, 하숙집에서 발레리의『해변의 묘지』를 읽다가 나는 연행되었다. 그리고 크리스마스이브도 뺏긴 채 인정머리라곤 손톱만큼도 없는 그놈의 구치소 마룻바닥에서 새우잠을 자지 않으면 안 되었다. 뼛골까지 시린 추위였고, 아무런 전망도 없는 어둠이었다.

구치소에서 풀려난 게 바로 어제였다.

한 달 만이었다. 이 정도에서 풀려나게 된 것, 국가에 감사해라. 담당 형사는 말했다. 학회장은 어디로 끌려갔는지 행방조차 알 수 없었다. 고문을 당해 제대로 걷지 못하게 된 친구도 있었다. 발레리고 나발이고 모든 걸 걷어치우고 무조건 고향으로 가고 싶었다. 나는 곧 열차를 탔다. K읍에서 내려 나룻배를 타고 강을 건너야 내 고향에 닿을 수 있었다. 우울한 K읍 거리를 지나서 나루터로 가려고 둑 위에 올라섰을 때, 아이가 나타난 것이었다.

아이는 어둠 속인데도 폴짝폴짝 뜀뛰듯이 걸었다.

"아자씬 학생인게뷰?"

"그래, 학생이다."

"대학유?"

"대학도 아니?"

"그럼유, 나루터만 욍겨가지 않았으믄 울 아부지가 나도 대학까징 보내준다고 혔었는디 인자 말짱 도루묵이랑게유. 여기 또랑잉게, 잘 건너야 돼유."

시궁창 냄새가 나는 도랑을 건너뛰며 아이가 내게 주의를 주었다. 도랑은 거의 말라붙은 채 얼어붙어 있었다.

"아빤 그럼 뭐 하시니?"

"이것저것 잡일을 허는디 겨울엔 일도 읎슈."

"형은 없니?"

"동생이 하나 있구만유. 다섯 살짜리 지지밴디 재워두고 나왔유. 엄니는 생선 장사 허구유."

"생선 장사?"

"황새기랑 동태랑 함지박에 이고 팔러 다녀유. 아자씨, 동태찌개 안 좋아혀유?"

길이 구부러진 곳이어서 아이의 모습이 잠시 갈대에 묻혔다.

"좋아하면 네가 해줄래?"

"우리 엄니 찌개 솜씬 읍내에서 알아췄다구유. 왕년에 우리집 메기탕 허면 끝내췄응게. 인자 다 왔슈."

길을 돌아서자 저만큼 분뇨 탱크와 아이의 집이 보였다.

"엄니, 손님 하나 물었어!"

또르르 굴러가듯 뛰어가며 아이가 소리쳤다.

퇴락한 집이었다. 가게 자리였던 토방 아래의 빈 공간은 문짝도 없이 휑 열린 채고, 초가지붕은 여기저기 주저앉아서, 어른거리는 남포 불빛에 한없이 음산해 보였다. 나루가 여기 있었을 때는 아마 마을의 중심이었을 터였다. 그러나 이웃들이 옮겨가고부터 이 집은 그야말로 버린 집이 됐던가보았다. 부엌에 있던 아이의 엄마가 손을 닦으면서 나왔다.

"어서 오세유. 집이 누추혀서 워쩐대유."

내 눈치를 살피며 아이의 어머니가 나를 맞이했다. 집의 형편을 보고 내가 돌아설까봐 조바심을 내는 눈치였다. 바람을 따라 분뇨 냄새가 확 풍겼다. 저만큼, 토치카처럼 시멘트 콘크리트 구조로 지어올린 분뇨 탱크가 강을 가로막고 서 있는 게 보였다.

"많이 팔었어, 엄니?"

"그려. 오늘은 쬐매 재수가 있었능갑다."

커다란 호주머니가 매달린 앞치마에 코를 패앵 풀고 여자가 남자처럼 투박하게 웃었다. 타월로 목도리를 하고, 펑퍼짐하게 내려오다가 끝만 오그려붙인 바지를 입었기 때문에, 그녀의 모습은 일제 때의 노무자를 연상시켰다. 새우젓과 동태 몇 마리가 담긴 함지박이 그녀 앞에 놓여 있었다. 생선 함지박이 빼곡히 들어찬, 아침저녁 통학차의 지저분한 실내가 잠깐 떠올랐다. 새벽에 새우젓, 동태, 황새기 따위를 떼어다가 함지박에 이고 근처의 장터마다 찾아다니며 소매를 하고 돌아오는 여자들이 K읍엔 아직도 많이 있었다. 그래서 동이 틀 무렵 출발하는 통학차엔 언제나 왁자지껄한 활기가 넘치고, 비릿한 바다 냄새까지 풍기곤 했다.

"생선 장사가 짭짤하게 되나보죠?"

"뭘유. 오늘은 날씨가 춰선지 사가는 사람마다 값을 안 깎었응게 쬐매 재미를 본 거쥬. 참, 얼큰하게 동태찌개 해드리까?"

"좋지요, 그거."

"우선 안방으로 들어가 기슈. 야, 달근아! 워서 저쪽 끝방에다 불 빼다 넣어라, 잉."

"그려유, 아자씨. 십 분이면 딱신해징게로……"

아이가 한쪽 눈을 찡긋했다. 그러나, 야끼모처럼 따끈따끈한 방 있다는 나루터에서의 거짓말을 그다지 미안하게 생각하는 눈치는 아니었다. 여자가 앞치마 끝에 손바닥을 비비대고 부엌으로 들어갔다. 부엌은 가게 터에서 안방을 건넌 다음에 있었다. 부엌 입구에서부터 기역자 꼴로 달아낸 한 개의 가건물이 있었는데, 방문만 세 개가 보였다. 이쪽 가게 건물과 달리 초가가 아닌 슬레이트 지붕인 것이, 아마 장사 잘되던 시절 술손님들을 위해 임시로 신축했던 모양이었다.

나는 여자가 한사코 말리는 것을 무릅쓰고 그 건물의 끝 방으로 들어갔다. 오싹 몸서리가 쳐질 만큼 방바닥이 차가웠다. 아이가 가져다준 더러운 이불을 깔고 앉으니까 등뒤에서 갈대의 사각거리는 소리가 들렸다. 좁게 뚫린 창을 열자 옥녀봉 앞을 비켜 북으로 휘돌아진 강의 침침한 수면이 바로 눈앞에 보였다. 분뇨 탱크의 어두운 한 귀퉁이도 지척이었다. 나쁜 놈들! 사람 사는 집 앞에 똥간을 짓다니! 분뇨 냄새 때문에 창을 닫으며 나는 낮게 중얼거렸다. 겨울이 이렇다면 여름은 표현하지 못할 정도로 악취가 심했을 터였다.

"뭐여! 이 사람 잡을 놈 보소!"

갑자기 여자의 날카로운 목소리가 들려왔다.

"그럼, 워쩌? 손님 잡으라고 잠들었길래 혼자 나갔는디……"

"시방 몇신디 인자 말혀?"

"나는 엄니가 와 있길래 시방까지 자는 줄 알았잖여."

"썩을 놈, 지랄허고 자빠졌네. 아, 후딱 못 가!"

"워딜 가?"

"나루터랑 역전이랑 찾아보란 말여! 그 어린 게 워디를 갔다는 겨, 도대체? 니 아부지가 데려갔는지 모른게로 니 아부지도 좀 어딨나 보고."

아이의 뛰어가는 발소리가 들렸다.

어디선지 또 컹컹 개가 짖었다. 그것은 단순하게 그냥 짖는 게 아니라 금방이라도 허연 거품을 물며 나뒹구는 듯, 어둠 속에 처참하게 내리꽂히는 것 같았다. <u>으스스</u> 오한을 느끼며 나는 문밖으로 나섰다. 이때, 한 사내가 마당을 건너오다가 나와 마주쳐 멈칫 서며 나를 바라보았다. 개 짖는 소리 때문인지 순간, 사내의 표정이 차갑게 굳어지는 것 같았다.

"워매, 언제 와갖고 이렇게 서 있댜?"

때마침 부엌에서 나오던 여자가 발을 동동 굴렀다.

"저 말여, 달순이가 읎어졌슈, 글씨. 달근이란 놈이 재워놓고 나갔는디 인자 다섯 살배기가 워딜 갔대유?"

한마디도 없이 장승처럼 서 있던 사내가 천천히 돌아섰다.

"얼래! 어딜 가유?"

"아, 찾어봐야 헐 거 아닌게비."

"달근이가 나갔응게 쬐매 기다려봐유. 저, 주무실 손님도 오셨응게로 같이 방으로 들으가유. 찌개 끓는게비유."

사내와 나는 방으로 들어갔다.

말이 없는 사내였다. 찌개와 소주가 놓인 상을 두고 마주앉았는데도 사내는 눈만 내리깐 채 도무지 말하려는 기색이 없어 보였다. 얼굴색은 완연히 청동빛이었고 눈자위는 깊었다. 부스스한 머리, 메마른 표정, 핏줄이 툭 불거진 목, 아이의 어머니와는 대조적으로 체구가 조그마한 사내는, 이따금 치켜뜨는 눈초리만이 반짝 빛나서 아주 질기고 단단한 느낌이 들었다.

"요놈으 자식은 나가더니 꿩 귀먹은 소식이네. 나도 좀 갔다올 팅게 술이나 한잔씩 허구 기슈. 아따, 이 양반은 부처님 뱃속에 들어앉았나. 아, 손님 술도 좀 권하고 그려유."

여자가 눈을 흘기고 토방을 나서도 사내는 묵묵부답이었다.

"잔 받으시죠."

마지못해 내가 먼저 말을 걸었다.

"아, 예…… 고향이 송산이신게뷰?"

"예, 소재지예요."

사내는 다시 눈을 내리깔았다. 갈대밭을 가르고 가는 바람 소리가 침묵 속에 오가는 소주잔 끝에 차갑게 묻어났다.

"학상이시구만?"

한참 만에 사내가 다시 물었다.

"방학해서 내려가는 길이에요."

"아버지도 기시고?"

"예, 고향에 계시죠."

"고향이라…… 나는 진바실에 살았었지유!"

불쑥, 사내가 볼멘 듯이 잘라 말하곤 다시 입을 다물었다.

"진바실이라면, 없어진 마을이 아닙니까?"

"그렇쥬, 우린 쫓겨난 거쥬!"

사내의 눈빛이 반짝 빛났다.

진바실은 원래, 송산 입구의 저수지를 끼고 뒤편 골짜기로 돌아서 사 킬로쯤 들어가야 되는 산골 마을이었다. 불과 이십 여 가구가 산비탈의 농토를 부쳐먹고 살던 이 가난하고 작은 마을은 몇 년 전 저수지를 확장하고 유원지로 개발하려는 송산군의 계획으로 풍비박산이 되었다고 들었다. 그렇다고 마을 자리가 저수지로 먹혀든 것도 아니었다. D시에서 서울로 빠지는 새 국도가 저수지 앞을 통과한다는 풍문이 떠돌자, 진바실 일대의 숲 지대에 도시의 투자가들이 몰려든 게 화근이었다.

"촌놈의 새깽이덜이 지 땅값 배로 쳐준다는디 안 팔라고 지랄 발광이여. 곱게 말헌게로 요것덜이 정신을 못 차려갖고…… 그 저 무식헌 것들은 사족을 못 쓰게 사정 두지 말고 콱 조져야 하 능 건디……"

그 무렵, 자가용을 타고 온 낯선 손님들과 어울렸다가 밤늦어 귀가하곤 하시던 아버지는 곧잘 대문을 들어서며 이렇게 역정을 내곤 하셨다. 촌놈의 새끼라는 아버지의 한마디가 괜히 마음에 걸렸지만, 난 그 일에 조금도 신경을 쓰지 않았다. 어차피 고등학교를 서울로 가면서부터 나는 이미 집에 와 있을 때 손님과 마찬가지였고, 아버지가 하시는 일엔 아예 관심조차 없었다. 어찌되었든 진바실 사람들은 하나둘 이삿짐을 쌌고, 근처의 산기슭이 별장 지대로 개발된다는 소문이 돌았다. 그러나 국도는 저수지를 외면한 채 송산을 우회하여 개통되었고 작년 여름, 저수지로 형과 밤낚시를 갔다가 젖소와 돼지를 키우는 근대적 목장의 모습을, 나는 진바실이 자리잡고 있던 산자락에서 보았다.

"별장 지대가 된다더니 웬 목장이야?"

저수지 옆 풀밭에 누워 나는 무심코 물었다.

"식품 생산을 주로 하는 태아기업이 경영하지. 그 회산 저런 거대한 목장을 곳곳에 가지고 있다더라. 저 땅을 앞장서서 사주고, 사람 시켜 D시에 태아기업의 대리점을 낸 사람 누군지 넌 모를 거야……"

수면에 떠 있는 빨간 찌를 보며 형은 속삭이듯 말했었다.

문득 D시에 나들이가 잦은 아버지의 혈색 좋은 얼굴이 떠올랐지만 나는 진바실 따위는 금방 잊은 채 낚시만 담가놓고 잠들어버렸다. 이십여 호가 모여 있던 작은 마을에 관한 것까지 섬세하게 관심을 기울일 만큼, 그 무렵의 나는 고향을 사랑하고 있지 않았다.

"몇시나 됐나유?"

사내가 술잔을 건네며 물었다. 아이도, 아이의 어머니도 돌아오지 않는 게 몹시 마음에 걸리는 표정이었다. 시간은 열시가 넘어서고 있었다.

"나가보시지요."

"그려야 헐라는게비구만. 달근이 놈을 낳고 구 년 만에 딸년을 낳았당게. 뭐, 가족계획인가 허는 걸 헐라고 혀서 그렁 게 아니라, 즈이 엄니가 수술을 받은 일이 있었거등. 만년에 딸이라고, 고걸 낳고 봉게로 알게 모르게 정이 가는 게 거참 묘헙디다. 나루터만 웡겨가지 않었으믄, 고상은 덜헐 테지믄, 목구녕이 포도청인디 별수 있간디. 즈 엄닌 생선장수, 난 뭐 일 읎나 허고 돌아댕기느라 맨날 즈덜 남매만 내박쳐둥게로, 이것덜이, 애빌 봐도 반가워허는 구석이 읎어. 세상에 자식 귀헌지 모르는 놈이 워디 있었어? 생각허먼 혓바닥을 깨물고 죽을 일인디⋯⋯"

　남포 불빛에 반질거리는 검붉은 사내의 안면에 참담한 회한과 아픔이 잠깐 떠올랐다. 우린 함께 밖으로 나섰다. 갈대 소리가 우수수 하고 낙엽 지듯 들려왔다.

　"육시럴 놈의⋯⋯ 눈까징 내리는구만."

　사내가 가래침을 탁 뱉으며 중얼거렸다.

　정말, 눈이 내리고 있었다. 돌산 꼭대기에서 바람은 더욱 악을 썼고, 희부옇게 가라앉아 뵈는 강줄기는 분뇨 탱크 뒤에서부터 나루터를 휘돌며 어둠 속에 묻혀 있었다. 다만 건너편 강안에 불쑥 솟은 몇 그루 미루나무, 나루터와 멀고 가까운 자연 부락들의 쇠잔한 불빛, 그리고 상류 쪽에서 나루터를 향해 기어내리는 고깃배의 등불 하나가 이 황량한 늦은 밤의 강변을 그나마 고요하게 품에 안고 있었다.

"낚싯배인가보죠?"

"뭐, 워쩌다 잉어나 한 마리 낚어볼까 허고 저렇게 밤새 그물을 넣어보지만 잉어는 눈이 멀었겄어? 왕년이사 금강의 잉어야 알어줬지만 말여."

강심의 고깃배가 등불을 밝힌 채 분뇨 탱크 뒤쪽을 내려가고 있었다. K읍 쪽에서 기적 소리가 들려왔지만 읍내의 야경은 강둑에 가려 보이지 않았다. 기적 소리는 어두운 강줄기를 따라 오래오래 남아 있는 것 같았다.

"곤헐 틴디 학상은 가 주무슈."

"아뇨, 저도 함께 나가보겠어요."

그러나, 사내와 나는 몇 발자국 걷기도 전에 눈발 속에 나타나는 아이와 아이의 어머니를 만났다. 정거장 나루터 등을 샅샅이 찾아보았으나 여자아이를 찾지 못하고 돌아오는 길이었다. 하기야 다섯 살밖에 안 됐다는 아이가 정거장까지 갈 리가 만무한 일이었다.

"암디도 읎슈. 역전이랑 나루터랑 돌산까징 이잡듯이 다 찾어 봤는디……"

여자의 말끝이 절망적으로 떨려 나왔다.

"에그, 요놈으 새깽이가 웬수여! 어린 걸 혼자 놔두고 저만 나가 한나절씩이나 싸댕겨!"

"맨날 그런 걸 엄닌 왜 나만 갖고 그려!"

"눈까징 뿌리는디 이 일을 워쩌면 좋댜!"

여자가 마침내 삐질삐질 울기 시작했다.

바로 이때였다. 팔짱을 낀 채 입술을 질근거리며 묵묵히 서 있던 사내가, 돌연 아이의 손에 들린 군용 플래시를 채뜨려 쥐고, 미친 듯 집 앞의 공터를 지나 분뇨 탱크 쪽으로 내달렸다. 서둘러 뒤쫓아가는 아이와 여자의 뒷모습을 보면서 불현듯 나는 불길한 예감에 사로잡혔다. 아냐, 그럴 리 없어. 머리를 세차게 흔들어보았지만 이미 거품을 물고 자지러드는 여자의 비명 소리가 나의 의도적인 부정에 쐐기를 박았다. 이어서 아이의 울부짖음이 괴물 같은 분뇨 탱크 주변에 참혹하게 곤두박질을 치고 있었다. 풀썩 무릎을 꺾은 채 탱크 입구에 떨고 있는 사내의 뒷모습이 보였다.

탱크 안은 함정 같은 어둠뿐이었다.

호흡을 삼키며 나는 사내 옆에 떨어져 있는 플래시를 집어 올렸다. 엉겨붙은 분뇨의 한 자락이 플래시의 동그란 불빛 속에 떠올랐다. 콘크리트의 습기 찬 벽, 휑하니 뚫린 통풍구. 아, 다음 순간 나는 질끈 눈을 감아버렸다. 구역질이 났다. 거무튀튀한 분뇨 표면의 한구석에 엎어진 자세로 분홍색 스웨터 하나가 삐죽이 솟아올라 있었다. 분명히 어린 여자아이였다.

개새끼들……

누구에게 하는 말인지도 모르는 말이 비명처럼 솟아나왔다. 불길 같은 분노가 전신에 차올랐다. 오금이 저리고 몸은 움직일 수조차 없었다. 잠들었다가 기어나온 아이는 아마 어둠 속이라 제대로 방향을 분간하지 못했던가보았다. 오빠를 찾아 어둠 속을 비틀거리면서 나아갔을 터였다. 분뇨 탱크는 난간조차 마련돼 있지 않았다. 한 뼘도 안 되는 시멘트 탱크 벽만 넘어서면 그대로 안을 향해 쑤셔박힐 구조였다.

이윽고 사내가 탱크 안의 스웨터를 건져 안았다.

사내는 분뇨가 엉겨붙은 계집아이의 머리칼을 손가락으로 빗질하고 얼굴을 훔쳐냈다. 검게 얼어붙은 다섯 살 계집아이의 얼굴이 거기 있었다. 잠든 아이를 안고 가듯, 고개를 모로 뉘어 딸애의 얼굴에 포개고, 사내는 천천히 강을 향해 걸어갔다. 발자국마다 칙칙한 똥물을 주르르 떨궈내리며 또박또박 걷고 있는 사내는 끝내 눈물 한 방울도 흘리지 않았다. 그저 떨고 있는 듯이 보였다. 여전히 눈바람이 날리고 있었다.

강 속으로 들어서자 바스락 얼음 깨지는 소리가 났다.

사내는 강에 들어가 조용히 무릎을 꿇고 먼저 한 가지 한 가지, 딸애의 옷을 벗겼다. 스웨터, 바지, 빨간 속셔츠, 양말……

사내의 동작이 너무나 침착하여 오히려 플래시를 들고 있는 나의 손목이 팽팽한 긴장으로 뻣뻣하게 굳어오는 것 같았다. 옷을 다 벗기자 사내는, 알몸의 딸애를 끌어안고는 정물처럼 오래오래 움직이지 않았다. 어디선지 또 개가 짖고, 고깃배 한 척이 나루터를 향해 유유히 강심을 떠내려가고 있었다.

"어어! 거기 뭐 허는 거여?"

배 위에서 한 남자가 이편의 플래시 불빛을 보고 소리쳤다.

"지미랄 것, 귀가 먹으셨나 워찌 대답이 읎댜."

그러나 고깃배는 이미 저만큼 멀어져가고 있었다.

"학상은 들어가슈, 시방이라도 읍내로 가시등가……"

이윽고 강물로 딸애 머리를 씻기며 사내가 말했다.

"당신이 비쳐주지 않아도 야 몸뚱인 내가 다 안당게. 우리 달순이년, 눈허고, 코허고, 귓구멍까지, 어둔 디서도 훤허단 말여. 애비가 워찌 새끼 몸뚱이 하나 모르겄어? 아무리 캄캄혀도 깨끗이 씻어줄 수 있당게!"

사내의 목소리엔 거역하기 힘든 울림이 있었다.

나는 플래시를 껐다. 그러나 그 자리를 뜰 수는 없었다. 그 참혹한 강변의 모서리에서 나는 일종의 얼어붙은 돌멩이 같았다. 몸은 굳어 있는데 가슴은 두근거리고 있었다. 갈대밭을 물어뜯고 달려온 바람은 눈발까지 몰고 검은 분뇨 탱크를 향해 달려들었으나, 견고한 콘크리트 건물은 끄덕도 하지 않았다. D시에 남몰래 태아기업의 대리점을 낸 사람이 누군지 넌 모를 거야. 낚시터의 형이 속삭이고 있었다. 진바실 땅을 사주고 말야, 진바실 사람들을 쫓아내고 말야. 형이 말하는 사람이 아버지라는 건 명약관화했다. 어린 딸애의 주검을 씻기고 있는 사내가 바로 그 진바실 사람 중 하나였다.

오랜 시간 사내는 온몸을 정갈하게 씻겼다.

얼음처럼 차가운 강물이었다. 강은 흐르지 않는 것처럼 흐르고 있었다. 한때는 사람들이 나룻배를 타고 자유롭게 넘나들던 강물이었다. 그러나 나루가 옮겨지고 분뇨 탱크가 지어진 이곳의 강은 말 그대로 죽음의 강이었다. 사내는 강물 속에 무릎 꿇고 앉아 딸애를 다 씻기고 나서야 흐드득, 상처 입은 짐승처럼 느껴 울었다.

"아이구, 야가 춥겠지. 어린것이…… 얼매나 춥겄어. 강물이…… 이리 차가운디……"

여자아이 시신에 새 옷을 입히고 아랫목에 뉘었을 때, 나는 비로소 그 방에 나를 이곳으로 데려온 사내아이가 없음을 깨달았다. 여자는 넋이 나간 듯 벽에 기댄 채 눈물만 흘렸고 사내는 새로 딴 소주잔만 연거푸 비우고 있었다.

읍내에서 기적 소리가 들려왔다.

서울행 막차겠지. 잠시 피곤한 얼굴로 칸칸마다 넝마처럼 사람들이 잠들어 있을 삼등열차의 지저분한 객실 풍경이 떠올랐다. 수십 번 서울로 오르내리면서도 내가 삼등열차, 그것도 막차를 이용해본 것은 딱 한 번뿐이었다. 아무데나 누우면 잠들 수 있는 살아 있는 사람들의 그 악착스러움 때문에 삼등열차를 타는 게 괜히 겁부터 나곤 하던 소심한 나의 성격 탓이었다. 나는 어딜 가나 비겁한 겁쟁이에 불과했다.

자정이 훨씬 넘어서야 아이가 나타났다.

어디를 어떤 모습으로 쏘다녔는지 토끼털 귀마개까지 벗겨진 얼굴에 피멍이 들어 있었다. 차돌 같은 눈망울이 반짝반짝 빛나고 있어서, 아이는 표독스러운 한 마리의 살쾡이 같았다. 여동생의 죽음으로 아이가 받은 충격은 보나마나 끔찍했을 것이었다. 나는 차마 아이를 똑바로 볼 수 없어 고개를 돌리고 딴 데를 쳐다보았다.

"씨팔, 두고봐!"

씨근거리며 아이는 말했다.

"다 쥑여버릴껴. 달순이 웬수가 누군지 나도 알고 있응게!"

말끝에선 결국 비질비질 울음소리가 묻어나고 있었다.

"아, 조용허지 못혀!"

사내가 술잔을 소리나게 내려놓으며 눈을 부릅떴다. 한동안 침묵이 왔다. 갈대밭을 자맥질해가는 바람 소리, 석유를 빨아올리는 남포 소리, 그러고는 깊은 정적뿐이었다. 사람 사는 집을 앞에 두고 천연스럽게 분뇨 탱크를 짓도록 하는 잔인한 검은 손들이 정적 속에서 환히 보이는 듯했다. 오직 돈과 효용성이 지배하는 세상이었다.

"학상, 술 한잔 드시구랴."

사내가 이윽고 술잔을 건네왔다.

"잠자리 지랄 맞게 만나갖고 큰 봉변을 당허시는구만. 시방이라도 갈라고만 허면 읍내까징 갈 수 있을 턴디······"

"여기 그냥 있겠습니다."

"허긴, 술상 놓고 마주앉으면야 세상만사 다 잊어먹는 건디······ 진바실서 먹던 토끼탕 안주가 생각나는구먼. 이깐 동태찌개에 비허겄어? 참, 토끼몰이 혀보셨어?"

은밀하게 물어왔으나 사내는 내 대답까지 기다리지는 않았다.

"······진바실 뒷산에 산토깽이가 많았지. 겨울에 눈만 내리면 동네 사람덜이 모조리 나서서 토끼몰이를 허는 거여. 푹푹 빠지는 눈밭인디 지놈덜이 뛰어야 벼룩이지 별수 있간디. 몽둥이 하나씩 들고 산비탈을 뛰다보면 심이 절로 솟는 거여. 매급시 소리도 크게 질러보고 눈밭에 자빠져도 보고 말여. 아, 토깽이야 한

마릴 잡으면 워뚱고 열 마릴 잡으면 워뚱겄어? 눈 많이 오는 해는 풍년이 든당게 그저 잔치허는 심 치는 거지……"

진바실 뒷산은 나도 가본 일이 있었다.

소나무가 섞인 숲이 울창한 산이었다. 토끼도 살고 노루도 살았다. 봄이면 온 숲이 꽃바다를 이루었고 가을이면 단풍이 불길처럼 번졌다. 그것은 그대로 온갖 살아 있는 것들의 터전이자 보금자리였다. 한겨울 토끼몰이를 하는 마을 사람들의 함성도 들리는 것 같았다. 아폴리네르의 시 한 구절이 선연히 떠올랐다.

사로잡고 싶어 못살겠구나
토끼가 살고 있는
애정의 나라 그 골짜기에
사향풀 향기 가득한 금렵구……

"토끼 요리는 뭐니뭐니혀도 우선 매워야 되는 벱여. 긴 겨울밤을 눈은 내려쌓지, 얼큰한 안주에다 목구녕 차악 감기는 막걸리 푸짐허것다. 낼 시상이 두 쪼각 나더라도 뭣이 걱정이 있겄어? 밤새 포식허는 거여. 좋았지, 참……"

실눈을 뜨고 있는 사내의 안면에 잠깐 밝은 기운이 떠돌았다. 취기가 오른 모양인지 귓불이 빨갛게 달아오르고 말씨엔 이상한 열기가 서려 있었다.

"거기선 몇 년이나 사셨어요?"

"할아부지의 할아부지 적부텀 살았었지. 농토라야 까징 거, 얼매 안 됐지만, 그려도 오순도순헌 맛이란 여기보담 백배 낫었당게. 니것 내것이 읎는 동네였어. 저녁밥만 먹으면 끼리끼리 모여 앉아 웃어쌓고 말여, 제삿날만 오면 떡 접시가 고샅에 바쁘게 오 갔응게……"

"그냥, 거기서 버티며 사시잖고요?"

"버텨?"

팽팽하게 언성을 높이며 사내가 번쩍 시선을 들었다. 밝아진 듯했던 좀전의 사내가 아니었다. 날카롭고 매섭고 차가웠다. 나는 반사적으로 고개를 숙였다.

"버텼지! 조상님네 뼈가 묻힌 고향땅인디 무식헌 놈이라고 그저 한잔 술에 미련 읎이 떠나는 뜨내기 같었어?"

그는 잠시 말을 끊고 한숨을 쉬었다. 옥녀봉 쪽에서 다시 그놈의 개 짖는 소리가 들려왔다. 컹컹컹컹…… 개 짖는 소리를 따라 다시 가슴이 두근거리기 시작했다. 낡고 퇴락해 주저앉을 것 같은 읍내를 송두리째 물어뜯을 것 같은 소리였다.

"허지만 말여, 말짱 도로묵인 겨."

사내가 젓가락을 탁 소리나게 내려놓았다.

"우리 같은 놈 아무리 죽네 사네 용을 써봐도 빽 좋고 잘사는 양반들, 권력자들, 그 꼬봉들, 눈썹 한 오라기 못 뽑는다 그 말여. 큰물이 지면 왕창 쏟아지는 강물 같은 심인 걸 워쩌겄어!"

강물 같은 힘, 홍수 같은 힘……

나는 어금니를 사리물었다. 홍수 같은 그 힘을 왜 모르겠는가. 위에서 한번 결심하면 모든 게 일사불란하게 이루어지는 세상이었다. 산을 깎으라면 깎고 바다를 넘으라면 넘을 힘이었다. 경제개발이 최우선이었다. 힘있는 놈은 경제개발을 부르짖으면서 뒷구멍으로 제 배를 불리고 힘없는 놈은 경제개발의 명분으로 언제나 쫓기고 빼앗기는 세상이 아닌가.

고등학교 1학년 때였다.

여름방학을 맞이하여 K읍에 도착했을 때 홍수로 인해 강을 건너지 못하고 일주일이나 기다린 적이 있었다. 거의 매일같이 돌산 꼭대기에 올라가 시뻘겋게 뒤집혀 흘러가는 미친 강줄기를 바라보았다. 이따금 부서진 문짝도 떠내려오고, 못생긴 장롱이며 뒤주까지 물줄기 속에서 숨바꼭질을 했으며, 때론 산 채로 밀려오는 가축들의 모습까지 보였다. 그럴 때마다 돌산 위에 몰려선 사람들은 놀라고 탄식하고 비명을 질렀다. 강물은 그러면서도 점점 더 불어났다. 아무리 견고한 둑이 쌓여 있다고 하더라도 그 당당한 물줄기의 식욕을 억제할 수는 없을 것 같았다. 사흘이

지나지 않아 강 건너 나루터가 물에 잠겼다.

바로 그때, 돌산에 모여 선 사람들이 낮은 탄식과 함께 일제히 숨을 죽였다. 이미 반쯤이나 물에 잠긴 건너편 나루터 윗집의 지붕 위에 한 사내가 홀연히 기어올라왔기 때문이었다. 집을 지키려고 남아 있다가 방에 물이 들어차기 시작하자 견디지 못하고 지붕 위로 기어올라온 모양이었다.

"아니, 저거 홍서방 아닌게비!"

"기구먼, 홍서방이여!"

사람들이 떠들어대기 시작했다.

"다 피혔다고 허드니, 워째 혼자 남었댜?"

"글씨 말여. 배를 들이대놓고 나오라 혀도, 이깟 놈의 강물이 십 년도 넘게 정붙여 산 내 집을 워쩌겄냐고, 고래고래 소리만 질러대고 안방에서 꼼짝도 안 허드랴. 식구덜만 내보냄서 난 안 도망가, 혔다니 고것도 팔자소관이지 뭐겄어?"

"쯔쯧, 손바닥만헌 집구석 땜에 미쳤구먼."

"그나저나 저걸 워쩐다?"

"워쩌긴…… 인자 틀린 겨. 곧 날도 저물 틴디, 이런 물에 배가 떴다 허면 추풍낙엽이지 별조 있겄어?"

사람들은 발을 동동 굴렀으나 정작 지붕 위의 사내는 용마루에 엉덩이를 쪼그려붙인 채 그림책이나 보듯 태연하였다. 나는 밤새 눈을 붙일 수도 없었다. 칠흑 같은 어둠 속에서 바람 소리만 아우성을 쳤다. 여명이 트자마자 돌산으로 갔다. 지붕에 올라가 있던 홍서방이란 사람은 보이지 않았다. 아니 사람만 보이지 않는 게 아니라 그가 앉아 있던 초가도 물길에 떠내려가 이미 보이지 않았다. 요술처럼 투명해진 하늘에 해가 뜰 때까지 턱을 받치고 앉아서, 나는 다만 저기쯤이 나루터야, 하면서 황량한 강물속의 한 점만을 바라보고 있었다. 아무도 막을 수 없는 물줄기였다. 타협도 없고 숨 돌릴 사이도 없이 쾌재를 부르며 달려가는 잔인하고 거대한 물줄기가 아닐 수 없었다.

"그래서 짐을 쌌지!"

사내가 물어뜯듯 말하고 있었다.

"내가 안 떠날라고 헝게로 그 마빡 훌렁 까진 수리조합장이 그러대. 군청과 상의혀서 나루터에 집을 장만혀줄 텅게, 장사나 혀보라고 말여. 수리조합장 아시겄지?"

빤히, 사내가 나를 건너다보고 있었다.

가슴이 철렁 내려앉았다. 마빡 훌렁 까진 수리조합장, D시에 태아기업의 대리점을 낸 나의 아버지. 나는 차마 사내의 눈을 똑바로 마주볼 수 없어 얼른 시선을 내리깔았다. 사내가 나와 '수리조합장'의 관계를 알고 말하는 건지 모르고 말하는 건지는 알수 없었다. 그렇지만 나는 말할 수 없는 두려움을 그 순간 느꼈다. 사내가 달려들어 내 목을 조른다고 해도 아버지의 자식으로, 모든 진실에서 물러나 앉기만 해온 죄인으로서의 내가 무슨 염치로 사내의 손을 뿌리치겠는가.

"그놈으 새깽이여, 아부지! 우리딜 쫓아냈응게 그 자식도 달순이 웬수나 마찬가지여!"

순간, 핏발이 선 눈을 반짝 뜨고 아이가 소리쳤다.

"찍소리 말고 자빠져 있지 못혀! 쥐깐 게 뭘 안다고 지랄이여, 지랄이……"

"왜 몰라. 여기로 안 왔으믄 달순인 안 죽었을 거 아녀!"

"아가리 못 닥쳐!"

사내가 팩하고 윽박질렀다. 정적을 가닥가닥 갈라내며, 또 개 짖는 소리가 달려들었다. 읍내의 모든 개들이 금방이라도 이곳으로 몰려올 것 같았다. 허옇게 거품을 문 미친개떼들의 환영이 보였다. 온몸에서 오소소, 소름이 돋는 느낌이었다.

"저놈의 개새깽이딜은 밤에 잠도 안 자는게벼!"

사내가 낮게 중얼거렸다.

"술 좀 들어, 학상. 재수 읎는 놈은 뒤로 자빠져도 코가 깨진다고 여기로 이사를 오고 여섯 달 만에 나루가 돌산 아래로 욍겨갔지. 아녀. 재수 있어도 별수읎는 일이었어. 그 수리조합장, 사실은 이곳으로 날 쫓아보낼 제, 이미 나루가 욍겨갈 걸 알고 있었댜. 그야 뭐 군수허고 수리조합장허고 안 통허면 누가 통허겠어? 그렇지만 우리 같은 놈덜, 뭐 알어야 면장을 허지. 배운 거라곤 땅 파먹능 거뿐인디, 그네들 조홧속을 워찌 짐작이나 했겄냐 그 말여."

사내의 목소리가 낮고 처연하게 젖어들고 있었다.

"첨엔 서너 달이야. 장사헌다고 차려났지만 난 바지저고리였지. 몰라서만이 아니라 금쪽같은 땅 울며 겨자 먹기로 내주고 팔자에 읎는 장사라니, 헐 짓이 아닝 거 같었든 겨. 맨날 술만 퍼마시고 쌈질만 했지. 예펜네 아녔으믄 그때 아조 사람까징 버렸을 겨. 내사 쌈질을 허든, 싸립문께 자빠져 자든, 예펜넨 그저 먹고 살겄다고 아등바등하드구만. 차츰 이게 아니다 싶데. 그래서 맘을 잡었지. 이왕지사 조상님네헌티야 죄인인 셈인디, 돈이라도 벌어 어린거나마 가르쳐놔야 헐 거 아녀. 아, 그래서 장사에 재미 좀 붙이능가 했는디, 나루가 웽겨 앉지 뭐여. 사람 환장허겄더구만. 간덩이가 벌렁벌렁 떨리고 말여."

사내가 남폿불의 심지를 낮췄다.

"읍에서 사람이 나왔더구만. 여기 나루터 일대를 읍에서 송산 군헌티 사드렸응게 딴 디로 가라는 거여. 여기에 읍내 똥간을 짓는다면서. 못 간다고 버텼지. 내 땅인데 내가 왜 나가? 나 혼자만 버텼어. 용감혀서 버틴 게 아녀. 원제까지 쫓겨나면서 살겄냐, 혀서 헐 수 읎이 버틴 거여. 그렸더니 나중엔 떠억, 저놈의 똥간을 코앞에다 짓대 그랴. 갑갑허먼 갈 것이다 그거였지만, 어림 반푼어치도 읎는 생각여. 난 안 갈 거여. 나라고 똥간 옆에서 사능 거 뭐가 좋겄어? 하루이틀도 아니고 인자 중독이 돼갖고 우리 식군 냄새도 잘 못 맡는디, 백번이라도 가야 옳겄지. 사람덜이 날 보고 소고집이랴. 소같이 멍청허게 고집을 부린다는 거지만, 천만의 말씀여. 읎이 사는 사람덜, 너무 쉽게 포기형게 맨날 막보고 뎀비는 거여. 가라 허면 보따리 싸고, 오라 허면 얻어먹는 것도 별거 읎는디 해롱해롱 좋아허고 말여. 난 무식허긴 허지만 말여. 똥고집을 부려서라도 인자 더는 안 쫓겨갈 겨. 또 누가 알어? 십 년 후등가 이십 년 후등가, 아, 여긴 사람이 산 게로 똥깐을 딴 데로 윙겨야겄구나 허고 생각허게 될는지. 사람이 주인여, 똥깐이 주인여? 살다보면 똥깐보담 사람이 우선이라고 생각하는 읍장님, 국회의원님도 원젠가는 나오겄지. 그때까징 안 갈 겨. 사람살이가 귀하다는 거, 사람이 여기 살고 있으니 똥간을 옮겨 지어야겄다고 인정헐 때까지, 나는 여기서 살 겨. 달근이 저 새깽이도 핵교는 못 보냈지만, 최소한도로다가 사람살이가 똥깐보담 소중하다는 건 가르칠라고 허는구만."

사내가 마침내 깊숙이 고개를 숙였다. 어깨가 들썩이는 게 울고 있는 듯이 보였다. 나는 유구무언이었다. 배우면 무엇 하겠는

가. 돈이 되고 편의성만 있다면 사람 살림터를 가로막고라도 똥간을 짓는 것이 옳다고 가르치고 배우는 게 교육이었다. 몇몇 배운 사람이 목소리를 낸다고 방향이 바뀔 물줄기가 아니었다.

"건너가 주무슈. 씨도 안 먹히는 잔소리 듣는다고 심깨나 빠졌을 틴디. 난 인자 야허고 좀 있고 싶구만……"

사내가 홑이불로 덮인 딸애 쪽으로 돌아앉으며 말했다. 나는 엉거주춤 일어섰다. 현기증을 느꼈다.

"나는 말여……"

문고리를 붙잡은 채 한 발을 앞으로 내밀었을 때, 사내의 침울하게 가라앉은 목소리가 다시 내 발목을 붙잡았다.

"첨에 학상을 봤을 때 누군지를 금방 알어봤었지. 그려도 말여. 이 나루터로 나를 내쫓응 게 학상은 아니라고 마음을 다져먹었덩 거여. 허다못혀서 수리조합장 그 사람이 온다고 혀도, 우리 집에 발 들여놓으면 손님 아니었어. 누가 됐든지 나 찾아온 손님이사 성의껏 대접혀 보내능 게 우리 진바실 인심이었는디. 학상이 수리조합장 아들이면 워쪄? 나 학상 원망허능 거 아닌게로 마음쓰지 말기여. 어서 가봐……"

말끝을 흐리며 사내가 홑이불 속의 딸아이를 끌어안았다. 나는 몸서리를 치면서 도망치듯 밖으로 나섰다. 잠들었다고 생각했던 아이가 튕겨지듯 벌떡 일어선 것이 그때였다. 아이에게 맞설 용기 같은 건 내게 없었다. 나는 얼른 문을 닫았다. 매운 강바람이 얼굴을 때리고 있었다.

"놔! 쥑여버릴 거. 수리조합장 아들이람서 왜 그냥 보내줘, 아부지!"

울부짖는 아이의 절규가 나의 등덜미를 사정없이 내려쳤다. 그 앙칼진 쇳소리는 칠흑같이 어두운 공간에서 마디마디 잘려나가 수많은 바늘 끝이 되어 나의 전신에 아프게 파고들어왔다. 나는 온몸을 한껏 움츠리고 몸을 떨었다. 개 짖는 소리가 나를 물어뜯고 있었다. 나는 비틀거리면서 내가 쓰기로 된 가건물의 한방으로 돌아왔다. 아이가 불을 넣은 방은 어느덧 밑자리가 뜨뜻해져 있었다.

잠을 잘 수도, 자리에 누울 수도 없었다.

오래오래 떨면서, 가방에 기대고 앉아 있던 나는 새벽녘에야 잠깐 잠이 들었다. 꿈을 꾼 거 같았다. 낄낄낄…… 괴기하고 기분 나쁜 웃음소리가 들려왔다. 학회장 녀석이 나를 손가락질하면서 웃고 있었다. 벼엉신. 학회장이 손가락질하고 그에 따라 아이가 식칼을 들고 내게 오고 있었다. 바위처럼 눌러앉은 꿈속의 사내는 미동도 하지 않았다. 나는 숨이 가빠져 내 가슴을 꽉 움켜쥐었다. 가슴이 답답하고, 온몸에 뜨거운 열기 같은 게 가득차왔으나, 어쩐 일인지 꼼짝을 할 수가 없었다. 그때, 무언가 와장

338

창 떨어져나가는 듯한 날카로운 소리를 들은 것 같았다.

외마디소리를 지르며 나는 눈을 떴다.

순간, 누군가가 내 팔목을 와락 낚아채고 있었다. 찔끔 눈물이 나오고, 눈물 너머로 우선 거친 불꽃이 너울거리는 게 보였다. 계속 터지는 기침 때문에 전신을 한참이나 들썩거리고 나서야, 나는 비로소 내가 잠들었던 슬레이트 지붕의 가건물이 완전히 불길 속에 잠겨 있음을 보았다. 누군가 나를 잡아채서 데리고 나오지 않았으면 꼼짝없이 불길 속에서 죽었을 터였다.

"다친 디는 읎지?"

사내의 얼굴이 바로 옆에 있었다.

"문까징 잠그셨더구만. 온 힘으로다 문짝을 잡어젖혔지. 큰일날 뻔했어. 쬐끔만 늦었어도."

불길은 결국 가건물 한 채를 다 집어삼킨 후에야 사그라들었다. 낡은 소방차가 사이렌을 기세 좋게 울리며 들이닥치긴 했으나 이미 지붕까지 완전히 주저앉은 다음이었고, 그나마도 도로가 제대로 돼 있지 않아 소방차는 건물까지 접근도 할 수 없었다.

참고인으로 경찰서까지 소환되어 화재 조사를 끝내고 나서는데, 가죽잠바의 형사가 뒤에서 불러 세웠다.

"어디로 갈 거야?"

가죽잠바는 다짜고짜 물었다. 윤기가 반지르르 흐르는 아버지의 비정한 대머리가 그때 획 떠올랐다.

"……서울로 가겠습니다."

"그건 안 돼. 우린 다 알고 있어. 자넨 엊그제야 풀려났잖아. 고향에 가서 몸보신이나 해두라고. 아직 화재에 대한 것도 조사할 게 있을지 모르니까……"

퉁명스럽게 말하고 가죽잠바는 의자를 돌려버렸다.

딱 벌어진 어깨의 모난 선이 완강해 보였다. 나는 뒤통수를 한 대 얻어맞은 기분으로 먼지 낀 K읍의 아침을 지나 나루터로 나왔다. 건너편에서 읍내로 나오는 많은 사람들을 싣고 나룻배가 통통거리며 강심을 건너오고 있었다. 언제나처럼 가슴 밑바닥이 차갑게 비어오는 것 같아 나는 담배 한 개비를 입에 물었다. 갈대밭을 지나온 강바람이 내 나약한 육신을 할퀴듯 지나갔다. 쪽 곧은 미루나무, 희끄무레하게 가라앉은 강심, 눈 덮인 옥녀봉과 수런거리는 갈대밭, 그리고 그 갈대밭 한끝에 을씨년스럽게 버티고 선 분뇨 탱크. 아직까지 연기가 피어오르고 있는 아이의 집은, 그 분뇨 탱크 때문에 더욱 조그맣게, 조그맣게 가라앉아 보였다.

배가 나루에 닿았다.

부르릉, 엔진 소리를 수면에 깔아뭉개며 배가 멈추자 사람들이 일제히 쏟아져나왔다. 자전거를 앞세운 사내, 털조끼를 걸친 더벅머리, 함지박을 인 아낙네. 갖가지 모양의 사람들이 서로 부르고 밀리며 뿜어내는 입김으로 나루터는 단번에 와자지껄한 활기로 넘쳤다.

아하, 오늘이 K읍의 장날인 게로구나.

나는 심호흡을 크게 하고 고개를 치켜세웠다. 그 순간, 가라앉던 가슴이 다시 콩닥콩닥 뛰기 시작했다. 정복 순경에게 두 손을 깍지 껴 잡힌 아이가 홀연히 내 앞으로 다가오며, 번득거리는 쨍한 눈초리로 나를 쏘아보고 있었던 것이었다.

"조사 끝나셨군. 이놈이 불을 질렀어요. 송산 쪽으로 가는 걸 간신히 붙잡았죠. 쥐알만한 게 아주 악바리예요."

순경이 미소를 지으며 말했다.

"……아닌데요. 불은 내가 잠결에 등잔을 자빠뜨려서……"

얼결에 이렇게 더듬거리는데, 탁 하는 소리와 함께 끈끈한 점액질 한 덩어리가 얼굴을 때렸다. 아이가 빠드득 이를 갈면서, 나를 향해 가래침을 쫙 갈겼기 때문이었다.

"생각혀주는 척 말어! 칵 쥑여뻐릴라고 내가 질렀단 말여!"

순경에게 알밤을 한 대 쥐어박히고 끌려가면서 아이가 돌산이 쩡 울리도록 악을 썼다. 나는 부르르 전신을 떨었다. 내 스물 몇 살의 젊음과 대학 졸업반이 되기까지 닦아온 소위 지성이라는 것이 그 질기게 살아남을, 한겨울 아이에 비해, 너무나 왜소하고 파렴치한 것에 불과하다는 것을 확연히 깨닫는 순간이었다. 강 줄기를 기어오르는 겨울 북풍은 칼날을 세우고 달려들고 저만큼 둑을 넘어가는 아이의 뒷모습은, 토끼털 귀마개도 없이 그냥 주 먹만한 맨머리였다.

춥겠구나……

–

식구

새벽이 되자 만득씨는 길례를 재촉하여 어린것을 감싸안도록
했다. 낡아서 해진 군용 담요 속에서 어린것은 막 잠든 듯이 보
였다. 숨결이 고르지 못했다. 백지장처럼 창백해진 피부에 수없
이 주름이 가고 동글동글 부풀어오른 붉은 반점이 볼과 턱주가
리에 여러 개였다.

　"워쩔 셈이랴?"

　곁에서 까치댁이 조심스럽게 물었으나 만득씨는 대답하지 않
았다. 어린것을 감싸안고 딸애 길례는 그저 바들바들 떨고 있
었다.

　밖으로 나서자 차가운 새벽바람이 달려들었다. 밤새 내리던
가을비는 그쳐 있었으나 지붕 너머로 내려다보이는 개천엔 검붉

은 흙탕물이 현저히 불어나 있었다.

길례를 앞세우고 만득씨는 둑으로 올라왔다.

수평으로 올라선 둑길은 좌우 비탈에 슬레이트 지붕을 얹은 판잣집들을 거느린 채 비좁고 불안정하게 보였지만 그래도 아스팔트였다. 비에 씻겨 아스팔트의 까만 질감이 제법 청결해 보였다. 종점 쪽에서 나타난 트럭 한 대가 만득씨 앞을 지나 둑의 서쪽 끝으로 달려갔다. 분뇨 트럭이었다. 한강의 한 자락이 둥 떠보이는 서쪽 끝엔 시(市)의 분뇨 처리장이 있었다. 그래서 하루 수백 대의 분뇨 트럭이 칙칙한 냄새와 부릉거리는 소음을 뿌리며 판잣집들의 지붕 위로 지나갔고, 둑길이 포장된 것도 바로 분뇨 처리장을 오가는 트럭들을 위해서였다. 둑 위로 완전히 올라서자 회색빛 새벽하늘 아래 D동의 주택가가 동화 속의 도시처럼 아름답게 내려다보였다.

본래, 신촌에서부터 도로를 따라 활처럼 휘어져온 철도의 바깥쪽은 지난봄만 해도 검붉은 황토층의 황무지였다. 그런데 불과 십 개월도 안 되는 사이에 맨션아파트가 여러 동 올라섰고 지붕이 넓은 불란서풍의 고급 주택들이 그림같이 들어찼다. 따라서 주택가의 한편에 연이어 있는 이 판자촌은 개천과 분뇨 트럭과 낮고 지저분한 지붕이 어우러져 둑 저편, 고급 주택가의 잘 단장된 정원, 화려한 건물 외양, 번듯한 대문 등과 선명한 명암으로 대비되어 더욱더 지저분해 보였다. 어쩌다 밤에 둑길로 나가 앉으면, 만득씨는 내려다보이는 주택가의 호사스러운 야경에 공연히 어린애같이 콧날이 시큰해올 때도 있었다. 그렇다고 그곳에 비해 전등도 켜지 않는 판자촌의 어둠이 한스럽다거나 한 것은 아니었다. 그저 까닭 모르는 슬픔이 주택가와 판자촌의 대조적인 명암에서 빗물이 고이듯 조금씩 차올라 전신을 촉촉이 적시는 것이었다.

"여기 쪼매 섰거라, 잉."

만득씨는 큰길로 나가는 철로 아래의 굴다리 입구에 길레를 세워두고, 철로 편으로 바싹 붙여 지은 블록의 가건물 출입문 하나를 탕, 탕, 탕, 두드렸다.

"워쩐 일이래유?"

쪽문에서 성긴 머리칼을 한, 중년 여인이 피로에 찌든 얼굴만 내밀며 물었다.

"종덕이 좀 봤으면 쓰겄는디……"

"쬐매 기달려유. 엊저녁 고주망태가 돼갖고 들와 시방 한밤중 잉게……"

때맞추어 열차가 지나갔기 때문에 여자의 말소리는 몽땅 잘려나갔다. 쪽문이 닫혔다. 잠시 만득씨는 멀어져가는 열차의 진동음을 뒤쫓듯 고개를 꺾고 그냥 서 있었다.

"무신 일여, 새벽부텀?"

허리춤을 여며 잡고 하품을 하면서 종덕이가 나타났다.

그는 만득씨와 고향 친구였다. 미장이여서 막일을 하는 만득씨보다 좀 나았으나 살림의 규모는 피장파장이었다. 대개 건축 사업장에서 함께 일할 때가 많았는데, 그가 일당 삼천 원을 받을 때, 만득씨는 그 반액 정도로 만족하지 않으면 안 되었다. 하지만 미장이보다 막일을 하는 만득씨 쪽이 쉬는 날이 적었고, 따라서 수입은 별 차이가 없는 셈이었다.

"돈 좀 꿔줘야 허겄는디……"

만득씨는 시선을 내리깔았다. 건너편 가겟집에서 젖먹이가 자지러지게 우는 소리가 들려왔다. 아이고, 이 웬수야. 차라리 뒈져라, 뒈져버려! 아이의 울음을 따라 악을 쓰는 여자의 목소리는 송곳처럼 뾰족하게 갈려 있었다.

"무신 일인디?"

"애가 밤새 아퍼갖고 말여……"

만득씨는 굴다리 쪽을 향해 턱짓을 했다. 저만큼 어린것을 안은 길례가 등을 보이고 돌아서 있는 것을 발견한 종덕이는 단번에 혀를 끌끌 찼다.

"쯔쯧, 복 읎넌 놈은 비행기 타고도 뱀헌티 물린다드니, 자네 신세도 어지간허네. 사내놈은 아직 코빼기도 안 보였남?"

"제 놈도 사람인디, 원젠간 새끼 찾어오겄지."

"오긴 뭘 와? 요즘 젊은것들은 똥 누러 갈 때허고 나올 때 맘이 싹 달라진당게!"

만득씨는 고개를 떨구고 발끝으로 땅을 팠다.

"참, 거 벌렁코 말여……"

가래를 탁 뱉으며 종덕이는 목덜미를 한번 부르르 떨었다. 돈을 꿔준다 안 꿔준다, 말은 안 하고 종덕이는 일단 딴청을 부리고 있었다.

"……삼십만 원 받었다는구먼."

"그릏게 많이?"

"청부업자허고 집주인이 반부담씩 혔다. 사람이 죽었는디 고것도 안 혀주면 제 놈덜도 사람이 아니지."

벌렁코는 공사판에서 곧잘 만나게 되는 목수였다. 두 주일 전 공사판 삼층 꼭대기에서 추녀를 만지다가 떨어지는 바람에 뇌진탕으로 죽었다는 소식을 들었다. 삼십만 원은 말하자면 벌렁코의 죽음에 대한 도의적인 보상금인 셈이었다.

"죽으면서도 존 일 혔구먼."

셋방이라도 좋으니 판자촌 말고 의젓한 주택가에 방 한 칸 지니고 살아봤음 좋겠다던 벌렁코의 모습을 떠올리며 만득씨는 나직하게 중얼거렸다. 목숨값으로 삼십만 원이 많은지 적은지는

가늠할 수 없으나, 어쨌든 번듯한 주택가에서 셋방 한 칸은 얻고
도 남을 돈이 아닌가.

"삼천 원밖엔 없네."

종덕이가 한참 꾸물거리다 삼천 원을 내밀었다.

삼천 원을 들고 만득씨는 굴다리를 지나 큰길로 나왔다. 버스
정류장에서 종점을 향해 그는 개천을 가로지른 6차선의 넓은 다
리를 건넜다. D동의 주택가가 형성되면서 2차선의 비좁은 다리
를 헐고 새로 세운 시멘트 콘크리트 다리였다. 다리를 완전히 건
너자 파출소를 사이에 두고 길이 두 갈래로 갈리고 있었다. 만득
씨는 큰길을 버리고, 시장을 끼고도는 좁은 길로 들어섰다. 저만
큼 이층 건물의 아담한 소아과병원 간판이 보였다. 셔터가 내려
진 현관 앞에서 만득씨는 잠시 망설였다. 초인종을 누를 용기가
안 났기 때문이었다.

길례 품속의 어린것이 그때 갑자기 울기 시작했다. 연줄처럼
가늘고 힘이 없는 소리였다. 만득씨는 반사적으로 초인종을 힘
껏 눌렀다. 잠시 후 천천히 셔터가 올라가고 간호원인 듯싶은 젊
은 여자가 고개만 내밀었다.

"뭐예요?"

"어린 게 밤새 아퍼서 그런디유. 의사 선상님 좀 후딱 보게 혀
줘야 쓰겄슈."

만득씨는 죄지은 소년처럼 두 손을 마주잡았다.

"조금 기다리세요. 선생님, 아직 주무시니까……"

금테안경을 걸고 여자같이 고운 피부를 지닌 젊은 의사가 진찰실에 나타난 것은 착실히 삼십여 분 다 되어서였다.

"낳은 지 얼마 됐습니까?"

청진기를 어린것의 가슴에 대며 의사가 물었다.

"석 달 쬐매 못 됐시유."

"뭘 먹였소?"

"에미가 젖이 시원찮어서유. 암죽을 쑤어 멕였는디, 한 주일 전부텀 얼굴에 요리 주름이 생기고 습진이 퍼지대유. 열까징 나며 보챈 건 엊저녁부터구유……"

의사는 한줌도 못 되는 어린것을 홀랑 벗겨서 이모저모 눌러보더니, 회전의자에 깊숙이 기대앉으며 안경을 벗었다.

"대체, 앨 죽일 생각이오?"

안경을 닦으며 의사는, 낮았지만 카랑카랑 울리는 목소리로 초조히 기다리는 길례와 만득씨를 다잡듯이 말했다.

"단순한 피부병이 아니라 영양실조에서 오는 현상이오. 영양실조, 아시겠소?"

의사가 똑바로 만득씨를 올려다보았다. 애를 이 지경까지 놔둔 것에 대한 사나운 질타의 눈길이었다.

"탈수증에 소화불량까지 겹친 게 확실한데, 물이라도 충분히 먹였소?"

"무, 물유?"

"수분 공급만 착실히 해줬어도 이 지경은 아닐 텐데?"

팔짱을 끼고 다리를 포개 얹으며 의사는 잘못한 학생을 다그치는 훈육 주임의 표정이 되었다. 고개를 떨군 만득씨의 이마가 순간 파르르 떨렸다. 뒤통수를 맞은 느낌이었다.

한 통 칠백 원짜리 분유를 못 대주고 암죽을 쑤어 먹게 한 건 내버려도 개조차 안 물어갈 가난 탓이었지만, 충분한 수분을 공급하지 않은 게 문제라면, 그건 만득씨 자신의 실수였다. 괜히 물만 먹이면 몸도 단단하지 못하고 헛배만 키운대서, 가급적 암죽만 먹이도록 권했던 것이다. 지금껏 자식들을 길러오면서도 그랬었고 실제 만득씨 자신도 평소엔 거의 물을 먹지 않는 성미였다. 의도였다기보다 만득씨에게 있어서 그건 거의 어찌할 수 없는 생리현상과 같았다.

어린 시절, 만득씨는 연무읍에서 강경 쪽으로 십 리쯤 나앉은 두화라는 마을에서 자랐다. 본래 대전이 고향이었으나 엿장수였던 아버지가 결핵으로 죽고 나자, 어머니는 어린 동생과 만득씨를 데리고 끼니를 연명하기 위해 거지처럼 떠돌다가, 어찌어찌 그 마을에 발을 붙였던 것이었다. 이백여 호가 넘는 커다란 마을이었다. 대부분 빈농이었지만 환갑이나 혼인식처럼 동네가 온통 들끓는 잔치에서부터 모내기, 김매기, 타작이며 기제사에 이르기까지 일 년 내내 크고 작은 일들이 그치질 않았다. 그래서 다 쓰러져가는 빈집에 바람구멍만 흙질로 막아놓고, 어머니는 아침마다 만득씨 남매를 꽁무니에 매달고 일손이 필요한 집을 찾아다녔다. 부엌일도 도와주고 밭일도 거들면 세 식구 굶지 않을 뿐 아니라 때론 헌옷가지나마 얻어 입을 수 있었다.

하지만 그것도 봄부터 가을까지였다.

타작마당에 도리깨질 소리가 멈추고 서리가 지붕 위에 허옇게 내리면 마을은 다만 적막 속에 잠갔다. 한 달 내 잔치 한 번 없을 때도 있었고, 그러면 만득씨 남매는 어머니가 얻어 오는 보리밥 한 덩이로 진종일 떨며 견디지 않으면 안 되었다. 겨울이 원수였다. 어쩌다 사람이라도 죽어나가는 게 만득씨 가족에겐 그나마 유일한 위로였다. 적어도 장례를 치를 사흘 동안만은 실컷 먹을 수 있었기 때문이었다. 부엌을 들랑거리며 어머니는 고기 따위를 치마폭에 감싸 날랐고, 만득씨 남매는 누가 볼세라 집어삼켰다. 그럴 때 목이 잠겨 물그릇이라도 주워들면 어김없이 어머니의 주먹이 뒤통수로 날아왔다. 국물이든, 숭늉이든, 물은 먹지 말라는 것이었다. 밥이나 고기로 배를 채워놔야 쉽게 꺼지지 않고 견딜 수 있다는 어머니의 생각은 아주 철저하였다. 가급적 김치나 푸성귀까지도 손대지 못하게 하였다. 만득씨 남매는 호흡이 불편할 만큼 물 없이 밥을 먹곤 대개 양지바른 풀밭에 쓰러져 잠이 들었다. 잠들며 올라다보는 하늘은 항상 눈 시리게 푸르렀고 고개를 돌리면 들녘은 너무 넓어 지평선이 까마득했다. 우리도 논이 좀 있었으면, 하는 소망은 실상 좀더 자라서였고, 그보다 아주 더 자라버렸을 땐 일당이나 몇백 원 더 받기를 바랄 뿐 그 소망마저도 죽어버렸으나, 물을 안 먹는 버릇만은 지금까지도 본능처럼 만득씨 체내에 남아 있었다.

"입원시키시오!"

의사의 위압적인 말에 비로소 만득씨는 고개를 들었다.

"우선 입원 보증금 이만 원을 내고 수속을 하시오."

할말이 끝났다는 듯 의사가 자리에서 일어선 것과, 길례가 손바닥으로 얼굴을 감싸쥐며 울음을 터뜨린 것은 거의 동시였다.

"저, 입원비가 없는디……"

더듬거리며 기어드는 목소리로 만득씨는 의사의 등에 매달렸다. 잠깐, 의사가 고개를 돌리고 만득씨와 길례를 찬찬히 살펴보았다.

"그럼 할 수 없지만 어린 걸 이런 식으로 내박쳐둔다는 건 죄악이오. 아시겠소? 잘 입히고 잘 먹이고, 그래서 튼튼하게 길러야지요. 당분간 매일 병원에 오고, 분유를 묽게 타 먹여요. 보리

차를 끓여서 늘 떨어지지 않게 하고…… 아시겠소?"

처방을 적은 쪽지를 간호원에게 넘기고 의사는 안쪽으로 사라졌다. 주사 한 대와 하루분 약봉지를 받아들고 만득씨는 이천이백 원을 건넸다. 팔백 원 남은 돈으로 분유 한 통과 볶은 보리 반 되를 사들고 집으로 돌아오자, 6학년짜리 막내가 짜증부터 부렸다.

"나 인제 집에서 잘래. 어젯밤은 추워 죽을 뻔했단 말야."

"저 급살맞을 놈이, 왜 또 이통을 부리냐, 후딱 처먹고 핵교 안 가!"

까치댁이 눈을 부라리며 빗자루를 거머쥐었지만 녀석은 막무가내였다. 만득씨는 말없이 분유를 열어놓고, 김치 한 종지에 보리밥이 딸려온 상을 향해 앉아 수저를 들었다.

열여섯 살배기 성구가 숟가락질을 하며 힐끗, 만득씨의 눈치를 살폈다. 성구와 막내는 여름 이후, 개천 쪽에 하수도 공사를 위해 시에서 실어다 부려놓은 커다란 하수도 통에서 새우잠을 잤다. 시멘트 통이요, 바닥이 원형일 뿐 아니라 양쪽이 횅하니 열려 있으니 한뎃잠이나 다름없었지만 형편이 어쩔 수 없었다. 배부른 길례가 공장 기숙사에서 쫓겨나와 집으로 돌아오면서부터 단칸방이 턱없이 비좁았기 때문이었다. 더구나 요즘엔 제대해 돌아온 큰애 성철이까지 끼게 되었다. 온 식구가 모여 있으면 앉아 있기조차 거북할 만큼 비좁은 방이었다. 성구와 막내가 이

제 완연해진 가을을 맞아 추워 못 자겠다는 불평은 당연한 항변이었다.

"누나 땜에 우리만 망했어, 씨."

막내가 기어코 길례를 걸고넘어졌다.

"인마, 왜 누나 때문이야? 우리가 넉넉지 못해서 그렇지. 식구통 닥치고 밥이나 죽여!"

형다운 말투로 성구가 막내의 투정을 윽박질렀다.

변두리 양화점에 견습공으로 다니는 성구는 월급 팔천 원을 한 푼도 축내지 않고 까치댁에게 바치는 착실한 성격이었다. 길례에 대한 집안사람의 불평불만도 혼자 도맡아 방패 노릇을 하는 게 성구였다.

길례는 본래, 권투 글러브를 만드는 가내공업 규모의 공장에서 재봉 일을 했다. 종일 미싱 앞에 앉아서 오리고, 풀칠하고, 가죽을 박아내는 고된 작업이었지만 워낙 오래 있어서 대우가 괜찮았다. 그런데, 우연히 물건 때문에 자주 공장에 들락거리던 체육사의 젊은 놈과 눈이 맞았다. 배가 불러오고 더 근무할 수 없는 형편에 이르자, 체육사를 찾아가봤지만, 놈은 이미 그 바닥을 떠버린 후였다. 길길이 뛰어봐도 어쩔 도리가 없었다. 수술해버리기에도 늦어 처녀인 채로 애를 낳을 수밖에 없었다.

낳고 보니 사내였다.

356

처음엔 맨숭맨숭했던 것이, 두 달이 지나면서 차츰 사랑스러운 기분이 들었다. 핏줄이니 어찌 그렇지 않겠는가. 고물고물 움직이는 그 조개껍데기 같은 손을 보고 있으면, 불현듯 저것이 내 손주구나, 싶어지는 것이었다.

막내와 성구가 각각 학교와 양화점을 향해 나가자, 마침내 빗방울이 다시 후드득 떨어졌다. 아파트 공사판에서 종일 자갈을 져 나르고 일당 천오백 원 버는 일도 이렇게 되면 에누리 없이 공치게 되니 큰일이었다.

"썩을 놈의 날씨까징 사람 쥑이네⋯⋯"

보리차를 어린것에게 떠넣으면서 까치댁이 중얼거렸다. 만득씨는 꼴깍꼴깍 보리차를 받아 마시는 어린것을 물끄러미 바라보다가 그만 질끈 눈을 감았다. 눈을 흘겨대며 뒤통수를 쥐어박던 어머니의 모습이 허공에 환히 떠올랐다. 에이구, 만득아, 요 병신 같은 놈아! 워찌 물을 처먹냐, 처먹길⋯⋯ 밥만 옹골지게 먹어놔야 후딱 배가 안 고프다고 고렇게 일러줬는디⋯⋯ 어머니의 알밤이 뒤통수에 아프게 쏟아지듯, 밖에선 빗소리가 천방지축 나고 있었다. 청승맞은 늦가을의 비였다.

"워디서 인자 오냐?"

사흘이나 코빼기도 안 뵈던 큰애 성철이가 초췌한 몰골로 들어오자, 부엌에서 코를 팽 풀고 나서며 까치댁이 물었다.

"정비소에서 잤어요……"

"그러면 말이라도 허고 가야지. 집이선 궁금허잖여?"

"집구석에 와봤자 어디 발 뻗고 잘 데라도 있어요? 그나저나 그거 어찌됐어요?"

"뭐 말여?"

"참, 그것 말예요, 오만 원!"

순간, 만득씨의 가슴이 또 한번 철렁하고 내려앉았다. 어린 것이 아프고 이틀이나 날일도 공치는 바람에, 그만 성철이의 일을 까마득히 잊고 있었다. 아니, 잊지 않았다 하더라도 뾰족한 수가 있을 리 없었지만, 만득씨는 새삼, 아들 보는 일이 미안하고 불안했다.

성철이가 제대하여 돌아온 지는 벌써 한 달이 지났다.

입대 전에 정비소에서 틈틈이 운전 기술을 익혔고, 또 군대 삼 년을 운전병 조수로 지냈기 때문에, 만득씨는 성철의 장래 문제는 크게 걱정하지 않아도 될 거라고 생각했다. 그러나 일은 예상대로 잘 풀리지 않았다. 운전이야 능숙했으나 그놈의 면허증을 내는 일은 또다른 문제였다. 면허 시험을 통과해야 하는데 필기시험이 문제였다. 국민학교도 제대로 못 다닌 성철로서는 필기시험을 통과할 방도가 없었다. 제대한 뒤 제 나름대로 꿈을 키우던 녀석은 첫 관문부터가 어려워지자 차츰 성격이 거칠어져

갔다. 툭하면 욕지거리고, 제 동생들을 일없이 들볶는 게 다반사였다. 그러던 그가 얼마 전부터 입대 전에 다니던 정비소에 들락거리더니, 한 주일 전쯤인가, 제법 취기까지 오른 얼굴로 만득씨 앞에 대들듯 퍼대고 앉아, 오만 원만 해내라고 악다구니를 썼다.

"글쎄, 딱 오만 원이면 결판 난다구요. 정비소 이상무가 일주일 이내에 면허증 빼주고 차까지 잡아준다는 거예요. 이번 오만 원만 해주면 막내 하나는 내가 가르칠게요."

그러나, 오만 원을 만드는 일은 면허를 내는 것만큼이나 만득씨에겐 어려웠다. 유일한 방법은 판자촌에 나도는 달라 돈을 얻어 쓰는 것인데, 보증인 두 명이 문제였다. 보증을 서도 될 만큼 터 잡고 사는 사람은 도대체 붙잡아 약으로 쓰려도 없으니 어쩌겠는가.

"그럼 말예요, 오만 원도 안 해줄려면 말예요……"

충혈된 눈으로 만득씨와 길례를 한번 훑어보고 난 성철은, 우선 까칠하게 말라붙은 입술을 질끈 물고 잠시 뜸을 들였다.

"길례를…… 시집보냅시다."

만득씨와 길례가 고개를 번쩍 든 것과 동시에, 까치댁의 목소리가 쨍하고 울려나왔다.

"뭐여!"

"이상무가 조카를 하나 길러왔는데요. 어려서 부모가 죽었나봐요. 올해 스물아홉인데 지금 한참 색싯감을 고르는 중이거든요."

"그런 댁에서 워찌 우리 길례를 데려가겠냐?"

"애는 떼놓고 처녀라 속여야지요. 될 거예요. 그 친구도 뭐 배운 것 없고, 또 한쪽 다리가 없으니까요. 차에 치여 무릎을 잘랐어요."

만득씨의 전신에 뜨거운 열기가 확 끼쳐왔다. 손끝이 파르르 떨려왔다.

"그건 안 되여!"

그는 거의 신음하듯, 성철이의 말꼬리를 잘랐다.

"왜요, 왜 안 돼요?"

"좌우당간 안 되여!"

"애새끼 때문에요? 다리병신이라서요? 그까짓 씨도 제대로 모르는 거 고아원에 맡겨버리면 되고, 도대체 뭐가 안 돼요? 길례는 뭐 내놓을 게 있다구요. 다리병신이나 씨도 모르는 애 밴 헌 계집애나 피장파장인걸……"

순간, 거의 발작하듯 말을 내쏟던 성철의 고개가 획 꺾여돌았다. 만득씨가 자기도 모르는 사이에 뺨을 후려갈겼기 때문이었다.

"왜 때려? 자식새끼에게 도대체 뭘 해줬다고 때리는 거야! 씨팔, 집도 내쫓기고, 애비 없는 외손주나 끼고 어쩌자는 거예요…… 곧 겨울인데……"

고래고래, 미친개처럼 악을 쓰던 성철이가 마침내 흐드득 느껴 울며 머리칼을 움켜쥐었다. 만득씨는 밖으로 나섰다. 하늘의 한편이 환히 트여왔다. 그는 아파트 공사장을 향해 둑길을 타내려갔다. 가슴이 콩콩 뛰놀고 다리가 휘청거렸다.

　성철이의 말이 귓가에 쟁쟁하게 남아 있었다. 이제 곧 겨울인데, 이제 겨울인데…… 하고 만득씨는 중얼거렸다. 이십 일 이내에 판잣집을 자진 철거하라고 구청에서 계고장이 날아든 건 열흘쯤 전이었다. 이것저것 발등에 떨어진 불 때문에 미처 그걸 신경쓰지 못하고 있었지만 따져보면 그보다도 더 큰 불은 없었다. 만득씨는 그저 앞이 캄캄한 기분이었다.

　만득씨는 말없이 지게 바작에 자갈을 퍼 담았다.

　어깨에 지고 사층에 올라서자 바로 코앞인 듯 판잣집들의 올망졸망한 지붕이 내려다보였다. 만득씨는 공연히 코허리가 시큰해왔다. 어머니의 시신을 리어카에 싣고 힘겹도록 추어올리던 연무읍의 외곽 지대, 공동묘지로 가던 그 황토 마루가 생각났다.

　지독하게 화사한 5월의 아침녘이었다.

　온통 진초록의 보리밭을 뚫고 나간 자갈이 깔린 하얀 길은 고갯마루까지 가르마처럼 쪽 곧았다. 햇빛은 정갈하고 바람은 부드러웠다. 뒤돌아보면 리어카를 밀며 오던 누이동생의 단발머리 너머, 저수지의 푸른 물색이 하늘하늘 흔들리는 비단 같았고, 앞엔 저만큼 황토 마루 위에, 역시 물색 같은 하늘이 아지랑이와 함께 내려와 있었다.

오빠! 쉬고 가. 땀 좀 닦고……

그려, 너도 쉬어!

중턱에 리어카를 받쳐놓고 땀을 닦는데, 어디선지 현란한 빛깔의 호랑나비 한 마리, 가마니에 덮인 어머니의 시신 위에 내려 앉았다. 엄니가 존게벼, 저 호랑나비…… 누이동생의 탄성을 뒤따라 문득 짤랑짤랑, 요령 소리가 고개 너머에서 들려왔다. 이윽고 수많은 만장을 앞세우고 꽃상여 하나 불쑥 고갯마루에 나타났다. 그러곤 요령 소리 구슬프게 남기며 어머니의 시신 옆을 서서히 지나쳐갔다. 그때, 풀썩, 호랑나비가 어머니의 시신을 덮은 가마니에서 날아오르더니, 꽃상여 한복판에 사뿐히 내려앉는 것이었다.

썩을 놈의 나비가!

눈물을 뿌리며 누이동생이 발을 굴렀으나 호랑나비는 되돌아오지 않았다. 호랑나비인들 꽃상여가 좋지 거무튀튀한 가마니때기가 좋겠는가. 저만큼 내려가는 꽃상여의 찰랑거리는 앙장과 드높은 만장이 눈부셨다. 와락, 눈물이 솟구쳤다. 어머니를 덮고 있는 가마니의 칙칙한 빛과 꽃상여의 눈부신 순백색, 구성진 요령 소리와 리어카의 삐걱거리는 바퀴살 소리가 너무도 대조적이었기 때문이다.

사층에서 내려다보는 저쪽 판자촌과 이쪽 고급 주택가의 대비가 꼭 그러했다. 햇빛은 남김없이 그쪽과 이쪽의 경계를 명확히 드러내 보여주고 있었다. 그보다 더 완강한 경계선은 없을 것 같았다. 그렇구먼, 그 화려했던 꽃상여와, 리어카 위에 팽개쳐진 엄니의 시신, 그 둘이 엇갈려 지나갈 때하고 똑같구먼. 호랑나비가 무신 죄겄어. 나라도 꽃상여 따라가지.

"이봐. 벌렁코처럼 되고 싶어 이려?"

어깨를 쳐서 돌아보니 종덕이가 사람 좋게 웃고 있었다. 만득씨가 자갈을 등에 진 채 난간에 멍하니 서 있는 게 위태로워 보였던 모양이었다.

"계고장인가 개나발인가 허는 것 땜에 혼쭐이 나갔는게비구먼. 그려도, 너무 걱정 말어. 사람이 아주 죽으라는 뱁은 읎는 거여⋯⋯"

"판잣집 철거시키믄 권리금을 월매나 준댜?"

"그것, 줘봤자 월매나 주겄어? 울던 애 달래느라고 쥐여주는 사탕 푼수나 되겄지. 그려도 자넨 성철이도 제대허고 왔응게 나보담 날 꺼여. 빌어처먹을 놈의 시상, 악을 쓰고 일해봐도 갈수록 살긴 더 어려워지니, 요게 무슨 놈의 요지경 속인지 알다가도 모르겠당게."

"······"

"아따, 얼빠진 천치처럼 그러고 있지 말고 어서 자갈이나 부려. 그러다가 벌렁코처럼 저 아래로 쑤셔박혀 뒈지면 만사 끝장 아닝게비······"

자갈을 쏟아내리는 만득씨의 눈에 순간 삼십만 원의 지폐다발이 휙 떠올랐다. 어제 아침 벌렁코가 죽은 값으로 받은 게 삼십만 원이었다는 종덕이 말이 생각났기 때문이다.

이날 밤늦게, 만득씨네 집엔 수수께끼 같은 사건이 생겨났다. 병원비가 없어 낮에 병원에도 다녀오지 못한 어린것이 그만 감쪽같이 없어진 것이었다.

만득씨가 집에 돌아온 것은 여덟시가 좀 지나서였다. 올망졸망 모여 앉은 애들 사이에 어린것은 새근새근 잠들어 있었다.

"오늘 병원에 가야 허는 날인디······"

만득씨가 신발을 벗으며 중얼거리자, 성철이가 누워 있다가 벌떡 일어서며 이죽거렸다.

"병원엘 다 가요? 참, 사람 죽여주네. 잠잘 데도 없는 판에 씨도 모르는 새끼 살려보겠다고, 없는 돈 처들여요?"

"너는 워찌 말을 그렇게 혀서 식구들 가슴에 못을 박냐?"

돌아앉는 길례 쪽을 힐끗하며 까치댁이 나직하게 나무랐다.

"그러니까 길례를 시집보내자는 거 아네요. 다리는 병신이지만 사람 무던하니 길례도 나쁠 건 없고, 또 나도 당장에 면허증 내고…… 그러면 우리집 살게 되는 거예요. 안 그래요?"

"아무리 그려도 석 달조차 안 된 새깽이를 워찌 에미 손에서 떼놓겠냐? 인두겁을 쓰곤 못헐 짓이여……"

만득씨는 앉으려다가 다시 문밖으로 나와버렸다. 충혈된 눈빛으로 쏘아보며 소리지르는 성철이를 향해 내놓을 것은 두 손뿐인 게 견딜 수가 없었다. 애비 노릇 한번 변변히 한 게 없으니 성철이가 악을 쓰든 말든 나무랄 처지도 아니었다.

"나가, 이년아! 차라리 나가 뒈져!"

길례를 향해 악을 쓰는 성철이의 목소리가 뾰족한 바늘 끝이 되어 만득씨의 등줄기에 날아와 박혔다.

"형은 뭔데 그래? 뭐 잘났다고……"

성구가 길례를 감싸고 나섰다.

"이 새끼가! 좆만한 게 까불어……"

철썩하고 뺨을 올려붙이는 매서운 소리가 들려왔고 울부짖는 성구의 목소리가 뒤를 따랐다. 만득씨는 재빨리 그곳을 벗어났다. 하늘엔 별들이 총총히 박혀 있고 D동의 주택가엔 별들만큼 수많은 창들의 불빛들이 보였다. 그 불빛들을 감싸듯 하며 신촌 쪽에서 밤열차가 오고 있었다. 그는 굴다리 앞에서 열차를 보내고도 한참 그대로 서 있지 않으면 안 되었다. 종덕이네를 빼곤갈 곳이 없었다. 그는 끝내 종덕이네의 문을 두드렸고 막소주나한잔하자고 함께 가겟집으로 왔다. 쓰디쓴 소주가 다디달았다.

자정이 가까워 막소주 한 병을 비우고 돌아왔을 때 집안은 초상집 분위기였다.

"아이고 이게 워쩐 조홧속이래유? 글씨, 귀신이 곡헐 노릇이지……"

까치댁이 눈물을 닦으며 만득씨의 팔을 붙잡았다. 영양실조로죽어가던 어린것이 감쪽같이 없어졌다고 했다. 아이가 없어지다니, 무슨 말인지 도무지 이해할 수가 없었다.

"애가 읎어지다니?"

"성철이가 승질을 부리고 나간 뒤 성구랑 막내까징 밖으로 자러 보냈지 않아유. 헌디, 반장이 와서 회의에 좀 나오라는 거여유. 철거 보상에 대한 것을 상의헌다구유. 그려서 길례만 냉기구나갔는디 글씨, 이게 워쩐 변이래유?"

길례는 어린것이 잠든 것을 확인하고 잠시 변소에 다녀온 모양이었다. 이곳 사람들은 대부분 굴다리 아래 임시로 마련된 공동변소를 쓰고 있었다. 베니어판의 쪽문이 여기저기 구멍이 뚫린 채 아슬아슬하게 매달려 있었지만, 그나마 변소가 집안에 읎는 이곳 사람들에겐 없어선 안 될 유일한 변소였다. 아침엔 십여 명씩 변소 앞에 줄을 서서 아우성이었다. 줄져 기다리는 사람들 성화에 볼일을 보는 둥 마는 둥 제대로 닦지도 못하고 나오는 일이 다반사였다. 만득씨도 이곳으로 와서부터 대변을 빨리 보는 버릇이 생겼다. 길례가 변소를 다녀오는 시간도 그러니까 그리 길지는 않았을 터였다. 그런데 그사이 감쪽같이 어린것이 없어졌다는 얘기였다.

"다녀와서 보니까 덮어놓은 포대기까지 통째로 없어졌어요. 문이랑 활짝 열려 있고……"

길례는 목이 메어 말을 끝내지 못했다.

만득씨는 쭈그려앉은 채 한마디도 하지 않았다. 변소 다녀오는 사이라면 길어야 삼사 분, 석 달도 안 된 어린것이 기어나갔을 리도 없을 테고 누군가 들어와서 훔쳐갔다고 볼 수밖에 없었다. 그렇다면 누가, 한줌도 안 되는 어린것을 안고 나갔단 말인가. 까치댁의 말대로 정말 귀신도 코를 싸쥐고 돌아설 일이었다.

성구가 주먹을 불끈 쥐고 혼잣말처럼 씹어뱉었다.

"이건 틀림없이 형의 짓일 거야. 누나 시집보내고 자기 면허증 따낼려고. 개놈의 새끼, 들어오기만 해봐라……"

"뭐여! 설마 형이 그랬겄냐? 시방은 그려도 어려선 월매나 착한 애였는디. 건너짚으면 팔 뿌러지능 거여."

"그럼 누가 앨 데려가?"

"저 건너편, 부잣집 동네에선 애 못 날 땐 이렇게 훔쳐가기도 헌댜. 돈은 쌔고 쌔서 썩어나가지. 자식은 읎지……"

"헤에, 웃기고 있네. 그런 집에선 우리집 애 같은 건 줘도 안 데려간대요. 핏줄이 다르다고요, 핏줄……"

아침에도 성철이는 나타나지 않았다. 만득씨는 쪼그려앉은 채, 뜬눈으로 밤을 밝혔다. 꼭 넋 나간 사람이었다. 말 한마디 하지 않았고 오줌 한번 누러 나가는 기색이 없었다. 아침 밥상을 디밀어봐도 마찬가지였다.

"워쩔려고 그려유? 이렇게 돼가는 것도 다 팔잔디…… 후딱 한 술갈 뜨고 일 나가야쥬."

"밥 생각이 읎당게. 그보다도 내복이나 한 벌 깨끗이 빤 걸로 내줘야 허겄어."

"빤 게 워딨어유? 다 떨어진 건 줄여서 성구 입혔는디……"

만득씨는 유구무언이었다.

길례는 밤새 울어 퉁퉁 붓은 눈빛이었다. 만득씨는 수저 한 번 들지 않고 굶은 채 아파트 공사장을 향해 둑길을 타넘었다. 둑 위에서 그가 뒤돌아보았을 때 울상이 되어 서 있던 까치댁과 잠깐 시선이 마주쳤다. 순간 만득씨의 아득한 눈빛 때문에 까치댁은 괜히 가슴이 철렁해졌다. 만득씨는 이쪽으로 고개를 돌렸지만 이쪽 편을 보는 것 같지도 않았다. 혼이 나간 사람 같았다. 이봐유, 하려는 듯, 까치댁이 한 발 앞으로 내디뎠으나 둑 위에 만득씨는 이미 남아 있지 않았다. 며칠 만에 쫙 내리비치는 밝은 햇살뿐이었다.

골조만 거의 완성된 아파트의 사층을 향해 만득씨는 올라가고 있었다. 등에 진 자갈이 천근같이 무거웠다. 모처럼 내리쬐는 늦가을 햇빛 때문인지 공사판엔 그 어느 때보다 활기가 넘쳐흘렀다. 만득씨는 되도록 천천히 한 발 한 발을 정확하게 떼어놓고자 했다. 밤잠도 못 잔데다가 아침을 굶은 탓인지 다리가 떨리고 잠깐씩 눈앞이 노래져왔기 때문이었다.

삼층을 간신히 지났다.

비스듬히 걸린 철제 깔판은 구멍이 숭숭 뚫려 있었다. 미끄러지지 않으려면 구멍에다가 엄지발가락을 오지게 박아넣는 게 상수였다. 만득씨는 허리를 잔뜩 굽히고 사층 난간으로 접어들었다.

"뭐야, 좀 빨랑 가지 않고!"

뒤에서 따라오던 이씨가 만득씨를 향해 소리쳤으나 만득씨 귀엔 아무것도 들리지 않았다. 큰길에서 들려오는 자동차의 엔진 소리, 공사장 주변의 지저분한 소음, 둑길을 달려가는 분뇨 트럭들의 불안한 속력, D동 사이의 쪽 곧은 아스팔트…… 만득씨는 지금 그 모든 것에서 멀리 떠나 있었다.

어머니를 묻고 돌아오던 황톳길엔 자갈뿐이었다.

고갯길 위에서 내려다보면 그대로 탁 트인 성동벌판, 어린 시절을 다 보낸 두화 동네는 저수지와 벌판 사이에 낀 채 졸고 있었다. 5월의 한낮이었다. 누이동생과 무릎을 세우고 마루턱에 앉아서 그는 문득 어째서 저 동네로 되돌아가야 되는 것일까, 하고 생각했다. 그에겐 정말 아무것도 준 것이 없는 마을이었다. 이제 어머니도 땅에 묻었으니 무슨 미련이 그곳에 남겠는가. 가자. 저 동네로 더이상 갈 거 없다! 어린 동생의 손목을 붙잡고 그는 말했다. 두화 동네 반대편으로 가면 대처로 나가는 버스가 있을 터였다. 그렇게 떠난 어머니가 한없이 미웠고, 두화 동네도 미웠다. 어디든 저곳보다는 나을 것이라고 생각했다.

하지만 지금, 자갈을 지고 힘겹게 철판을 밟아가는 만득씨의 가슴속엔 웬일인지 어머니에 대한 새삼스러운 그리움이 가득찼다. 어머니라고 해서 가난하게 살고 싶었던 건 아닐 터였다. 아무것도 남기지 못하고 다만, 말라붙은 당신의 시신만을 떠맡기고 죽어간 어머니의 아프디아픈 한이 새삼 뼈저리게 마음에 닿는 느낌이었다. 가난했지만 어머니는 최소한 만득씨 남매를 굶게 하진 않았다. 손이 발이 되도록 동네 머슴을 자처해 밥은 먹이지 않았던가. 그려. 엄니는 굶지 않고 사는 법을 내게 가르쳤

덩 거여. 나 같은 것보담 백배 낫었당게. 죽어가는 손주 새깽이를 자식놈헌티 도적질당헐 그런 울 엄니가 아녀!

사층 난간에 척 올라서자 만득씨 눈앞엔 파르르 손가락을 떨며 죽어가는 어린 외손주의 모습이 환히 보였다. 그리고 자신을 향해 원망스럽게 치켜뜬 성철이의 충혈된 눈, 하수도용 토관에서 기어나오는 성구와 막내의 소름 돋힌 안색, 판잣집 철거 계고장을 쥔 채 절규하는 까치댁도 환히 보였다.

자식새끼라고 뭐 하나 해준 게 있냔 말예요! 오만 원만 빨리 해주세요.

추워서 이제 하수도 통 속에선 안 잘 테야.

썩을 놈덜. 여길 쫓겨나도 우리집 같은 건 권리금도 안 준댜. 인자 꼼짝읎이 신작로에 나앉게 되얐는디 춘 게 문제여!

만득씨는 이를 악물었다. 어지럼증 때문에 눈앞이 뽀얗게 흐려졌다. 잘 입히고 잘 먹이고, 그래서 튼튼하게 길러야지요. 여자처럼 고운 피부를 가진 젊은 의사가 안경 너머에서 자신을 질타하고 있었다. 자식들을 재우고 입히고 먹이지 못한 죄는 구천에 가서도 용서받지 못할 게 뻔했다. 아버지가 아닌가. 아버지! 아버지! 길례가 매달리고 성철이, 성구, 막내가 매달리고, 까치댁이 허우적거리며 허리춤에 매달리는 느낌이었다. 만득씨는 마지막 힘을 모아 떨리는 오른발을 성큼 앞으로 내뻗었다.

뒤따라오던 이씨가 외마디소리를 질렀을 때 만득씨는 이미 사층 난간에서 허공으로 떨어진 뒤였다.

만득씨가 다시 정신을 차렸을 땐 다음날 아침, 천장이 휑하니 높은 병실에서였다. 처음에 그는 자신이 살아 있다는 게 믿어지지 않았다. 어떻게 살아 있을 수가 있단 말인가. 침대에 묶인 다리와 어깨가 온통 붕대로 감겨 있는 것을 확인하고, 만득씨는 선뜻 눈만 감았다. 손끝이 부르르 떨렸다.

"천만다행이여. 삼층 이층 난간에 떨어져 살아난 겨. 어깨뼈하고 다리가 부러졌는디 잘만 허면 나을 수 있다는구먼."

종덕이의 목소리가 꿈결처럼 들려왔다.

"사람이 워찌 그 모양인가? 회사에서야 실족헌 줄로 알지만 나는 다 알 것 같어. 혹시라도 자네가 벌렁코 생각헌 것은 아닐까 허고. 워찌 그리 못난 생각을 혀? 겨우 돈 몇십만 원에 모가지를 걸다니……"

종덕이는 말끝을 흐렸다. 만득씨는 비로소 눈을 뜨고 주위를 둘러보았다. 성철이가 먼저 눈에 들어왔다.

"아버지!"

성철이가 한 발 다가섰다.

"이놈아! 어린것은…… 워쨌냐?"

꿀꺽, 울음을 삼키고 만득씨는 자신도 모르는 사이에 이렇게 엉뚱한 질문을 던졌다. 성철이가 대답 대신 흐드득, 느끼면서 뛰쳐나갔다.

"못난 놈. 이봐, 종덕이!"

"워찌? 힘든디 자꾸 말헐라고 그려?"

"이왕지사 이렇게 살아났으니, 의사 선상님헌티 한 가지만 확실히 물어봐야 쓰는것디……"

"뭘?"

"설마, 내가 어깨를 못 쓰게 되능 건 아니겄지? 기왕에 모진 목숨인디 자갈도 져 나를 수 읎게 되면 워쩌겄어? 벌어먹고 사는 데까징 살아야 헐 꺼 아녀!"

만득씨는 그러고는 다시 입을 다물고 눈을 감았다.

다음날 새벽, D동의 파출소엔 젊은 청년 하나가 절도 미수로 잡혀 들어왔다. 주택가의 어느 이층집 담을 넘으려다가 방범대원에게 붙들린 것이었다. 그런데, 이 젊은이는 한사코 물건을 훔치려던 게 아니라고 우겼다.

"그럼 뭐하러 담을 넘으려 했어?"

"애기를 찾아올 생각이었어요. 석 달 된 조카앤데 엊그제 밤에 그 집 문 앞에 내가 버렸었단 말예요. 정말예요. 그 집 키 작은 식

모가 애기를 안고 들어가는 걸 분명히 봤어요. 애기 좀 찾아주세
요. 어서요……"

횡설수설하는 게 꼭 신들린 무당 같았다.

담당 순경은 어쩔 도리 없이 사실 여부를 확인하기 위해 청년
을 붙잡아온 이층집까지 다녀오지 않으면 안 되었다. 정오가 다
되어 돌아온 순경은 추위에 퍼렇게 죽은 입술로 보리차를 홀짝
거리며 파출소장에게 이렇게 보고하였다.

"사실입니다. 엊그제 자정 가까운 시간, 그 집에서 애를 하나
주웠대요. 너무 늦어 그냥 재웠는데 밤새 심상치가 않았답니다.
열이 대단했던 모양이에요. 새벽에 영아원으로 옮겼으나, 애는
결국 죽었답니다. 급성폐렴이었는데 영양실조로 너무 쇠약해 있
어서 손써볼 틈도 없었대요."

"쯔쯧, 영아원으로 안 데려가고 곧장 병원으로만 갔어도 살릴
수 있었을지 모르는데."

"그치만 그 이층집에 죄를 물을 순 없지요. 저놈이 문제지. 저
녀석, 영아 유기죄에 과실치사까지 겹쳐 처리해야지요? 그렇게
본서에 보고할까요?"

파출소장은 다만 고개를 두어 번 끄덕거렸다.

—

논산댁

바람 끝이 차가웠다. 3월이 눈앞에 와 있어도 아직 밤이면 얼음이 얼었다. 논산댁은 때에 전 작업복 소매로 목덜미에 닿는 바람을 막았다.

"쬐끔만 더 주슈, 잉……"

앞줄에서 통집 마누라가 겨우 짬밥으로 바닥만 가려진 양동이를 들고 징징거렸으나, 이장 명수씨는 안심리의 짬밥 저장고 모서리에 등을 기댄 채, 통집 마누라를 열에서 빠지도록 턱짓만 했다.

"새깽이 낳는디도 돼지 한 마리 한 삽이라는 게 말이 되어?"

통집 마누라는 더 받긴 틀렸다는 것을 환히 알면서도 미련이 남은 투로 짬밥 저장고 속의 이씨를 향해 이렇게 토를 달았다.

"아따! 용천배기 콧구멍에서 마늘씨를 빼 먹고 말지, 요걸 보고도 더 달라면 딴 사람들은 워쩌라는 거여?"

수거인 이씨는 땅속에 몸통이 절반 이상이나 묻혀 있는 짬밥 저장고를 삽으로 쾅쾅 두드리며, 줄지어 선 다른 사람들 모두 들어보란 듯이 악을 썼다.

언덕 아래에서 뚜 하고 목쉰 기적 소리가 들려왔다.

정거장에 이제 막 통학차가 들어서는 중이었다. 통학차라지만, 따로 정기 열차가 없으니 하루 두 번 들랑거리는 통학차가 운행되는 열차의 전부였다. 배출되어 가는 훈련병을 위해서나, 군용 화물을 적재한 특별 열차는 그때그때 제멋대로 왔다. 그런 열차는 기적 소리도 경쾌한 디젤 기관차였으나, 아침저녁 객차 두 칸만 장난감처럼 달고 연무에서 강경까지 왔다갔다하는 통학차는 석탄을 때는 구식 화차였다. 거기다 연발 연착이 보통이고, 객차 안엔 불기도 별로 없는 철제 난로만 있어 강경으로 통학하는 중고생들에겐 '연무대 똥차'로 불렸다. 연무대에는 중학교 하나 반반한 게 없었다. 그러니 학생들은 이십 리 밖 강경으로 나다닐 수밖에 없는데도 다른 교통수단은 비포장도로를 덜컹거리며 오가는 마이크로버스뿐이었기 때문에, 아침저녁 역사驛舍 주변엔 학생들의 발걸음이 제법 바빴다.

해방 후, 제2훈련소를 중심으로 급격히 생겨난 이 연무읍은 말이 읍이지. 신병 면회 제도까지 없어진 지금은 건물도 퇴락하고 찾아오는 사람도 없어 썰렁하기 이를 데 없었다. 그나마 삼거리 시장통의 술집이나 상가는 그런대로 유지되지만 변두리로 빠진 안심리의 사람들은 생계조차 막연하였다. 그래서 궁여지책으로 생각해낸 것이 바로 수용연대에서 나오는 짬밥을 가지고 돼지나 닭을 기르는 일이었다. 사료값을 따로 들여야 한다면 그도 어려운 일이었으나 이 짬밥은 무료 분배였다. 어떻게든 새끼 돼지 한 마리만 마련하면 여섯 달 후엔 저절로 커 어미 돼지가 되니 그 벌이가 사뭇 적지 않았다. 그러다보니 자연 짬밥이 말하자면 그들의 유일한 생계의 젖줄이 된 것이었다.

작년까지만 해도 질 좋은 짬밥이 얼마든지 나왔다.

오히려 짐승이 모자랐고, 적어도 짬밥에 있어서, 이 고장 인심은 후한 편이었다. 그런데 요즘은 사정이 전혀 달라졌다. 새로 젊은 소장이 오면서부터였다. 짬밥이 많이 나오는 중대는 식사량을 조절하겠다는 엄한 명령이 내려졌기 때문이었다. 과연 짬밥의 양은 형편없이 줄어들기 시작했다. 거기다 질도 나빠져서 마을의 인심도 사나워졌고, 짬밥 저장고 주변엔 때로 살기가 돌기도 했다.

"다음, 논산댁!"

통집 마누라가 입을 삐죽이며 물러나자 이장 명수씨는 괜히 코앞에 있는 사람의 이름을 크게 부르며 잡기장을 풀풀 넘겼다. 양동이를 들이밀며 논산댁은 고개를 모로 꺾었다. 얼굴이 화끈 달아올랐다.

어제의 일이었다.

아침부터 꺼먹이의 눈치가 수상한 것이 사건의 발단이 되었다. 여섯 달 전, 처음 사들였을 때만 해도 버크셔로서 유독 곱슬거리는 털에 반지르르 윤기가 돌던 놈이었는데, 배를 제대로 채워주지 못하니까 자연 윤기도 빠지고 실팍하지를 못했다. 그러던 놈이 갑자기 다리가 꼬이고 귓불이 뜨끈뜨끈해지면서 눈곱 낀 눈알을 희멀쑥하게 돌리는 것이, 아무래도 심상치가 않아 보였다.

"감긴게비여, 열나고 밥은 잘 먹고 헌게. 요럴 땐 그저 잘 멕여야 젤인디 말여……"

아침에 일없이 건너온 명수씨가 돼지 막 앞에 퍼대고 앉아 있는 논산댁에게 이렇게 설명하며 슬며시 한 손을 돌려감아왔다. 감기라는 데 우선 안심이 되었다. 그러나 명수씨의 손을 매몰차게 뿌리쳐 보내고 나서도, 그녀는 종일 맹물뿐인 구유통을 들여다보며 마음이 심란했다.

어쨌거나 명수씨를 만나봐야 짬밥 한 양동이쯤 그냥 퍼줄 위인도 아니고, 그래서 생각하다못해 삼거리 시장통의 쓰레기장까지 다녀왔다. 쇠전에서부터 읍사무소 건물로 통하는 골목까지 냄새나는 쓰레기를 뒤적였지만 생선 대가리 몇 개뿐, 꺼먹이의 먹이가 될 만한 것은 별로 눈에 띄지 않았다. 그녀는 실망했다. 좀 늦긴 했어도 신촌리까지 둘러보자는 욕심이 생겼다. 읍사무소 앞의 밝고 큰길을 놔두고 지서 뒷길로 접어든 것은 마음이 급한 탓이었다. 그런데 공교롭게 혼자 집으로 돌아오는 명수씨와 딱 맞닥뜨렸던 것이었다.

"아니, 논산댁 아녀?"

그는 조금 취해 있었다. 어둠 속이라 표정은 확실히 보이지 않았으나 말투는 탁하게 뒤틀려 나왔다. 그는 논산댁이 들고 있는 양동이를 기웃이 들여다보곤 히죽히죽 웃기부터 했다.

"쓰레기를 뒤지고 있었구먼. 그렇게 내 뭐랴? 내 말만 잘 들어주먼 돼지 잘 먹게 되겠다, 논산댁 신간 편허겄다, 알 먹고 꿩 먹곤디 말여."

"실없는 소리 그만허고 후딱 비켜줘유. 바뻐 죽겄시유."

논산댁이 옆으로 빠져나가려고 한 발 내디딘 것과 명수씨가 그녀의 허리를 낚아챈 것은 거의 같은 순간의 일이었다. 너무 갑작스러워 논산댁은 쓰러지듯이 명수씨의 팔 안으로 잠겨들었다. 술내가 확 코를 찔렀다.

"논산댁! 내가 월매나 논산댁을 생각혀왔는지 알어?"

"무신 망측헌 짓이래유!"

논산댁은 왈칵 명수씨의 가슴팍을 떠밀며 소리쳤다. 취한 탓인지 그는 두어 번 비틀거리다가 털썩 뒤로 나자빠졌다.

"증말 이러기여?"

노기 찬 명수씨의 외침이 귓전에 날아왔으나 그녀는 뒤도 안돌아보고 종종걸음을 쳤다. 까닭 모르게 설움이 복받쳐올라 앞이 잘 안 보였다. 그게 바로 어젯밤 일이었다.

"자, 세 마린게 세 삽이여."

수거인 이씨는 화가 난 듯한 명수씨의 눈치를 살피고 나서 세 삽째를 떠 담다가 멈칫했다. 논산댁의 눈에 짬밥이 담긴 삽 끝에 삐죽이 얹힌 닭다리가 보였다. 거의 뜯지 않은 닭다리였다. 횡재가 아닐 수 없었다. 그런데 순간, 이씨가 손가락 끝을 튕겨 닭다리를 짬밥 저장고에 다시 떨어뜨리는 게 아닌가. 명수씨의 눈빛을 살피고 그 뜻에 따라 하는 짓이었다. 논산댁은 번쩍 고개를 들었다. 어제에 비하면 눈에 띄게 양이 줄어든 삽자루여서, 그러잖아도 속이 상해 있던 논산댁이었다.

"아니 워찌 닭다리는 되로 빼낸댜?"

말끝이 떨려 나왔다. 명수씨는 그러나 짐짓 모르는 체했다. 잡기장만 들여다보면서 헛기침을 하더니 짐짓 고압적으로 소리쳤다.

"다음 아산댁!"

이씨는 잠시 난처한 표정을 짓다가 떨어뜨려놓았던 닭다리와 함께 소복하게 한 삽을 퍼서 아산댁의 양동이로 내리쏟았다.

"순서대론디 이런 법이 워딨어? 이 닭다리는 본래 내 꺼여."

논산댁은 아산댁네 양동이에서 냉큼 닭다리를 주워들었다. 분명히 배부른 고급 장교가 먹다 남긴 것일 터였다. 닭다리는 의외로 통통하게 살이 올라 보였다. 잘 씻어 새로 끓여내면 몸보신이 되고도 남을 만했다.

"아니 논산댁! 누군 뭐 병신이랴!"

아산댁이 발끈했다. 노란 털스웨터를 받쳐 입은 그녀는 분가루를 하얗게 뒤집어썼으나 사십이 가까운 나이인지라 오히려 흉물스럽게 보였다.

"그럼 남의 닭다리를 꼭 뺏어가야 쓰겄시유?"

"워쩌서 니 닭다리여? 그러잖아도 여시 새갱이처럼 꼬랑지를 치는 게 꼴사나워 죽겄는디, 이년이 시방 뭐라고 지랄이랴!"

"얼레, 생사람 잡는 것 좀 보소."

논산댁은 기가 차서 말이 안 나왔다.

명수씨와 아산댁이 그렇고 그런 사이라는 건 안심리 사람이면 누구나 알고 있었다. 아산댁의 돼지 구유통이 남보다 풍성한 것도, 남편 없는 아산댁 얼굴에 늘 분가루가 발라지는 내력도 안심리에선 공공연한 이야깃거리가 되었다. 벌써 한참 전부터였다.

사달은 요즘 명수씨의 발걸음이 주로 논산댁네 골목에서 서성거릴 때가 많아진 사실에 있었다. 아산댁이 유독 쌍심지를 켜고 나온 건 그 때문이었다. 엊저녁만 해도 불문곡직 허리춤을 싸안으려 하지 않던가. 애들을 생각해서라도 차마 명수씨의 수작에 넘어갈 수는 없었다. 그러나 명수씨는 논산댁과 아산댁의 대거리를 모르는 척하고 있었다.

"닭다리, 이리 안 내놀 거여?"

"못혀!"

"이년, 도도헌 것 좀 보소!"

아산댁은 눈알을 허옇게 돌리며, 논산댁의 팔목을 죽어라 붙잡고 늘어졌다.

사람들이 우르르, 두 사람을 둘러쌌다. 밀고 닫는 힘 싸움이 벌어졌다. 사생결단이라도 내는 투계처럼 맞붙어 서로 밀고 당기는 바람에, 옆에 놓인 양동이가 모로 쓰러진 건 다음 순간이었다. 맨땅에 비죽이 짬밥이 흘러나왔다. 그 바람에 저마다 양재기를 하나씩 든 채 퍼주다가 흘리는 짬밥을 주워 담으려고 호시탐탐 기회를 엿보던 조무래기들이 우르르, 넘어진 양동이로 몰려들었다. 이제까지는 이씨가 휘두르는 자루가 무서워 감히 접근을 못하던 조무래기들이었다. 와 하고 한꺼번에 몰려들어, 뒤로 나뒹구는 놈, 앞으로 코방아를 찧는 놈, 손으로 주워 담는 놈, 양재기째 바닥을 닥닥 긁는 놈들 때문에, 짬밥 저장고 앞은 순식간에 수라장이 되었다.

"이런 썩을 놈의 새깽이덜이⋯⋯"

아산댁이 가까운 아이의 등을 후려치자 이씨도 냉큼 삽자루를 추켜세우고 눈을 부라렸다. 아이들은 옷이며 얼굴까지 온통 냄새나는 짬밥을 묻히고, 힐끗힐끗 뒤를 돌아보면서 족제비처럼 언덕 아래로 줄행랑을 놓았다.

어둠이 왔다. 설핏하게 기울던 해가 꼴깍, 강경벌의 한 모서리로 숨어버리자 어느새 서서히 땅거미가 지기 시작했다. 논산댁은 우선 반을 조금 넘게 퍼낸 짬밥에 구정물을 타서 꺼먹이의 구유통을 채워놓았다. 그렇게 해도 구유통엔 희끄무레한 맹물뿐이어서 논산댁은 코허리가 찡해왔다. 꺼먹이는 눈곱이 잔뜩 끼고 열이 오르는 게, 아침보다도 고통이 더 심한 듯했다.

"하나 둘 셋 넷⋯⋯"

30연대 쪽에서 군인들의 구령 소리가 손에 잡힐 듯이 들려왔다. 그 뒤로 이내 군가 소리가 딸려 나왔다. 체격에 비해 형편없이 커다란 군복을 걸친 채 퀭한 눈자위만 반짝이는 신병들의 행렬이 눈에 환하게 떠올랐다. 황화리 앞의 야산에서 사격 훈련을 끝내고 귀대하는 신병들이었다.

팔 년 전, 남편의 시체를 거적에 싸서 이씨가 지고 갈 때도 뽀얀 먼지가 맨살에 감겨오는 신작로엔 신병들의 행렬이 그치지 않았었다. 그때만 해도 사격장은 철조망 하나 없이 헐렁하게 터져 있었다. 황화리와 전라도 완주군 사이엔 나무 한 그루 없는 메마른 고내곡재가 솟아 있었는데, 그 산발치가 바로 사격장이었다. 오발된 총알이 경계를 넘어갈 때도 있었다. 그래도 사람들은 탄피를 줍기 위해 목숨을 걸고 산발치의 잔솔 밑으로 파고들었다. 탄피는 밥이 되었다. 밥을 먹기 위해 그들은 하나밖에 없는 목숨을 여러 개로 나눠 썼다. 남편도 마찬가지였다. 탄피를 주우려고 야산 다복솔 밑에 숨어 있던 남편이 날아오는 유탄에 맞아 죽은 것은 논산댁이 시집온 지 꼭 삼 년 만의 일이었다. 왕구가 세 살이고 유복예를 배고서 넉 달째였다. 하늘이 내려앉은 셈이었다. 논산댁은 울음도 나오지 않았다. 늙은 시어머니와 어린 두 남매가 남편이 남기고 간 유산의 전부였다.

"나헌티 맽기고 잘 죽었지, 잘 죽었어……"

남편 생각이 나자 논산댁은 금방 눈두덩이 시큰해져서, 꿀꿀대며 달려드는 석 달짜리 흰 돼지 두 마리를 철썩철썩 때려 뒤로 물러서게 했다. 뭐 한 가지 복 받을 게 없는 지지리도 못난 팔자구나 싶었다.

386

시어머니만 해도 그랬다.

물론 오랜 해수병으로 부쩍 기운이 떨어지고 그래서 신경질이 느는 것은 이해할 수 있었다. 하지만 요즘 들어 더욱더 사사건건 트집만 잡고 억지를 부리는 게 너무나 야속했다. 아까만 해도 짬밥통을 들고 들어서자 시어머니는 마루 끝에 나서며 가래 끓는 쉰 소리로 욕지거리부터 내갈기지 않았던가.

"조년은 돼지가 즈 서방이나 되는게벼. 맨날 돼지 막에만 붙어서 즈 시에미는 죽든 말든 외약눈 하나 껌쩍 안 헌단 말여."

"꺼먹이가 아퍼서유."

"꺼먹이만 아프고 나는 성허단 말여?"

어디서 그런 소리가 나는지 시어머니는 쨍하니 쇳소리를 냈다. 그리고 곧 두 다리를 쭉 뻗고 질펀하게 주저앉아 자신의 가슴을 치며 악을 쓰기 시작했다.

"아이구 내 팔자야, 동네 사람들 이년 좀 보소. 앓어누운 시에미는 내박쳐두고 인자 구박까지 허네, 잉. 아이구 영감, 어서 나도 좀 잡아가유, 영감 사는 세상으로 나도 좀 데려가유……"

그때 공교롭게도 아산댁이 마당으로 들어서고 있었다. 시어머니는 아산댁을 보자 눈물도 안 나오는 눈살을 비벼대며 더욱 서럽게 목청을 뽑았다.

"이런 쯔쯧…… 메느리 하나 잘못 만난 게 죄구먼유."

아산댁은 마루 끝에 주저앉으며 이 모양으로 시어머니의 가슴에 불을 질렀다. 만고의 효녀나 된 것처럼, 도닥거리고 닦아주며, 시어머니를 달래는 시늉도 볼썽사납기 그지없었다. 대거리를 하면 무슨 말이 더 나올지 몰라 가만히 있는데, 이번엔 논산댁을 향해 간드러지는 목소리로 토를 달고 나섰다.

"이봐 논산댁, 그러면 못써, 돼지가 아프대서 와봤는디, 그게 다 천벌을 받는 거여. 오늘 저녁은 아까 그 닭다리나마 시어무니께 잘 삶어드려."

시어머니를 힐끗 살피며 아산댁은 혀를 날름했다. 방으로 들어가던 시어머니가 닭다리라는 말을 듣자 눈이 번쩍했다. 암고양이처럼 번뜩이는 눈초리로 부엌 쪽과 논산댁을 번갈아 살피던 시어머니가 털썩 문턱에 주저앉더니 툇마루 바닥을 손바닥으로 내려치기 시작했다.

"조년이 즈 시에미를 발뒤꿈치의 때만큼도 안 여긴단 말여. 아이구 억울허고 억울혀. 내가 그저 팍 고꾸라져 뒈져야 저년 속이 시원할 턴디……"

논산댁은 열이 나는 꺼먹이의 몸통을 와락 쓸어안았다.

말 못허는 짐승이지만 차라리 니가 내 속을 알지…… 가슴속이 터질 것 같아도 꺼먹이를 안으면 늘 마음이 가라앉았다. 혈육과 같았고 희망의 전부였다. 지난번 흰둥이를 팔았던 오만 원을 아무도 몰래 꾹 박아뒀으니, 꺼먹이까지 잘 키우면 십만 원이 될 것이었다. 선자 몇 마지기는 장만할 큰돈이 아닌가. 비록 선자라 해도 논을 갖고 싶은 게 논산댁의 꿈이었다. 시집오고 어디 내 손으로 쌀 한 톨 추수해본 일이 있었던가.

어렸을 때 뛰어다니던 타작마당의 기억은 언제나 신이 났다. 멍석 위에 소복하게 볏낱이 쌓이면 빛나는 함석 퉁가리가 마당 가운데 생겨났다. 맷방석만하게 달이라도 떠오르면 함석 퉁가리 어스레한 그늘이 마당을 가득 채웠다. 퉁가리 그늘 속에서 하는 숨바꼭질은 또 얼마나 재미있었던가. 봄에 퉁가리를 툭 젖혀서 나락을 가마니에 퍼 담던 기억은 생각만으로도 뿌듯했다. 나락을 진 아버지의 바지춤을 붙잡고 방앗간에 갈 때면 언제나 마음이 가득차 안 먹어도 배가 부른 느낌이었다. 누런 볏낱이 하얀 쌀이 되어 나오는 것도 그렇게 신기할 수 없었다.

강경 논산 사이의 들녘은 아스라하게 넓었고 늘 기름졌다.

저녁나절 동무들과 동구 밖에 나서면 불어오는 바람 속에 흙 냄새가 났다. 나이가 들면서 노름으로 좋은 전답을 팔아넘기고 대전으로 이사할 때의 아버지 얼굴 또한 잊을 수가 없었다. 술에 취해, 검은 들판에 대고, 자 술 한잔, 하면서 소주잔을 달리는 차창 밖으로 붓고 붓고 했던 아버지였다. 아버지의 정한이 새삼 가슴에 미어지는 기분이었다. 살아생전 마당에 함석 퉁가리 하나

갖는 게 논산댁의 꿈이었다.

논산댁은 꺼먹이를 부둥켜안고 주먹으로 눈물을 씻었다.

땅을 다시 찾고 싶은 건 도시로 나가 모진 막일에 시달리다가 죽은 아버지의 소원이기도 했다. 남편의 소원도 땅이었다. 논산 댁은 그 모든 게 한이 되었다. 그래서 하다못해 선자라도 몇 마지기 장만해보자고, 근래에 더욱 허리를 졸라매온 것인데 시어머니는 그 속도 모르고서 걸핏하면 앙탈을 부리니 속상하기가 이만저만이 아니었다.

논산댁은 이런저런 상념 때문에 넋 잃은 사람처럼 돼지 막 앞에 앉아 있었다. 잘못해서 꺼먹이가 죽기라도 하면 어쩐단 말인가. 오소소한 얼굴로 왕구와 유복예가 들이닥친 건 한숨을 쉬고 나서 막 엉덩짝을 들어올릴 때였다.

"엄니, 이거 돼지 먹이면 안 되어?"

왕구는 흘러나온 콧물을 소리가 나게 들이마시고는 쭈그러진 양재기 하나를 불쑥 내밀었다. 양재기 속에 들어 있는 건 죽은 쥐였다.

"아니, 이건 쥐 아녀?"

"약 먹고 죽은 게 아니여. 유복예랑 이거 잡느라고 30연대 뒤 개울에서 죽을 똥 쌌어. 그려도 이게 괴기 아녀?"

쥐약 먹은 쥐 아닌데 무슨 상관이냐는 얼굴로 왕구가 논산댁

390

을 올려다보며 씨익 웃었다. 큰놈이라고, 에미가 꺼먹이 때문에 몸살을 앓는 걸 보고 쥐까지 잡아온 정성에 가슴이 뭉클해졌다.

"그려, 그거래도 멕이자. 창새기는 다 버리고 살만 칼로 쓸어서 구정물에 타 멕여라. 엄니는 할무니 밥 퍼야 헌게……"

논산댁은 왕구에게 이르고, 아산댁과 드잡이하며 기어코 차지해온 닭다리를 씻기 시작했다. 이만치만 먹고 버리는 사람들은 월매나 높은 사람일꼬. 세상에 이런 닭다리를 버리다니, 죄받을 짓여. 말이 닭다리지, 몸통도 제법 붙어 있어 실팍했다. 하마터면 아산댁에게 뺏길 뻔했던 걸 죽어라 빼앗아온 것이 고소해서, 논산댁은 큰소리로 유복예에게 기름 한 종지만 얻어오라고, 영철네 집에 종발을 들려 보냈다.

지금이야 닭다리가 통째로 나와도 짐승 몫으로 돌아가는 게 당연한 일이 되었지만, 짬밥의 질이 지금보다는 훨씬 좋았던 몇 년 전만 해도 먹을 게 귀해, 안심리 사람들 대부분은 짬밥을 체에 받쳐 기름에 볶아 먹든가, 기름도 없는 집에선 시래기를 넣고 죽을 끓여 먹었다. 꿀꿀이죽이라고들 불렀던 그거나마 없었더라면 시어머니와 두 어린것하고 어떻게 살았을까 싶어, 논산댁은 잠시 울적한 기분 속에 잠겼다.

기름에 대강 데친 닭을 올리고 저녁상을 들여놓자, 방안은 완전히 어두웠다. 남포에 불을 붙이고 돌아누운 시어머니를 일으켜 앉혔다.

"내 그럴 줄 알았어."

시어머니는 대뜸 역정부터 내었다.

"지 년은 닭다리 좋은 데 다 뜯어먹고, 이걸 시어미라고 갖다
줘? 요것도 아산댁이 말 안 혔으면 왕구허고 즈덜만 처먹었을 꺼
여. 싸가지가 쉬파리 좆만큼도 못헌 년, 안 먹을 팅게 너나 다 처
먹어……"

말로는 그렇게 악을 썼으나 입맛을 다시는 왕구와 유복예는
손도 못 대게 하고 시어머니는 게걸스럽게 잘도 먹어치웠다. 어
쩌다 한 점 뜯어먹어보고 내내 할머니의 눈치만 살피던 유복예
가, 그릇이 비어버리자 기어코 훌쩍훌쩍 울음을 터뜨렸다. 그렇
지 않아도 속이 상해 있던 논산댁은 유복예의 뺨을 철썩 때리며
숟가락을 놓아버렸다.

"이년아, 울긴 왜 우는 거여? 아, 후딱 그치지 못혀!"

"참, 엄니는 괜시리 유복예만 갖고 그런디야."

이번에는 왕구까지 잔뜩 볼멘소리로 쏘아붙이고는 휭하니 나
가버렸다. 설거지를 대충 마치자 완전한 어둠이었다. 사격장 위
로 초승달만 애련하게 돋아 있었다. 낮엔 그나마 쥐꼬리만한 햇
빛 때문에 봄기운이 도는 듯하던 날씨가 단번에 싸늘해졌다. 설
거지하는 동안 시어머니와 유복예는 잠이 들었는지 조용했다. 이

따금 개 짖는 소리만 들려와 마음만 공연히 더욱더 심란해졌다.

논산댁은 남은 수수밥에 맹물을 타서 구유통에 부어주었다. 요란하게 달려드는 흰둥이 두 마리 속에 낀 꺼먹이가 멀거니 그녀를 올려다보았다. 그녀는 금방 가슴이 내려앉는 듯해서, 흰둥이 두 마리는 철썩 때려 쫓아버리고, 꺼먹이의 목을 쥐고 구유통에 밀어넣었다. 맹물 속에 주둥이를 내미는 꺼먹이의 귓불에서 확 하고 치닫는 열기가 느껴졌다. 돼지 막을 스치는 바람 끝도 섬뜩했다. 역사 쪽에서 발가숭이 언덕을 타넘어온 바람 때문에 논산댁은 으스스 몸을 떨었다. 그녀는 우선 부엌으로 가서 부엌 뒷문에 겨우내 쳐두었던 가마니 두 장을 와드득 벗겨들었다.

"워디 좀 따숩기라도 해야지, 불쌍헌 것, 먹을 것도 제대로 못 먹으면서……"

꺼먹이 신세가 꼭 자기 신세인 것 같았다.

작년 여름 삼거리에서 시작된 돈콜레라가 안심리까지 퍼져 여기저기 돼지들이 통째로 넘어 자빠지던 생각이 났다. 그때 논산댁도 사온 지 두 달밖에 안 된 요크셔 두 마리를 고스란히 잃었다.

"안 될 말이여, 이게 워떤 돼지라고."

논산댁은 황량하게 트인 돼지 막을 가마니로 돌려치면서 소리 내어 중얼거렸다. 역사에서 뚜 하고 목쉰 기적 소리가 바람 끝에 묻어왔다. 아까 들어온 두 칸짜리 통학차가 강경으로 되돌아가

는 모양이었다. 텅텅 비어서 어두운 들길을 굼벵이처럼 굴러나
갈 통학차가 눈앞에 선연히 떠올라 보였다. 아녀. 논산댁은 이내
고개를 가로저었다. 어쩌면 배출되어 가는 군인들이 꽉 들어차
있는지도 몰라.

이 년 전 겨울이었다.

논산댁은 그 무렵 배출되어 가는 군인들을 상대로 역의 철조
망을 넘나들며 김밥을 만들어 팔았다. 안심리 사람이면 누구나
김밥 장사를 했다. 열차의 차창에 붙어서 미친 사람처럼 앞뒤를
뛰다보면, 돈도 제대로 못 받고 차는 떠나가기 일쑤였다. 그럴
때면 멍하니 열차의 꽁무니에 매달려 안심방죽을 돌아가는 기
차 꽁무니의 빨간 신호등을 바라보다가, 역 직원 김주사의 호루
라기 소리에 또 사냥터의 토끼 새끼처럼 뛰는 일이 다반사였다.
김주사에게 걸리면 팔다 남은 김밥이 사정없이 철도변이나 철로
밑의 개울 속으로 채여 쑤셔박히는 게 보통이기 때문이었다. 어
린것들 하나 집어주지 못한 채 들고 나온 하얀 쌀밥이 개울 속에
흐트러져 떠내려가는 것을 보면 사지가 다 떨렸다. 그때도 김주
사에게 무사한 것은 아산댁뿐이었다. 열심히, 지금처럼 분가루
를 처바르고 이따금 김주사 숙소를 드나든다는 건 마을 사람들
모두 아는 사실이었다.

바람이 모진 어느 날 저녁이었다.

마지막 열차를 떠나보내기까지 김밥은 그냥 남아 있었다. 사람들은 썰물처럼 철조망 사이로 몰려나가고, 논산댁 혼자 남아 보자기의 김밥을 새로 쌌다. 내일 저녁 다시 데워서 팔기 위해서였다. 그때 플래시 불빛이 번쩍했는가 싶은데 김주사가 이미 등 뒤에 와 있었다. 논산댁은 그저 김밥 상자만 안고 엎드려버렸다. 차라리 매를 맞는 게 낫지 김밥만은 고스란히 지켜야지 싶었다. 그런데 그날 밤의 김주사는 의외로 부드러웠다. 다 속셈이 있기 때문이었다. 돌연 짐승처럼 달려들던 김주사를 논산댁은 지금껏 잊을 수가 없었다.

　"오메, 이게 웬일이라? 짐밥 다 줄 팅게 나 좀 놔줘요, 짐밥 다 줄 팅게 나 좀 놔줘요!"

　짐승 같은 김주사를 향해 논산댁은 그날 이렇게 빌었다.

　그때 헌병 아저씨만 안 지나갔으면 큰일날 뻔했다고, 그녀는 새삼 가슴을 쓸어내렸다. 비죽이 찢어진 가마니 사이로 차갑게 얼어붙은 초승달이 아릿하게 내다보였다. 그녀는 꺼먹이의 눈곱을 대강 닦아주고 일어섰다. 명수씨에게 아스피린 몇 알하고 밀기울 한 가마니만 장리로 쳐서 빌려볼까 하다가 금방 얼굴을 붉히고 고개를 흔들었다. 팔백 원짜리 밀기울이라고 그걸 선뜻 빌려줄 사람인가. 저녁때 짬밥의 양이 다른 때보다 적어진 것도, 닭다리를 빼낸 것도 엊저녁의 일 때문에 명수씨가 농간을 부린

게 뻔했다. 내일은 짬밥이 더욱 적어질지 모른다고 생각하자 그
녀는 절로 한숨이 나왔다.

어디선가 와, 하는 아이들의 함성이 들려왔다.

짬밥 창고가 있는 언덕 아래쪽인 것 같았다. 왕구도 거기 섞여
놀고 있는지 돌아오는 기색이 없었다. 그 너머, 삼거리의 불빛들
은 오밀조밀하게 모여 있는 게 제법 휘황했다.

논산댁은 양동이를 들고 큰길로 나섰다.

시장통의 쓰레기 더미라도 한 바퀴 둘러볼까 해서였다. 막차
인지 부르릉 하고 뽀얀 먼지를 일구며, 강경으로 가는 마이크로
버스 한 대가 수용연대 앞을 달려오고 있었다. 그녀는 서둘러 삼
거리 시장통으로 갔다. 어둑어둑한 시장통은 휑뎅그렁하였다.
쓰레기장은 우시장 건너편 공터에 있었다. 그러나 냄새와 연탄
재를 뒤집어쓰며 반시간 가깝게 쓰레기장을 뒤졌지만 양동이는
겨우 바닥만 찼을 뿐이었다. 먹다 만 사과가 두 쪽, 생선 대가리
와 낙지볶음 찌꺼기, 그리고 보리밥 한 덩이가 수확의 전부였다.

그녀는 실망하여 달도 설핏하게 기울어진 골목을 서서히 돌아
왔다. 그러다가 문득 돼지 막이 보이는 문간에 멈추어 섰다. 가
슴부터 두근거렸다. 돼지 막 추녀에 걸어둔 남폿불에 어른어른
고개를 숙인 명수씨의 뒷모습이 눈에 들어왔기 때문이다. 그리
고 이내 요동치는 듯한 낯선 돼지의 울부짖는 소리가 귀청을 찢

는 듯 들려왔다.

"워쩐 일이래유!"

논산댁은 허둥지둥 돼지 막 속으로 타넘어 들어갔다.

낯익은 명수씨네 암퇘지 한 마리가 꺼먹이의 목을 닥닥 긁어대며 기세등등 대들고 있었다. 눈알에 핏발까지 빨갛게 서 있는 게, 돼지지만 살기까지 느껴지는 표독스러운 몸짓이었다. 논산댁은 순간, 아찔한 마음이 들어 다짜고짜 명수씨네 암퇘지의 주둥이를 후려치고 꺼먹이를 돌려 안았다.

"아, 때리긴 왜 때려?"

"보면 몰라유? 이놈의 돼지 땜에 우리 꺼먹이 다 죽어가잖유. 대체 왜 이런대유?"

"그놈이 말여, 엊그제부터 암내가 나갖고 지랄혀쌓드니, 기어이 돼지 막을 부수고 이리로 도망쳐왔잖여."

"뭐유?"

논산댁은 비로소 조금 마음을 놓았다.

자세히 보니 과연 명수씨네 암퇘지의 살이 벌겋게 부어올라 있었다. 딱 바라져 붙은 엉덩이가 암팡진 것은 잘 먹인 탓일 터였다. 명수씨가 짬밥을 부대에서 내다가 빼돌린다는 건 이미 비밀이랄 것도 없었다. 마을 전체에 공정히 분배해야 될 것을 분배 장소로 오는 중간에서 슬쩍 해먹는 것이었다. 하수인은 물론 수

거인 이씨였다. 때때로 짬밥 한 양동이에 백 원씩 뒷거래도 되었다. 이씨 짓이지만 명수씨가 모르고서야 그런 일이 발생할 수는 없는 일이었다. 그렇지만 모두들 그 일엔 입을 다물었다.

명수씨는 적어도 이 일대에선 입김이 센 몇 사람 중의 하나였다. 그의 비위를 거스른다는 건 짬밥 분배를 안 받겠다는 말과 같았다. 실제로 영칠네 아버지가 명수씨의 그 짓거리에 시비를 걸었다가 호되게 당한 일이 있었다. 이틀 동안이나 짬밥을 부대에서 내오질 않았기 때문이었다. 다른 재주 있는 사람 있거든 부대에 들어가 가져와보라는 배짱이었다. 부대에서 짬밥을 내올 수 있는 자격을 가진 사람은 명수씨뿐이었다. 더구나 그의 큰아들은 군수과 선임하사였다. 짬밥에 있어선 사람들의 말대로 막강한 직책이 아닐 수 없었다. 마을에선 물론 난리가 났다. 사람들은 짬밥이 나오지 않는 건 영칠네 아버지 때문이라면서, 영칠네 아버지만 원망하였다. 마을 사람들의 강압적인 권고 때문에 결국 영칠네 아버지는 이틀 후 씨암탉을 싸들고 가서 명수씨에게 머리를 조아렸으며, 다음날, 제꺼덕, 짬밥이 다시 분배된 것은 물론이었다.

"그런디 논산댁, 사람도 저 좋다면 헐 수 없는디 워쩔 겨, 꺼먹이허고 시방 한번 붙여주지……"

"안 돼유. 꺼먹이는 제대로 먹지도 못허고 시방 아퍼서 다 죽어가유. 못혀유.”

　논산댁은 펄쩍 뛰었다. 어림도 없는 일이었다. 먹이지 못하는 것만도 가슴이 찢어지는 듯 아픈 참에, 암내 난 저 튼실한 놈을 받아들이라니, 그건 말도 안 되는 소리였다.

　“폐병쟁이도 날마다 허는 게 그 짓여. 아프더라도 사람이나 짐승이나 다 그 심은 있는 뱁인게.”

　명수씨의 목소리는 은근하고 능글맞았다. 얼굴이 달아올라 고개를 숙인 논산댁의 희밀건 목덜미를 바라보며 그는 벌쭉벌쭉 웃고 있었다.

　“그리고 말여, 일 끝나고 꺼먹이 영양 보충시켜주면 될 것 아녀? 쓰레기나 뒤지는 것보담 백배 낫지. 짬밥도 주고 말여, 아스피린이랑 뭐허면 밀기울도 두어 가마 꿔줄 팅게……”

　“두 가마씩이나유?”

　논산댁은 망설였다. 명수씨 말도 일리는 있었다. 그까짓 암퇘지하고 한번 자웅을 맺게 해주는 것이, 지금의 꺼먹이에겐 힘드는지 몰라도, 결과로 본다면 그편이 훨씬 꺼먹이를 위하는 일일 것도 같았다.

　“지금 말헌 거 증말여유?”

　“아따, 그짓말허는 사람만 봤능게비. 약속헌다고 손가락이래도 걸 테여?”

논산댁　399

명수씨는 껄껄대며 불쑥 새끼손가락을 내밀었다.

"얼레, 무슨 짓이래유!"

논산댁이 화가 나서 돌아서자 명수씨는 성큼 돼지 막 안으로 타넘어가 꺼먹이의 사타구니를 더듬었다.

"어라, 이놈 학자 샌님같구먼……"

그는 히죽히죽 웃었다. 꺼먹이의 신腎이 도대체 빳빳하게 일어나주지를 않으니 문제였다.

"이놈이 이래봤자 그래도 세우는 방법이 있지. 신식 말로 뭐 마사지라던가 뭐라던가……"

명수씨는 천천히 꺼먹이의 그것을 문대고, 주무르고, 툭툭 튕겨보기도 하면서 이따금 고개를 돌려 논산댁의 아랫도리를 힐끗힐끗 훔쳐보는 것이었는데, 고개를 돌리고 앉은 논산댁은 그것조차 서지 않는 꺼먹이가 얼마나 힘이 들까 하여, 그저 안타깝기 그지없었다. 암퇘지의 샅은 벌겋게 부어올라 남폿불 밑에서 흐물흐물 움직이는 것 같았다. 논산댁은 숨이 찼다. 자신이 큰 죄라도 저지르고 있는 것처럼 오돌오돌 가슴까지 떨렸다. 암퇘지 위에서 자지러들다 이윽고 죽어 자빠지는 꺼먹이의 모습이 한순간 떠올랐다.

"그만둘래유. 아무리 생각혀도 우리 꺼먹인 안 되겠시유."

"무슨 소리여. 시방 나오는구먼."

마침 용수철처럼 말아 감긴 꺼먹이의 그것이, 검은 가죽을 뚫고 빨갛게 솟아올라오는 게 얼핏 보였다. 논산댁은 별수없이 꺼먹이의 목에 얼굴을 묻었다.

일은 그렇게 치러졌다.

논산댁은 내내 시선을 바로잡지 못하고 암돼지 등에 올려 디딘 꺼먹이의 발목을 거머쥐고 숨을 죽였다. 암돼지란 놈은 두 귀가 쫑긋해지는가 싶더니, 꼬리가 빳빳이 올라가며 충혈된 눈을 딱 부릅떠 보였다. 의기양양하게 뻗대고 서 있는 명수씨의 암돼지가 논산댁은 미웠다. 부지깽이로 실컷 두들겨 패주고, 퉤퉤 하고 침이라도 뱉어주면 속이 후련해질 것 같았다.

"아따, 좋아 미치겠다는 이놈 얼굴 좀 봐. 허허 참, 사람이나 짐승이나……"

"망칙헌 소리 그만혀유!"

생각대로 한다면 명수씨의 콧잔등이라도 물어뜯고 싶었다. 명수씨는 꺼먹이의 그것을 벌겋게 열려 있는 샅에 밀어넣어주고 철썩 등줄기를 때리며 물러앉았다. 꺼먹이가 주둥이를 뒤틀며 소리질렀다. 붙잡고 있는 발목이 파르르, 떨리는 게 논산댁의 손끝에 그대로 전해왔다.

논산댁은 가슴이 철렁 내려앉았다.

"아이고, 우리 꺼먹이 죽는게비여, 우리 꺼먹이……"

"죽다니? 신이 났는디, 흐흐흐……"

명수씨는 담배를 한 대 붙여 물며 어쩔 줄을 몰라하는 논산댁의 허리를 슬그머니 돌려안았다. 꺼먹이의 시선과 논산댁의 그것이 공교롭게도 이때 딱 맞부딪쳤다. 논산댁은 이내 못 볼 것을 본 것처럼 고개를 떨구었다.

"심들어도 이를 물고 참아야 혀. 금방여, 금방. 꺼먹아, 모두 너를 위혀서 그런 것인게……"

까닭 모르게 눈물이 핑 돌았다.

노름으로 전답을 팔아넘기고 고향을 떠나는 차창 밖에 소주잔을 기울이던 눈물 가득한 아버지, 눈뜬 채 죽은 남편의 눈을 쓸어 덮자 주르르 흘러내리던 눈물 한 방울이 울컥 되살아났다. 꺼먹이만이 지금의 논산댁에겐 그 한을 풀어주게 될 마지막 꿈이었다. 석 달 후 흰둥이까지 처분한다면 적어도 새끼 돼지 몇 마리는 더 들여오고도, 선자 서너 마지기는 어떻게 해볼 수 있을 터였다. 볍씨를 뿌리고, 볏낱을 거둬들이고 타작을 할 것을 상상하니 숨이 차는 기분이었다. 그 수확으로 다음해는 선자를 조금 더 늘리고, 쌀겨로 돼지를 더 늘려 기르고, 그러다보면 선자가 아니라 그녀 소유의 논을 사는 것도 가능한 일이었다. 단 한 마지기라도 내 논을 왕구에게 물려주는 게 논산댁의 유일한 소원이었다.

"뭐 혀? 얼레, 울고 있었구먼."

명수씨가 어깨를 흔들어서야 논산댁은 비로소 고개를 들었다. 모든 일이 이미 끝나 있었다. 논산댁은 꺼먹이의 주둥이를 두 손으로 감싸쥐었다. 내뿜는 열기에다 끈적끈적한 분비물이 손에 잡혀들었다.

"그렇게 안고만 있다고 혀서 꺼먹이가 병 낫는 게 아니여. 따러와서 짬밥이라도 갖다 맥여야지……"

논산댁은 꺼먹이의 등줄기를 다독거려놓고 양동이를 든 채 명수씨를 따라나섰다. 삼거리에서 확성기 소리가 선명히 들려왔다. 성도극장에서 영화의 저녁 상영이 끝났는지, 안녕히 가십시오, 어쩌고 확성기가 떠드는 중이었다. 몇 년 전만 해도 군인들이 하루 세 번 상영하는 좌석을 꽉 메우고 법석댔지만, 요즘은 밤과 낮의 두 번 상영이라도 손님이 거의 없는, 낡은 영화관 건물이었다.

명수씨가 역사 쪽으로 앞장서 내려가서 마침내 짬밥 저장고 앞에 멈추어 섰다. 짬밥 저장고 근처는 인가가 없어 캄캄할 뿐이었다. 그제야 논산댁은 조금 이상하다는 느낌이 들었다. 도대체 이 밤에 짬밥 저장고 안에 짬밥이 남아 있을 리가 없었다.

"여기 무신 짬밥이 있시유?"

"짬밥은 내가 갖다줄 팅게 말여."

그 순간, 논산댁은 명수씨가 낚아채는 손길에 앞으로 푹 고꾸라지고 말았다. 들고 있던 양동이가 요란한 소리를 내면서 어둠 속으로 데굴데굴 굴러내려가고 있었다.

"짬밥은 월매든지 줄 팅게 말여, 논산댁, 진즉부터 논산댁만 생각혀왔는디 인자 더 못 참겄어……"

허리 아래로 명수씨의 억센 손길이 파고들어왔다. 두 손을 뻗어 흔들었으나 명수씨의 육중한 몸이 가슴을 짓누르고 있어 허공에 허우적댈 뿐이었다.

"오메. 이게 무슨 짓이래유. 후딱 놔요. 이거 놓으랑게유. 안 놓으면 소리지를래유."

"소리쳐도 별수없어. 사람도 읇고 말여…… 또 있다고 혀도, 뭣이냐…… 괜히 사내를 끌여들였다고…… 논산댁만 우세허는 거지. 낼부터는 월매든지 짬밥…… 대줄 거여. 짬밥, 짬밥 말이여."

우드득 작업복의 한 자락이 찢어지면서 가슴이 활짝 열리고 있었다. 논산댁은 이를 악물었다. 어두운 하늘이 온통 자신을 향해 허물어지는 것 같았다. 할퀴고 물어뜯으며 몸부림을 쳤으나 명수씨의 짓눌려오는 무게는 천근 덩어리였다.

"이봐 논산댁! 돼지 키워서…… 선자 산다고 했잖여? 나 말고…… 누구헌티 사겄어? 안심방죽 너머…… 물논 시 마지기는…… 논산댁헌터 줄라고 맘먹고 있는디……"

이번엔 아랫도리의 어딘가 우지직 찢기고 있었다.

명수씨의 숨찬 지껄임도 차츰 멀어지고 정신은 까물대는데, 어쩐 일인지 몸뚱어리 전부가 말을 들어주지 않았다. 소리를 질러야지 싶었으나 그도 생각뿐이었다. 목구멍이 칵 막혀와 꼼짝하기도 어려웠다. 후줄근하게, 맥없이 처져서 땅속의 깊은 곳으로 가라앉아버리는 느낌이었다.

문득, 타작을 끝내고 모두 돌아간 마당에, 보름달 같은 함석 퉁가리 새로 세우고 난 후, 그 옆에 장승처럼 버티고 선 예전의 아버지 모습이 보였다. 귀뚜라미가 울어쌓던 밤이었다. 달빛에 비친 퉁가리의 그늘이 짧아질수록 아버지의 키도 짧아졌다. 세도가였던 노참봉네 큰아들에게 꼬임을 당해 노름으로 전답을 잃고, 그 함석 퉁가리를 털리던 밤도 달은 밝았다. 아버지는 겨울만 퉁가리를 그냥 뒤주면 봄엔 꼭 갚겠다고 애원했으나 노참봉네 큰아들은 팔짱을 낀 채 도리질만 했다. 밤은 추웠다. 퉁가리는 노참봉네 머슴들이 달려들자 순식간에 헐려 속살을 드러냈다. 정결한 달빛 아래 쏟아져나오던 볏낟들이 보이는 듯하였다. 어머니는 질펀하게 주저앉아 목을 놓고 있었다. 퉁가리는 요술처럼 가마니로 바뀌어 소달구지에 실려나가고, 아버지는 밤새 빈 뜨락에서 달빛을 밟은 채 움직이지 않았다. 어디선가 컹컹 개만 짖었다.

정말로 개 짖는 소리가 들려오고 있었다.

침입자라도 발견했을 때처럼 날카로운 비명이었다. 삼거리에서인지 안심리인지 분명치는 않았으나 그것은 어두운 언덕을 울리며 빈 정거장 쪽으로 길게 메아리쳤다. 일을 끝낸 명수씨가 바지춤을 여미며 서서히 몸을 세웠다. 그는 히죽히죽 웃고 나서 부르르 목덜미를 떨고는, 아직도 저장고 옆의 흙바닥에 누워 있는 논산댁을 힐끗 쳐다보았다.

"논산대액, 낼 아침 양동이 들고 일찍 건너와. 오늘밤은 너무 늦었웅게. 워쩐 놈의 개가 이렇게 짖는디야!"

명수씨가 그녀의 앞가슴을 여며주고 어둠 속으로 사라진 한참 후에야 그녀는 상반신을 일으켰다.

"인자 우리 꺼먹이도 배곯지 않게 됐단 말여. 낼부터는 말여, 으흐흐……"

그녀는 실성한 듯 중얼거렸다.

자신이 웃는지 우는지도 알 수 없었다. 아까 떨어뜨린 양동이는 어디 있을까. 그녀는 양동이를 찾기 위해 무릎걸음으로 저장고 주변을 더듬거렸다. 간신히 양동이를 찾아 주워들고 잠시 짬밥 저장고 모서리에 등을 기대다 말고 논산댁은 헉 하고 숨을 막았다. 저장고 한쪽 그늘에 웅크리고 있는 어두운 그림자가 보였기 때문이었다. 논산댁은 놀라서 왈칵 뒤로 물러났다.

"거 , 거기…… 누구여?"

"엄니, 나 왕구여……"

논산댁은 순간, 현기증을 느끼고 비틀, 주저앉았다.

"엄니, 왜 이려? 이까짓 짬밥…… 아무것도 아녀. 증말……
아무것도 아니랑게……"

왕구가 짬밥 저장고를 발로 차며 탁 하고 침을 뱉고는, 주저앉
은 논산댁의 품속으로 달려들었다.

"그려……"

논산댁도 본능적으로 와락 달려드는 왕구를 부둥켜안았다.

"그까짓 거…… 별거 아녀. 우리 꺼먹이도…… 인자 잘 먹
고…… 잘 클 팅게, 으흐……"

울음이 복받쳐올라왔다. 희부옇게 떠 있는 안심방죽, 그 뒤의
검은 산마루에 이제 막 그놈의 청승맞은 조각달이 급격히 잠겨
들고 있는 게 보였다.

─다음날부터 연무읍 일대에는 일제히 짬밥이 나오지 않았다.
훈련소장이 각 부대 단위로 돼지를 기르게 하고 짬밥을 자체 소
비하도록 명령하였기 때문이었다.

–

아버지의 평화

버스는 꽁무니를 구십 도로 틀어 뒤로 비실거리다가 조용히 멎었다. 사람들이 우르르 출구로 모여들었다. 노승찬 일병은 더플백을 둘러메고 맨 마지막으로 버스에서 내렸다. 잠시 동안 그는 종점의 공터에 내려서서 이마를 조금 찡그린 채 서 있었다.

밝다. 그리고 시끄럽다. 종점 주위를 빙 둘러싼 수은등의 불빛 아래 스피커 소리, 부릉대는 엔진 소리, 조수, 차장들의 외침이 왁자지껄하다.

노승찬 일병은 움직이지 않고 담배를 한 대 피워 물었다.

쪽 곧은 도로가 종점에서 위로 뻗고 있다. 시멘트로 단정하게 포장된 도로다. 좌우에 도열하는 병사처럼 늘어선 쇼윈도의 창유리도 제법 깔끔하다. 건너편 쇼윈도의 텔레비전에서 더벅머

리 사내가 지금 막 기타를 두드리며 악을 쓰고 있다. 못 보던 가
게다.

노일병은 천천히 도로를 따라 걷기 시작했다.

감개무량한 느낌이 들었다. 그가 기억하고 있는 예전의 G동
에 비한다면 이건 엄청난 발전이다. 몇 개의 싸구려 선술집과 상
점들이 무질서하게 늘어서 있던 소외된 땅, 포장도 안 되어 비만
오면 진흙투성이요, 저 앞의 영등포 쪽에서 종일 새까만 흙먼지
만 불어오던 G동이 불과 일 년 육 개월 만에 이렇게 요술처럼 몸
단장을 하고 있는 것이었다. 과연, 하고 노일병은 머리를 끄덕였
다. 중대장 허대위의 허풍 떨기 좋아하는 두터운 턱주가리가 떠
오른다.

너희들 서울에서 제일 넓은 광장이 어딘지 알아?

허대위는 곧잘 이런 질문을 던져놓고, 자신이 성급한 해답을
곁들이면서 재미있어 하곤 했다.

짜아식들, 시청 앞 광장쯤으로 알겠지. 얼마 전에 조성된 인마,
5·16광장 알아? 여의도에 말야, 끝이 안 보일 만큼 광활하지. 조
국은 발전하고 있어. 하룻밤만 지나도 새 빌딩들이 생겨나고 있
다고. 알아듣겠나?

허대위의 말에 대해 증거 서류라도 되는 듯이 동생들의 편지
에도 곧잘, G동에 새로 들어서게 된 공장의 모습들이 서투르게

412

묘사되어 있곤 하였다.

그렇지만 이 정도 달라진 G동의 풍경은 어쨌든 뜻밖이다.

노승찬 일병은 완전히 시골뜨기의 얼빠진 표정을 하고 종점의 도로를 지나갔다. 간판은 달라졌으나 그나마 낯익어 보이는 선술집 앞에서 그는 왼쪽 골목으로 방향을 틀었다. 골목은 어두웠다. 길이 어두워서 노일병은 더플백을 고쳐 메며 속도를 줄였다. 골목이 끝나자 물소리가 들려왔다. 노일병은 문득 발을 멈췄다. 가슴이 답답해지기 시작하였다. 이건 또 어떻게 된 것인가. 발 앞엔 전과 똑같은 개천이 집을 향한 길을 자르고 있었고, 퀴퀴한 냄새가 나고 있었고, 싸구려 풀빵집이 바로 건너편에 남포를 켜고 쭈그려앉아 있었다.

뭘 보는 거야. 달라진 것은 버스 종점 코앞까지뿐이야.

풀빵집의 남폿불이 날름 혀를 빼물고 노일병을 비웃었다. 그는 조심스럽게 징검다리에 발을 내밀었다. 징검다리를 건너서 언덕을 올라가야 유지油紙로 지붕을 했을망정 어머니가 계신 집이 있었다. 꼭 일 년 육 개월 만의 영광된 귀갓길이었다. 새로운 공장이 들어서고 종점 도로가 포장되고 가게의 쇼윈도가 화려해진 것만을 보고 징검다리 따위를 건너지 않고도 귀가할 수 있다고 생각했던 것은 전혀 근거 없는 판단이었음을 그는 비로소 깨달았다. 베트남에서 떠나올 때도 처음 떠오른 것은 이 징검다리와 언덕 위의 오밀조밀한 판잣집들이 아니었던가.

노승찬 일병은 입대 팔 개월 만에 베트남으로 가는 평화의 십자군에 자원했었다. 오로지 돈을 벌기 위해서였다. 그는 항상 용감하게 싸웠다. 피의 냄새가 오히려 그의 상처 입은 쓰린 기억들을 조용히 잠재워주는 듯 느껴졌기 때문이었다.

11월엔 안케 북방 칠 킬로 지점에서, 베트콩 셋을 쏴 죽이고 둘은 생포했다. 수색중 얻은 행운의 전과였다. 생포된 놈들에게서 굉장한 정보가 굴러들어왔다. 덕분에 작전은 성공리에 끝났고 노승찬 일병은 용자勇者로 선택되었다. 훈장도 받고 보름 동안의 특별 휴가에 보너스까지 따로 지급받았다.

처음, 그는 휴가만은 사양할 생각을 했다. 집으로 돌아오고 싶지 않아서였다. 하지만 사양이라니 얼마나 건방진 수작인가. 훈련소에서 지급받았던 군복은 형편없이 컸으나 아무도 사양하지 못했던 기억이 그를 깨웠다. 그는 비행기를 탔다. 보름 동안의 특별 휴가가 그에게 꼭 즐거우리라는 보장은 없었지만, 이 최초의 영광스러운 휴가를 위하여 면도질까지 하고 그는 베트남을 떠나온 것이었다.

비행기를 타고 왔지.

고국에 돌아가면 그는 우선 동생들에게 이렇게 말할 작정이었다. 비행기라니, 얼마나 멋진 여행인가. 양탄자를 타고 날던 아

414

라비안나이트의 주인공처럼. 그러나 지금 언덕을 올라가는 노승찬 일병은 완전히 풀이 죽어 있었다. 바람이 차가웠다. 그는 목을 움츠리고 싸느랗게 굳은 한 손을 포켓에 넣었다. 언덕의 맨 꼭대기에 서서 마침내 노일병은 저만큼, 내리막길에 납작하게 엎드린 자기 집의 불빛을 찾아냈다. 더덕더덕, 넝마처럼 이어 붙은 판잣집들 사이에서 찾아낸 희미한 불빛은 일 년 육 개월 전과 조금도 다름이 없었다.

저것이 우리집이다!

순간, 노일병은 가슴이 뛰는 듯하여 부끄러웠다. 가슴이 뛰다니. 참으로 엉뚱한 감정이지 않은가. 입대 전, 대부분 노동판이나 합숙소로 전전하다가 어쩌다 집에 들를 때마다, 이곳에서 자신의 집을 내려다보면 가슴엔 한결같이 울분과 묘한 수치감뿐이었다. 집이라기보다 넝마라고 해야 옳을 터였다.

입대하던 날만 해도 그랬다.

그날 새벽도 언덕은 지금처럼 희끄무레하였다. 새벽밥을 지으며 어머니는 자꾸 앞치마를 눈으로 가져갔다. 그는 군대라는 미지의 세계에 대한 두려움보다도, 어머니의 울음소리 때문에 행여 잠든 동생들이 깨어 일어날까 조바심을 쳤다. 그를 떠나보내기 위해 어머니가 단 한 홉의 쌀을 사왔다는 사실이 마음에 걸렸기 때문이다. 그 여름, 그렇게 귀하던 순 쌀밥 한 그릇을 동생들이 보는 앞에서 혼자 먹어치울 수 있을 정도로 그는 용감한 사내가 아니었다. 정신없이 숟갈질을 해내고 언덕을 올라오며 한 번 뒤돌아보았을 때, 어머니는 앞치마로 눈물을 씻어내며 한 손으로 어서 가라고 손짓을 해 보였고, 그 옆엔 어느 틈엔가 뛰쳐나온 승순이가 석상처럼 굳어 있었다.

노일병은 이윽고 언덕을 내려갔다.

대문 같은 건 없었다. 집은 조금도 달라지지 않은 채 침침한 모습으로 발 앞에 놓여 있었다. 판자문을 밀면 곧바로 두 평쯤 되는 공간일 터이다. 그것이 부엌이고 현관이며 마당까지를 겸한 이 집의 유일한 통로였다. 방은 그 공간의 안쪽과 왼쪽으로 붙여서 두 개가 들어 있다. 비스듬한 언덕에 붙여 얼기설기 지은 집이라 방만은 그럭저럭 평면을 유지하고 있으나 부엌은 경사진 그대로다. 전체가 일곱 평이 채 안 되는 판잣집이다.

노일병은 판자문을 밀고 안으로 들어섰다.

"누구요?"

의외로 그를 막아서는 사람은 낯선 중년의 사내였다. 사내는 연탄을 갈아 넣던 중이었는지 연탄집게를 든 채 고개를 돌려 그의 전신을 훑어보았다. 노일병은 일없이 가슴이 철렁 내려앉았다. 밖에서 승순이라도 먼저 불러볼걸, 하고 그는 잠시 머뭇거리고 서 있었다.

"누굴 찾는데 남의 집에 들어와 말이 없소?"

사내가 언성을 높임과 동시에 건넌방의 문이 획 젖혀지면서 승혁이가 뛰쳐나왔다.

"엄마, 형이야 형!"

승혁이가 안에 대고 소리쳤다. 그의 집이 맞기는 맞는 모양이었다. 어머니가 뛰쳐나왔다. 어머니는 노승찬 일병의 손을 부여잡고 눈물부터 흘렸다. 노일병은 아직도 어리둥절한 얼굴로 승혁이와 어머니에게 손을 잡힌 채 건넌방으로 끌려들어갔다.

"오빠!"

승순이가 가슴에 안겨왔다. 노일병은 문지방에 서서 승순이를 가볍게 안았다. 가냘픈 어깨가 파들파들 떨고 있었다. 그는 더플백을 내려놓으며 비로소 승순이 어깨 너머 좁은 방안을 둘러보았다.

똑같다. 신문지로 발린 벽이며, 한쪽에 뚫린 빼꼼한 창문이며, 그 창틀에 얹힌 먼지까지 전과 똑같다. 다만 안방에 놓여 있던 구식 목제 옷장과 낡은 라디오, 조그마한 쇠고리짝 하나가, 교과서가 올려진 책상 모습이 되어, 좁은 방을 더욱 비좁게 만들고 있었다.

"누굽니까, 저 사람?"

자리에 앉으며 노일병은 문밖을 가리켰다. 처음 그를 맞이해준 사내의 정체야말로 목제 옷장이 이 방으로 옮겨진 까닭을 설명하는 것과 동일한 대답이 될 것이기 때문이었다.

"음, 저 방 아저씨? 미장이야, 시멘트 바르는……"

어머니는 말이 없고 대답은 승혁이가 가로맡았다.

"미장이라니?"

"지난가을 이사 왔어. 엄마가 승순이 누나 약값 한다고 말이야, 방 세내줬어."

"얘는 무슨 쓸데없는 소릴……"

승순이가 승혁이를 향해 눈을 흘겼다. 하얗게 표백된 얼굴과 앙상하게 마른 체구가 전과는 전혀 딴판이었다. 공장에 나다니는 고생스러운 생활을 해왔어도, 입대 전의 승순이는 오히려 토실토실 살이 올라 보였었다. 베트남에 부쳐오던 편지 속에도 승순이는 곧잘 자신에겐 건강이 재산이라고, 생활의 어려움을 잘 이겨내는 슬기로움을 보이곤 했었는데 지금, 승순이의 깊고 어둡게 파인 눈동자엔 병색이 완연했다. 과연 승순이가 기침을 하기 시작하였다. 콜록콜록, 케엥케엥, 기침 소리는 숨 돌릴 사이도 없이 계속 터져나왔다. 병이 깊은 게 틀림없어 보였다.

노승찬 일병은 질끈 입술을 깨물었다.

칙칙한 정글 속에서 복병을 만났을 때, 방아쇠를 쥔 손끝에 자르르 전달되던 통증이 다시 가슴을 에는 기분이었다. 두 개의 눈으로 두 번 고개를 돌려 삼백육십 도를 본다고 해도 자신의 목숨을 완전하게 지키는 일은 불가능한 안케 주위의 수많은 수풀과 암산이 떠올랐다. 안케 주변의 그 위험한 정글 속에 들어와 있는 것 같았다.

"그놈의 방직공장 먼지 땜에 말여……"

치맛자락에 코를 패앵 풀고 어머니는 말하였다. 노일병은 날아드는 총탄을 피하는 기분으로 목을 움츠렸다.

"진즉에 고만뒀어도 저릏게 되진 않았을 껀디. 한 푼이래도 더 벌어 승혁이 중핵교 느야겠다고 악을 쓰고 다니다가 그만 지난 가실, 공장에서 쓰러졌니라. 폐병이랴. 공장에서도 쫓겨나고 약 사먹을라, 병원에 갈라, 잡어먹능 게 돈인디 워쩌겠냐? 그래서 승혁이 중핵교 보낼라고 쪼매 모아둔 것도 다 써버리고 저 방도 내놨지. 다, 이 에미가 박복헌 탓이지 누굴 원망허겠냐? 시상에 그래, 무신 놈의 팔자가 요 모양인지……"

어머니의 말소리도 끝나기 전에 후드득 느껴 울며 승순이가 뛰쳐나갔다.

"얼레, 승순아!"

허둥지둥 어머니가 쫓아나갔으나 승순이는 이미 문밖으로 빠져나간 뒤였다. 열린 문에서 찬바람이 발톱을 세우고 달려들었다.

"아이고, 이 춘 밤중에 걷기도 심든 애가 어딜 나간댜?"

문지방에 주저앉은 채 어머니는 을씨년스럽게 오열하였다. 삐르르르, 어디선지 호루라기 소리가 들려왔다. 날카롭게 가슴을 파고드는 소리였다.

"방으로 들어가세요, 어머니. 제가 찾아볼게요."

그는 문밖에 내려서서 군화를 천천히 졸라맸다.

징검다리를 지나며 묻었던 물기가 벌써 서걱서걱 얼어 있었다. 노일병은 횡뎅그렁하게 비어버린 어두운 언덕을 또각또각 군화 소리를 내며 걸어올라갔다. 언덕에 올라서자 곧바로 시내의 불빛들이 보였다. 종점에서부터 시작되어 마침내 하나의 거대한 네온처럼 반짝거리는 서울의 밤은 그와는 전혀 연관이 없는 다른 세계같이 생소하였다. 두 손을 포켓에 찌르고 노일병은 한참 동안 움직이지 않았다.

뭘 해? 어서 언덕을 달려 내려와!

수많은 불빛들이 일제히 손 흔들고 그에게 손짓하는 듯하였다.

육 년 전, 정신 이상으로 폐인이 된 아버지를 모시고 이곳으로 도망쳐왔던 첫날밤도 불빛들은 그렇게 그를 비웃었다. 고등학교 3학년을 한 달도 채우지 못한 3월의 밤이었다. 불빛들은 따뜻했으나 그가 서 있는 언덕은 찬바람뿐이었다. 그나마 평평한 곳엔 판잣집들이 들어차 있어서 그는 어쩔 수 없이 유독 바람이 심한 경사면을 차지해야 되었다. 어머니와 함께 판잣집을 완성할 때까지, 그는 밤마다 승혁이를 안고 4인용의 비좁고 어두운 텐트 속에서 서로의 체온으로 밤을 새웠다.

성, 저게 서울이지?

승혁이는 곧잘 휘황한 서울의 불빛을 가리키며 물었다.

그려, 서울이랴.

낼은 저기 좀 가보자, 잉.

여기도 서울인디……

헤헤, 공갈 마, 성. 여기가 무신 서울이라고……

승혁이는 그를 비웃었다. 어린 승혁에겐 불 밝은 저곳만이 서울이고 찬바람 부는 이곳은 서울이 아니었다. 한참씩 천막 앞에 쭈그려앉아 있던 승혁이는 곧잘, 집에 가자, 성. 서울도 아님서 왜 여기로 왔어? 천막 치고…… 이게 뭐여? 가자. 시골집에 가자, 잉, 하면서 그의 허리춤을 잡고 흔들곤 하였다. 그럼 승순이, 승진이도 덩달아 훌쩍거리고 어머니도 돌아앉아 눈물만 찍어냈다. 비록 부자로 산 건 아니지만 고향에 있을 때 비교적 조용하고 원만하게 살아온 어머니였다. 공부하는 그의 곁에서 양말을 깁던 어머니의 모습은 언제나 단아하고 고요하였다. 눈이 오능게비여. 모두가 잠든 밤 어머니 홀로 중얼거릴 때도 있었다. 그가 책을 덮고 문을 열면, 과연 고향집 겨울 마당은 흰 눈이 소복하게 쌓여 있곤 하였다. 어뚷게 알었어, 눈 오능 거? 그가 묻고,

그냥 알았지…… 어머니는 조용히 미소 지었다. 나이는 사십에 가까워도 새댁처럼 고운 입매였다. 고향집은 그렇게 늘 아늑하고 평안하였다. 창호지는 하얗고, 불빛은 다습고, 입담 좋은 아버지의 옛날이야기에 늘 신이 났다. 담장 너머 들녘엔 노을이 붉고, 모깃불 앞에 온 식구 둘러앉으면 깔깔깔 웃음 넘치고, 휘영청 달은 밝아, 반질반질 윤기 돈은 장독 사이로 오가는 숨바꼭질이 재미있었다. 시설시설, 목욕하던 우물가엔 사철나무 몇 그루는 언제나 푸르렀었다. 그런 고향이었다. 그는 고향집에 가자고 졸라대는 승혁이를 업고 언덕에서 미친듯이 맴을 돌았다. 고추 먹고 맴맴, 담배 먹고 맴맴, 하늘이 돌고 달과 별이 돌고 서울의 휘황한 밤도 함께 돌았다. 동그랗게, 동그랗게 돌다보면 어지러운 시야에 아담한 고향집이 그림처럼 떠올랐다.

나도 인마, 미치게 가고 싶단 말여!

그는 이미 새근대며 잠든 승혁이를 향해 이렇게 중얼거리기도 했다. 시내의 네온사인이 눈물 속에서 아스라이 멀었다. 그것은 신기루처럼 아름다워 보였다. 저녁노을이 불타던 들녘을 바라보며 꿈꾸던 아름다운 동화 속의 그림이 바로 언덕 아래 펼쳐져 있었다.

그러나, 잃어버린 고향집의 추억이 무슨 소용이란 말인가. 이제 모두 그것을 잃어버렸다고 노승찬 일병은 생각했다. 그곳은 돌아갈 수 없는 곳이었다. 돌아갈 수 없으니 고향이 무슨 소용이 겠는가.

노일병은 승순이를 찾는 것을 포기하고 집으로 돌아왔다. 어딘가 쪼그려앉아 차라리 실컷 울게 두자는 생각에서였다. 아버지가 정신 이상으로 폐인이 되기 전에 그나마 졸업한 중학 생활을, 승순이는 학교조차 가지 못한 제 동생들에게 늘 미안해하는 눈치였다. 중학교의 앨범 하나도 제 동생들에겐 숨겨두었고, 이따금 혼자서만 펴보곤 했다.

실컷 울고 나면 돌아오겠지, 라고 그는 생각했다.

방으로 들어오니 승진이도 일터에서 돌아와 있었다. 뛰쳐나간 승순이만 빼면 다 모인 식구들 앞에서 더플백을 풀었다. 순간, 모두가 승순이의 걱정은 까맣게 잊은 듯이 기대에 찬 표정이 되었다. 노일병은 두려워졌다. 사실 승순이가 뛰쳐나간 우울한 분위기를 씻어내리고자 더플백을 푼 것일 뿐 더플백 속에 들어 있는 선물이란 볼썽사나울 정도였기 때문이다.

그가 차례차례 물건들을 꺼내 좌우로 갈라놓고, 더플백의 뱃가죽을 드러내 보이자 식구들은 확실히 실망하는 빛이었다.

"이걸 찾아 돈으로 바꾸세요."

노일병은 용기를 내며, 마지막으로 더플백 밑에 소중히 감춰둔 텔레비전 인환권을 한 장 어머니에게 내밀었다.

"야, 엄마, 테레비 아냐. 찾아와, 권투 중계랑 연속극이랑 실컷 보게 말야."

승혁이가 당장 손뼉부터 쳤다.

"이 병신 같은 게. 지금 테레비 찾게 됐니? 테레비 갖다가 어디다 놓을래?"

승진이가 승혁이의 머리통을 쥐어박으며 일어섰다.

"왜 때려?"

"지랄하지 마. 엄마, 나 공장에 가서 잘래."

승진이는 휑하니 문밖으로 나서며 쏘아다붙이는 말투로 행선지를 알렸다. 노승찬 일병은 담뱃불을 붙여 물고 벌렁 누웠다. 그는 비좁은 방 때문에 처음으로 일 미터 칠십이가 넘는 키와 구십을 상회하는 가슴둘레가 부담스러웠다.

"피곤허겠구나. 어서 일찌감치 잠들그라."

어머니가 이불을 내리며 말했다.

"얼마 받습니까, 저 방?"

노승찬 일병은 불쑥 물었다. 어머니의 이마가 잠시 겸연쩍은 침묵 속에 조용히 흔들렸다.

"삼만 원에 삼천 원 사글세다. 여자들 벌이랑게 하도 션찮어서 말여. 또 너만 읊스면 이 방만 가져도 우리 식구 다리는 펼 수 있응게……"

어머니는 고개를 숙이며 시선을 내리깔았다. 색 바랜 눈가에 잔주름은 많아졌어도 눈매엔 아직 고향집 시절의 고운 티가 남아 보여서 노일병은 질끈 눈을 감았다.

"이거나마 또 헐릴랑게비어. 무신 공장 부지로 불하됐응게 곧 철거시킬 거라고 시방 야단들이다. 어디 땅은 쪼금 줄 거라고 그러더라만……"

어머니는 말끝을 흐리고 길게 한숨을 쉬었다. 건넌방에서 악을 쓰고 아이 우는 소리가 들려왔다. 그는 이불깃을 끌어올려 머리까지 뒤집어썼다.

잠들어야지.

노일병은 피곤했다. 잠들고 싶었다. 벽 쪽으로 돌아누웠다. 작전이 있어 어쩌다 베트콩을 죽인 날은 잠이 잘 왔다. 잠은 죽음이었다. 모든 것은 그 죽음으로 평온하게 마무리되었다.

노승찬 일병은 잠들었다.

안케가 보이고 정글의 동굴이 함정처럼 빙글빙글했다. 그는 계속 잠들었다. 정글에 여자가 있었다. 흰옷을 입고, 콜록콜록 콜록콜록, 기침을 갈기며 자지러지는데 옷자락에 선혈이 낭자했다. 객혈하는 여자는 승순이었다. 계속 그는 잠들었다. 쿵닥쿵닥 기계가 돌아갔다. 뽀얗게 흐린 먼지가 어머니를 잡아먹고 있었다. 미친개구나. 개가 지나갔다. 피가 듣는 갈비뼈를 물고 있었다. 낄낄낄낄, 웃음소리가 들렸다. 사령관이 지휘봉을 쥔 채 갈비뼈를 개에게 던지며 웃었다. 그래도, 그래도 그는 잠들었다. 아버지가 산발을 하고 황토 언덕에 쭈그려앉았다. 이놈, 옷을 벗어라. 불알을 까야겠다. 불알을 까서 개나 줘버리자. 개나 줘버리자. 개가 웃었다. 훈장을 고쳐 달며. *끙끙끙끙*, 어머니가 끙끙거렸다. 드르륵드르륵, 어머니는 불도저 삽 끝에 앉아 있었다. 햇빛이 눈부셨다. 비정한 불도저 삽날이 번득 일어섰다. 어머니, 불도저예요. 내려오세요……

노일병은 소스라쳐 잠을 깼다.

이마에 땀이 송글송글 묻어 있었다. 식구들의 숨소리가 뒤편에서 들려오고 방은 어두웠다. 승순이는 돌아왔을까. 어둠에 익숙해지자 발그레하게 벽에 바른 신문지가 보였다.

그런데 이건?

노일병은 일어나려다 그대로 숨을 죽였다. 노일병의 목 위를 가로질러 팔 하나가 신문지로 발린 벽으로 뻗고 있었다. 떨리는 듯한, 연약한 팔이었다. 등뒤에서 약간 고르지 못한 어머니의 호흡이 잡혀왔다.

저것은 어머니의 팔이다!

노일병은 하마터면 그 팔을 와락 끌어안을 뻔하였다. 식구들이 사지를 뻗고 편하게 잠들기엔 지나치게 방이 좁았다. 동생들에게 밀려나면 자연히 내 몸은 벽에 밀착돼 팔다리를 뻗기도 어려울 것이었다. 어머니는 잠들지 않고, 밀려오는 아이들을 그 팔로 지탱하여 휴가 나온 아들의 잠자리 면적을 여유 있게 지켜주고 있었다.

"추워, 추워."

잠꼬대처럼 승혁이가 중얼거리는데 콜록콜록, 구석에서 승순이의 기침 소리가 어둠 속에 번득 칼끝을 갈았다. 노일병은 전신에 예리한 칼끝이 닿는 듯하여 팔다리를 조그맣게 오그라들였다. 삐르르르. 초저녁에 듣던 그놈의 기분 나쁜 호루라기 소리가 또 들려왔다.

다음날 아침. 노승찬 일병은 어머니와 함께 S동행 버스를 탔다. 아버지 무덤을 찾아가기로 한 것은 오히려 노일병의 기분보다도 어머니를 위해서였다.

"삼우제 날 가보고는 시방이 처음인게비여."

영등포에서 버스를 바꿔 타고 어머니는 나직하게 말했다. 날씨는 추웠지만 거리는 눈부신 아침햇살 속에 부산하게 들떠 있었다. 창밖을 보는 어머니의 얼굴은 꺼멓게 퇴색하여 거리의 햇살과는 대조적이었다.

"허긴 뭐, 풀칠허기 바쁜디 기왕지사 죽은 사람잉게……"

말끝이 조금 떨려 나왔다. 파랗게 죽어버린 어머니의 입술엔 무덤이나마 자주 찾아가보지 못한 죄스러운 한과 자책이 서걱서걱 묻어 있었다.

버스는 수없이 정차와 발차를 거듭하여 이윽고 시가지를 빠져나가 산중턱까지 빼꼼하게 판잣집이 들어차 있는 S동 입구로 들어섰다. 노일병은 잠자코 버스 창을 통해 그 판잣집들 뒤의 메마른 산줄기를 멍하니 바라보았다.

"다 왔능게비여."

어머니의 죽어버린 입술이 달싹 움직였다. 그는 재빨리 동전 다섯 개를 헤아리며 출구로 다가갔다.

"아니, 저게 워쩐 일이랴?"

버스가 정거한 것과 어머니의 놀란 외침이 날카롭게 울려온 것은 거의 동시였다. 핏기가 가신 어머니의 속눈썹이 파르르 떨리는 것을 노일병은 보았다. 버스 속의 사람들이 일제히 창밖을 향해 고개를 돌렸다.

길 저편은 야산이었다.

아니, 정확히 말하면 그곳은 S동 공동묘지여야 옳을 터였다. 그런데 도도하게 부릉대는 저놈의 빨간 불도저는, 어찌하여 겨울의 공동묘지까지 찾아왔단 말인가. 묘지의 한 자락은 이미 불도저가 깔아뭉개어 판판한 운동장처럼 다져지고 있었다. 혹은 몇 개의 무덤들이 남아 있거나, 혹은 무덤을 파낸 흉측한 황토 구덩이가 아가리를 벌리고 쭈그려앉아 있거나, 어쨌든 그곳이 본래 공동묘지였다는 흔적을 보이는 것은 그나마 산의 서편으로 반 토막뿐이었다. 불도저가 두 대, 그 나머지 묘지들을 야금야금, 철컹철컹, 왕성한 식욕으로 먹어치우고 있었다.

버스는 어머니와 노일병을 남겨두고 무표정하게 발차하였다. 한눈에 보아도 그 야산에는 버스까지 놀라게 할 아무런 구경거리도 마련되어 있지 않았다. 굳이 팻말의 글씨를 읽지 않더라도 서울의 변두리에선 흔하게 볼 수 있는 아파트의 기초 공사 현장이라는 건 누가 보든 알 터였다. 공동묘지 자리가 아파트 현장으로 탈바꿈한 게 확실하였다. 어머니가 먼저 묘지 쪽으로 달려가기 시작했다. 펄펄, 뒤로 날리는 치맛자락에는 당혹감과 자탄과 분노가 함께 들끓고 있다고 그는 느꼈다. 노승찬 일병은 애써 고개를 흔들었다.

흥분하지 마라. 네 집에서 넌 늘 구경꾼이었어.

머릿속의 큰골이 비정하게 그를 다독거렸다. 그는 고개를 끄덕였다. 아버지 무덤이나 찾아보고 노일병은 열나흘 남은 나머지 휴가를 고스란히 기권하고 돌아갈 생각이었다. 까짓것, 모든 것을 피냄새 나는 전쟁 속에 묻어두면 되는 것이다. 콜록거리며 생명을 갉아먹고 있는 승순이나, 삼천 원짜리 사글셋방이나, 승혁이의 추운 발목도 잊어버리려면 머나먼 베트남의 정글로 돌아가는 게 제일이다. 남루한 판잣집에 들어앉아서 말라가는 손톱 밑의 때나 벗기며 돌아누울 궁리나 하고 있을 필요는 없다는 것이, 노일병다운 이기적인 결론이었다.

사실, 그는 이사를 오던 그 이듬해 집을 나왔었다.

몇 년 동안을 뚜렷이 찾아들 곳도 없이 거의 떠돌아다녔다. 친구들을 만나면 술을 졸라대고, 취하면 아무데나 팔을 베고 쓰러졌다. 먹을 게 궁하면 노동판에도 찾아가보고, 버스 감찰원도 해보고, 서적 외판도 나서보고, 항구를 찾아가 배를 타기도 했다. 하지만 그는 한 번도 그것들에 별다른 애착을 느끼지 못하였고 또한 영구히 생활 수단으로 삼으려 하지도 않았다. 학교 시절 키워온 눈부신 꿈들이 그를 괴롭혔다. 무슨 일을 하든, 그는 그 꿈들 때문에 좌절의 쓰린 기분을 맛보지 않을 수 없었고, 그럴 때면 하던 일을 팽개치고 빈둥거리기 일쑤였다.

그는 천성적으로 조금 게으른 편이었으며 강인한 생활력 따위가 발붙일 만한 정신적 토대도 마련되어 있지 않았다. 그는 다만 황량한 빈터에 자신을 내동댕이치는 체념의 기분으로 시간들을 꾸려나갔다.

입대 일 년 전에 그는 고등학교 친구였던 '꼴뚜기'의 새카만 얼굴을 만났다. 제법 희멀겋게 때를 벗은 꼴뚜기의 안내로, 그는 영등포시장 부근의 맥주홀에서 웨이터 보조가 되었다. 그리고 입대하기까지 그는 그곳에서 가장 오래 견딘 셈이 되었다. 어쩌다 들르게 되는 G동 집은 여전하였다. 품팔이 어머니와 승순이의 공장 수입으로는 밀밥 한 그릇도 빠듯하고, 아버지는 식사때마다 쌀밥을 안 준다고 소리소리 질렀다. 내가 뼈빠지게 농사진 쌀은 워디로 팔아처먹고 잉, 맨날 시글시글한 밀밥뿐이여? 이년아, 이 죽일 년아. 말 좀 혀봐. 말 좀 혀보랑게. 실성한 아버지는 곧잘 어머니와 동생들에게 매질도 서슴지 않았다. 그는 퍼렇게 멍든 어머니의 눈두덩을 볼 때마다 미치게 칼을 갈고 싶었다. 그것으로 아버지의 참혹한 패배와 다른 모든 것까지 확연하게 끝장내고 싶었다. 사각사각, 고향집 달밤을 밟고 앉아 부엌칼을 갈던 아버지를 자주 떠올린 것도 그 무렵이었다.

그는 가난한 G동 판잣집을 어떻게 하든 떠나고 싶다는 생각뿐이었다. 오로지 집을 잊으려고 노력하였다. 거리를 떠돌거나 냄새나는 맥주홀의 구석자리에 잠들어도 집에 있는 것보다는 나았기 때문이었다. 울분을 가져봐도 아무 소용이 없으니 어쩔 도리가 없었다. 그러던 그해 가을, 입영 통지서를 받고 나서 대낮의 빈 맥주홀에 홀로 앉아 있을 때, 그는 아버지가 죽었다는 승진이의 울음 섞인 전달을 받았다.

울긴 왜 울어?

팬히 승진이의 머리에 알밤 한 대를 놔주고 건너다본 창밖은 햇살이 미치게 눈부셨다. 어질러진 방안의 물건들을 버릴 것은 버리고 골라낼 것은 골라내 정돈한 다음에나 느껴지는, 조금은 상쾌하고 조금은 허전한 기분이, 그 창밖으로부터 조용히 그의 내부로 기어들어왔다.

노승찬 일병은 이윽고 어머니를 뒤따라 묘지 쪽으로 발걸음을 옮겼다. 불도저 소리가 잠잠해졌고, 어머니는 작업중인 불도저 근처에 남은 몇 개의 묘지를 맴돌다가 한 묘지 앞에서 오랫동안 말없이 서 있었다.

"이 묘집니까? 이게 댁의 묘지 같습니까?"

불도저 기사가 어머니의 곁으로 걸어오며 물었다.

어머니는 고개를 끄덕이며 노일병을 바라보았다. 처연한 눈빛 속엔 이게 틀림없이 아버지의 묘지가 아니냐는 다짐의 뜻이 들어 있었다. 노일병은 어머니의 시선을 피해 고개를 돌렸다. 도무지 알 수가 없었다. 단지 한 번 와봤던 묘지가 아닌가. 아버지의 죽음을 전해 듣고 그가 G동에 왔을 때는 벌써 시체가 매장된 후였다. 삼우제 날 비로소 그는 수많은 무덤 사이의 아버지 무덤을 보았고, 묘지에서 내려오자 잊어버렸고, 그리고 곧 입대였다. 더구나 이미 불도저가 온통 난장판을 만들어놓았으니 비석이 없는 한 얼른 아버지의 묘지를 찾아낼 수는 없었을 것이었다.

"네에. 참말 다행입니다. 조금만 늦으셨어도 무덤을 못 찾을 뻔하셨군요. 사실, 법대로 공고를 했었지요. 옮겨갈 땅도 경기도에 마련해두고 신문, 라디오에 석 달 동안이나 공고를 했었어요."

기사는 담배 필터를 질겅질겅 씹으며 무표정하게 설명하였다.

"참, 일이 급하게 됐으니 여기 사람을 써서 지금 분묘를 파시죠. 막일꾼 몇 사람이 묘지 주위에 늘 대기하고 있답니다. 저쪽, 모닥불 곁의 사내들 말이에요."

사내는 대답도 기다리지 않고, 모닥불을 밝혀놓고 동그랗게 서 있는 사람들을 향해 손을 까불었다. 두 명의 건장한 사내들이 삽과 곡괭이를 메고 바쁘게 뛰어왔다.

어머니는 아직도 자신 없는 표정을 지었다.

어머니의 처지 또한 그와 마찬가지일 게 뻔했다. 똑같이 생겨먹은 숱한 무덤 사이에서, 몇 번 봤던 기억으로만 선뜻 아버지 무덤을 골라내기란 쉬운 일이 아니었다. 묘지의 일부는 이미 불도저의 삽 끝에 평지가 되었고, 나머지들도 대부분 빈 구덩이로 남아 있으니 더욱 그럴 수밖에 없었다. 어머니는 난감한 표정을 짓고 있었다.

그러나 노일병은 어머니를 믿었다.

그는 삽을 든 두 명의 사내들에게 무덤을 파도록 고개를 주억거렸다. 바람 끝이 매서웠다. 저 아래쪽, 도심은 고운 햇빛 속에 빛나고 있었다. 땅이 얼어 있으니 쉽게 삽날이 들어갈 리 만무했다. 사내들은 우선 무덤 위에 모닥불을 놓아 언 땅을 녹였다. 토시락토시락, 모닥불은 무덤 위에서 바람을 받아 까불거리며 잘도 탔다.

언 땅을 젖혀내자 곧 황토층의 빨간 표피가 드러났다.

사내들은 장갑도 끼지 않은 손으로 그 황토층을 향해 삽날을 박았다. 황토층은 얼지 않았기 때문에 쉽게 파헤쳐졌고, 이윽고 햇빛 속에 거의 썩어버린 관의 잔해가 주저앉아 있는 게 보였다. 사내들은 황토를 좌우로 쓸어놓고 삽자루로 일부 남은 관 뚜껑을 젖혀 올렸다. 순간, 쩽하며 내쏘는 빛이 노일병의 눈을 찔렀다. 무덤 속에서 반사되어 나오는 그 빛은 너무 강렬하여 날카로운 금속성 같았다.

"금니군요."

젊은 쪽의 사내가 말했다. 과연 앙상하게 남아 있는 뼈 사이에 한 개의 금이빨이 벌렁 누워 있었다. 어머니가 약간 비틀거리며 주저앉았다.

"화장火葬을 하시지요."

늙은 쪽의 사내가 비굴하게 웃으며 말했다.

"사실 우린 이런 데 찾아다니며 화장을 해드리는 사람인뎁쇼. 무덤 파드린 품삯하고 합해서 사천 원만 주세요. 깔끔히 처리해드릴게요"

노일병은 어머니를 바라보았다. 파랗게 질린 얼굴이 조용히 끄덕이고 있었다.

"그럽시다."

퉁명스럽게 대답하고 나서 노일병은 쭈그려앉아 사내가 준비해준 창호지에 시신을 주워 담았다. 이미 육탈이 다 돼서 아버지의 몸은 뼛골뿐이었다. 쌀밥을 달랑게. 내가 뼈빠지게 농사지어논 쌀은 워디다 팔아처먹었어? 말 좀 혀봐! 허옇게 미친 눈을 돌리며 아버지의 뼈가 말했다. 불행한 아버지였다. 아버지의 참혹한 불행은 노일병이 고등학교 입학하던 해, 아버지의 기름진 농토가 공장 부지로 할 수 없이 팔렸을 때 비롯되었다. 익산시 변두리에 붙어 있던 그 농토는 할아버지가 이사 와 자수성가로 만든 상답이었다. 아버지는 악을 쓰고 그 농토를 팔지 않으려고 했다. 하지만 주위의 논들은 이미 공장주에게 넘어간 뒤였고, 가운데 도사려 있는 그의 논은 물길을 잃었다. 공장에서 물길을 막으면 농사를 지으려야 지을 수도 없었다.

결국 논이 팔렸던 저녁, 그는 자정이 넘도록 달 밝은 마당에 홀로 서 있던 아버지의 외로운 뒷모습을 잊을 수가 없다. 장승처럼 버티고 서서, 쓰리고 긴 밤을 지키고 서서, 아버지는 언제까지나 움직이지 않았다. 컹컹, 이따금 개가 짖고 뚜우 하며 서울행 막차의 목쉰 기적 소리가 간헐적으로 들렸다.

추억 많은 상답을 잃게 되자 아버지는 자연스럽게 농사가 싫어진 모양이었다. 아버지는 나머지 농토까지 곧 전부 팔아치웠다. 익산 시내 살던 삼촌과 장사를 시작한다고 했다. 인자 농사는 그만이여, 선친이 물려준 농토를 팔아먹은 놈이 무신 낯짝으로 농사를 짓겄어. 그렇게 말하는 아버지의 눈은 깊은 고뇌와 회한이 가득 담긴 듯하였다. 아버지는 그렇게 달라졌다. 날이 갈수록 광대뼈가 솟아나고, 이마엔 주름이 늘어났으며, 표정 또한 전처럼 온화하고 여유 있지 않았다. 장사는 미곡상이었다. 제법 잘 되어가는 성싶었다. 취해 돌아오는 날엔 아이들에게 용돈을 든든히 나누어주었고 호탕하게 웃기도 하였다.

일 년은 그렇게 갔다.

불행한 운명의 여신은 그다음 해부터 아버지에게 본격적인 윙크를 보내왔다. 장사는 기울기 시작하였다. 아버지의 눈빛엔 차츰 핏기가 어렸고 살기까지 뜨게 되었다. 결정타는 그해 가을, 서울로 보낸 두 차분의 백미를 사기당하고부터였다. 부쩍 술 취해 들어오는 일이 많아졌고, 그런 날은 누구에겐가 한없이 욕지거리를 해붙였다.

그럭저럭 또 일 년이 지나갔다.

그는 3학년 진급을 앞두고 변변히 집안 형편을 눈치볼 틈이 없었다. 그러나 파국은 너무도 쉽게 찾아왔다. 불행의 불씨는 그의 가정을 완전하게 화장시킬 모든 예비를 이미 한참 전부터 끝내고 있었다. 2학년 생활이 끝날 무렵 겨울에 결말은 찾아왔다. 동업하던 삼촌이 추수철 모아둔 쌀을 몽땅 긁어모아 뺑소니쳐버린 것이었다. 처진 건 빚뿐이었다.

삼촌이 달아나자 빚쟁이들이 몰려들었다. 미곡상은 완벽하게 거덜나버렸고 아버지는 사기로 입건되었다. 아버지가 제정신을 잃은 것은 유치장에 수감된 직후부터였다. 정신 발작은 급격하게 다가왔다. 발작하면 아버지는 아무도 알아보지 못했다. 그 바람에 그래도 감옥살이만은 면할 수 있었다.

정신분열증으로 아버지가 풀려나오고도 빚쟁이들은 사랑방에 진을 치고 탐욕의 이빨을 갈며 실성한 아버지를 닦달하였다. 불과 삼 년 만에 그의 집은 완전히 거덜나고 말았다. 그나마 살길은 빚쟁이들을 피해 도망치는 것밖에 없었다. 어머니와 그는 어린 동생들과 실성한 아버지를 앞세우고 달도 없는 밤에 조부 때부터 살던 고향에서 도망쳐 서울로 올라왔다. 그게 G동 생활의 시작이었다.

화장은 순식간에 끝났다.

사내들은 묘지의 한쪽 구덩이에서 장작 한 단과 석유 한줌으로 그것을 해냈다. 시골에서 개를 태워 죽이듯, 그렇게 아버지의 유골을 해치운 사내들에게 노일병은 일금 사천 원을 헤아려 건넸다. 머나먼 남의 나라에서 목숨을 걸고 자유를 지킨 값으로 받아온 돈이었다.

이때 내내 넋을 잃은 사람처럼 앉아 있던 어머니가 불쑥 사내들에게 손을 내밀었다. 손바닥에 놓인 것은 무덤 속에서 나온 아버지의 금니였다. 노일병은 어머니가 그것을 사내들에게 줘버리는 것으로 알았다. 그러나 어머니는 창호지 문을 닫아놓고도 밖에 눈이 내리는 것을 아시던 고향집의 그분이 아니었다. 도로 공사판에 육백 원짜리 자갈 나르기를 탐내는 G동의 약삭빠른 여자였다.

"이거 갖고 천 원만 빼주슈."

어머니는 결연히 말했다.

그 또렷한 말투는 오직 방관자로 물러앉으려는 노일병의 의지를 왈칵 물어뜯었다. 하마터면 그는 금니가 놓인 어머니의 손을 발길로 내차버릴 뻔하였다. 사내들은 금니를 집어보고 잠자코 천 원을 내주었다.

어머니와 그는 한줌, 아버지의 뼛가루를 싸쥐고 한강으로 갔다. 행여 사람들이 볼세라 어머니는 그것을 치마 속에 싸안고 다리 아래로 뿌렸다. 한 번 두 번 세 번…… 어머니의 손짓에 따라 아버지의 잔해가 바람에 실려 뽀얗게 흩어졌다. 짝 벌린 아가리로 강은 불행했던 아버지를 냉큼냉큼 받아먹고 있었다.

노승찬 일병은 징검다리를 반듯이 건너뛰었다. 다리가 후들후들 떨리는 게 꽤 취한 모양이었다. 풀빵집은 포장이 닫혀 있고 밤은 어두웠다. 그는 언덕바지에 오줌을 누며 목덜미를 부르르 떨었다. 추운 날씨였다. 낮엔 그나마 햇빛 때문에 제법 따사로웠으나 밤이 되자 기온은 급강하하였다. 어디선지 희미하게 음악 소리가 들려왔다. 가만히 듣고 있으니까 그건 음악이라기보다 소음에 가까웠다. 노일병은 잠시 언덕에 주저앉아 호흡을 가다듬었다. 하늘은 별 하나 안 보였다.

제기랄, 눈이라면 내리렴.

꼴뚜기가 생각났다. 놈의 호탕한 웃음소리가 허공에서 들리는 듯하여 노일병은 무릎에 고개를 묻었다. 낮에 한강교에서 어머니를 보내고 그는 꼴뚜기를 만났다. 녀석은 술집으로 그를 데리고 갔다. 빨간 융단이 깔리고 적당히 칸막이 된 맥주홀이었다. 그들은 과장된 브래지어를 해 박은 여자들을 데리고 술을 마셨다. 꼴뚜기는 전에 비하면 좀더 요란스러운 제스처로 무장된 듯 보였다. 제법 취기가 올랐을 때 놈은 빳빳한 오백 원권 삼천 원을 탁자 위에 놓으며 여자에게 물었다.

너 말야. 브래지어 진짜니? 속이 꽉 찼느냐 말야. 내가 맞추기로 하지. 틀리면 이 삼천 원 네가 갖고, 맞으면 거기다 뽀뽀를 한

번 하는 거야. 어때, 한번 해볼 만한 장사 아냐?

여자는 찐득찐득하게 웃다가 고개를 끄덕거렸다.

꼴뚜기는 브래지어 가득 여자의 가슴이 차 있는 쪽에 걸었다. 여자는 겸연쩍은 티도 안 내고 선뜻 블라우스 단추를 풀고 브래지어를 들어올렸다. 브래지어는 가짜였다. 여자의 유방은 의외로 형편없이 말라 있었다. 삼천 원은 어김없이 다시 채워지는 여자의 브래지어 속으로 기어들어갔다. 그것은 아버지를 불사른 값이었다. 아버지의 모든 불행과, 지랄병과, 추억 속의 고향집까지 한줌 재로 만든 여섯 장의 지폐가 여자의 가슴속에서 날름 혀를 빼무는 것 같았다. 꼴뚜기가 담배를 피우며 킬킬대고 웃었다. 그런데 그때, 노일병은 날카로운 것으로 뒤통수를 얻어맞은 것처럼 현기증이 돌았다. 쇳소리를 내며 재빠르게 그의 두개골을 강타한 것은, 그렇다, 킬킬대고 웃고 있는 꼴뚜기의 입술 너머, 라이터 불빛 속에 반짝 드러난 놈의 금니였다. 금니가 그의 위장된 여유를 박살내며 달려들었다.

아아, 아버지는 생전에 언제 금니를 해 박았을까.

아버지의 치아가 남다르게 고르고 건강했었다는 사실이 순간 너무도 선연히 기억났다. 왜 그것이 생각나지 않았을까. 아버지는 분명히 금니를 해 박은 적이 없었다. 그렇다면 공동묘지의 인부들과 낮에 어머니가 맞바꾼 금니는 누구의 것이란 말인가.

정말, G동의 언덕에는 눈이 내리기 시작했다.

노일병은 피우던 담배를 손가락으로 눌러 끄고 천천히 일어섰다. 눈은 탐스럽고 조용하였다. 영등포 쪽의 저녁 불빛이 흰 눈속에서 아른아른 멀리 보였다.

고향집에 살 때, 아버지는 눈이 쌓인 아침엔 꼭 논을 둘러보는 버릇이 있었다. 새벽밥을 해 먹고 시내 학교까지 종종걸음을 치다보면 온통 백색의 들녘에 아버지는 뒷짐을 지고 그림처럼 서 있곤 하였다. 빈 겨울의 논바닥을 홀로 찾아가던 아버지, 새벽의 논두렁은 차가웠으나, 논을 향해서 홀로 선 아버지의 가슴속엔 앞날의 봄이 미리 들어와 있지 않았을까.

노승찬 일병은 비로소 겨울의 들녘에 홀로 서 계시던 아버지를 알 것 같았다. 새봄이 오고, 그래서 온 대지가 젖은 채 깨어나기를 기다리던 아버지, 그것은 농부였던 아버지만이 꿈꿀 수 있었던 희망이며 또 평화였을 것이다. 빈 논바닥에서 못자리를 지어내는 부지런한 평화, 버려진 들녘도 남모르게 찾아가는 혈족 같은 사랑의 평화, 밤새워 물꼬를 보거나 피사리를 하거나 김을 매던 건강한 노동에 기댄 평화, 하늘과 조상께 감사 올리기를 잊지 않고, 고된 육신은 꿀맛 같은 막걸리 한 사발로 녹여내는 순정적이고 건강한 평화가 겨울 들녘에 서 있는 아버지의 모습에 담겨 있었다.

노일병은 눈물이 날 것 같았다.

"얏호! 얏호오……"

그는 울지 않으려고 영등포 쪽을 향해 소리를 질렀다. 목젖이 당겨오도록 외쳤으나 메아리는 돌아오지 않았다. 그곳은 나무가 자랄 수 있는 산이 아니기 때문이었다.

새벽에, 노승찬 일병은 더플백을 대충 꾸리고 워커의 끈을 졸라매었다.

"워찌 이러냐? 지발이지 에미 생각도 혀봐라. 니가 이렇게 훌쩍 떠나면 내 가슴에 못이 되는 거여."

어머니가 누렇게 뜬 얼굴로 그를 붙잡았다.

"아니에요, 어머니. 전세戰勢가 뒤바뀌어서 휴가병들은 모두 귀대하라고 신문에 난 걸 봤어요. 추운데 따라오지 마시고 들어가세요. 애들도 깨우지 말고……"

그는 문간에서 잠시 어머니의 시선과 마주쳤다. 어제 너무 많이 울어서 퉁퉁 부어오른 어머니의 눈빛엔 당혹과 애소가 가득 담겨 있었다. 그는 목이 메어왔다. 가슴속에 수많은 말들이 들끓었으나 그는 그것들을 꿀꺽 삼켜버렸다.

"노승찬 일병, 휴가 마치고 돌아갑니다."

그는 과장된 몸짓으로 거수경례를 했다.

웃으려고 애를 썼으나 묘하게 얼굴만 뒤틀려서 그는 재빨리 돌아섰다. 언덕길은 휑하니 비어 있었다. 그는 미친듯이 달려가고 싶은 기분을 억누르기 위하여 발끝에 힘을 주고 꼿꼿하게 걸었다. 한 가지 유혹이 그의 발목을 붙들고 늘어졌다. 단 한마디, 어머니, 당신은 아버지의 치아가 남다르게 튼튼했다는 사실을 환히 알고 있지 않았느냐고 소리치고 싶었다. 그리하여 어머니 가슴에 얼굴을 묻고 어린애처럼 한번 울고 싶었다.

그러나, 그건 참으로 시시한 넋두리다.

어머니는 분명히 알고 있었을 것이다. 도대체 아버지가 금니 따위를 해본 적도 없다는 것을 어머니가 몰랐을 리 없다. 어머니는 그저 아들의 마음을 위하여, 모르는 체했을 뿐이다. 그것을 말해서 어쩌겠는가.

노일병은 징검다리 앞에 서서 잠시 언덕 위를 뒤돌아보았다. 어머니가 언덕 위까지 따라와 나목처럼 서 있었다. 어디서 날아왔는지 참새 두 마리가 어머니의 머리 위로 홀쩍 지나갔다. 참새가 나는 곳은 투명하게 얼어붙은 하늘이었고, 그는 공연히 가슴이 두근거렸다.

새야, 죽지 달린 새야. 우리 아버지 무덤 속에 날아가다오.

—

토끼와 잠수함

제복의 사내는 나의 어깨를 탁 쳐서 밀어넣고 회색의 문을 닫았다.

버스는 곧 파출소 앞을 출발했다. 한여름 오후의 햇빛은 날이 잔뜩 서 있었다. 아스팔트조차 찐득찐득 녹아들고 있는 도심지로 나를 태운 버스가 거침없이 굴러들어갔다. 나는 엉거주춤 출입구 근처에 선 채 아직 반도 채워지지 않은 버스 속의 갖가지 차림을 한 사람들을 멍하니 둘러보았다.

"뭘 하고 있어!"

뾰족하게 갈라진 목소리가 등을 때렸다. 어깨를 쳐서 밀어넣은 제복의 사내가 내게 빈 좌석을 가리키고 있었다. '제복'의 눈은 건장한 체격에 비해 형편없이 작고 차가웠다. 나는 괜히 허둥대며 빈 의자에 조심스럽게 주저앉았다. 제복 옆의 앞자리에 또 다른 제복의 사내가 잠들어 있는 게 비로소 눈에 들어왔다.

"빌어먹을, 당신도 재수가 없었겠지. 나도 여럿이 길을 건넜는데 혼자 걸려들었다오."

옆에 앉은 텁수룩한 중년 남자가 나직이 말했다. 육교를 두고도 마음이 바빠 도로를 무단횡단한 것이 화근이었다. 길목을 지키고 있던 순경에게 붙잡혀 있다가 잠시 후 다가온 이 버스에 인계되어 강제로 태워진 것이었다. 경범죄를 저지른 자들을 태워 즉결 재판소로 실어나르는 경찰의 호송 버스였다. 버스는 장의차처럼 색 바랜 회색이었다.

"무슨 놈의 날씨가 이렇게 삶아대는지 원…… 미안하지만 담배 가진 것 있소?"

그러나 남자는 조금도 미안한 얼굴이 아니었다. 술을 약간 한 모양이었다. 게으른 자취생의 방문을 열면 으레 맡게 되는 그런 냄새가 남자로부터 스멀스멀 건너왔다. 나는 말없이 '신탄진' 한 개비를 남자에게 건넸다. 제복은 남자가 담배를 피워 무는 일엔 아무 관심도 없는 듯 보였다. 버스가 을지로 쪽으로 우회전하고 있었다.

"허어, 신탄진이네."

남자는 단번에 감탄했다.

"빌어먹을, 나 사는 동네에선 신탄진 한 갑 사기가 하늘의 별 따기 같다우."

그건 사실이었다. 담뱃가게는 늘 청자나 은하수만 만원이었다. 어쩌다 눈먼 신탄진이 한 갑 걸려들어도 단지 한 갑뿐이었다. 두 갑만 달라고 사정을 해도, 저쪽에선 으레 냉랭히 도리질하며 말상대조차 안 해주는 게 보통이었다.

"빌어먹을, 불도 좀 빌려주셔야겠소."

남자는 신탄진 한 개비를 이리저리 굴려보다가 또 말했다. 나는 아침에 산 오 원짜리 성냥을 통째로 그에게 내밀었다.

정말 더운 날씨였다. 아침부터 들끓던 태양은 오후로 접어들면서부터는 더욱 살기를 띠고 아예 살가죽을 뚫고 들어와 심장에 박히는 것 같았다. 버스의 내부도 마찬가지였다. 확확 치닫는 열기가 끈끈하게 조여와 숨이 막힐 정도였다. 사람들은 거의 눈을 감은 채 잠잠히 늘어져 있었다. 버스가 을지로3가 파출소 앞에 멎었다. 앞을 지나던 여대생 두 명이 버스 안을 들여다보며 키들키들 웃었다.

—여러분, 교통질서를 지킵시다. 이번주는 집중단속 하고 있으나 시민 여러분의 협조 없이는 성과를 기대하기 어렵습니다. 도시는 선입니다. 차선을 지킵시다!

파출소 머리의 확성기에서 요란한 소리가 들려왔다. 버스는

파출소 앞에 억류돼 있던 함지박을 인 중년 여인을 더 태우고 이
내 다시 출발하였다. 함지박을 인 중년 여인은 나와 달리 길가에
서 무엇을 팔다가 무단 행상의 죄목으로 붙잡힌 모양이었다.

"아이고 나리, 한 번만 용서혀줘유. 워낙 살기 힘들어서……
다시는…… 안 그럴 팅게로……"

호송 버스에 태워지자마자 '함지박'은 제복을 향해 우는소리
부터 했다. 검붉게 변색된 얼굴은 번질거리는 땀으로 젖어 꾀죄
죄하게 구겨져 있었다. 사내들이나 입음직한 반소매 작업복이
땀에 절어 함지박의 등에 착 달라붙은 게 아주 을씨년스러워 보
였다.

"젖먹이를 두고 나왔슈, 나리! 새깽이가 월매나 배가 고파 자
지러질지…… 글씨, 한 번만 용서혀주시면……"

함지박은 징징거리며 연신 허리를 조아렸다.

"이름이 뭐요?"

제복은 표정의 변화가 없었다. 그는 노란 서류철을 펴들고 함
지박의 애소를 묵살한 채 물었다. 질주하는 차들의 경적 소리가
연방 들렸다.

"새깽이가 불쌍혀서 그려유, 돌봐줄 사람도 읎는디……"

"이름이 뭐냐고요!"

제복의 눈꼬리가 위로 치켜올랐다. 함지박은 움찔했으나 작업

복 끝자락으로 눈시울을 훔쳐내며 다시 한번 두 손을 모아 비는 시늉을 했다. 제복이 들고 있는 노란 서류철에 이름이 기재되는 순간 희망이 없을 거라는 걸 함지박은 알고 있는 눈치였다.

"나는 거기 나온 지 십 분도 안 됐슈. 그저 후딱 팔고 들어갈 생각만 앞서갖고……"

"빨리 이름이나 대요!"

제복이 소리치며 손바닥으로 서류철을 탁, 내리쳤다. 창을 헤집고 들어온 햇빛 속으로 먼지가 뽀얗게 피어올랐다. 함지박은 단번에 기가 죽었다. 더이상 희망이 없다는 걸 비로소 확인한 표정이었다.

버스는 세운상가 그늘에 묻혀서 정지했다. 수많은 사람들이 자전거 손수레 등과 뒤섞인 채 상가 좌우에서 들끓고 있었다. 노란색의 택시가 상가 앞에서 멎자 사람들이 우, 몰려들었다. 택시는 행선지가 같은 네 명의 손님을 재빨리 주워 담고는 사람들 사이를 아슬아슬하게 피하며 그곳을 떠났다.

나는 깔깔하게 목구멍이 타드는 걸 느끼며 소란스러워진 버스의 출입구로 시선을 돌렸다. 얼굴이 발갛게 상기된 젊은 남자와 가슴이 넘어다보일 만큼 노출증이 심한 빨간 원피스 차림의 젊은 여인이 버스 출입구로 들어서고 있었다.

"도로에서 싸우고 있었소. 여자가 어떻게 억센지 원, 아마 이런 것 같은데……"

두 사람을 인계하고 난 순경이 가로에 선 채 제복을 향해 새끼 손가락을 들어 보이고 히죽이 웃었다. 호객 행위를 하려던 여자와 더벅머리 사이에 시비가 붙었던 모양이었다. 버스는 들끓는 사람들을 좌우로 가르며 서서히 상가 앞을 벗어났다. 태양이 상가 유리창에 부딪혀 비정하게 빛나고 있었다.

'빨간 원피스'는 화장이 얼룩진 얼굴을 묘하게 찡그리며 손수건을 제 가슴으로 밀어넣어 땀을 닦았다. 제복이 서류철을 펴들다가 갈증이 나는 표정이 되어 원피스 속으로 들락날락하는 여자의 매니큐어 발린 손을 보았다. 그것은 마치 사우나탕에서 뜨거운 수증기 속에 몸을 담그고 고개만 내민, 소갈머리 없이 배부른 친구가 서비스걸의 탐스러운 육체를 보며 입맛을 당기는 풍경과 흡사했다.

빨간 원피스는 집중된 시선을 의식적으로 무시하며 의자 모서리에 팔을 올리고 비스듬히 기댔다. 제복이 음흉하게 미소 지으면서 빨간 원피스에게 말을 걸었다. 함지박과 달리 제복은 빨간 원피스를 부드럽게 다룰 모양이었다.

"도로에서 싸우고 있음 어떻게 해!"

"흥, 있잖아요……"

기다렸다는 듯이 빨간 원피스는 함께 들어선 더벅머리의 청년을 향해 고개를 돌렸다.

"도로를 건너는데 저 자식이 내 팔짱을 탁 끼지 않겠어요. 대낮에 얼굴도 벌겋게 해가지고. 아유, 징그러워……"

그녀는 징그럽다는 것을 실증해 보이려는 듯, 상체를 유연하게 흔들었다.

"허엇, 말이 많은 창녀로군."

'더벅머리'는 웃었다. 습기 찬 지하실을 울려나오는 것처럼 음울한 웃음소리였다. 장발 자체가 범죄인 세상이었다. 더벅머리는 여자와 싸우지 않았더라도 장발로 붙잡혀 호송 버스에 태워졌을 가능성이 많았다.

"저 자식이, 창녀가 무슨 저희 집 강아지 이름인 줄 아나?"

빨간 원피스가 더벅머리를 향해 핸드백을 휘둘렀다. 더벅머리가 그것을 피해 가볍게 빈자리에 앉았다. 눈빛은 형형했으나 더벅머리는 소년처럼 왜소한 체구를 갖고 있었다.

"창녀가 아니면, 너는 소매치기야."

"뭐라고?"

"스무 해 동안 본의 아니게 간직되어온 내 순결을 소매치기 하려던 여자. 흐흐흐……"

더벅머리는 과장된 몸짓을 지어 보였다. 제복은 이 싸움에 상당히 관용을 베풀 작정인지 두꺼운 턱을 당겨 헤프게 미소 짓고 있었다.

"나는 경우에 따라서······"

표독하게 노려보는 빨간 원피스를 향해 서서 더벅머리는 여유만만, 혀를 날름해 보였다. 책과 노트를 옆구리에 끼고 있는 게 아마도 문학이나 철학을 전공하는 대학생인 것 같았다. 제멋대로 헝클어져 내려온 머리칼이 그의 야윈 이마와 잘 어울렸다.

"너의 참담한 생활을 위하여 원고지를 살 몇 푼의 돈에다가 이 가당찮은 순결까지도 붙여줄 수는 있지. 그러나 더러워! 치사해! 내 눈엔 너를 거리로 내몬 개 같은 현실이 환히 보이거든. 넌 모르는 네 현실 너머의 구조까지도!"

조금 취했는지, 더벅머리는 연극배우 같은 제스처와 말투를 썼다. 그러나 더벅머리의 어조에는 알 수 없는 어떤 울림이 있었다. 버스 속의 분위기가 더벅머리의 외침에 움찔하는 듯했다. 물론 그것에 대꾸하는 사람은 아무도 없었다. 부르릉 하는 버스의 진동이 이상할 만큼 전신 깊숙이 감겨와서 나는 짐짓 눈을 감았다.

돌연 콧마루가 시큰해왔다.

아침에 석상처럼 대문간에 서 있던 아내의 남산만한 배가 떠올랐다. 결혼하고 오 년 동안을 한결같이 착하게만 살아온 순종적인 아내였다. 그런 아내의 몸가짐은 어려운 살림을 그저 운명이거니 하고 받아들이는 체념에서 비롯되었을 것이다. 사무실 낡은 의자에 앉아서도 배가 더 무겁다면서 살며시 고개를 숙이던 아내의 파리한 귓불이 자꾸 생각났다. 날씨는 찌는 듯이 더웠다. 낡은 선풍기는 책상 위의 종이 한 장도 움직이지 못할 만큼 털털거리는 소리만 낼 뿐이었고, 열어둔 문에서도 바람 한 점 들어오지 않았다.

"큰일났어요. 애기가 거꾸로 있는 모양이에요. 조산원을 대든지 산부인과를 가든지 해야지, 가뜩이나 쇠약한 애기 어멈이 지금 다 죽어간다우!"

통통 불어버린 자장면 한 그릇을 먹고 나자 기어이 한집에 세든 여산댁의 호들갑스러운 말씨가 전화통에서 쾅쾅 울려왔다. 병원에 가려면 돈이 필요했다. 땀은 삐질삐질 솟는데 엉뚱하게 등골은 시리고 시렸다. 가불이야 틀린 게 뻔하고, 돈을 빌려달랄 만한 사람도 전무했다. 형님 집으로 먼저 뛰었다. 눈꼴사나운 형수의 잔소리를 들어가며 겨우 돈 만 원을 마련했다. 산부인과에서 만 원만으로 아내를 받아줄지는 미지수였다. 육교를 두고도 허둥지둥 도로를 무단횡단한 건 그런저런 초조함 때문이었다. 나를 붙잡은 순경은 아내가 애를 낳으려고 한다는 내 말에 아무런 대꾸도 하지 않았다.

아내는 유난히 몸이 약했다. 감기에 걸려도 한 달씩 앓는 몸이었다. 거꾸로 서서 버둥거리는 아기 때문에 아내는 벌써 죽어가고 있는지 몰랐다. 아니 아내는 어쩜 이미 죽은 게 아닐까. 시뻘겋게 피를 뒤집어쓰고, 그 잘나지 못하여 슬픈 여보를 부르며, 허공을 움켜쥐다가 자지러들고 말았을 아내가 떠오르자 가슴속에서 핏덩어리 같은 것이 목울대로 쑥 올라왔다. 아내에게 가야 해. 나는 반사적으로 자리에서 벌떡 일어섰다. 더벅머리를 향해 있던 제복의 시선이 냉큼 내게로 옮겨왔다.

"당신, 뭐얏!"

제복은 쩽, 소리질렀다. 더벅머리의 말에 기분이 상했었는지도 몰랐다. 날 선 제복의 눈빛에 부딪혀 나는 본능적으로 시선을 내리깔았다.

"아…… 아닙니다."

나는 순식간에 기가 죽었다.

"그럼 왜 일어서서 노려보는 거야?"

"저…… 사실은…… 문을 좀 열어놓았으면 해서……"

얼결에 나온 말인데 말해놓고 나니 새삼 가슴이 뛰기 시작했다. 내가 태워지기 이전부터 버스의 창문이 모조리 닫혀 있었다는 사실을 비로소 선연히 깨달은 순간이기도 했다. 버스 속이 견딜 수 없을 정도의 찜통이 된 건 무엇보다 버스의 창이 단단히 닫혀 있기 때문이었다.

"그러네, 참! 맞아요! 문 좀 엽시다!"

내 말을 받아준 것은 더벅머리였다. 생기 어린 더벅머리의 목소리가 순간 끈적끈적한 버스 속 공기를 왈칵 흔드는 느낌이었다. 사람들이 술렁거리기 시작했다. 권태와 무기력이 깔려 있던 사람들의 눈빛이 반짝, 살아나고 있었다. 나는 예상하지 못했던 분위기에 고무되어 숙였던 고개를 다시 들어올렸다.

그렇다, 라고 나는 생각했다. 제복도 다른 사람과 마찬가지로 더울 게 틀림없었다. 문이 닫힌 사실을 깜박 잊고 있었을 뿐이지, 도대체 이런 여름날 창을 모조리 닫아야 할 까닭이 있을 리 만무하지 않은가. 당신 생긴 것보다는 제법이군. 제복은 이렇게 말하며 웃을지도 몰랐다.

그러나 사태는 전혀 다른 방향으로 비약했다. 화가 난 듯 벌겋게 달아오른 제복이 나를 노려보다가 재빨리 다가와 나의 멱살을 잡아 탁 낚아챈 것이었다. 강력한 힘이었다. 나는 공포에 질려 황급히 눈뚜껑을 닫고 목을 깊이 움츠렸다.

"당신, 악질이군."

제복의 손가락들이 목을 거칠게 파고들었다.

"뭐, 문 좀 열자고…… 당신만 더운 줄 아나. 나도 덥지만 참는 거야. 바로 당신처럼 창으로라도 달아날 궁리를 하는 악질 반동 때문이야. 딱지를 뗀 당신이 달아나면 재판은 누가 받고 벌금은 누가 내나? 나보고 벌금까지 대신 지불해달라 이건가?"

씨근대는 제복의 숨소리로 보아 그는 정말 나를 즉결 처형해도 좋을 반동으로 간주한 것임에 틀림없었다. 더구나 제복의 우렁찬 말씨가 버스 속을 얼마나 힘있게 울려대는지 사람들은 감동이라도 받은 듯한 표정이 되어 일제히 숨을 죽였다. 아무도 제복의 시선을 마주보지 못했다. 나는 속수무책으로 악질 반동이 되었다. 제복은 나의 등덜미를 강압적으로 눌러 앉히고, 이미 무기력한 불안감으로 되돌아간 사람들을 향해 이번엔 자못 장중한 어조로 말의 아퀴를 지었다.

"조금 더워도 참는 거요. 당신들은 법을 위반했지만 나는 그렇지도 않으면서 참고 있소. 더구나 이미 당신들에게 떼어진 이 딱지는 일련번호가 매겨져 있어서 숫자가 모자라면 내가 곤란해지오. 즉결 재판소에 갈 때까진 절대로 창문을 열 수 없소!"

제복의 위압적인 선언에 모두가 끝까지 숨을 죽인 것은 아니었다. 반기를 든 사람은 더벅머리였다. 연극 대사를 외는 듯한 더벅머리의 말이 침묵의 공간에서 솟아올랐다.

"법이 딱지로만 처리될 수는 없습니다. 우리들은 일련번호로 떼어진 딱지의 숫자가 아니라 주어진 환경 속에서는 더위를 피할 권리도 있는 하나의 인간입니다. 문을……"

"시끄러워, 인마!"

내 멱살을 놓은 제복의 손이 이번에는 더벅머리의 머리채를 움켜쥐었다. 더벅머리의 몸이 제복의 팔 힘에 끌려 위로 올라왔다. 제복의 손목에 퍼렇게 힘줄이 불거져나온 것을 나는 보았다. 그리고 다음 순간 더벅머리의 몸이 의자와 의자 사이로 내동댕이쳐졌다.

"말도…… 안 되나요……"

내동댕이쳐진 더벅머리의 말소리에 울음이 배어나왔다.

"어째서…… 우리가 이 무더위를 견뎌야 하는지…… 말할 수도…… 없는 건가요……"

입술이라도 찢어졌는지 더벅머리의 입에 피가 번지고 있었다. 말소리조차 웅얼웅얼할 뿐이었다. 제복은 분을 참을 수 없다는 듯 팔을 양쪽으로 벌려 제 가슴의 근육을 울근불근 내보이고 사람들을 둘러보며 말했다.

"대학생 녀석이 대낮부터 술이나 퍼마시고, 이런 놈들이야말로 사회를 좀먹는 불순분자야! 대학생이 무슨 훈장이라도 되는 줄 알고."

버스 속은 다시 조용해졌다. 빌딩의 숲을 뚫고 솟아오른 광고용 애드벌룬이 버스의 달아오른 창에 떠왔다. 햇빛의 살기는 여전히 누그러들 기세가 아니었다. 버스가 을지로6가를 돌아 다시 퇴계로 쪽으로 방향을 바꾸고 있었다. 사람들은 저마다 후줄근한 얼굴로 되돌아갔고, 더벅머리도 별수없이 고개를 떨구었다.

"당신이 걸려들기 전에 어느 구두닦이 하나가 이 창으로 달아 났죠. 어찌나 날쌘지 못 잡았어요. 그때부터 저 친구 화가 나서 모조리 창을 닫아걸게 한 거요. 빌어먹을……"

옆자리의 중년 남자가 나직이 속삭였다.

대한극장이 다가오고 있었다. 극장의 정문 이마에서 낯모르는 사내 하나가 권총을 겨누고 나를 바라보았다. "그레이트 갱 워" 하고 나는 나직이 그 사내가 밟고 있는 영화 제목을 읽었다. 나는 권총의 총구를 피하려는 듯 목을 깊이 움츠리고 실눈을 떴다.

버스 속은 여전히 가마솥 같았다.

잠시 동안 조용한 침묵이 계속되었다. 절인 배춧잎처럼 풀어 진 사람들의 할딱거림만이 버스의 빈자리까지 꽉 차 있었다. 검은 고급 세단 하나가 버스 앞으로 쭉 미끄러져갔다. 머리를 길게 늘어뜨린 젊은 여자가 세단 속에서 환하게 웃고 있었다. 세단의 유리가 약간 푸른색이어서 여자의 자태는 꼭 어항 속에 갇힌 지느러미가 긴 열대어 같았다. 여자의 옆자리엔 등이 굵은 정장의 남자가 앉아 있었는데 고개를 여자에게 돌려 표정은 보이지 않았다. 나는 세단의 뒤창 의자 꼭대기에 솟은 베개 두 개를 발견하곤 금방 얼굴을 붉혔다. 그들 남녀가 알몸으로 붙어 있는 것 같은 착각을 느꼈기 때문이었다.

"여보시오. 이거 또 도는 거 아닙니까?"

버스가 대한극장을 지나치고 나자 건너편 좌석의 늙수그레한 사내가 조심스럽게 한마디했다. 안경을 쓴 그 사내는 비키니 스타일의 모 여배우가 웃고 있는 주간지 뚜껑으로 이마에 와 닿는 햇빛을 가리고 있었다.

"맞습니다, 벌써 세번째 아니오?"

뒤쪽에서 누군가 '안경'의 말을 받았다. 갑자기 또 조금씩 술렁이기 시작했다. 사실 이대로 간다면 버스는 내가 처음 태워졌던 회사 앞을 지나 다시 을지로로, 을지로 3, 4, 5, 6가를 지나 다시 또 퇴계로 6, 5, 4가를 통과, 이 대한극장 앞으로 돌아올 것이 틀림없었다. 을지로와 퇴계로를 세로줄로 삼은 직사각형의 길을 쫓아 도심을 돌고 도는 셈이었다. 이렇게 같은 코스를 반복한다는 것은 무더위와 무기력으로 지친 사람들을 소금에 절인 배추처럼 질식시키겠다는 것과 다름없었다.

"법도 못 지키는 사람들이 왜 이리 말은 많아!"

기다렸다는 듯이 제복이 성급하게 일어섰다. 비지땀을 흘리고 있기론 제복도 물론 마찬가지였다. 성급하게 일어서느라 몸의 균형을 못 잡고 쭐렁거리는 제복을 붙잡은 것은 빨간 원피스였다.

"어머! 넘어지시겠어요."

호들갑스럽게 웃으며 빨간 원피스가 제복의 손을 잡아주었다. 그녀는 제복의 옆에서 내내 화장을 고치고 있다가 막 핸드백 안에 땀으로 젖은 손수건을 구겨넣던 중이었다.

"하지만 모두 바쁜 사람들뿐이지 않습니까?"

'안경'이 주간지를 이마에서 내리며 불안한 어조로 제복의 말에 반발하고 나섰다.

"당신, 상당히 똑똑해 뵈는데……"

제복은 여유를 가장한 듯 안경에게 턱짓을 하며 히죽 웃었다. 안경이 창밖으로 고개를 돌렸다. 창 너머 도심은 작열하는 햇빛과 매연이 뒤섞여 뿌연 회색빛이었다. 살쾡이처럼 빛나는 눈빛으로 제복이 천천히 버스 안의 사람들 하나하나 노려보았다.

"에, 여러분이 세금에 너무 인색한 탓으로 경찰 버스는 별로 충분하지 못하오. 이 점에 관해서는 본인도 유감이거니와, 이 버스 속의 좌석이 완전히 채워질 때까지는 기다릴 수밖에 없소. 몇 사람만 태우고 즉결 재판소까지 갔다가 돌아와서, 또 태워가고, 또 태워가고…… 이 구역에 배당된 버스는 이거 한 대뿐인데, 그렇게 해드릴 수는 없는 일 아니오? 이건 자가용이 아니란 말이오. 알아듣겠소?"

대꾸하는 사람은 더이상 없었다. 자신의 설득에 만족했는지 제복이 어깨를 으쓱해 보이고 침을 흘리면서 내내 잠들어 있는 다른 제복의 옆자리에 털썩 주저앉아버렸다. 안경은 기가 완전히 꺾인 듯 고개를 한껏 숙이고 있었다. 그러나 침묵은 잠깐 동안뿐이었다. 울부짖는 듯한 목소리가 무겁게 가라앉던 분위기를 다시 뒤집었기 때문이다. 함지박이었다.

"그럼 대체 원제나 보내준대유!"

말끝에 울음이 딸려 나왔다. 작업복 앞자락으로 연방 땀과 눈물을 닦아내던 함지박이 두 손을 모으고 비는 시늉을 했다. 원한다면 당장 버스 바닥에 무릎이라도 꿇을 기세였다.

"지발요, 한 번만 살려주시는 심치고 보내줘유. 어린것이 죽어갈 틴디유. 한 번만……"

"정말 왜들 이렇게 말썽이야!"

제복의 얼굴이 금방 다시 달아올랐다. 사태가 끝났다고 여기고 제복은 막 건너편에 앉은 빨간 원피스와 음흉한 눈빛을 나누려던 참이었다. 일어서려는 제복의 허리를 다시 붙잡은 것은 빨간 원피스였다.

"아이, 관둬요, 아저씨. 저런 여잔 내버려두는 게 약이에요."

"버려둘 건 너 같은 여자야. 넌 좀 빠져 있어."

더벅머리가 빨간 원피스의 애교로 넘치는 콧소리를 윽박질렀다. 그는 경멸에 가득찬 눈길로 빨간 원피스를 노려보며 입술을 깨물었다.

"저 자식이 또 지랄이야."

"아부로 무장할 필요 없다. 그따위 말투가 너를 버스 밖으로 풀어놔주게 될 줄 아나?"

"너희들은 좀 가만히 있어!"

제복이 빨간 원피스의 팔을 뿌리치며 기어코 일어섰다.

"도대체 아주머니 집이 어디요?"

"금호동인디유."

"주민등록증 있소?"

"없는디유."

"왜 없어?"

제복의 반문은 함지박뿐 아니라 나까지도 당황시켰다. 주민
등록증 불소지죄가 범죄인지 아닌지는 확실하지 않았다. 그러나
이곳에서 제복이 죄라면 죄였다. 나는 지갑에 주민등록증이 들
어 있는지 없는지를 다급하게 생각하면서 잠깐 몸서리를 쳤다.

한 달쯤 전의 일이었다. 아내가 복통을 일으켜 차도까지 약을
사러 나온 일이 있었다. 급한 마음에 소화제 봉지를 사들고 자정
이 가까운 종점 골목을 뛰었다. 가로등도 없는 골목을 막 휘돌
아 서려는데 공교롭게도 순찰중인 순경과 정면으로 맞부딪쳤다.
눈에서 불똥이 튀긴 것과 창그랑 하며 약병이 나뒹굴어 깨진 건
거의 동시였다. 머리를 감싸쥐고 쓰러져 있던 순경이 소리쳤다.
"뭐야, 당신 신분증 있어?" 내가 얼결에 고개를 좌우로 흔들자
순경이 악에 받친 소리로 또 물었다. "왜 없어?" 약을 사러 나오

464

는 데도 신분증이 필요한 거냐고 얼결에 반문한 것이 문제가 되었다. 그것이 화근이 되어 끝내 파출소까지 연행되는 봉변을 당했기 때문이다. 연행 이유는 공무집행방해라고 했다.

"신분증도 없다면 봐주고 싶어도 못 봐줘요. 그러니까 애기나 볼 일이지 뭘 하러 이런 걸 들고 거리에 나와요!"

제복은 '함지박'의 앞에 놓인 함지박을 구두 끝으로 두어 번 툭, 툭, 찼다.

"가난해 쌀이 없으면 사과나 우유를 먹어라 그 말이군요."

더벅머리가 고개를 창밖으로 돌려댄 채 나직하게 조소했다. 제복의 안면이 더벅머리를 향해 험하게 일그러졌으나 말소리는 거기서 끝났다. 제복도 아마 지친 모양이었다. 그는 더벅머리를 철이 덜 든 애송이쯤으로 간주하고 싶은 눈치였다.

을지로로 접어든 버스가 곧 다시 세운상가의 앞으로 다가섰다.

골목마다 사람들의 물결이 더욱 기승을 부리는 것은 퇴근이 가까워진 탓일 것이었다. 현기증이 날 정도로 번득거리던 하늘에 검은 구름이 갑자기 뒤덮이고 있었다. 곧 소나기라도 퍼부을 모양이었다. 더위는 조금도 누그러들지 않았다. 누그러들기는커녕 그것은 가마솥 밑구멍에 연료를 갈아넣은 것과 마찬가지의 효과를 나타냈다. 가만히 앉아 있는데도 등으로 앞가슴으로 땀이 비 오듯 흐르고 있었다.

아무도 잡힌 사람이 없었는지 이번엔 버스가 세운상가 앞을 그냥 지나쳤다. 붙잡힌 경범죄 위반자는 오히려 줄어들어서 빈 좌석은 아직도 많이 남아 남았다. 사람들은 그 빈 좌석이 떠올리는 끈끈한 지겨움 때문에 더욱더 축 늘어져 있었다. 이대로 가다가는 뚝섬의 즉결 재판소에 가기 전 질식해 죽을지도 몰랐다.

"아휴, 아저씨. 모자 좀 내려놓으시고 이 수건으로 땀을 닦아내세요."

빨간 원피스의 비음만이 겨우 살아 있었다. 제복이 빨간 원피스가 내미는 손수건을 받았다. 장미가 수놓아진 손수건이었다. 제복은 모처럼 사람 좋은 웃음을 피워올리며 자신의 가슴에 손을 깊이 넣어 땀을 훔쳐냈다. 지금까지 빨간 원피스의 위태롭게 노출된 가슴속을 수없이 왕래하던 바로 그 손수건이었다.

"빌어먹을, 담배 한 대 더 빌립시다. 원 눈꼴사나워서 못 보겠네. 빌어먹을……"

옆자리 중년 남자가 낮게 속삭였다. 색 바랜 남방셔츠 칼라에 뿌옇게 비듬이 쏟아져 있는 이 남자는 확실히 빌어먹을 징조가 농후하였다. 나는 또 말없이, 받을 기약도 없는 담배를 남자에게 빌려주었다.

"이거, 형씨한테 미안해서…… 빌어먹을, 우리 저녁에, 즉결 다녀와서 말이오, 한잔합시다."

자기가 술을 사겠다는 투였지만 나는 남자의 그 말을 도무지 못 믿겠다는 눈으로 담배를 받아가는 때문은 손마디를 바라보았다. 막노동으로 다져진 손인 것 같았다. 자디잔 흉터가 많은, 술값은 고사하고 당장에 버스비조차 없을 성싶은 손이었다.

　"전에 땅을 한 천여 평 사났었죠. 강남에 말이오."

　나의 눈치를 알아챘는지, 남자는 강남이라는 말에 힘을 주며 힐끗 여자와 수작을 건네고 있는 제복을 노려보았다. 강남이라, 하고 나는 중얼거렸다. 이 친구도 신문을 보긴 보는 모양이네. 강남에 땅을 사둘 위인은 못 돼 보이는데다. 몇 년 전부터 신문이란 신문은 자나 깨나 온통 강남 땅 이야기뿐이었으니까. 떼부자와 알거지가 모두 강남에서 나온다고들 했다. 개발되는 곳마다 돈뭉치가 굴러다닌다는 소문을 남자도 들은 눈치였다.

　절박한 울음소리가 들린 것은 버스가 을지로에서 다시 퇴계로 쪽으로 방향을 바꾼 다음이었다. 나는 고개를 돌려 버스 바닥에 철퍼덕 내려앉은 함지박을 바라보았다. 가늘게 시작된 울음소리가 조금씩 고조되기 시작했다. 끝 간 데 없이 밑이 길 것 같은 울음이었다.

　"여보 아주머니, 초상이라도 났소?"

　제복이 흐물거리는 어투로 말했다. 함지박이 비비적비비적 제복을 향해 앉은 자세로 버스 바닥을 쓸고 나갔다. 다리를 꼬고 앉은 제복이 눈살을 찌푸렸다.

"아이고 나리, 요것이 오늘 번 전부유. 벌금은 낼 팅게 지발 사람만 좀 보내줘유. 어린 게 불쌍혀서…… 어린것이……"

함지박이 한 손으로 코를 팽 풀어 작업복 앞자락에 닦았다.

낡은 지폐와 동전들이 함지박의 다른 손에 쥐어져 있었다. 나는 심한 갈증을 느꼈다. 아니 통증이었다. 짜르르 하는 통증이 가슴에서 시작해 전신을 헤집듯이 퍼져나가고 있었다. 지난주던가, 교통비도 떨어져 걸어갈 셈으로 집을 나서는 내게, 아내가 부엌 구석의 옹기그릇에 비축했던 꾀죄죄한 동전들을 들고 와 쥐여주었을 때 만났던 바로 그 통증이었다.

"글쎄, 그렇게 아주머니 입장만 봐줄 수는 없어."

"집엔 어린것뿐유. 간신히 재워놓고 나왔는디……"

버스 바닥에 무릎 꿇고 앉은 함지박이 두 손을 모으며 머리를 조아렸다. 깊은 절망과 질기게 터져나오는 오열 때문에 함지박은 곧 실신해 쓰러질 것 같았다.

"애들, 쉽게 안 죽어요, 아줌마! 그렇죠, 아저씨?"

루즈를 고쳐 바르려던 빨간 원피스가 한마디했다.

"허헛, 그럼 아가씨도 혹시 애엄마?"

"어머머! 애기는 무슨…… 참, 아저씨는 농담도 잘하셔."

"이거 사람 미치겠군."

제복은 무엇이 미치겠다는 것인지 비만한 체구를 앞뒤로 흔들며 한참이나 킬킬거렸다. 울기에도 지쳤는지 함지박은 버스 바닥에 앉은 채 무릎 사이로 얼굴을 묻고 있었다. 지친 것으론 버스 속의 모든 사람이 다 마찬가지였다. 기운이 남아 있는 건 그나마 제복과 빨간 원피스뿐이었다.

"여보슈, 경찰 아저씨!"

큰 소리로 제복을 부르고 다시 일어선 것은 더벅머리였다. 울었던 것일까, 더벅머리의 눈가도 물기에 젖은 듯 보였다. 더벅머리는 목이 메는지 제복을 불러놓고 잠시 혀를 꺼내 제 입술에 침을 묻혔다. 사람들이 안 보는 듯 더벅머리를 보고 있었다.

"잠수함 이야기를 아시오? 옛날의 잠수함은 어떻게 함 내의 공기중에서 산소 포함량을 진단해냈는지……"

신기한 질문을 어린 학생들에게 던져놓은 선생 같은, 장난기 어린 미소가 더벅머리의 파리한 입술에 떠올랐다. 옆자리의 중년 남자는 잠들어 있었다.

"토끼를 태웠답니다. 그래서 토끼의 호흡이 정상에서 벗어날 때부터 여섯 시간을 최후의 시간으로 삼았지요. 말하자면 토끼가 허덕거리기 시작하여 여섯 시간 후엔 모두 질식하여 죽게 되는 거요. 그 최후의 여섯 시간 동안 어떠한 조치도 취하지 않는다면 끝장이란 말이오. 아시겠습니까? 지금은 정확히 말해 토끼가 허덕거리고 다섯 시간째요. 자, 최후의 한 시간이 남았소, 어떻게 하시겠소?"

"너 지금, 누구 약을 올려!"

제복의 눈꼬리가 위로 치켜올라갔다. 제복도 지친 눈치였다. 벌떡 일어나 더벅머리의 멱살을 잡을 일인데 제복은 그러나 앉은 채 더벅머리의 시선만을 눈싸움하듯 마주보고 있었다. 나는 계속해 갈증을 느꼈다. 물을 마시지 않으면 목이 타버릴 것 같은 극심한 갈증이었다.

"히잇, 모를 거요. 당신은 그 최후의 여섯 시간이 완전히 갈 때까지 아무것도 모르고 있을 어리석은 함장이오."

더벅머리가 히죽거리고 웃었다.

"이 새끼가 정말!"

참다못한 제복이 드디어 불끈 일어섰다. 바로 그 순간 삐이익 하며 차가 멎었다. 중심을 잃은 제복의 손을 이번에도 빨간 원피스가 잽싸게 붙잡았다. 비뇨기과 간판이 걸린 네거리 앞에서 버스가 신호등에 걸려 급정거한 것이었다.

키가 훌쩍 큰 흑인 지아이GI 곁에서 슬프도록 조그마한 여자가 노란 얼굴을 달고 종종걸음을 치며 버스 앞으로 지나고 있었다. 그 너머로, 대기해 있던 다른 방향의 택시, 버스, 자가용, 트럭, 또 택시, 버스, 삼륜차 행렬이 신호를 받아 도로를 바쁘게 가로질러 가기 시작했다. 도시의 한쪽이 순식간에 무너져 모든 것이 한쪽으로 아우성하며 곤두박질하는 것 같았다. 네거리 중앙에 서서 손짓하는 교통순경의 모습이 흡사 마네킹처럼 보였다. 제복은 종일 똑같은 손짓만 되풀이했을 버스 밖의 교통순경과 손을 맞들어 인사를 나눴다.

이윽고 신호등이 파란불로 바뀌었다.

가로질러 가던 차의 행렬이 노란 택시의 꽁무니를 마지막으로 끝나자 덜커덩 하고 버스가 출발하였다. 바로 이때였다. 악착같이 달려들어 사람들의 목을 감아쥐던 무더위를 당장 뿌리칠 만한 놀라운 일이 버스의 출입구에서 일어났다. 출입구 바닥에 앉아 있던 함지박이 버스가 출발하는 순간 버스의 문을 열어젖뜨리고 총알처럼 인도로 뛰어내린 것이었다. 뛰어내린 관성으로 넘어질 뻔했던 함지박이 간신히 몸을 추스르고 사람들 사이로 아슬아슬 내닫는 게 창 너머로 보였다.

"오, 영광스러운 탈출이여!"

제복이 출입구에 매달린 것과 더벅머리가 손뼉을 치며 환성을 올린 것은 거의 같은 순간이었다. 박수를 치고 싶은 걸 참느라 내 손등에도 핏줄이 불거져나왔다. 버스는 뒤에서 밀어닥치는 차의 물결 때문에 멈추지 못하고 그대로 네거리를 지나가고 있었다. 휑하니 열린 출입구 손잡이를 잡고 함지박을 내다보는 제복의 눈초리에 확 살기가 솟아나왔다. 함지박은 이미 사람들에게 가려 보이지 않았다.

네거리를 건넌 버스가 인도로 붙어 멎었다.

제복은 이제까지 등받이에 기대고 잠 속에 떨어져 있던 깡마른 다른 제복을 깨워 수위병처럼 출입구에 세워두고 민첩하게 뛰어내렸다. 화가 나서 씨근대는 듯했으나 그의 몸짓에선 굶주린 맹수가 먹잇감을 발견해냈을 때처럼 강력한 활기가 풍겨나왔다. 그는 놀랍게 빠른 속도로 횡단보도를 건너갔다.

나는 마른침을 꼴딱 삼켰다.

긴장된 순간이 지나갔다. 그러나 신호가 다시 한번 바뀌고 났을 때 사람들 사이에서 가벼운 신음 소리가 터졌다. 네거리 중앙에 서 있던 교통순경과 제복이 휘청거리는 함지박의 좌우 팔을 틀어쥐고 횡단보도 앞에 다시 나타났기 때문이었다. 교통순경이 한발 앞장서 쫓아가 함지박을 붙잡았던가보았다.

"누굴 죽일 셈이야!"

횡단보도를 건너온 제복이 함지박의 등덜미를 버스의 안으로 거칠게 밀어붙이며 씹어뱉었다. 함지박이 출입구 계단에 걸려 바닥에 손을 짚고 넘어졌다. 더벅머리가 함지박을 부축해 일으켰다. 졸다가 잠깐 눈을 떴던 옆자리 중년 남자가 들릴락 말락한 소리로 "씨팔······" 하고 중얼거린 뒤 다시 눈을 감았다.

"잘못혔슈. 지발이지 한 번만……"

"곱게 앉았음 곧 돌아가게 될 텐데 왜 이렇게 속을 썩이는 거야!"

함지박이 훌쩍훌쩍 또 울기 시작했다. 버스는 단단히 출입구를 닫고 다시 그곳을 떠났다. 제복은 출입문에 등을 기대고 서서 기세등등, 사람들 하나하나를 샅샅이 훑어보았다. 자, 누구든지 도망가보아라. 제복의 눈빛엔 그런 결의가 담겨 있었다. 사람들은 제복의 살기 띤 시선을 피해 찔끔 눈동자를 내리깔았다.

"여보슈. 경찰 버스는 아무 곳에나 정차해도 도로교통법에 안 걸리는 거요?"

역시 더벅머리였다. 그만이 제복의 시선을 두려움 없이 당당히 마주 받고 있었다. 몇 번째일까, 버스는 다시 퇴계로 쪽으로 방향을 틀고 있는 중이었다.

"야, 이 새꺄!"

제복이 앙칼지게 소리쳤다.

"너무 새끼 새끼 마시오. 누군 처음부터 에미였나요."

"이 새끼가!"

내가 고개를 돌렸을 때 제복은 이미 더벅머리의 목을 움켜쥐고 일으켜세운 다음이었다. 아니 움켜쥐었다기보다 더벅머리의 몸 전체가 제복의 손목에 대롱대롱 매달려 있었다. 더벅머리의 목울대와 제복의 손등에 툭툭 불거져나오는 핏줄을 나는 보았다. 더벅머리는 그러나 여전히 여유 있는 표정이었다. 제복을 빤히 바라보던 더벅머리가 먼저 히잇, 하고 웃었다.

"이게 누굴 비웃어!"

제복의 주먹이 곧장 더벅머리의 얼굴을 향해 날았다. 더벅머리는 너무도 작고 가냘픈 몸매를 하고 있었다. 기우뚱거릴 사이도 없이 의자와 의자 사이의 좁은 공간으로 더벅머리의 몸이 거칠게 쑤셔박혔다. 코피가 터졌는지 더벅머리의 입가가 곧 피로 물들었다.

"으흐흐…… 견딜 수가 없어!"

비틀거리면서 일어난 더벅머리가 울부짖었다.

"숨막히는…… 감옥에 갇혀…… 모두…… 허덕이고만 있어. 깨뜨려야 하는데…… 흐흑……"

더벅머리가 버스의 유리창을 주먹으로 힘껏 쳤다. 유리창은 끄떡도 하지 않았다. 더벅머리의 발작에 제복은 어찌할 바를 몰라 잠시 멍한 표정을 지었다. 그 틈을 타서 이번엔 함지박이 안고 있던 함지박에서 무언가를 집어든 더벅머리의 손이 다시 유리창을 강타했다. 챙그렁, 날카로운 소리와 함께 더벅머리의 손목에서 피가 튀었다. 한줄기 시원한 바람이 깨어진 창을 통해 휘익 들어왔다. 그것은 놀라울 정도로 신선한 바람이었다.

"그래요. 창을 열어야 해!"

"맞아! 맞아! 이대로 있으면…… 우리 모두 질식해 죽을 거야!"

먼저 소리친 것은 '안경'이었고, 안경의 말을 다른 누가 받았다. 누가 먼저랄 것도 없이 자리에서 일어선 사람들 때문에 버스 속은 돌연 아수라장이 되었다. 창문만 열어놓으면 살겠다는 듯이 사람들은 일제히 창에 매달렸다. 열리지 않으면 머리로 받아서라도 유리창을 모조리 깨뜨릴 기세였다. 요란한 금속성과 함께 버스가 급정거한 것이 바로 그 순간이었다. 창을 붙잡고 있던 사람들이 서로 뒤엉키면서 일제히 나뒹군 것과 경악에 찬 비명 소리가 들려온 것은 거의 동시였다.

"사람이 치었다!"

"여자다! 애기도 죽었다. 저 피!"

아기를 안고 파란 신호등을 보고 횡단보도를 건너던 젊은 여자가 호송 버스에 치인 것이었다. 제복이 후닥닥 버스 문을 열고 가로로 뛰어나갔다. 엄마의 품에서 내동댕이쳐진 아기가 햇빛에 녹아든 아스팔트 한복판에서 꿈틀거리고 있었다. 쇠몽둥이로 뒤통수를 얻어맞은 것처럼 눈앞이 아찔해왔다. 도대체 나는 뭘 하고 있단 말인가. 나는 소리 없이 소리쳤다. 아내는 거꾸로 서서 버둥대는 아기 때문에 사지가 찢겨 죽어가고 있는지도 모른다.

아니 어쩌면 아내는 이미 시뻘겋게 피를 뒤집어쓰고 죽었을 것이다. 아내에게 가야 한다! 나는 사람들이 몰려들어 아우성치는 출입구를 향해 필사적으로 기어나가기 시작했다.

후드드득, 마침내 굵은 빗방울이 쏟아졌다.

작가의 말

첫 소설집 『토끼와 잠수함』은 처음 1978년 홍성사에서 나왔고, 후에 세계사에서 재출간한 바 있다. 이번 전집을 내면서, 명백한 비문이나 오문誤文, 지나치게 감상적인 일부의 문장은 최소한으로 고쳤으나 목차 등은 초간본을 그대로 따랐다. 여기 실린 소설들은 모두 1973년에서 1978년 사이에 쓴 작품들이다. 스물일곱에서 서른둘의 젊은 내가 세상을 어떻게 바라보고 살았는지, 날것처럼 드러나 있다. 나로선 여기서부터 문학의 먼길을 걸어나왔다고 할 수 있겠다.

2015년 10월
박범신

1946년　8월 24일 충남 논산군 연무읍 봉동리 242번지(당시 전북 익산군 봉동리 두화부락)에서 아버지 박원용과 어머니 임부귀의 1남 4녀 중 막내(외아들)로 태어남.

1959년　황북초등학교 졸업. 아버지는 강경 읍내에서 포목점을 하고 있어 일주일에 한 번꼴로 집에 들름. 남편 없이 자식들을 키워야 했던 어머니와 네 누이들의 불화를 지켜보며 성장. 원초적 고독과 비극적 세계관이 이때 형성됨.

1960년　강경읍 채산동으로 이사.

1962년　강경중학교 졸업.

1965년　남성고등학교 졸업. 고등학교 2학년 때 수학여행비로 『사상계』를 정기구독. 쇼펜하우어 등 염세주의 철학자들의 영향을 크게 받음. 3학년 때부터 시 습작을 시작함. 오로지 독서와 영화에 탐닉. 염세주의에 깊이 빠져 두 차례 수면제로 자살을 시도함. 가정 형편상 전주교육대학 진학. 교내 문학동아리 '지하수'에서 활동. '남천교'라는 필명으로 대학신문에 콩트를 게재. 실존주의에 영향을 받아 실존주의 작품들과 철학서들을 두루 탐독.

1967년　전주교육대학 졸업. 무주 괴목초등학교 교사로 부임. 데뷔작

「여름의 잔해」의 초고인 「이 음산한 빛의 잔해」를 이곳에서 처음 씀.

1968년 무주 내도초등학교로 전임. 시와 소설을 습작. 『새교육』 『교육논단』 등에 시 발표.

1969년 교사직 사임하고 무작정 상경. 모래내 판자촌 큰누나 집, 신교동 친구네 다락방, 왕십리, 마장동 판자촌 등을 전전함. 버스 계수원, 중국집 주방 보조를 거쳐 월간 『청춘』 『민주여론』 등에서 잡지기자 일을 함. 치열한 생존경쟁 속에서 착취와 가난, 불평등한 부의 분배 등 인간을 소외시키는 도시의 생태를 이때 절실히 체감함. 원광대학교 국문학과로 편입.

1971년 염세적 세계관과 부조리한 세상에 대한 반항심으로 여관에서 동맥을 끊고 자살을 시도, 병원에서 깨어남. 원광대학교 국문학과 졸업. 상경하여 광고회사 스크립터, 『법률신문』 기자 등 여러 직업을 전전함.

1972년 강경여자중학교 국어 교사. 대학 1년 후배 황정원과 결혼함.

1973년 중앙일보 신춘문예에 단편 「여름의 잔해」가 당선되어 등단함. 원래의 제목은 「이 음산한 빛의 잔해」였음. 정릉동에 방 한 칸을 마련해서 아내와 함께 서울로 이사. 서울 문영여자중학교 국어 교사로 근무. 고려대학교 교육대학원 석사과정에 입학. 단편 「호우주의보」 「토끼와 잠수함」 발표.

1974년 단편 「아버지의 평화」 「논산댁」 발표. 장남 병수 출생.

1975년 단편 「우리들의 장례식」 「청운의 꿈」 발표.

1976년	단편「안개 속의 보행」「우화 작법」「겨울 아이」「식구」「취중 경기」 등 발표. 장녀 아름 출생.
1977년	단편「겨울 환상」「염소 목도리」「열아홉 살의 겨울」등 발표.
1978년	소설집『토끼와 잠수함』(홍성사), 『아침에 날린 풍선』(윤진문화사) 출간. 중편「시진읍」, 단편「역신疫神의 축제」「말뚝과 굴렁쇠」「정직한 변신」 등 발표. 교사직 사임. 여성지『엘레강스』에 첫 장편『죽음보다 깊은 잠』 연재, 당시 큰 인기를 얻어 연재중에 여타의 원고 청탁이 밀려들기 시작함.
1979년	『죽음보다 깊은 잠』(문학예술사) 출간, 베스트셀러가 됨. 중편「읍내 떡뻥이」, 단편「흉기 1」「단검—흉기 2」「밤열차」 등 발표. 중앙일보에 장편『풀잎처럼 눕다』 연재 시작. 이 작품으로 독자들의 큰 사랑을 받게 됨.『깨소금과 옥떨메』(여학생사), 『미지의 흰새』(동평사), 콩트집『쪼다 파티』(풀빛출판사) 출간. 차남 병일 출생.
1980년	장편『밤을 달리는 아이』(여학생사), 장편『풀잎처럼 눕다』(금화출판사) 출간. 고려대학교 교육대학원 졸업(석사논문『이익상 소설연구』).
1981년	소설집『덫』(은애출판사), 장편『돌아눕는 혼』(주부생활사), 『겨울江 하늬바람』(중앙일보사), 산문집『무엇이 죽어 새가 되는가』(행림출판사) 출간. 장편『겨울江 하늬바람』으로 대한민국문학상 신인부문 수상. 우울증이 깊어서 다시금 동맥을 끊고 자살을 시도, 입원치료 받음.

1982년   콩트집『아내의 남자친구』(행림출판사), 중편선집『그들은 그렇
         게 잊었다』(오상출판사), 장편『형장의 신』(행림출판사) 출간.

1983년   장편『태양제』(행림출판사. 1991년 서울문화사에서『태양의 房』으
         로 제목을 바꿔 재출간),『불꽃놀이』(청한문화사),『밀월』(소설문
         학사),『촛불의 집』(학원출판사. 1990년 인의출판사에서『바람, 촛
         불 그리고 스무 살』로 제목 바꿔 재출간. 단편선집『식구食口』(나남
         출판사) 출간.

1984년   소설선집『도시의 이끼』(마당문고) 출간.

1985년   장편『숲은 잠들지 않는다』(중앙일보사),『꿈길밖에 길이 없어』
         (여학생사. 1990년 햇빛출판사에서『사랑이 우리를 변화시킨다』로
         제목을 바꿔 재출간) 출간.

1986년   장편『꿈과 쇠못』(주부생활사),『우리들 뜨거운 노래』(청한문화
         사), 산문집『나의 사랑 나의 결별』(청한문화사) 출간. 오리지널
         희곡『그래도 우리는 볍씨를 뿌린다』공연(극단 광장).

1987년   장편『불의 나라』(평민사),『수요일의 도적』(중앙일보사. 1991년
         행림출판사에서『수요일은 모차르트를 듣는다』로 제목을 바꿔 재
         출간), 중편소설『시진읍』(고려원 소설문고) 출간.

1988년   장편『물의 나라』(행림출판사) 출간.

1989년   장편『잠들면 타인』(청한문화사) 출간. 장편『틀』을 가도가와출
         판사角川書店에서 일어판으로 먼저 번역 출간.

1990년   연작소설집『흉기』(현대문학사. 장편『틀』의 일어판 출간 직후 월
         간『현대문학』에 발표된 한국어판 원고를 함께 수록), 장편『황야』

(청한문화사) 출간.

1991년 콩트집『있잖아, 난 슬픈 이야길 좋아해』(푸른숲) 출간. 명지대
학교 문예창작학과 객원교수, 문화일보 객원논설위원.

1992년 장편『마지막 연인』(자유문학사),『잃은 꿈 남은 시간』(중앙일보
사. 1997년 해냄에서『킬리만자로의 눈꽃』으로 제목을 바꿔 재출
간) 출간.

1993년 장편『틀』(세계사)의 한국어판 출간. 명지대학교 문예창작학과
교수로 부임. 문화일보에 장편『외등』을 연재중 소설에 대한 깊
은 고민으로 절필 선언. 이후 3년 동안 용인 외딴집에 은거하며
어떤 글도 쓰지 않고 침묵.

1994년 장편『개뿔』(세계사), 산문집『적게 소유하는 자가 자유롭다』(자
유문학사) 출간.

1996년 산문집『숙에게 보내는 서른여섯 통의 편지』(자유문학사) 출간.
『문학동네』가을호에 중편「흰 소가 끄는 수레」를 발표하며 작
품활동 재개.

1997년 3년 침묵 기간의 경험을 토대로 한 자전적 연작소설집『흰 소가
끄는 수레』(창작과비평사) 출간.

1998년 문화일보에 장편『신생의 폭설』연재 시작. 단편「가라앉는 불
빛」(『작가세계』여름호),「내 기타는 죄가 많아요, 어머니」(『창작
과비평』여름호) 발표.

1999년 계간『시와 함께』봄호에「놀」외 19편의 시를 발표. 이후『작가
세계』『문학동네』『문학과 의식』등에 연달아 시를 발표함. 문

화일보 연재소설 『신생의 폭설』을 『침묵의 집』으로 제목을 바꿔 문학동네에서 출간. 단편 「별똥별」(『문학과 의식』 봄호), 「세상의 바깥」(『현대문학』 8월호), 「그해 가장 길었던 하루―들길 1」(『창작과비평』 가을호) 발표.

2000년 　단편 「소음」(『문학동네』 봄호) 발표. 소설집 『토끼와 잠수함』을 제1권, 장편 『죽음보다 깊은 잠 1·2』(장편 『죽음보다 깊은 잠』을 『죽음보다 깊은 잠 1』로, 장편 『꿈과 쇠못』을 『죽음보다 깊은 잠 2』로 제목을 바꿔)를 제2·3권으로 '박범신 문학전집'(세계사) 출간 시작. 단편 「향기로운 우물 이야기」(『현대문학』 8월호), 「손님―들길 2」(『작가세계』 가을호) 발표. 소설집 『향기로운 우물 이야기』(창작과비평사) 출간.

2001년 　오디오북 육성낭송소설 『바이칼 그 높고 깊은』(소리공화국)을 두 장의 CD와 테이프에 담아 출간. 장편 『외등』(이룸) 출간. 단편 「빈방」(『문학사상』 7월호) 발표. 박범신 문학전집 제4·5권 장편 『풀잎처럼 눕다 1·2』(세계사) 출간. 『작가세계』 가을호에 장편 『내 책상 네 개의 영혼』 연재 시작. 소설집 『향기로운 우물 이야기』로 제4회 김동리문학상 수상.

2002년 　산문집 『젊은 사슴에 관한 은유』(깊은강) 출간. 박범신 문학전집 제6권 장편 『겨울강 하늬바람』(세계사) 출간.

2003년 　박범신 문학전집 제7권 소설집 『덫』, 제8·9권 장편 『숲은 잠들지 않는다 1·2』(세계사) 출간. 단편 「괜찮아, 정말 괜찮아」(『실천문학』 겨울호), 「항아리야 항아리야」(『창작과비평』 가을호) 발표. 문화일보에 연재한 산문을 중심으로 엮은 산문집『사람으로 아름답게 사는 일』(이룸)을 딸 아름의 그림 작업을 곁들여 출간. 첫 시집『산이 움직이고 물은 머문다』(문학동네) 출간.『작가세계』에 연재한 장편『내 책상 네 개의 영혼』을『더러운 책상』으로 제목을 바꿔 문학동네에서 출간. 이 작품으로 제18회 만해문학상 수상. 민족문학작가회의 이사, 한국소설가협회 운영위원, KBS 이사 등으로 활동.

2004년 소설에 전념하겠다는 이유로 명지대 교수 사임. 소설집『빈방』(이룸) 출간.

2005년 한겨레신문에 연재한 장편『나마스테』(한겨레신문사) 출간. 박범신 문학전집 제10·11·12권 장편『불의 나라 1·2·3』, 제13·14권 장편『물의 나라 1·2』(세계사) 출간. 산문집『남자들, 쓸쓸하다』(푸른숲) 출간.『나마스테』로 제11회 한무숙문학상 수상. 소설선집『제비나비의 꿈』(민음사) 출간.

2006년 산문집『비우니 향기롭다』(랜덤하우스중앙) 출간. 장편『침묵의 집』(문학동네)을 개작하여『주름』(랜덤하우스중앙) 출간.『수요일은 모차르트를 듣는다』(세계사, 박범신 문학전집 제15권) 출간. 명지대 문예창작학과 교수로 복귀.

2007년 『킬리만자로의 눈꽃』(세계사, 박범신 문학전집 제16권) 출간. 딸이 그림을 그린 산문집『맘 먹은 대로 살아요』(생각의나무) 출간. 여행 산문집『카일라스 가는 길』(문이당) 출간. 젊은 작가들과의 대담집『박범신이 읽는 젊은 작가들』(문학동네) 출간. 서울문화재단 이사장 취임. 네이버에서『촐라체』연재 시작.

2008년　장편『촐라체』(푸른숲) 출간.

2009년　장편『고산자』(문학동네) 출간. 이 작품으로 대산문학상 수상.
　　　　『깨소금과 옥떨메』(이룸) 재출간.『틀』(세계사, 박범신 문학전집
　　　　제17권) 출간.

2010년　장편『은교』(문학동네) 출간. 종이책과 전자책을 동시에 출간
　　　　함. 갈망 3부작(『촐라체』『고산자』『은교』) 완성. 장편『비즈니
　　　　스』를 계간지『자음과모음』과 중국의 문학지『소설계』에 동시
　　　　에 연재한 후 한국과 중국에서 동시 출간(한국어판은 자음과모
　　　　음). 이후 차례로 장편소설 8권이 중국어로 번역 출간됨. 산문
　　　　집『산다는 것은』(한겨레출판) 출간.

2011년　장편『나의 손은 말굽으로 변하고』(문예중앙) 출간.『외등』(자음
　　　　과모음) 개정판 출간.『빈방』(자음과모음) 개정판 출간. 명지대
　　　　문예창작학과 교수직에서 정년퇴임 후 논산으로 낙향.

2012년　스마트폰으로 원고지 900매 분량의 글을 써서 산문집『나의 사
　　　　랑은 아직 끝나지 않았다』(은행나무) 출간. 상명대학교 석좌교
　　　　수로 부임.

2013년　마흔번째 장편소설『소금』(한겨레출판) 출간. 여행 산문집『그
　　　　리운 내가 온다』(맹그로브숲) 출간.『은교』대만어판 출간.

2014년　장편『소소한 풍경』(자음과모음) 출간. 산문집『힐링』(열림원)
　　　　출간. 상명대 문화기술대학원 소설창작학과 개설에 참여.『더
　　　　러운 책상』프랑스어판 출간.

2015년   장편『주름』(한겨레출판) 개정판 출간.『촐라체』(문학동네) 개정
          판 출간. 건양대학교에서 제1회 와초문학포럼 개최. 논산 탑정
          호집필관에서 제3회 와초 박범신문학제 개최. 문학동네에서 장
          편『당신—꽃잎보다 붉던』, 문학앨범『작가 이름, 박범신』, '박
          범신 중단편전집'(전7권) 출간.

* 이 연보는『수요일은 모차르트를 듣는다』(세계사, 2006)에 실린 '작가 · 작품 연
보'와 1993년『작가세계』겨울호에 실린 김외곤의「고독과의 허무주의적 대결에서
깊고 넓은 현실통찰로」를 참고, 추가 · 보강하여 작성되었습니다.

박범신

중앙일보 신춘문예에 단편 「여름의 잔해」가 당선되며 작품활동을 시작했다. 소설집 『토
끼와 잠수함』 『흉기』 『흰 소가 끄는 수레』 『향기로운 우물 이야기』 『빈방』, 장편소설 『죽
음보다 깊은 잠』 『풀잎처럼 눕다』 『불의 나라』 『더러운 책상』 『나마스테』 『촐라체』 『고
산자』 『은교』 『외등』 『나의 손은 말굽으로 변하고』 『소금』 『소소한 풍경』 『주름』 등 다수
가 있다. 대한민국문학상, 김동리문학상, 만해문학상, 한무숙문학상, 대산문학상 등을
수상했다. 현재 상명대학교 석좌교수로 있다.

박범신 중단편전집 1
토끼와 잠수함
ⓒ 박범신 2015

초판인쇄 2015년 10월 12일
초판발행 2015년 10월 22일

지은이 박범신
펴낸이 강병선
책임편집 강윤정 | 편집 김형균 | 모니터링 이희연 | 디자인 고은이 유현아
마케팅 정민호 나해진 이동엽 김철민 | 홍보 김희숙 김상만 한수진 이천희
제작 강신은 김동욱 임현식 | 제작처 한영문화사(인쇄) 신안문화사(제본)

펴낸곳 (주)문학동네
출판등록 1993년 10월 22일 제406-2003-000045호
주소 10881 경기도 파주시 회동길 210
전자우편 editor@munhak.com | 대표전화 031) 955-8888 | 팩스 031) 955-8855
문의전화 031) 955-3576(마케팅) 031) 955-2678(편집)
문학동네카페 http://cafe.naver.com/mhdn | 트위터 @munhakdongne

ISBN 978-89-546-3787-9 04810
       978-89-546-3786-2 (세트)

* 이 도서의 국립중앙도서관 출판예정도서목록(CIP)은 서지정보유통지원시스템 홈페이지
   (http://seoji.nl.go.kr)와 국가자료공동목록시스템(http://www.nl.go.kr/kolisnet)에서
   이용하실 수 있습니다.(CIP 제어번호 : CIP2015026229)

www.munhak.com